W0378615

LA GUERRE DES LÉGUMES

Né dans une famille pauvre du nord de Dublin, Peter Sheridan est le premier élève de son quartier à entrer à l'université. Il raconte son enfance dans ses mémoires, *L'Enfant de Dublin* (J.-C. Lattès, 1999). Considéré comme l'un des meilleurs dramaturges irlandais, il fonde avec son frère le Project Arts Center de Dublin, un théâtre d'avant-garde renommé. Ses pièces les plus célèbres sont *The Liberty Suit*, *Emigrants* et *Finders Keepers*. Elles ont été jouées au Royal Court Theatre à Londres et à l'Abbey Theatre à Dublin. Poursuivant sa carrière de réalisateur, Peter Sheridan monte un documentaire pour Temple Films, *The Balcony Belles*, et, en 1998, il réalise un court métrage, *The Breakfast*, qui obtient le prix Arte Europe au Festival international du film de Brest. Il a reçu de nombreuses récompenses, dont le Rooney Prize for Irish Literature et l'Abbey Theatre Bursary.

PETER SHERIDAN

La Guerre des légumes

ROMAN TRADUIT DE L'ANGLAIS (IRLANDE)
PAR SYLVIE SCHNEITER

JC LATTÈS

Titre original :

BIG FAT LOVE

Publié par Tivoli, une filiale de Gill & Macmillan Ltd, Dublin

« *Oh, What a Beautiful Mornin'* », paroles de Oscar Hammerstein II, musique de Richard Rodgers. © 1943, Williamson Music International, USA. Reproduit avec l'autorisation de EMI Music Publishing, Ltd. Extrait de « *The Concrete and The Clay* » (Moeller/Parker) reproduit avec l'autorisation de Apollo Music Ltd.

© Peter Sheridan, 2003.
© Éditions Jean-Claude Lattès, 2006, pour la traduction française.
ISBN : 978-2-253-12205-0 – 1re publication LGF

À la mémoire de Laura O'Dwyer
1989-2002

1.

1997

Philo prit le heurtoir dans sa main et le souleva. Il était lourd – un cercle en fer forgé usé par le temps. Elle ne voulait pas frapper à la porte trop violemment. Derrière le portail en acajou qui lui faisait face, le silence était tel qu'elle percevait la solitude du couvent comme une présence. Les religieuses devaient être couchées, ou en train de prier. Dix heures et quart, c'était une heure tardive pour elles.

Sans lâcher le heurtoir, elle se demanda avec quelle force il fallait le manier. Trop peu, elles ne l'entendraient pas ; trop, elles sauteraient au plafond. En fin de compte, Philo se contenta de le laisser retomber. Il se déplaça d'à peine quelques millimètres avant de se coincer – le menton en avant, défiant la pesanteur. Elle n'avait pas fait tout ce chemin pour échouer à cause d'un heurtoir minable. Appuyant la main sur le métal dur, elle le fit choir avec fracas. Seul un véritable sourd aurait pu échapper au vacarme.

Elle recula et attendit que la porte s'ouvre. Rien. Pas le moindre le bruit, pas le moindre mouvement. Peut-être croyaient-elles qu'il s'agissait d'un coup de feu ou des pétarades d'une voiture volée. De tels incidents étaient fréquents dans le quartier de North Wall. Philo s'empara du heurtoir et tambourina à mort

– dix ou douze décharges métalliques. Quand elle eut terminé, on aurait dit que celui-ci venait d'être graissé.

Philo entendit des pas précipités. Un guichet fut abaissé tandis qu'une voix s'élevait dans l'obscurité.

— Nous ne faisons pas la charité le soir. Revenez demain.

— Non, attendez. Je ne veux pas l'aumône. Je n'ai nulle part où aller, je n'ai pas de foyer, dit Philo.

Un silence tomba. En regardant le visage qui s'encadrait dans l'ouverture carrée, Philo eut l'impression de voir un tableau. Deux joues rouges. Des sourcils noirs et broussailleux. Un nez pâle trônant comme une montagne.

La jeune religieuse qui dévisageait aussi Philo trouva qu'elle ressemblait à un Viking avec ses épaules carrées et sa tête reliée au corps d'une étrange manière. Puis sœur Rosaleen s'aperçut que Philo n'avait pas de cou.

Celle-ci avait conscience que son physique pouvait intimider. C'était une des raisons pour lesquelles elle gardait ses cheveux bouclés. Elle mesurait un mètre soixante-dix et pesait plus de cent kilos. Son visage, rond, était d'une féminité surprenante pour une femme aussi grosse. Philo se décrivait comme étant agréablement rondelette. Les gens ne réagissant pas toujours gentiment, elle adoptait une personnalité comique dès qu'elle le pouvait.

— J'ai l'impression d'être Julie Andrews dans *La Mélodie du bonheur*, insista Philo. Je n'ai nulle part où aller.

Sœur Rosaleen la toisa de la tête aux pieds. Elle ne remarqua aucune similitude avec Julie Andrews – un personnage du monde réel –, alors que ce qu'elle avait sous les yeux relevait du dessin animé.

Philo se pencha et prit sa valise. Elle la souleva pour la montrer à la religieuse.

— Je viens d'arriver d'Angleterre. Dieu m'a guidée jusqu'ici.

L'allusion à Dieu prit la religieuse au dépourvu. Le guichet se referma. Elle disparut un petit moment. Puis l'un des battants du portail s'ouvrit et sœur Rosaleen invita Philo à entrer. Certaine qu'elle ne passerait pas, Philo n'esquissa pas un mouvement, attendant que le Saint-Esprit vînt éclairer cette religieuse un peu longue à la détente. Au bout de quelques instants pénibles, cette dernière poussa les verrous et ouvrit l'autre battant. Philo prit une profonde inspiration avant d'avancer et de quitter le monde avec l'espoir de ne jamais avoir à l'affronter à nouveau.

Sœur Rosaleen emmena Philo au parloir qui fleurait bon l'encaustique. La moindre surface de la pièce étincelait, lui renvoyant son reflet où qu'elle regardât. Elle y était encore plus grosse qu'en réalité. Malgré ses efforts, elle ne put détourner les yeux, qu'elle fixa sur les pieds de la table. Elle y aperçut trois énormes femmes superposées.

Sœur Rosaleen revint. Elle avait parlé à la mère supérieure. Heureusement pour Philo, le local du couvent réservé aux familles en détresse était libre. Sœur Rosaleen la précéda dans l'escalier et la fit entrer dans une chambre.

— À demain matin, dit la religieuse en refermant la porte derrière elle.

Philo s'assit sur le lit sans arriver à croire qu'elle était là. L'envie de s'enfuir dans un couvent et de devenir religieuse la tenaillait depuis des années. Tout était bon pour échapper à Tommo et à la prison qu'était devenu son foyer. Bien sûr, le plus difficile avait été d'abandonner les enfants. Le déchirement, insoutenable, s'intensifiait au fil des jours. Or elle n'était partie que depuis une semaine. Lorsqu'elle s'endormait, tous les soirs, Philo rêvait qu'ils l'appelaient en sanglotant. Lorsqu'elle se réveillait, elle découvrait que c'était elle qui avait pleuré.

Elle regarda le crucifix accroché au mur au-dessus de son lit. Dieu est bon, pensa-t-elle. Pour la première fois de sa vie, elle s'identifia à lui. Son visage ciselé par la douleur. Son corps brisé et contusionné. Il avait souffert. Comme elle. Cette comparaison, qu'elle n'avait jamais faite, l'attristait et la rassérénait en même temps. Voilà qui allait peut-être atténuer la haine qu'elle nourrissait envers les hommes. Elle s'agenouilla, la tête enfouie dans ses mains.

— Mon Papa, qui es au ciel, que Ton nom soit sanctifié, commença Philo, obligée de s'interrompre à cause des larmes.

Agenouillée près de son lit, en train de bafouiller sa version du Notre Père, elle n'en éprouva pas moins un sentiment de paix pour la première fois depuis des lustres. Elle pria pour qu'on la laisse rester au couvent. Elle pria longtemps.

Puis Philo s'allongea tout habillée sur le lit, fixant le plafond, certaine de ne pas trouver le sommeil. La plupart du temps, elle dormait dans la journée – une heure après le petit déjeuner, une demi-heure ou trois quarts d'heure dans l'après-midi et, lorsqu'elle le pouvait, une heure dans la soirée après le thé. Comme elle dormait le jour, ses nuits étaient interminables et pénibles. En guise de dérivatif, elle s'attelait à des tâches qu'on exécutait à l'ordinaire dans la journée. Elle faisait la lessive et la cuisine ; elle prenait des bains, se coupait les ongles, posait du papier peint, dressait la liste de ses factures. Avant toute chose, elle mangeait. La nourriture était le mot de passe qui lui donnait accès au sommeil. Elle ne dormait jamais sans avoir mangé. Une fois la nourriture avalée, elle essayait systématiquement de piquer un somme.

À six heures du matin, Philo entendit les premiers frémissements de vie. Une porte éloignée que l'on ouvrait et fermait, le trottinement de pieds nus, un bruit proche du silence. En quelques minutes, il y eut d'incessantes allées et venues, pleines de déférence. Personne ne parlait. Peut-être tendaient-elles toutes l'oreille pour capter la voix de Dieu. Dès que cela lui parut convenable, Philo sortit de la chambre et suivit les habits qui se déplaçaient. Ils la conduisirent à l'oratoire où ils s'alignèrent pour la célébration de la messe. Philo s'agenouilla au fond, laissant plusieurs rangées de chaises vides entre la congrégation féminine et elle.

Le prêtre, un petit homme aux cheveux argentés, avait un visage dominé par d'épaisses lunettes à monture noire. Il rappela à Philo le chanteur Buddy Holly, auquel il ressemblait comme deux gouttes d'eau. Au moment de la consécration, il enfourna l'hostie et la mâcha comme s'il mangeait des pommes chips. C'était vulgaire et cannibalesque. À la réflexion, Philo fut obligée de reconnaître que c'était une forme de cannibalisme. La vie était une jungle, et l'Eucharistie en faisait partie. Philo, qui s'était réfugiée au couvent pour échapper aux luttes tribales, s'étonna que le spectacle de Buddy Holly en train de mastiquer le Corps du Christ les lui rappelle.

Après le petit déjeuner, qu'elle dévora, sœur Rosaleen l'emmena au bureau, une pièce fonctionnelle située de l'autre côté du parloir astiqué. Elle s'assit dans le fauteuil qui s'y trouvait pour attendre la mère supérieure. Les accoudoirs étaient capitonnés. Doucement, elle y posa ses bras charnus et écarta les doigts. C'était rassurant d'avoir quelque chose à quoi s'accrocher. Philo ferma les yeux, réfléchissant à ce qu'elle allait dire à la révérende mère. Une fatigue foudroyante l'envahit. Elle savait qu'il lui fallait rester réveillée et qu'elle s'écroulerait instantanément si elle se laissait aller. Elle décida de fermer les yeux jusqu'à ce qu'elle entende la porte s'ouvrir. Ce serait le signal pour revenir à la vie. Le cliquetis de la serrure, le frottement de la poignée, le couinement des gonds, n'importe lequel de ces bruits suffirait à lui faire ouvrir les yeux. Philo attendit un long moment sans qu'aucun bruit ne lui parvienne, ni du couvent ni de sa cervelle. La paix régnait. Une paix silencieuse.

Lorsque sœur Monica O'Donovan entra dans la pièce, elle s'assit et observa Philo endormie. Les doigts de sa main droite furent la première chose qu'elle remarqua : sur chacun était inscrit une lettre – à elles toutes, elles formaient le mot MAMMY. Un tatouage en forme de cœur figurait sur son bras droit, sous l'épaule. Jadis, le nom de Tommo y était gravé. À présent, on y voyait une gerbe de fleurs.

La sœur toussa jusqu'à ce que Philo ouvre les yeux.

— Vous êtes sûrement fatiguée, dit-elle.

— Pas du tout. En fait, je ne dors jamais. J'avais les paupières lourdes, rien de plus.

Sœur Monica trouva que Philo avait l'accent de Moore Street, une rue populaire. Bien qu'elle vînt de la campagne autour de Cork, elle adorait l'authentique accent de Dublin. Les cris des marchands braillant derrière les montagnes de légumes ou les étalages de poissons l'enchantaient. La voix râpeuse de Philo était purement dublinoise, purement Molly Malone.

— J'ai cru comprendre que vous n'aviez pas de foyer.

— C’est exact, révérende mère, je n’ai nulle part où aller.

Philo fut contente d’avoir eu la présence d’esprit de lui donner du révérende mère. Dans ce domaine, certaines religieuses étaient pointilleuses.

— Alors, qu’est-ce qui vous a poussée à venir chez nous ?

Le moment de vérité. Philo avait beau vouloir récupérer ses enfants, il n’était pas question d’avouer qu’elle les avait abandonnés. D’autant qu’elle l’avait déjà fait, c’était la deuxième fois.

La première, elle avait pris le train pour Galway. Jetant l’éponge, elle était sortie de l’arène, laissant le champ libre à Tommo. C’était un vendredi après-midi. Elle avait préparé des bâtonnets de poisson et des frites, leur plat préféré, bien en évidence dans le four. Dans un petit mot adressé à Tommo, elle lui expliquait qu’elle ne reviendrait pas d’ici quelque temps. Dans un autre, elle recommandait aux enfants d’obéir à leur père. Elle s’imaginait que Tommo, au bout de quatre jours seul avec eux, comprendrait ce que c’était de tenir une maison. Ensuite, il serait moins prompt à la critiquer, à montrer du doigt la vaisselle ou le linge sale et à l’accabler d’injures en la traitant de gros cul.

Mais à son retour de Galway, Philo avait trouvé les bâtonnets et les frites toujours dans le four. Dès qu’il avait découvert les petits mots, Tommo avait emmené les enfants à l’orphelinat de Goldenbridge où il les avait abandonnés. Son plan s’était complètement retourné contre elle. Il s’était débarrassé d’eux parce qu’il devait disputer un match de fléchettes. Quand elle avait demandé à récupérer les enfants, l’Aide sociale avait répondu qu’elle n’était pas une bonne mère puisqu’elle les avait abandonnés. Elle avait mis des semaines à prouver qu'elle n'était pas devenue folle. La seule chose qui n'allait pas, c'était l'obligation de reconstituer la cellule familiale – le prix à payer pour récupérer ses enfants –, de vivre avec Tommo, de laver son linge, de lui préparer ses repas et de sourire chaque fois qu'il la traitait de grosse vache ou pire encore.

Assise en face de sœur Monica, Philo avait l'impression d'être un animal de foire. Quoi qu'il en soit, il était hors de question qu'elle retourne auprès de Tommo. Il lui fallait du temps pour faire le point sur sa situation. Évidemment, elle était trop impulsive. Elle aurait dû emmener les enfants, sauf qu'une séparation provisoire était nécessaire. Bien que l'idée d'un foyer pour femmes battues lui eût traversé l'esprit, elle n'était pas prête à s'avouer vaincue. Ce qu'elle voulait à tout prix, c'était qu'on l'accepte, même si elle devait mentir pour y parvenir. Il n'y avait que des emmerdes dans le monde, rien d'autre. Elle avait besoin d'être en sécurité. Le couvent était le seul endroit sur terre où elle avait envie d'être.

— J'ai toujours souhaité devenir religieuse, mais je n'ai jamais eu les couilles de faire quelque chose pour ça.

Philo se donna un coup de pied dans la cheville, furieuse d'avoir laissé échapper une grossièreté.

Témoin de nombreuses vocations, sœur Monica n'en avait jamais vu qui soient comparables à celle que Philo incarnait. On lui donnait quarante-cinq ans – en fait, elle en avait trente-deux. Avec ses tatouages sur le bras et sur les doigts, elle n'avait pas vraiment l'air d'une postulante, d'autant qu'elle était énorme. Cependant que ses pensées défilaient, sœur Monica avait conscience de ses préjugés à l'encontre de cette femme. Toute prostituée qu'elle eût été, Marie-Madeleine avait lavé et essuyé les pieds du Christ, il était bon de s'en souvenir.

— Pourquoi avoir attendu aussi longtemps ? demanda-t-elle.

Voilà une question importante à laquelle Philo n'était pas sûre de pouvoir répondre en moins de six heures. La vérité pure et simple, c'était qu'elle avait gâché sa vie et qu'elle voulait y mettre de l'ordre.

— Demandez et vous recevrez, récita Philo. Je trouve ça merveilleux.

Ça l'était réellement. L'heure avait sonné pour Philo, qui avait passé sa vie à donner, de demander quelque chose en retour. Dieu le lui devait bien. Elle avait franchi la porte de Son couvent et elle voulait que celle-ci reste définitivement fermée derrière elle.

— Nous n'avons pas beaucoup de vocations tardives, c'est très inhabituel.

— Je ne savais pas qu'il y avait une limite d'âge.

— Il n'y en a pas. Absolument pas. On peut être aussi vieux qu'on en a envie.

— J'en ai des frissons comme si j'avais que la peau sur les os, lança Philo, radieuse. Non que je sois maigrichonne, c'est vraiment pas le cas, putain de bordel !

Elle se redonna un coup de pied. Pas de doute, elle devrait supprimer les gros mots de son vocabulaire, les religieuses n'avaient pas le droit de jurer.

— De quand date ce cœur ? enchaîna sœur Monica en désignant son bras.

— C'était mon premier tatouage. Il vous plaît ?

— Je le trouve très joli. Est-ce un hommage au Sacré Cœur ?

En fait, c'était en l'honneur de son salaud de mari, Tommo Nolan, mais il était exclu de le reconnaître.

Aussi s'en empêcha-t-elle en se mordillant la lèvre. Le Sacré Cœur était une bien meilleure explication.

— J'imagine qu'on pourrait dire que c'est en hommage à Notre Seigneur.

— Le Sacré Cœur est Notre Seigneur. Ils sont Un.

— Alors c'est en hommage aux deux.

— Non, ce ne sont pas deux personnes distinctes, est-ce que vous le comprenez ?

— Je dois vous faire un aveu, ma sœur. J'étais nulle au cours de catéchisme de l'école, mais je suis prête à le revoir et à l'apprendre correctement.

Même si sœur Monica estimait que la femme qui se trouvait devant elle n'avait pas l'étoffe d'une religieuse, il était de son devoir de la prendre au sérieux. Cette femme méritait le respect comme toute personne en difficulté, et la mère supérieure se doutait que la vérité mettrait un petit peu de temps à émerger.

— J'ai ici un formulaire que j'aimerais que vous remplissiez.

Sœur Monica le sortit d'un tiroir et le fit glisser sur son bureau. Philo le regarda d'un air consterné, tant elle détestait fournir des renseignements personnels. Elle était qui elle était, c'était à prendre ou à laisser, voilà à quoi se résumait sa philosophie. Pourquoi avait-on besoin de connaître son âge, son poids, sa taille – surtout Dieu, l'Omniscient qui n'avait pas besoin d'explications.

— Emportez-le chez vous, remplissez-le tranquillement et rapportez-le-moi.

— Je n'ai pas de chez-moi, ma sœur.

Pour sœur Monica, c'était invraisemblable.

— Vous n'avez pas de foyer à Dublin, pas de parents ?

Philo n'avait d'autre choix que de mentir. C'était très dur de nier l'existence de ses enfants, et mal par-dessus le marché. Sauf qu'il en sortirait quelque chose de bien.

— Je n'ai nulle part où aller. C'est la vérité. Si je pouvais rester ici et remplir le formulaire, je ferais n'importe quoi pour vous.

Sœur Monica savait qu'il lui fallait refuser mais elle en était incapable. Quelque chose l'émouvait chez Philo. Si chaleureuse et directe qu'elle fût, sa vulnérabilité affleurait. Nul doute qu'elle était blessée, mais elle n'avait pas déposé les armes. Sœur Monica ne se sentait pas le courage de rejeter sa demande. Bien que l'on gardât généralement le local réservé aux familles pour les mères avec enfants, elle allait faire une exception.

— Nous avons un local en haut. Vous pouvez y loger pour l'instant.

Soulagée, Philo n'en resta pas moins sans voix.

— J'espère que vous n'êtes pas pressée pour ça, finit-elle par articuler. J'écris lentement.

Elle prit le formulaire et le froissa, cédant à une de ses manies. Elle en fit une boule aussi petite que possible, qu'elle garda dans son poing serré. Puis elle sortit du bureau, sur les talons de sœur Monica.

— Je ne puis vous certifier que vous aurez un lit, précisa celle-ci. Il est possible qu'une famille dans le besoin débarque, et, dans ce cas, vous devrez libérer les lieux.

— Ne vous inquiétez pas pour moi, je ne dors jamais la nuit. Je marcherai dans les corridors et nettoierai les statues s'il le faut.

Sœur Monica espéra avoir pris la bonne décision en l'autorisant à rester. Philo, qui s'éloignait dans le couloir, faisait penser à une tornade humaine. Pourvu qu'elle n'échappe pas à tout contrôle, se dit la mère supérieure.

On confia Philo à sœur Rosaleen. Depuis son entrée au couvent, celle-ci avait appris à mettre en pratique le vœu d'obéissance : cela faisait partie du boulot et elle s'y était habituée. À présent qu'elle se retrouvait avec quelqu'un sous sa coupe, elle devait reconnaître que cela lui plaisait. C'était agréable de donner des ordres en sachant qu'ils seraient exécutés – cela lui procurait une certaine importance. En outre, sœur Rosaleen s'aperçut, pour la première fois depuis très longtemps, qu'elle aimait le son de sa voix et qu'il y avait davantage de mots dans son vocabulaire que « oui ».

Philo qui n'avait pas une fibre d'obéissance dans le corps ne se lassait pourtant pas des tâches qu'on lui assignait. Celles-ci lui donnaient un but tout en lui évitant de penser au gâchis de sa vie. Elle avait un tel désir de se rendre utile qu'elle n'attendait même pas qu'on lui demande quoi que ce soit et proposait ses services à la moindre occasion.

— Voulez-vous que j'égoutte les pommes de terre, sœur Rosaleen ?

— Et si je donnais un coup de main pour apporter la soupe, sœur Rosaleen ?

— Est-ce que vous souhaitez que je passe la serpillière, sœur Rosaleen ?

Philo courait d'un bout à l'autre de la cuisine afin d'occulter la vie qu'elle fuyait. Avec l'animation qui y régnait et les distractions qu'elle offrait, c'était une cachette idéale, le paradis, le lieu d'une manne providentielle. Ici, au milieu d'un océan de victuailles, elle se gavait sans éprouver le moindre sentiment de culpabilité. D'abord, il y avait de la soupe à la queue de bœuf – ce n'était pas du potage écossais, son plat préféré, mais elle était épaisse à souhait et elle s'en régalait. Ensuite, il y avait le lard bouilli couvert d'une graisse neigeuse délectable que la plupart coupaient et jetaient. Pas Philo. Elle adorait qu'un morceau bien suintant lui racle les deux parois du gosier quand elle l'avalait. Rien n'était plus délicieux à son avis. Enfin, il n'existait pas de meilleur mélange de saveurs que la tarte aux pommes et la crème anglaise servies en dessert. Voilà ce qui s'offrait à Philo dans la cuisine. Comme la nourriture s'infiltrait dans son organisme, elle était sûre de réussir à s'endormir et à oublier un peu plus son passé dans son sommeil.

Le personnel servait trente-trois portions pour les personnes âgées qui venaient les prendre à la salle à manger du Centre d'accueil. On préparait dix barquettes en alu qu'on livrait à domicile. Sur les consignes de sœur Rosaleen, Philo répartissait les pommes de terre en portions parcimonieuses. Enfin, c'était l'heure où les employées pouvaient savourer les fruits de leur travail. Nouvelle venue, Philo était le point de mire pendant qu'elles se restauraient, mais elle parvenait à ne pas trop se trahir.

Mlle Somers, la cuisinière en chef, avait un nom inadéquat : l'expression de son visage avait toujours quelque chose d'hivernal [1]. Personne ne l'appelait par son prénom, c'était Mlle Somers tout au long de l'année. Comme elle n'aimait pas la concurrence, elle prit immédiatement Philo en grippe. À table, elle commença à débarrasser avant que Philo n'ait terminé. Elle versa du thé dans des tasses, puis y ajouta du lait. Philo n'appréciait pas qu'on se permette de mettre du lait dans son thé, la quantité qu'elle prenait était quelque chose de très personnel à ses yeux, et

1. Jeu de mots entre Somers et *summer* : l'été. *(N.d.T.)*

elle trouvait antipathique quiconque se permettait une ingérence dans ce domaine. Ne voulant pas commencer une dispute dès le premier jour, elle se mordit la lèvre et porta la tasse à sa bouche en souriant.

Ce fut à ce moment-là qu'elle se rendit compte à quel point elle avait envie d'une cigarette. L'ancienne Philo en aurait demandé une sur-le-champ, l'impulsivité étant son deuxième prénom. La nouvelle, en revanche, s'entraînait à la servilité et était résolue à changer de comportement.

— Quelqu'un fume parmi vous ? lança-t-elle.

Une question ridicule évidemment. La possibilité que les sœurs Davina, Kevin et Rosaleen aient des cigarettes était plus que nulle. Il restait Mlle Somers, qui n'avait sûrement aucune envie de satisfaire les besoins en nicotine de Philo.

— Vous postulez pour rentrer dans les ordres, n'est-ce pas ? demanda Mlle Somers.

— Oui.

— Vous savez que les religieuses n'ont pas le droit de fumer.

— Non, je l'ignorais.

— C'est pour ça qu'elles sont en si bonne santé. Vous n'avez jamais entendu de religieuse avec une toux de fumeur, hein ?

— Non, en fait...

— Elles n'ont jamais de rhume ni de bronchite ni de cancer. Leur santé est si florissante qu'on finit par en être agacé, si vous voyez ce que je veux dire.

Mlle Somers, elle, commençait à sérieusement agacer Philo, qui ne réussissait pas à en placer une. À peine cette femme eut-elle terminé sa phrase qu'elle sortit un paquet de cigarettes de sa poche ; elle en prit une avant de le froisser dans son poing.

— Désolée, c'est la dernière.

Elle l'alluma et exhala la fumée. Philo fut saisie d'une soudaine envie de lui flanquer une gifle. Il était exclu d'y céder parce qu'elle était à l'épreuve sans compter qu'elle avait conscience de la futilité de la violence. La nicotine était quelque chose de puissant – autant que l'héroïne d'après certains –, et sa suppression déclenchait d'extrêmes perturbations d'ordre émotif. Ne se fût-elle pas trouvée à l'orée d'un nouveau départ dans la vie que Philo aurait étripé Mlle Somers. Au lieu de quoi, elle apostropha les bonnes sœurs en souriant :

— C'est vrai que vous n'avez pas le droit de fumer ?

L'espace d'un instant, elles eurent l'air abasourdies.

— Je ne le crois pas, répondit sœur Kevin.

— Pas de cigarettes ni d'alcool, c'est la règle, ajouta sœur Davina.

— Ce qui signifie que vous ne devez plus fumer, enchaîna sœur Rosaleen en la désignant.

Philo détestait qu'on la montrât du doigt. On l'avait montrée du doigt toute sa vie comme si elle était responsable des problèmes du monde entier. Elle serra les poings et garda le silence.

Mlle Somers continuait de faire des nuages de fumée. Vu qu'elle n'inhalait pas vraiment, on eût dit de grosses boules d'ouate. C'était une cigarette gâchée. Ce qui flottait dans l'air aurait dû flotter dans ses poumons. Philo était une vraie fumeuse qui aspirait fièrement jusqu'au tréfonds de son ventre. Elle persistait à croire que Mlle Somers lui passerait sa cigarette. D'après une loi non écrite, mais universelle chez les fumeurs, quelles que soient leurs culture, croyance, opinions politiques, une dernière cigarette se partage. On ne rejetait pas l'ultime requête d'un condamné et on ne refusait pas à un fumeur une taffe de sa dernière cigarette. Philo attendait avec impatience ce qui serait son ultime bouffée avant qu'elle ne renonce aux cigarettes et n'embrasse la vie religieuse pour de bon.

— Nous devons arranger la salle à manger, dit sœur Rosaleen. Venez.

La religieuse énergique était déjà presque arrivée à la porte quand elle se rendit compte que Philo n'avait pas bougé.

— Debout, voyons, il faut que l'on dispose les tables.

— Vous voulez que j'aille là-bas ?

Philo ne parvint pas à dissimuler sa panique.

— Ce ne sont que des vieillards, ils ne vont pas vous mordre.

— Je les connais. Ils sont pires que des vampires, ils ont des crocs.

— À vous entendre, on croirait qu'il s'agit de monstres.

— C'est exactement ce qu'ils sont, bordel !

L'assistance en eut le souffle coupé. Même la fumée, manifestement interloquée, se dissipa. Philo s'en fichait. La perspective de se trouver en face des vieux l'affolait réellement. Elle était de la paroisse : ils étaient donc nombreux à la connaître. Le couvent était censé être son refuge. Dans la cuisine, elle était à l'abri, mais se rendre à la salle à manger était aussi terrifiant que de monter l'escalier menant à la potence. Philo n'était pas prête pour son exécution, pas encore. Après s'être confondue en excuses, elle se réfugia aux toilettes où elle passa le plus clair de l'après-midi.

Philo fit un tour du côté de la chambre de sœur Rosaleen. Il était presque dix heures du soir, mais la jeune femme n'avait aucune notion du temps. Sœur Rosaleen récitait l'office du jour lorsque Philo frappa à sa porte, entra et s'assit sur son lit. Elle avait visiblement envie de parler.

— Vous avez tout à fait le droit d'être contrariée, je suis une pétasse complètement idiote, lança-t-elle.

Sœur Rosaleen ne lui en voulait pas. Au contraire. La présence de Philo l'enchantait, car elle était un souffle d'air frais. Simplement on était pointilleux sur les visites du soir au couvent ; les nonnes avaient fait vœu de silence à partir de vingt heures. Elle devait demander la permission à la mère supérieure de le rompre. Elle s'efforça de chuchoter l'explication à Philo. Peine perdue, celle-ci ne voulait rien entendre.

— J'ai l'impression que vous êtes contrariée.

Sœur Rosaleen prit une feuille de papier où elle écrivit : *Vœu de silence.* Dans un éclair de lucidité, Philo désigna la feuille, puis la religieuse :

— Vous n'avez pas le droit de parler ?

Sœur Rosaleen acquiesça en souriant.

— Alors, c'est moi qui ferai la conversation. Installez-vous confortablement et détendez-vous.

Et elle se lança. Elle parla tandis que sœur Rosaleen hochait la tête ou la secouait d'un côté à l'autre. Philo s'excusa d'avoir désobéi. C'était une erreur pour laquelle elle méritait d'être punie. Elle proposa de se prosterner pour qu'on la fouette et fut consternée d'apprendre que cela n'avait plus cours chez les religieuses. Quel dommage, c'était au moins aussi important que de respecter un vœu de silence ! Elle suggéra une liste d'autres châtiments, des cendres à répandre sur sa tête à l'obligation de rester debout dans une bassine d'eau glacée. Mais sœur Rosaleen les refusa tous d'un signe.

Les silences étaient longs et beaux quand Philo s'interrompait. Elle les engloutissait. Après les cris et les hurlements d'asile de sa maison, c'était un mets exquis à savourer.

— Le silence, quel pied ! s'exclama-t-elle. J'adore ça, bordel !

Sœur Rosaleen tressaillit sans que Philo comprenne pourquoi. Son sentiment d'harmonie intérieure était tel qu'elle n'avait pas remarqué ses grossièretés. Sœur Rosaleen prit le bout de papier pour y écrire : *Pas de gros mots*. L'étonnement de Philo fut sincère.

— Mais qu'est-ce que j'ai dit ?

Sœur Rosaleen leva son stylo. Au moment où elle allait coucher le mot sur la feuille, elle changea toutefois d'avis et posa les yeux sur Philo.

— Qu'est-ce qui se passe, vous ne savez pas comment ça s'écrit ?

Sœur Rosaleen commença à rire et essaya de s'en empêcher, ce qui ne fit qu'aggraver les choses. Elle eut beau se couvrir le nez et la bouche des mains, il passa au travers comme la vapeur s'échappant d'une bouilloire. Philo l'imita. Leur rire emplit le silence avec naturel et insouciance. Pour Philo, c'était vraiment la paix parce que la guerre était absente. Ici, au couvent, elle était à l'abri sans arborer les stigmates d'une femme battue. Elle était entourée d'amour et de respect. Elle pouvait compter sur les religieuses. Elle avait sœur Rosaleen, sa patronne, d'une grande bonté.

— J'aimerais beaucoup que ma fille devienne comme vous.

Sœur Rosaleen fut touchée, puis surprise.

— Vous avez une fille ? demanda-t-elle, rompant son silence.

Philo, qui avait oublié que la sœur pouvait parler, s'affola.

— Non, je n'en ai pas une – Philo ne mentait pas, elle n'avait pas une, mais trois filles – mais si j'en avais une, j'aimerais qu'elle vous ressemble plus tard.

Sœur Rosaleen ne se souvenait pas de la dernière fois où on lui avait dit quelque chose d'aussi gentil. La plupart des gens évitaient d'aborder le sujet des enfants en sa présence. Et pour cause : elle avait fait vœu de chasteté et n'en aurait jamais. Certes, sœur Rosaleen y pensait et se demandait souvent à quoi ils auraient pu ressembler. Elle restait une femme malgré tout ; Philo le lui avait rappelé avec une infinie délicatesse. Elle éprouva un regain de fierté à l'idée que son utérus, toujours intact, n'avait pas disparu. Grâce à Philo, elle était fière d'être une femme et une religieuse.

2.

Quand Philo se leva le lendemain, sœur Rosaleen l'emmena faire un tour du couvent. Elle commença par le toit où se trouvait un assortiment de plantes exotiques en pot, dont sœur Xavier s'occupait en leur parlant et en priant pour elles. Ce jour-là, elle était au lit avec la grippe. Les alentours de North Wall étaient tellement dévastés que Philo fut stupéfaite de découvrir un tel jardin, une parcelle de perfection à la lisière du chaos. On avait évacué les locataires des immeubles qui seraient bientôt démolis. Ils offraient un triste spectacle de désolation. Le silence régnait dans les escaliers et les balcons vides où des enfants jouaient naguère ; les pièces qui avaient été si pleines de vie n'étaient plus que des coquilles. Sur le toit, en revanche, chaque plante portait une étiquette détaillant son nom, sa provenance et la date à laquelle on l'avait plantée. Le contraste n'aurait pu être plus criant.

Philo était sûre que les plantes ne manquaient pas d'amour. Leur aspect témoignait du soin qu'on prenait d'elles, l'éclat de leurs feuilles altières évoquait un sourire. Certaines avaient des bourgeons prêts à s'ouvrir – notamment les camélias. Philo voyait la main de Dieu partout. Elle lança un regard au monde à l'agonie de North Wall, aux murs silencieux qui avaient hébergé tant de gens, aux quais jadis grouillant de vie. North Wall agonisait tandis qu'elle se trouvait au milieu des fleurs et heureuse d'y être, heureuse d'être ailleurs, au point d'avoir envie de pleurer.

Du toit, sœur Rosaleen fit descendre une échelle menant au fond de la chapelle. Debout devant un mur lambrissé de chêne, la religieuse glissa la main dans une fente, tira une partie du panneau vers elle et révéla un passage secret débouchant derrière l'autel. Elles se faufilèrent dans l'obscurité, se hissèrent au-dessus du parapet et embrassèrent du regard les bancs où s'agenouillait la congrégation pour la messe.

— À votre avis, qu'est-ce qui se passerait si je surgissais ici pendant la messe demain matin ? chuchota Philo, qui sauta en faisant des grimaces à l'assistance imaginaire, à la manière d'un lutin.

Tordue de rire, sœur Rosaleen croisa les jambes pour s'empêcher de faire dans sa culotte. Chaque fois que l'image de la tête de Viking de Philo lui traversait l'esprit, elle se pliait en deux. Philo s'associa à elle, sans trouver ça drôle. Elle riait parce que sœur Rosaleen ne pouvait s'arrêter.

— J'ai mal à la foufoune à force de rigoler, finit par dire Philo.

De tous les mots de la langue anglaise, *Foufoune* était celui qu'elle préférait. Il s'agissait, bien entendu, d'un terme d'argot pour le vagin que Philo employait quand elle avait envie de choquer les gens qu'elle n'aimait pas, surtout les hypocrites du genre de son père, de son mari ou des membres du clergé. Parfois, il lui échappait à son insu – comme à l'instant, derrière l'autel.

— Moi aussi, j'ai mal à la foufoune, lâcha sœur Rosaleen.

C'était la première fois que Philo entendait ce mot dans la bouche d'une religieuse, et ça ne lui plut pas du tout. On aurait dit qu'une obscénité avait franchi ses lèvres. Philo ne voulait pas être responsable de la métamorphose de sœur Rosaleen en une pécheresse de son acabit.

— Vous ne devriez pas prononcer ce mot, ma sœur.

— De quoi parlez-vous ?

— De foufoune.

— Et alors ? C'est le ventre, non ?

— Non, c'est plus bas. C'est votre vagin ; vos organes féminins.

— Vous croyez que c'est un gros mot ?

Philo ne savait qu'en penser. Avant d'arriver au couvent, elle s'était abondamment servie de son vagin. Sœur Rosaleen jamais, soupçonnait-elle. Sans doute la religieuse était-elle venue tout droit d'une ferme, où elle avait grandi dans un air pur, comme en témoignaient ses joues rouges. Jamais l'ombre d'un homme ne s'était projetée sur elle. Philo était contente d'avoir fait l'expérience du sexe avant d'y renoncer pour toujours.

Quittant l'arrière de l'autel, elles retournèrent à la cuisine en suivant un dédale tortueux de couloirs. La préparation du déjeuner pour les personnes âgées du Centre d'accueil y battait son plein. Sœur Davina, une robuste femme de soixante ans, tendait un broc à sœur Kevin, debout sur une chaise près d'un chauffe-eau Burco qui produisait autant de fumée qu'une cheminée. Sœur Kevin soulevait le couvercle et y versait de l'eau. La minuscule religieuse de soixante-dix ans disparaissait l'espace d'un moment dans un nuage de vapeur avant de se retourner tendant le broc vide à Mlle Somers pour qu'elle le remplisse à nouveau. Il était impossible d'imaginer une façon plus archaïque de remplir une chaudière.

Philo proposa de descendre la chaudière de l'étagère, mais les autres ne voulurent pas en entendre parler. C'était trop lourd, protestèrent-elles, Philo se donnerait un tour de reins.

— Vous pouvez monter si ça vous chante et me remplacer, dit sœur Kevin d'un ton courroucé.

N'ayant aucune envie de grimper sur une chaise qui risquerait de s'effondrer sous son poids, Philo souleva sœur Kevin comme s'il s'agissait d'une poupée et la posa sur la terre ferme.

— Donnez-moi une minute, lança-t-elle.

Sortant de la pièce, elle rebroussa chemin. Une fois sur le toit, elle trouva un bout de tuyau qu'elle avait remarqué auparavant. Elle le rapporta à la cuisine et le lava. Puis elle fixa une extrémité au robinet d'eau froide, plongeant l'autre dans la chaudière. Un simple mouvement de son poignet suffit à ce que l'eau coule en flot continu dans la chaudière.

— Je la remplis complètement ? demanda Philo.

Personne ne répondit. Elles n'en revenaient pas. Depuis l'ouverture du Centre d'accueil douze ans auparavant, elles avaient toujours rempli la chaudière en formant une chaîne humaine. Voilà que Maman ours débarquait et leur montrait une méthode autrement plus sensée. C'était un ange, un sauveur envoyé par Dieu. Ses sœurs en Christ étaient prêtes à l'accueillir parmi elles.

Mlle Somers était la seule à ne pas être impressionnée. À ses yeux, le diable était dans tout ça. L'intruse la menaçait. On avait l'impression qu'il y avait moins d'air dans la pièce depuis qu'elle y évoluait. L'eau qui continuait à se déverser dans la chaudière avait, pour Mlle Somers, quelque chose d'une sirène d'alarme l'avertissant d'ennuis à venir.

Percevant le danger, sœur Rosaleen donna l'ordre

à sa protégée de la suivre dans la salle à manger. Cette fois, Philo n'avait d'autre choix que de lui obéir.

Elle fit de son mieux pour se cacher derrière sœur Rosaleen, chose impossible pour quelqu'un de sa corpulence. Les deux femmes écartèrent les tables dont elles enlevèrent les nappes. Sœur Rosaleen sortit d'un buffet ce qui constituait le clou des activités d'après déjeuner : deux jeux de cartes ; une mallette comprenant un jeu de dames, un jeu de petits chevaux et un jeu de l'oie ; un jeu de dominos ; une version américaine du Monopoly à laquelle personne ne jouait ; un jeu appelé Mastermind qui se jouait avec des petits pions de couleur dont la plupart s'étaient volatilisés ; deux Cluedo, l'un tout neuf, l'autre abîmé ; un jeu de courses de chevaux baptisé Totopoly, que les hommes appréciaient particulièrement ; un Trivial Pursuit qui n'intéressait personne parce que la plupart des questions concernaient la famille royale ; enfin, un Lego conçu pour des enfants de six à huit ans. En outre, il y avait pléthore de magazines : *Ireland's Own, Hello, Image, Brides and Bridesmaids, The Listener, Golf-World* – avec deux ou trois tees gratuits collés sur la couverture –, *The SacredHeart Messenger, Far East, Our Boys, In Dublin* et le programme télé du *Sunday People* annonçant des émissions à l'antenne dix-huit mois plus tôt. Il y avait de la méthode dans la folie de sœur Rosaleen, un ordre dans la disposition apparemment chaotique des tables et des chaises. Plutôt que de s'escrimer à les décoder, Philo baissa la tête et suivit son exemple.

Nan Cassidy, qui habitait quatre portes plus loin que la mère de Philo dans East Wall, parlait à Granny Carmody tout en s'appuyant sur sa canne. Bien qu'elle eût reconnu Philo, elle attendit que celle-ci la croise pour l'attraper par le bras.

— Comment va, Philomena ? Je ne savais pas que tu travaillais ici.

Philo ouvrit la bouche et montra sa gorge, une façon de signaler qu'elle ne pouvait parler.

— Ça fait une éternité que je n'ai pas vu ta maman. Comment se porte-t-elle ?

Avec ses lèvres, Philo formula silencieusement une réponse : « Bien, je crois. » Nan Cassidy se tourna vers Granny Carmody :

— C'est la fille de Sylvia Darcy, tu sais, celle qui a un problème de poids et habite à quatre portes de chez moi.

— C'est vrai qu'elle est affreusement grosse.

— Ce n'est pas drôle, crois-moi. Elle n'arrive même pas à monter l'escalier, Dieu la bénisse.

— Tous ces kilos en trop, ça doit être un horrible calvaire.

— Vrai de vrai, je préférerais être dans un fauteuil roulant que d'avoir à porter tous ces kilos.

C'en fut trop pour Philo.

— Pour le fauteuil roulant, on peut s'arranger, Nan Cassidy, siffla-t-elle, les dents serrées.

Et Philo de bousculer les deux femmes, qu'elle faillit faire tomber. Elle exécrait la médisance, surtout chez les personnes âgées qui devraient plutôt se préparer à rencontrer le Créateur que se livrer à la diffamation. Certes, sa mère était très grosse, mais la question n'était pas là : c'était déjà assez pénible d'avoir ce handicap sans que les gens s'en repaissent comme des vautours. Si cette dernière avait envie de nourrir qui que ce soit, elle n'aurait qu'à faire don de sa graisse, après sa mort, à la friterie de East Wall Road.

Quand on eut attribué aux chaises et aux tables leur dernière demeure, l'assemblée de vieillards commença à s'asseoir. Malgré la nonchalance qu'ils s'efforçaient d'afficher, c'était un rituel aussi rigide que leur pratique religieuse. Nan Cassidy et Granny Carmody s'installèrent à une table avec Barney Hughes, surnommé le commandant parce qu'il avait servi dans l'armée irlandaise. Ils jouaient au Cluedo ensemble et n'aimaient pas les intrus. Ils prenaient les meurtres très au sérieux. Vu sa formation, le commandant gagnait la plupart du temps ; les femmes n'étaient pas à la hauteur de sa faculté de déduction.

La table suivante réunissait Cap Coyle, Mucky Mannion, Gracie Kershaw et Olive Mulvey, la sourde, dont la fille qui portait le même prénom entendait parfaitement. Les jeux d'argent avaient beau être interdits au Centre, ils jouaient au Totopoly en se servant d'allumettes dont chacune représentait dix pence. Ils fixaient des limites très strictes : personne n'avait le droit de miser davantage que cinq allumettes par partie et il fallait abandonner si les pertes s'élevaient à dix allumettes, soit une livre, en un jour. Ils avaient bien essayé de jouer pour rire, conformément au règlement du couvent, mais, sans enjeux, les courses de chevaux n'avaient vraiment pas le même intérêt.

À l'autre bout de la pièce, aussi loin que possible, se trouvaient Dina Sugrue et Minnie « Mouse » O'Hara, le duo le plus craint du foyer. Malgré leur petite taille, elles avaient une personnalité aussi imposante qu'un grizzly et une langue capable de faire tourner le lait. D'ordinaire, Ita Mullen et Chrissie Mongon les rejoignaient et elles jouaient au poker avec des allumettes valant cinq pence chacune. Aujourd'hui, leur table disputait une partie de petits chevaux parce que la moitié des partenaires de poker était à un mariage.

Remarquant Ninna Delargy isolée dans son coin, Philo la trouva pathétique. La vieille femme tenait des Lego à la main et essayait de les assembler. Ninna vivait seule dans une maison qui enjambait le canal à l'endroit précis où il se jetait dans la Liffey. Des quatre maisons qu'il y avait eu à une époque, trois étaient en ruines. Vieilles d'un siècle, on les avait construites pour les familles de ceux qui travaillaient sur la voie d'eau. Matt, le mari de Ninna, était éclusier. Il avait un peu plus de cinquante ans à sa mort ; aux dires de certains, la fermeture du canal avait mis un terme à sa vie. À North Wall, on considérait Ninna, qui avait toujours l'air d'être apprêtée pour la messe dominicale, comme une *vraie dame*. Cela changea quand on la cambriola. Complètement démoralisée, elle commença à se laisser aller. Cela se voyait davantage à ses cheveux qu'à ses vêtements : au lieu d'être impeccablement coiffés comme avant, ils étaient ébouriffés en permanence. Quelque chose s'était brisé en elle après le viol de son domicile.

Après avoir réuni quelques blocs de Lego, Ninna commença à élever un mur. Elle laissa une brèche, peut-être pour une porte, et continua. D'un pas énergique, Philo s'approcha de l'endroit où elle se trouvait et la prit par le bras.

— Venez, vous ne devriez pas rester toute seule.

— Laisse-moi d'abord terminer la maison.

Sentant la résistance de Ninna, Philo s'assit à côté d'elle et l'aida. À elles deux, elles dénichèrent une porte, une fenêtre, une pièce pentue pour le toit. En un rien de temps, leur œuvre fut achevée : une maison en plastique, aux murs blancs, pourvue d'une porte jaune et d'un toit rouge. Ninna lança un sourire d'architecte contente d'elle à Philo.

— Avez-vous envie de participer à un jeu ? lui demanda alors celle-ci.

— Oui, avec plaisir.

— Venez avec moi, on va vous trouver une petite place.

Prenant Ninna par le bras, Philo l'emmena à la table du Cluedo. Le commandant les vit s'approcher et leva la main, dans un style militaire.

— Nous sommes en plein milieu d'une partie, protesta-t-il.

— Comme ça, elle peut se joindre à vous pour la prochaine, assura Philo.

— Il n'y a que trois chaises à cette table, intervint Granny Carmody.

— Pas de place dans l'auberge, c'est ça ? dit Philo.

La tension fut instantanée. Autour d'eux, les tables prirent conscience de la gêne. Personne ne proposa quoi que ce soit ; tous se contentèrent de les fixer. Philo absorba les regards vides de l'égoïsme.

— Si elle n'a pas de partenaire, il y a des magazines, lança l'un d'eux.

Il s'agissait de Cap Coyle. Avant même que Philo n'ait fondu sur lui, il regretta sa phrase lamentable. On aurait dit qu'il se défilait et c'était le cas. Il prit un des petits chevaux en bois du jeu de Totopoly et le brandit. Il portait le numéro 2 et le nom *Apollon* était peint en blanc sur sa selle. On donnait à tous les chevaux des noms tirés de la mythologie grecque ou romaine : Hippolyte, Dionysos, Zeus, Aphrodite et Bacchus.

— C'est un jeu de courses de chevaux, je ne sais pas si vous aimez ça, ajouta Cap.

Ninna Delargy adorait les chevaux. Elle se rappelait les avoir vus haler des barges le long du canal dans son enfance. Des chevaux irlandais, de grands et imposants bourrins de roulage, dont l'un s'appelait Nelly, elle en était presque sûre – Nelly ou Sally. Pourquoi affublait-on ceux du jeu de noms grecs ? se demanda-t-elle.

— Ça vous dit de jouer aux courses de chevaux ? s'enquit Philo.

Ninna n'aimait pas que tout le monde la dévisage de la sorte. Cela la mettait mal à l'aise. Elle sentit son ventre se soulever comme lorsqu'on était entré par effraction dans sa maison. Elle aurait volontiers accepté, mais c'étaient des chevaux grecs dont elle ne comprenait pas les noms.

— Je crois que je vais lire des magazines, répondit-elle. Je n'aime pas m'imposer.

— Eh bien, j'espère que vous êtes satisfaits, s'indigna Philo. Heureusement que je ne dois pas écouter vos confessions, c'est tout ce que j'ai à dire.

Personne n'ouvrit la bouche. Philo avait titillé la conscience collective ; la honte qu'ils éprouvaient était palpable. Elle rejoignit sœur Rosaleen tout en continuant à fulminer.

— Ils vont à la messe le matin et poignardent leur prochain l'après-midi. Je déteste cette hypocrisie, pas vous ?

Sœur Rosaleen acquiesça d'un signe de tête, n'ayant pas le cran de s'exprimer à voix haute alors que Philo, en train de déclamer son homélie, était le point de mire de tous.

— On pourrait imaginer qu'ils savent se conduire à leur âge, ma sœur. Ils sont censés être les modèles des générations à venir, n'est-ce pas votre avis ?

Branchée sur le système attaque, Philo était incapable de s'arrêter. Son humeur massacrante, due en grande partie au fait qu'elle n'avait pas fumé une seule cigarette de la journée, y était bien sûr pour quelque chose.

— Pas étonnant que ce quartier soit nase si les vieux n'arrivent pas à s'entendre. Je trouve ça triste, voilà ce que je pense. Très triste.

North Wall était un mélange de maisons, d'immeubles, d'usines, de parcs à charbon, de chantiers de bois de charpente, de dépôts de matériel ferroviaire, de terminal pour le pétrole et de toutes sortes d'activités liées à l'existence de docks. Sa création remontait à l'une des fièvres de construction du XVIIIe siècle où l'on avait bâti un mur tampon, élargissant la rivière là où elle se jetait dans la mer. Cela avait transformé Dublin en un grand port et des ouvriers de toute l'Irlande étaient venus avec leurs familles pour exploiter le fleuve. Au début des années cinquante, vingt-quatre immeubles s'élevèrent, faisant de North Wall le quartier le plus densément peuplé de Dublin. Sheriff Street le surplombait. D'un côté se dressait la splendeur délabrée de Seville Place avec ses résidences victoriennes à trois étages, de l'autre la Liffey qui le séparait du sud.

Jadis, North Wall était un village grouillant de vie à la lisière de la ville, encerclé et dominé par le fleuve. À son âge d'or, personne n'aurait imaginé qu'il deviendrait une zone urbaine à l'abandon.

Si la génération des vieillards du Centre d'accueil n'était pas responsable de ce déclin, Philo était désolée de voir que leurs dissensions contribuaient à leur défaite. Maintenant plus que jamais, ils auraient dû être soudés et faire tomber les barrières au lieu d'en élever de nouvelles. En réalité, elle en était bouleversée parce que cela lui rappelait le désastre de sa vie, désastre qu'elle tentait désespérément de fuir, d'oublier.

Sœur Rosaleen ne pouvait s'empêcher d'estimer que les vieillards méritaient qu'on leur tape sur les doigts. D'ailleurs, comme des gosses effrontés conscients d'avoir été trop loin, ils semblaient presque contents qu'on leur ait fait remarquer leurs fautes. Il n'y eut pas l'ombre d'une protestation. Ils se repentaient d'avoir péché. La tête basse, abîmés dans une rêverie silencieuse, ils attendaient le pardon, attendaient d'être lavés de leurs péchés afin de redevenir purs.

Philo regarda sœur Rosaleen et comprit qu'elle avait dépassé les bornes. Ce n'était pas son rôle de faire la loi – on la tolérait tout juste, elle était ici pour obéir aux ordres, non pour en donner : elle était la boniche.

— Je suis désolée de vous avoir engueulés, s'excusa-t-elle. C'est juste que je kiffe North Wall, putain !

Plusieurs voix s'élevèrent dans la salle.

— T'as eu raison !

— On le méritait.

— Nous aussi, on aime North Wall.

Délaissant sa partie de petits chevaux, Dina se mit debout.

— Je suis fière de venir des docks. J'y suis née et j'y mourrai. Y a pas de meilleur endroit pour passer l'arme à gauche.

— Ta mort, c'est pas pour tout de suite. Assieds-toi, commanda Mouse O'Hara.

Grand amateur de veillées funèbres, Joxer Farrell voulut savoir qui avait rendu l'âme. Il fallut plusieurs voix pour le convaincre qu'il n'assisterait pas à un enterrement dans l'immédiat.

— J'ai une grande gueule, reprit Philo. Ça m'apporte que des emmerdements.

— T'en auras pas parce que t'as dit la vérité, intervint Cap.

Tout le monde parut en convenir. Sœur Rosaleen n'avait jamais vu autant d'animation dans la salle à manger. C'était bien que les gens s'expriment, discutent, se fassent entendre. Philo les avait galvanisés, c'était l'occasion d'encourager l'esprit de camaraderie.

Sœur Rosaleen battit des mains pour attirer l'attention.

— Pourquoi ne pas réciter une dizaine du chapelet et l'offrir pour nos intentions ?

La proposition n'intéressa personne.

— Pourquoi ne pas chanter en chœur ? cria quelqu'un.

— Régale-nous avec un air d'Al Jolson, Mucky, renchérit un autre.

— Allez, vas-y, fais-nous *Mammy*, réclama Joxer Farrell.

Dans la salle, la demande pour que Mucky donne son interprétation d'Al Jolson fit de plus en plus d'émules.

— *Mammy*, Mucky ! le supplia-t-on de tous côtés. *Mammy*, Mucky !

L'imitation d'Al Jolson par Mucky était légendaire. Il aimait par-dessus tout se faufiler dans les toilettes d'un pub et s'enduire le visage du cirage noir qu'il emportait toujours quand il sortait boire un coup. Il faisait une entrée solennelle en tombant sur un genou au milieu de la pièce avant d'entonner *Mammy* à plein gaz. En vérité, il ne surprenait plus personne, mais tout le monde jouait le jeu par respect pour son sens de la mise en scène.

Mucky ne pouvait accéder à leur requête parce

qu'il n'emportait jamais de cirage au foyer et qu'il ne jouait jamais sans masque noir.

— Pourquoi ne nous chantes-tu pas une chanson, Philo ? demanda Dina.

— Oui, pourquoi pas ? approuvèrent plusieurs autres.

On aurait dit que la Sainte Vierge était apparue et exigeait que Philo chante. Ils ne voulurent entendre aucune excuse, c'était un commandement – Dina avait formulé la requête au nom du groupe et la horde de loups n'était pas prête à accepter un refus. Sœur Rosaleen joignit sa voix au chœur ; comme elle était sous ses ordres, Philo n'eut d'autre choix que de céder.

— J'ai besoin d'un ou deux godets avant de commencer.

Le prétexte était plus ancien que les pyramides. Sans se laisser démonter, Dina chercha la flasque de cognac qu'elle gardait en permanence dans son sac. Elle la retourna et la secoua légèrement. La flasque de cognac apparut, ainsi qu'une salière et un sucrier, les mêmes que ceux posés sur la table.

— Bois un coup, rince-toi le gosier.

Philo observa la bouteille, tentante bien sûr. Sauf que si elle laissait le liquide marron franchir ses lèvres, il lui faudrait une cigarette. Alors elle refusa.

— Vu que j'ai tellement de choses en commun avec Tina Turner, je crois que je vais chanter une de ses chansons.

Ceux qui connaissaient Tina Turner éclatèrent de rire tandis que les autres se demandaient ce qu'il y avait de drôle.

— Je partage des mensurations essentielles avec Tina Turner, expliqua Philo. Mon poignet correspond à son tour de taille.

Elle leur montra son bras.

— On est aussi nées le même jour, sans compter d'autres trucs sur lesquels je ne vais pas m'étendre parce que c'est pas du joli.

Philo s'éclaircit la voix et se lança dans *Simply the Best*, avec une ardeur comparable à celle régnant dans un pub de Dublin le dimanche soir, où les femmes se donnent le bras et se balancent d'avant en arrière au rythme des airs qu'elles chantent tour à tour. C'était d'une telle intensité que l'on racontait que certains pubs de la ville s'arrachaient du sol durant ce genre de séances.

La chanson de Tina Turner était le morceau de bravoure de Philo, qui en avait fait son hymne personnel. Il parlait d'elle ; il célébrait son obstination à reléguer le passé aux oubliettes et à s'affirmer en tant que personne à part entière. Pour une femme de sa corpulence, elle se déplaçait avec une grâce extraordinaire. Ses pieds effleuraient le sol comme ceux d'une ballerine, ses bras se déployaient au-dessus de sa tête comme s'ils étaient attachés à une ficelle, ses hanches oscillaient d'un côté à l'autre en un balancement envoûtant. Les sons qui sortaient de sa bouche auraient éjecté Pavarotti de la pièce. Ils retentirent dans tout le bâtiment, si bien que les gens accoururent. D'abord le personnel de cuisine, sœur Davina, sœur Kevin et Mlle Somers, suivies de près par un groupe hétérogène de religieuses persuadées que les vieux étaient devenus fous. Ils l'étaient en effet. Et quand ils braillèrent le refrain, même les nonnes se retrouvèrent en train d'onduler au rythme entraînant, les bras au-dessus de la tête – un acte d'insubordination notoire. Au finale, il y eut des bravos, un tonnerre d'applaudissements tandis que quelques hommes sifflaient leur enthousiasme. Pareille explosion, pareille rigolade, pareille unité n'avaient jamais eu lieu auparavant.

Conformément à la tradition, Philo déclara qu'elle avait droit à une faveur. Comme elle balayait l'assistance du regard pour choisir quelqu'un, ses yeux tombèrent sur Cap Coyle, propriétaire d'une échoppe dans Sheriff Street. Elle lui avait acheté des légumes et connaissait son penchant à pousser la chansonnette dans sa boutique. Cela semblait logique de le désigner. Bien sûr, il y avait aussi Dina. Marchande de quatre saisons, son magasin intitulé *Ici tout est frais* se trouvait à l'angle de Dowdall's Lane où Philo faisait également ses courses. Trop préoccupée par le présent pour se soucier de leur guerre des légumes, elle n'avait jamais compris la vieille querelle entre Cap et Dina, d'autant que son principal objectif était d'éviter les conflits et de réunir les gens.

— Je choisis Cap Coyle. Allez, Cap, une chanson.

Il y eut pléthore de chut, de rappels à l'ordre et l'inévitable cri : « Une seule voix s'il vous plaît. »

Cap se leva. Restant à sa place, il ôta son chapeau qu'il garda à la main et tripota. C'était une affaire sérieuse de chanter devant une audience. Formé par son père, Bronco Coyle, il connaissait les usages de l'opéra mieux que la plupart. Il tendit son chapeau à Mucky et prit la posture du chanteur, les bras sous le ventre comme s'il portait un petit poids.

Il n'avait aucune idée de ce qu'il allait chanter jusqu'à ce qu'il aperçoive Dina au fond de la pièce. Cela réveilla quelque chose d'inattendu et son cœur lui envoya un message irrépressible. Ouvrant la bouche en grand, il entonna :

Une brume d'or chatoyante flotte sur la prairie,
Une brume d'or chatoyante flotte sur la prairie...

Il s'était préparé à lui chanter cette chanson quarante ans plus tôt, avant que la guerre des légumes ne les sépare. Une guerre qui n'aurait jamais dû commencer. Une guerre dont l'amour était à l'origine, qui s'était retournée contre lui. Du reste, on ne pouvait qualifier cela de guerre. C'était de l'amour sous une autre forme, voilà tout, et c'était allé si loin qu'il n'y avait rien à faire pour changer la donne.

3.

Dès la première note, Cap se sentit relié à quelque chose de profond en lui, et sa voix vibrante d'émotion fit tournoyer le monde, le ramenant quarante ans en arrière, embarquant tous les membres de l'assistance avec elle. Il n'y eut plus l'ombre d'une sensation de vieillissement, on n'entendit pas le moindre os craquer ni la moindre phalange percluse de rhumatismes claquer, rien hormis la joie de la voix de Cap qui faisait surgir les rayons de soleil d'un été dans l'Oklahoma.

Cela dura jusqu'à ce qu'il s'arrête soudainement au milieu d'une note. Il regarda Dina et reprit conscience de son existence, du présent. La tristesse de leur séparation l'envahit et il se sentit vieux. Ils étaient ennemis. Ils avaient consacré leur vie à la haine qu'ils éprouvaient l'un pour l'autre. Ils avaient mûri et vieilli avec elle. Rien ne pouvait changer ça. C'était un legs du passé, l'été ne reviendrait jamais.

Au début, on crut qu'il s'interrompait pour faire de l'effet. Puis la pause se mua en un silence qui s'éternisait. Cap avait un air de petit enfant perdu. Quelqu'un cria la suite de la chanson. Il n'y prêta pas attention car ce n'étaient pas les paroles qui lui posaient problème. Tout le monde essaya de l'encourager, mais il n'avait pas non plus besoin de ça. L'émotion l'étouffait au point qu'il ne pouvait continuer. Il reprit son chapeau des mains de Mucky, le mit sur son crâne d'imbécile et se rassit.

La salle se remit à chanter en chœur, à sa façon. Chacun donna le meilleur de lui-même. C'était la plus belle journée jamais passée au Centre d'accueil. Personne n'oublierait jamais l'interprétation d'une chanson de Tina Turner par Philo, celle de *Down by the Sally Gardens* de Granny Carmody avec sa voix de fausset ni celle de *How much is that doggy in the window ?* Une fois l'excitation retombée, cependant, le souvenir que les gens gardèrent de la journée fut celui de Cap s'interrompant au beau milieu d'une phrase. Ils avaient beau se douter que c'était lié à la guerre des légumes, ils n'en étaient pas vraiment sûrs.

Cap était écœuré de sa déconfiture. Commencer une chanson et ne pas la terminer équivalait à cracher sur la tombe de son père. Cap avait été le coryphée des docks. Debout au-dessus des cargaisons qu'on chargeait sur les bateaux, il chantait à gorge déployée des instructions au grutier du quai, sans rien voir. Cap avait la responsabilité de veiller à ce que le chargement soit hissé convenablement, qu'il ne renverse rien au passage et ne retombe pas en écrasant les hommes. Il donnait aux consignes d'une extrême banalité comme : « Mets-le à gauche et immobilise-le », un son aussi mélodieux que si Verdi les avait composées. À présent, son choix malheureux avait provoqué son effondrement au Centre d'accueil. Pourquoi avait-il choisi une chanson d'amour alors que Dina était son ennemie jurée ?

De retour derrière le comptoir de son échoppe, Cap foudroya les légumes du regard comme si tout était de leur faute. Les pommes de terre *Queens*, qui le fixaient de leurs yeux noirs en boutons de bottines, l'exaspéraient particulièrement. Ainsi que les choux-fleurs lui rappelant qu'il avait une cervelle d'imbécile. Il cacha les premières sous une feuille de papier journal et mit les navets à la place des seconds. Cela ne lui procura qu'un soulagement momentané.

Quels que soient ses efforts pour ne pas penser à Dina, il ne parvenait pas à la sortir de sa tête. Dès le début de sa chanson, il l'avait revue telle qu'elle était alors, la plus ravissante fille de la paroisse de Saint Laurence O'Toole. Les cheveux naturellement blonds, elle ne mesurait pas plus d'un mètre cinquante-huit, avait des seins au galbe parfait et des fesses à damner un saint. Cap l'enjoignait à passer devant lui dans la queue de la friterie afin de la reluquer. Quand elle allait communier à l'autel, elle éclipsait Dieu et les fidèles. Tous les gars de la paroisse étaient persuadés qu'elle serait un coup formidable, mais aucun n'avait la moindre chance. Les bruits couraient à propos de petits amis dans des lieux aussi éloignés et exotiques que Donnybrook, Ranelagh ou Howth. Comme Ève, c'était une tentation qu'il fallait admirer à distance.

Cap se souvenait d'un dimanche matin où, allant recevoir la Sainte Communion, il avait vu Dina en revenir. Elle baissait la tête comme il se doit lorsqu'on a Dieu sur la langue. Alors qu'il se trouvait à une dizaine de mètres de la jeune fille, elle avait brusquement relevé les paupières et l'avait surpris en train de la fixer. Au moment où il allait détourner les yeux, elle lui avait lancé le sourire le plus éclatant qu'il eût jamais vu. Son regard était d'une telle intensité qu'il avait eu l'impression que son esprit le transperçait. Aucune fille ne lui avait fait cet effet. Même Dieu n'avait jamais pris ainsi possession de tout son être, le tourneboulant à ce point. Il tremblait tellement qu'il avait à peine réussi à atteindre l'autel.

Après quoi, lorsqu'il n'accompagnait pas le chargement de cargaisons de sa voix, Cap chantait les louanges de Dina. Gerry Sugrue n'était pas en reste dans ce domaine. Gerry et Cap étaient les meilleurs copains de la terre depuis leur premier jour à l'école. Leurs pères aussi. Bronco Coyle avait été témoin au mariage de Tom Sugrue. Cap et Gerry avaient perpétué la tradition. Ils dévoraient leurs sandwiches ensemble, s'offraient des pintes de bière brune au pub, allaient à la messe et à confesse en tandem et partageaient tout : cigarettes, chewing-gums ou aftershave. Il y avait une exception à la règle : les petites amies, sauf qu'ils n'en avaient pas – telle était la triste vérité. Bien qu'aucun des deux n'ait le cran d'inviter Dina à sortir, leurs conversations se terminaient systématiquement par l'éloge d'une partie ou d'une autre de son anatomie.

Au bout du compte, Cap et Gerry en eurent marre de s'entendre fantasmer sur la jeune fille. Ce fut à ce moment-là qu'ils la jouèrent à pile ou face. Gerry gagna. Cap eut beau feindre l'indifférence, il avait la mort dans l'âme. Lui qui avait le sentiment que Dina lui appartenait se retrouvait dans l'obligation de lui proposer un rendez-vous au nom de son ami.

Il la rejoignit devant la grille de l'église et lui transmit l'invitation de Gerry à un bal chez Clery's.

— Qu'est-ce qui cloche chez ton copain pour qu'il ne soit pas capable de me le proposer lui-même ?

— Je crois qu'il est timide, voilà tout.

— Les mecs timides ne me plaisent pas, ils ne m'inspirent pas confiance.

— Je me porte garant de Gerry, on peut compter sur lui à cent pour cent.

Et Cap de continuer à plaider la cause de son ami sans savoir que c'était pour lui que Dina avait un faible. Elle le laissa parler une éternité, affectant de s'intéresser à des tas de choses uniquement pour qu'il reste là. Même si elle excitait autant Cap qu'à l'église, Gerry était son meilleur ami et il avait gagné le pari. Alors, il s'obstina. Tant et si bien que Dina, frustrée par son manque d'initiative, finit par accepter de sortir avec Gerry.

Dès lors, Gerry Sugrue poursuivit Dina de ses assiduités avec une ferveur de fanatique. Il l'inonda de cadeaux – la moindre babiole exotique qui arrivait dans le port de Dublin atterrissait sur le pas de la porte de la jeune fille. Il lui était dévoué corps et âme. Il travaillait, volait, priait pour elle. Quant à Dina, elle l'aimait bien, était flattée par ses attentions, mais ce n'était pas de l'amour.

Quand, un vendredi soir, il sortit une bague de fiançailles – un diamant –, elle céda et coucha avec lui. Comme toutes les filles catholiques qui fautent, cela lui retomba dessus. Elle n'eut plus d'autre solution que de l'épouser. Et Cap fut le témoin de Gerry, reproduisant l'histoire de leurs pères à ceci près que la mariée se trompait d'homme.

Cependant que Cap, assis dans sa boutique, s'appesantissait sur le passé, la pluie se mit à tomber dans Sheriff Street, crépitant sur le béton à la manière de rafales de mitraillette, ricochant du trottoir dans l'échoppe. Cap ferma la porte pour se défendre de l'attaque. Il n'y avait rien d'autre à faire que d'attendre qu'elle s'arrête. Cap détestait la pluie, qui lui rappelait de mauvais souvenirs. C'était elle qui avait creusé un fossé entre Gerry et lui, sans compter que cela lui avait coûté son boulot de chanteur.

Traditionnellement, on arrêtait de travailler sur les docks quand il pleuvait et les hommes étaient payés la moitié du tarif horaire. Voulant changer la coutume, les entrepreneurs de chargement avaient essayé de résoudre le problème en fournissant des vêtements imperméables. Un accord aurait pu être trouvé s'ils n'avaient déduit le prix des tenues de la paye des hommes. Ceux-ci avaient réagi en refusant de travailler. En guise de représailles, les entrepreneurs avaient fait appel aux briseurs de grève pour décharger les bateaux amarrés au port. On surnomma immédiatement ces jaunes « hommes-grenouilles ».

On était en 1951. Une véritable guerre éclata dans les docks. Dans toute la ville, les hommes-grenouilles et leurs familles furent la cible des débardeurs en colère. Les types avaient beau se retrouver avec des bras et des mâchoires cassés, l'attrait d'un boulot bien payé continuait de gonfler les rangs des hommes-grenouilles. Les dockers les plus militants voulaient prendre des mesures extrêmes. Pour Cap, qui ne supportait pas la violence, ce fut une période très difficile. Même s'il réprouvait de toutes ses forces ce que faisaient les entrepreneurs, sa conscience ne pouvait s'accommoder de briser le crâne d'un homme. À une réunion du syndicat, qui se tenait au premier étage du bar Campion, Gerry Sugrue proposa d'attacher un bloc de béton avec une sangle à l'un des hommes-grenouilles et de le jeter dans la Liffey. Le président de la réunion, Matt Kerrigan, secrétaire de la section, s'y opposa.

— J'ai payé ma cotisation, je suis un membre à part entière, s'écria Gerry. J'ai le droit de me faire entendre !

— Personne n'appuie ta motion, vociféra Matt Kerrigan.

— Là, tu te trompes, il y a quelqu'un.

Gerry se tourna et regarda Cap avant de poursuivre en le désignant :

— Le voilà.

Avant qu'il ne sache se moucher, Gerry était déjà le protecteur de Cap. Quiconque cherchait à se bagarrer avec lui avait d'abord affaire à Gerry.

— Lève la main, Cap.

Gerry attendit la réaction de son ami.

— J'ai besoin que tu appuies ma motion, Cap.

Cap n'avait qu'à lever la main.

— Tu vas me seconder, oui ou non ?

— Gerry, tu sais que je trouve la situation terriblement injuste. Mais je ne peux approuver un meurtre.

Des cris éclatèrent dans la pièce, de tous côtés ; les esprits s'échauffèrent, les insultes fusèrent. Au cœur de la mêlée, Gerry ne cessa de fixer Cap avec le regard de celui qui venait d'être trahi.

— Merci beaucoup, dit-il calmement. Merci pour ton soutien.

Bien que les hommes favorables à la proposition de Gerry ne manquent pas, le président ne la rejeta pas moins. La réunion se termina dans le désordre, tandis que Gerry partait avec les faucons en signe de protestation. Sachant qu'il s'était placé de l'autre côté de la barrière, Cap resta avec les colombes.

Il rentra chez lui et se coucha, mais il n'arriva pas à s'endormir. À deux heures et demie du matin, la pluie fouettait les vitres. On frappa à la fenêtre : les trois coups habituels de Gerry, à ceci près qu'ils avaient la force de roulements de tonnerre. Cap, en pyjama, s'approcha de la porte et y trouva Gerry complètement saoul.

— Entre, viens t'abriter, lança Cap.

— Ne me donne pas d'ordre. Je suis mon propre patron, tu piges ?

— Je le sais très bien, mais il fait un froid de canard. Amène ton cul.

— Ne me dis pas où je dois mettre mon cul. Tu m'as trahi.

— Entre, on va en parler.

— Je ne suis pas le bienvenu.

— Ce n'est pas vrai.

— T'as agi comme Judas, sauf que tu as oublié de m'embrasser.

Gerry tendit la joue comme s'il invitait Cap à y planter un baiser. Une étrange invitation étant donné que Cap avait envie de se réconcilier avec son ami, de le prendre dans ses bras et de lui dire qu'il était désolé. Mais c'était impossible à cause de l'attitude de Gerry.

— Pourquoi t'as fait ça ?

Cap n'avait pas de réponse simple.

— Pourquoi t'as fait ça ? répéta Gerry.

— Je suis un lâche, voilà pourquoi, répondit Cap.

— Je ne te crois pas.

— Je n'aime pas voir le sang couler. Ni le mien ni celui d'un autre.

— Ça a quelque chose à voir avec Dina, hein ?

La question prit Cap complètement au dépourvu.

— T'es jaloux parce que c'est moi qui l'ai eue, pas vrai ?

À l'entendre, on aurait dit que Gerry l'avait gagnée à une tombola. Même si on tenait compte de l'alcool, c'était une drôle de façon de s'exprimer.

— Elle te plaît, je le sais.

Gerry adressa un sourire menaçant à Cap. Était-il possible que Dina ait raconté quoi que ce soit à propos de l'épisode dans l'église ? Cap eut la sensation que son visage s'embrasait.

— T'es jaloux qu'elle soit à moi, c'est pour ça que tu t'es opposé à moi. J'ai raison, n'est-ce pas ?

— Non, je suis très content pour toi, Gerry.

— C'est faux, tu me détestes.

— Gerry, t'as toujours été mon meilleur ami. Je veux que tu sois heureux.

Il n'était pas exclu que, dans un recoin caché de son âme, Cap reproche à son ami de lui avoir pris Dina. Au fond, il ne savait pas ce qu'il ressentait.

Cap leva un doigt menaçant.

— Ne t'approche pas de Dina, ni de moi.

— T'es saoul, Gerry. On n'a qu'à en reparler demain.

— J'en ai terminé avec toi. Plus de parlotte – c'est fini.

Comme Gerry commençait à descendre dans la rue, Cap fut tiraillé entre l'envie de courir à sa suite pour lui dire quelque chose qui serait susceptible de combler le fossé et celle de le laisser s'en aller parce que s'il lui révélait ses sentiments pour Dina, cela nuirait à son mariage et, de toute façon, détruirait leur amitié. Il y avait une limite aux mensonges. Aussi ne bougea-t-il pas. La décision aurait de profondes conséquences sur le reste de sa vie.

Le conflit des hommes-grenouilles divisa les docks. D'après certains, il fut à l'origine du déclin du port marchand de Dublin. Dans son sillage, les entrepreneurs commencèrent à détourner les cargaisons vers d'autres ports, notamment Drogheda, Arklow et Waterford. Gerry Sugrue n'adressa plus jamais la parole à Cap. Ils reprirent le travail, ayant fini par accepter de payer leur tenue imperméable. Cap chanta à nouveau les instructions pour les cargaisons, mais son cœur n'y était plus. Gerry Sugrue se comportait avec lui comme s'il n'existait pas. Lui qui avait sauvé

Cap des brutes dans leur enfance, donnait l'impression d'en être devenu une, silencieuse au demeurant. En fin de compte, Cap se mit au chômage. Avec l'argent, il prit un bail sur une échoppe qu'il baptisa *Christy Coyle, Fruits et Légumes*, mais que tout le monde appelait *Chez Cap.*

Les vieilles femmes de North Wall n'avaient jamais eu un marchand des quatre-saisons qui chantait auparavant, un ténor capable de faire prendre des choux de Bruxelles et des panais pour du champagne et du caviar. La boutique de Cap connut aussitôt le succès. Les clientes adoraient qu'il chante en leur rendant la monnaie, qu'il fasse tomber pennies et farthings dans leur porte-monnaie avec le panache d'un gondolier de Venise. L'échoppe de Cap devint un point de repère dans Sheriff Street, attirant une clientèle de plus en plus nombreuse.

Cap priait pour que Dina Sugrue vienne à sa boutique. Il projetait de faire la paix avec elle. Malheureusement, il n'en eut jamais l'occasion. Pendant qu'il attendait, les Sugrue restaient dans leur appartement, alimentant le feu du ressentiment que sa réussite allumait en eux. Finalement, ce fut Dina qui eut l'idée de lui rendre la monnaie de sa pièce.

Dix mois après l'ouverture de la boutique de Cap, Dina dénicha une maison à deux étages délabrée, dans Dowdall's Lane. Bien qu'il n'y ait pas d'électricité, pas de vitres aux fenêtres du second, pas d'eau, elle brûlait trop d'impatience de nuire à son concurrent pour s'en soucier outre mesure. Avec à peine plus qu'un balai et que des bougies, elle arrangea l'endroit. À la main, elle peignit sur un panneau que Gerry cloua sur le mur au-dessus de la porte : *Ici tout est frais*. Le double sens de l'expression plaisait beaucoup à Dina, qui cherchait la bagarre. C'était sa façon de déclarer ouvertement la guerre à Cap.

Le conflit fit rage des années durant. Dina alla jusqu'à déménager et s'installer dans la maison où se trouvait son magasin afin de le laisser ouvert jusqu'à minuit. Ce fut le début de la fin de son union conjugale avec Gerry, qui resta dans l'appartement. L'amour avait déserté leur relation depuis des lustres, même si la haine qu'ils vouaient tous deux à Cap l'avait fait perdurer quelques années au-delà de sa date limite de consommation.

Pendant que Cap et Dina guerroyaient, tout se désagrégeait autour d'eux. À l'époque où Cap accompagnait les cargaisons de sa voix, plus de cinq mille hommes travaillaient sur les docks. En 1973, le nombre de dockers employés à plein temps était tombé à cinquante-sept. La poste, deux boucheries, deux marchands de journaux, deux confiseries, trois pubs avaient fermé leurs portes rien que dans Sheriff Street. Seuls les deux marchands des quatre-saisons et un troquet avaient survécu. Au début des années quatre-vingt-dix, alors que Dina et Cap avaient soixante-cinq ans, on ne pouvait plus gagner sa vie en vendant des légumes. La plupart des anciens résidents avaient déménagé et le quartier se transformait à toute allure en ville fantôme.

Puis Mucky Mannion, l'ami le plus proche de Cap, eut une attaque. À sa sortie de l'hôpital, Mucky entra dans l'échoppe en s'appuyant sur une canne et traita Cap de fou.

— Cette attaque m'a appris quelque chose, Cap. Les temps sont durs, tu dois t'occuper de toi et laisser les autres prendre soin de toi quand ils le proposent.

Sur ce, Mucky réussit à convaincre son ami de l'accompagner au couvent pour le déjeuner. Ils s'y rendirent d'un pas plus que tranquille. Quand ils y arrivèrent toutefois, Cap faillit avoir un infarctus à son tour : Dina Sugrue était assise à l'une des tables.

Cap avait gardé un œil sur elle au cours de toutes ces années, bien entendu, mais toujours à distance. C'était étrange de se retrouver dans la même pièce qu'elle, de manger les mêmes plats préparés dans la même cuisine et dans la même casserole, de boire le même thé dans les mêmes tasses, rangées dans les mêmes placards. Il ne céda pas à son envie de partir parce qu'il ne voulait pas qu'elle s'imagine l'intimider. Après tout, il avait autant droit qu'elle à ces repas gratuits.

Ayant tenu un jour et profité de quatre plats nourrissants, Cap décida qu'il serait absurde de s'en priver. Aussi fit-il du Centre d'accueil un élément de son train-train quotidien tout en veillant à rester prudemment à distance de Dina.

Et voilà qu'il s'était complètement ridiculisé en sabotant la chanson. Il l'avait regardée exactement comme il l'avait fait à l'église et elle l'avait tourneboulé. Cela n'avait échappé à personne, amis comme ennemis. Il était mortifié. Il s'était conduit comme un imbécile devant Dina : rien de pire n'aurait pu lui arriver.

4.

Philo regrettait de ne pas être entrée au couvent à quinze ans. À l'heure qu'il est, elle serait religieuse. Au lieu de quoi, elle pataugeait dans le vide : mariée avec cinq enfants à charge ; terrée dans un couvent pour essayer de les fuir. Elle avait préféré cela à une dépression nerveuse. Et elle ne s'en voulait pas, tout le monde avait droit à la paix, quelle que soit la manière dont on se la procurait. En ce qui la concernait, la guerre était terminée. Il n'était pas question de retourner dans l'arène avec Tommo.

Elle pensa à Cap et Dina. Cela faisait plus de quarante ans qu'ils se bouffaient le nez. Elle n'était pas sur terre depuis aussi longtemps. Cela la rendait malade qu'une guerre puisse s'éterniser de la sorte. Au moins, ils n'avaient pas été obligés de vivre ensemble, c'était déjà ça. Alors qu'elle avait dû supporter Tommo qui voulait la prendre à tout bout de champ et fourrer son truc en elle. Elle avait imaginé que ses prises de poids le rebuteraient, au contraire, cela paraissait décupler ses pulsions sexuelles. Il lui disait qu'il la prenait pour Tina Turner dans ses fantasmes ; du moins l'avait-il fait un soir où il était beurré, pour la vexer – sauf qu'elle était au-delà de ça. Ce qui la contrariait, en revanche, c'était qu'il la traite de tous les noms devant les enfants. Elle trouvait cela difficile à encaisser.

Pour l'heure, son principal objectif était de rester au couvent aussi longtemps que possible. Le formulaire à la main, elle s'assit sur le lit. C'était pire que de se retrouver à l'école. Philo savait d'expérience qu'il était impossible de répondre honnêtement aux questions d'un formulaire. Sa méfiance était nourrie par les services sociaux, où même la question la plus simple était tendancieuse et chaque réponse une bombe prête à vous exploser à la gueule.

Philo parcourut la première question en mordillant son stylo : *Décrivez la relation que vous avez avec Dieu.* Par où commencer ? Elle n'en avait pas la moindre idée. Son regard se posa sur la deuxième : *Décrivez la relation que vous avez avec vos parents.* Là, elle aurait pu écrire un livre, mais elle n'avait pas la place. La troisième était pire encore : *Décrivez la relation que vous avez avec vos proches.* C'était trop pénible à approfondir. Les proches ne manquaient pas, mais elle était incapable d'y penser en ce moment. Philo devait s'occuper d'elle, c'était la raison de sa présence ici. Pourquoi fallait-il toujours que ce soit au sujet des autres ? Pourquoi est-ce que ça ne la concernait pas directement, pour changer ?

Submergée par la nervosité, elle était incapable d'écrire. La cervelle comme une passoire, elle ne parvenait pas à se concentrer sur une idée plus de dix secondes. Peut-être que si elle dormait, un ange la visiterait et la guiderait. N'était-ce pas ce qui était arrivé à Notre Dame quand on lui avait donné des consignes pour se retrouver enceinte ? Philo n'avait pas envie d'attendre un bébé, pour qui que ce soit, Dieu compris. Aucune partie de son corps n'acceptait le marché, le chapitre était clos.

Philo savait très bien qu'elle ne s'endormirait pas sans avoir mangé. Quels que soient ses efforts pour la chasser de son esprit, l'image de la cuisine ne cessait de revenir. Pour finir, elle comprit qu'elle deviendrait cinglée si elle ne faisait pas quelque chose. Si elle se privait de nourriture, elle en mourrait. Fermant les yeux, elle pensa à la mort.

L'enterrement préféré de Philo, c'était le sien. Elle adorait se représenter l'arrivée de sa dépouille dans l'église, les gens en train de serrer la main à ses parents et de leur dire quelle femme formidable elle avait été. Cela valait la peine de mourir rien que pour voir l'expression sur le visage de son père. Chaque fois que quelqu'un faisait son éloge, Philo chuchotait à l'oreille de son père :

— Bon, tu écoutes au moins ?

Elle adorait le pousser à bout, l'humilier le plus possible.

— Dis quelque chose de gentil sur ta fille aînée.

— C'était une bonne fille.

— Bonne ? C'est tout ce que tu trouves ?

— C'était une fille formidable.

— Voilà qui est un peu mieux.

— Je ne sais pas comment je vais faire sans elle.

— Espèce de sale hypocrite, de menteur, tu n'as jamais été fichu de sortir une gentillesse sur elle quand elle était vivante.

Après les obsèques, c'était le retour à la maison pour le thé et les sandwiches.

La nourriture obsédait Philo. Sous forme d'envie incontrôlable qui s'emparait de tout son être et devait être satisfaite à tout prix. Même au couvent, où elle n'avait aucun droit de propriété sur la cuisine, elle sentait ne pas avoir d'autre choix que de dévaliser le frigo. Il fallait absolument juguler la pulsion. Elle pouvait différer le moment, mais cela ne ferait que reporter l'inévitable. Le moindre délai risquait de la pousser à se gaver davantage encore quand elle finirait par capituler. Au fil des ans, Philo avait appris que le meilleur moyen de contrôler son obsession était de céder.

Elle s'avança dans des couloirs au sol grinçant. On aurait dit que Dieu lui-même dormait. La grande cuisine institutionnelle était glacée et peu accueillante. À titre de compensation, Philo alluma les quatre brûleurs qu'elle tourna au maximum, puis le four dont elle laissa la porte ouverte. Ensuite, elle alla droit au frigo pour voir ce qu'il proposait.

Il y avait assez de lait pour nourrir tous les bébés d'Irlande, mais ce n'avait pas grand attrait pour une carnivore. Elle écarta les cartons les uns après les autres jusqu'à ce qu'elle touche le gros lot : un paquet enveloppé de papier blanc, venant, se douta-t-elle aussitôt, de la boucherie. Elle l'ouvrit. Une superposition de tranches de bacon s'offrit à son regard ainsi qu'une famille de saucisses se tenant fièrement par la main. Le tout provenait de la boucherie Kearns de Parnell Street.

En un rien de temps, huit saucisses, six tranches de bacon, deux œufs et quatre tomates grésillaient dans une poêle où Philo avait fait revenir du saindoux. Pendant que cela cuisait, elle versa le surplus de lait dans un bol de farine et prépara de la pâte à crêpe. Elle la laissa reposer au moins vingt minutes avant de la mettre dans la poêle. Ce serait ensuite au tour du pain blanc qui absorberait le jus de la viande, celui des tomates, et deviendrait une croûte d'un brun doré.

Comme Philo se léchait les babines, elle entendit des pas dans le corridor. Elle se précipita vers la porte de la cuisine pour la fermer à clef, mais n'y trouva ni verrou ni serrure. Retournant en courant vers la gazinière, elle s'empara de la poêle et virevolta pour voir où elle pouvait la cacher. Dans l'intervalle, la porte s'ouvrit et sœur Rosaleen apparut, figée dans le temps comme une photo. Les deux femmes se dévisagèrent avec stupéfaction.

— Voulez-vous une saucisse ? proposa Philo.

— Où les avez-vous prises ? Dans le frigidaire ?

— Non, je les ai trouvées dans une pochette-surprise.

— Ah bon ? Quand en avez-vous gagné une ?

— Je plaisantais. Elles viennent du frigo. J'ai à peine eu le temps d'ouvrir la porte qu'elles sont sorties tambour battant et ont sauté dans la poêle. Est-ce que j'en ajoute une pour vous ?

— Vous êtes en train de manger le déjeuner de demain.

— Il en reste des tas. Je n'en ai pris que quelques-unes, regardez.

Philo tendit la poêle vers sœur Rosaleen, qui compta huit saucisses et six tranches de bacon : une brèche conséquente dans les provisions prévues pour le lendemain.

— Je peux les remettre, cela ne me pose aucun problème. Je ne suis pas obligée de les manger, assura Philo.

Un mensonge gargantuesque. Il était impossible de récupérer les saucisses et les tranches de bacon nageant dans la graisse pour les utiliser dans un ragoût, où l'on faisait bouillir les aliments. Les vieux adoraient ce plat typiquement dublinois. Philo se donnait beaucoup de mal pour ne pas avoir l'air de se soucier du sort de sa friture, mais elle n'était pas prête à renoncer à son festin. C'était une lionne, l'odeur du sang lui chatouillait les narines.

— Maintenant que c'est cuit, vous devez le manger, déclara sœur Rosaleen. Vous ne pouvez pas le remettre dans le frigidaire.

— Mais si voyons, c'est simple comme bonjour de vider tout ça en quatrième vitesse sur une assiette.

— Vous imaginez si on les retrouve demain dans le frigidaire ? Ce serait le début de la troisième guerre mondiale.

Dans sa hâte d'apaiser son insatiable appétit, Philo avait oublié l'existence du visage en lame de couteau, Mlle Somers. Au bout de deux jours dans la cuisine, elle s'était rendu compte de la tyrannie qu'elle exerçait. Il était possible qu'elle ait compté les saucisses et les tranches de bacon. Dans ce cas, il n'y avait qu'une solution.

— Demain matin, j'irai à Parnell Street pour les remplacer, proposa-t-elle.

— Il n'en est pas question. S'il y a des problèmes, j'en prendrai la responsabilité.

Philo repoussa la friture sur le côté et jeta le pain au milieu de la poêle. Comme elle l'agitait au-dessus de la flamme, elle pensa à l'enfer. Peut-être finirait-elle là un jour. Tant pis, elle s'en accommoderait pour peu qu'il y ait des saucisses et du bacon.

— J'ai quelque chose pour vous, déclara sœur Rosaleen d'un ton très différent, un ton de gamine.

Philo lui lança un regard et aperçut l'ombre d'un sourire effronté sur ses lèvres :

— Qu'est-ce que c'est ?

— Devinez.

— Je n'en ai pas la moindre idée.

— Devinez.

— C'est quelque chose qui se mange, une tablette de chocolat ?

— Non.

— Je ne vais pas énumérer toutes les victuailles de la terre. Allez, dites-moi.

— Ce n'est pas de la nourriture. Ça se met dans la bouche, mais ce n'est pas de la nourriture.

Philo pensa à de la pâte dentifrice : la seule chose qu'elle mettait dans sa bouche et n'avalait pas.

— Est-ce que j'ai une mauvaise haleine ? demanda-t-elle.

— Pas du tout.

— Alors, pourquoi est-ce que vous me donnez de la pâte dentifrice ?

— Ce n'est pas ce que je vous donne, voilà ce que je vous donne.

Et sœur Rosaleen sortit un paquet de cigarettes de son habit. Elle le tint dans sa paume. Une étincelle brilla quand la lumière accrocha la cellophane. Philo reçut le cadeau comme si un paquet de cigarettes était quelque chose de merveilleux qu'elle n'avait jamais vu auparavant. Bien sûr, il ne s'agissait pas du paquet de cigarettes mais de l'acte d'amour qui le lui avait apporté.

— Où vous l'êtes-vous procuré ?

Sa question demeura un long moment sans réponse. Elle avait mangé son plat et en était à sa quatrième crêpe quand la vérité finit par lui être révélée. Sœur Rosaleen était allée emprunter de l'argent à la chapelle. En d'autres termes, elle en avait piqué dans le tronc de saint Joseph. Puis elle était sortie du couvent et avait acheté les cigarettes dans un pub. Ce faisant, elle avait rompu ses vœux de pauvreté et d'obéissance. Ainsi que son vœu de silence, mais elle n'en avait cure. C'était sa façon de remercier Philo pour la plus belle journée qu'elle ait vécue depuis qu'elle était religieuse.

À Philo qui n'avait jamais reçu de cadeau inconditionnel de sa vie, cela parut étrange de ne pas avoir à donner quelque chose en échange. Ses enfants étaient les seuls êtres avec qui elle avait eu une expérience d'amour, et ce n'était pas la même chose. Censées être de l'amour, les relations sexuelles étaient la plupart du temps catastrophiques. Parfois elle fermait les yeux, imaginant que Tommo était George Clooney, mais ça ne marchait pas longtemps – le sentiment de dégoût était toujours proche. En quinze ans de vie commune, Tommo ne lui avait jamais offert un bouquet de fleurs ni un paquet de cigarettes. Le contraste avec sœur Rosaleen qu'elle connaissait depuis à peine deux jours était saisissant.

Philo alluma une cigarette et aspira la fumée jusqu'aux poumons. C'était mieux qu'un orgasme. Elle proposa une bouffée à sœur Rosaleen.

— Quitte à être punie, autant que ce soit pour un crime qui en vaille la peine.

Sœur Rosaleen commença par refuser, puis elle envoya balader sa prudence. Dès qu'elle eut tiré sur la cigarette, elle fut saisie d'une horrible quinte de toux. Comme elle faisait le vœu de ne plus jamais refumer, Philo lui lança qu'elle avait un certain talent pour rompre ses vœux.

Elles restèrent assises dans la cuisine à boire du thé, à fumer jusqu'à deux heures du matin. Elles évoquèrent la journée et parlèrent de l'avenir. Elles convinrent que les airs chantés en chœur avaient pulvérisé les désaccords et réuni les gens. L'idée d'un nouveau jeu germa dans la cervelle de Philo. C'était tellement enthousiasmant que lorsqu'elles finirent par aller se coucher pour y réfléchir, pour que la nuit leur porte conseil, aucune ne ferma l'œil.

Le lendemain matin, elles se retrouvèrent agenouillées dans la chapelle. Buddy Holly célébra la messe, sans que le miracle de changer le pain et le vin en chair et en sang paraisse susciter autre chose en lui que de l'ennui. En revanche, les noctambules étaient très excitées par la perspective de faire du Centre d'accueil une chapelle de l'amour – un lieu où des idylles pourraient se nouer et, avec un peu de chance, déboucher sur des carillons de cérémonies de mariage et des lunes de miel. Elles avaient décidé d'organiser des rendez-vous galants pour les vieux de North Wall.

Philo se pencha pour chuchoter à l'oreille de sœur Rosaleen :

— Je crois que vous devriez jouer le rôle de l'animatrice.

— Je ne saurais par où commencer.

— Vous n'aurez qu'à faire comme à la télé, imiter Cilla Black.

— Qui est Cilla Black ?

L'échange scella le destin de Philo. Une animatrice amateur, c'était impossible. Dans la foulée de sa prestation en Tina Turner, elle jouerait le rôle de Cilla Black.

Aussitôt après le petit déjeuner, Philo fila en ville pour remplacer les saucisses et les tranches de bacon. Elle avait emprunté le manteau noir de sœur Rosaleen et, avec son fichu noir serré sur la tête, son allure tenait de la veuve et de la bonne sœur. Philo ne voulait pas qu'on la reconnaisse, sauf que son accoutrement était absurde parce que rien ne pouvait la déguiser. Même à moitié nonne, elle restait cent pour cent Philo.

Elle remonta Talbot Street d'un pas nonchalant, n'étant absolument pas pressée : il était si tôt que beaucoup de magasins étaient encore plongés dans le sommeil. En haut de North Earl Street, elle tourna à droite dans O'Connell Street et se dirigea vers Parnell Street. Un groupe de balayeurs était agglutiné à la porte vitrée du cinéma Savoy. Comme la plupart des bâtiments de la principale artère de Dublin, on l'avait doté d'une marquise en plastique qui le dépouillait de sa splendeur tout en gâchant la perspective de la rue.

— Comment va, Philo ? lança une voix sur son passage.

— Super bien, répondit celle-ci sans s'arrêter.

Décidément, elle ne pourrait jamais traverser Dublin incognito.

La vue du cinéma Savoy lui donna une idée. Un prix pour les rendez-vous arrangés : deux billets à la dernière rangée pour une séance du dimanche soir, voilà qui serait très romantique. Et pourquoi ne pas prévoir aussi un repas au Gresham Hotel situé à côté, n'était-ce pas le lieu idéal ? Du champagne en apéritif, suivi par un dîner aux chandelles. Le Gresham était le plus ancien établissement du quartier nord. Il s'enorgueillissait d'un charme désuet et les habitants du coin en raffolaient.

Philo se retrouva dans l'entrée du Gresham en train de demander à voir le directeur, avant d'en avoir pris conscience. Au lieu de refréner son impulsivité comme elle était censée le faire, elle lui lâchait la bride, ici, dans O'Connell Street. Quand le directeur arriva, Philo lui expliqua sa mission. Elle débita sa requête, lui offrant en échange les prières de tout un couvent – des prières, lui assura-t-elle, pour lesquelles d'autres hôtels faisaient la queue. Philo se lança ensuite dans l'historique de North Wall et le directeur dut l'interrompre quatre fois avant de réussir à lui clore le bec.

— Mon père en était originaire, précisa-t-il. Je ferais n'importe quoi pour ce quartier.

Il s'éclipsa. Au bout de deux minutes, il réapparut avec un bon d'échange dans une enveloppe. Philo n'en revint pas d'être si facilement parvenue à ses fins. Fourrant l'enveloppe dans sa poche, elle garda la main posée dessus jusqu'à Parnell Street.

Johnny Hogan était derrière le comptoir de la boucherie Kearn's lorsqu'elle y entra.

— La morte se leva et beaucoup la virent. Où te cachais-tu ? lança-t-il.

— Là-haut, au cimetière de Glasnevin. Je ne suis sortie que pour la journée, je dois être dans ma tombe à dix-sept heures.

Philo connaissait Johnny Hogan depuis l'époque où il était beatnik. Il faisait partie de la bande qui s'intitulait *Animal Gang from Corporation Street*. Elle ne l'aimait pas. Soi-disant dur à cuire, c'était un salaud de jaune comme la plupart, qui n'était courageux qu'en groupe. Il ne lui restait plus un poil sur le caillou, il était devenu aussi chauve qu'un cul de bébé.

Ne tenant pas à le mettre trop au courant de ses problèmes, Philo lui raconta qu'elle cherchait des prix pour un loto, que les saucisses et le bacon étaient au début de sa liste. Il lui donna deux livres de saucisses, une de bacon entrelardé et une autre de bacon normal. Philo lui assura qu'il n'irait jamais en enfer grâce à toutes les prières qu'on réciterait pour lui. En son for intérieur, elle espérait surtout ne pas être dans le même endroit que lui, où qu'il échoue.

Le paquet de victuailles sous le bras, elle se mit en route pour l'Abbey Theatre, dont le concierge, Pat

Cowap, était un cousin issu de germain de sa mère. Philo, qui avait passé le plus bel été de son enfance dans la ferme de sa famille, avait impressionné tout le monde en décapitant un poulet avec une pierre pendant son séjour. Elle avait aussi appris à traire, mais n'avait jamais eu l'occasion de faire une démonstration de ses prouesses en la matière à Dublin. Philo ne se rappelait plus avoir été vraiment innocente depuis la fin de l'été en question.

Avec sa façade en brique d'un jaune délavé, dépourvue de fenêtre, l'Abbey Theatre ressemblait à un abri antinucléaire. On ne pouvait imaginer une abbaye dans un tel édifice. À gauche de l'entrée des artistes, il y avait une sonnette. Philo appuya dessus. Pat Cowap ouvrit la porte et fut agréablement surpris de la voir. Il la fit entrer dans le foyer des acteurs, puis lui proposa une tasse de café qu'elle refusa. Un homme à l'air fruste était assis dans un fauteuil qui lui faisait face ; les mains sur son visage, on aurait dit qu'il souffrait beaucoup. Philo expliqua qu'elle cherchait un masque noir, le genre qui couvrait les yeux et empêchait de voir. N'étant pas sûr d'en avoir, Pat partit se renseigner.

Des prospectus étaient disposés sur la table basse, Philo en prit un. C'était la pub d'un guérisseur. Elle fut étonnée que des séances de ce genre se déroulent au théâtre, croyant qu'on n'y donnait que des pièces ou un concert de temps à autre. Puis elle regarda l'homme à l'air fruste et fit le lien.

— Vous êtes ici pour voir le guérisseur ? demanda-t-elle.

Laissant tomber ses mains, l'homme la dévisagea. Il avait des yeux bleus au regard intense.

— Le guérisseur, c'est moi, répondit-il.

Philo détourna les yeux et vit le nom Brian Friel sur le prospectus.

— Avez-vous eu beaucoup de succès, monsieur Friel ?

— Je ne suis pas M. Friel, c'est l'auteur. Je suis l'acteur, Dominic O'Neill. Je joue le rôle du guérisseur.

Maintenant que son visage était découvert, elle le trouvait sympathique, d'autant qu'elle avait entendu parler de lui. Peut-être l'avait-elle vu à la télé. Il était très viril, le type d'homme dont elle rêvait – le type de George Clooney, en plus vieux. Elle n'avait aucun mal à croire que c'était un guérisseur. Quand elle le lui dit, il commença à rigoler et la tristesse disparut de ses yeux.

— Vous viendrez voir la pièce ? demanda-t-il.

— Je serai au premier rang, à genoux, pour vous regarder.

Pat Cowap revint dans le foyer des artistes et tendit à Philo un masque sans fentes pour les yeux.

— Il est argenté, c'est le seul qu'on ait.

Philo le passa au-dessus de son fichu pour l'essayer. Elle ne vit absolument plus rien.

— C'est parfait. Exactement ce qu'a recommandé le docteur.

Pat Cowap l'accompagna jusqu'au guichet de l'autre côté du bâtiment et lui obtint deux billets gratuits pour la pièce. Enchantée des résultats de son travail de la matinée, elle se mit en route pour le couvent.

Le jeu des rendez-vous arrangés commença mal. Il avait été décidé que les femmes seraient les premières à choisir parce qu'elles étaient plus nombreuses que les hommes – vingt pour douze. Si bizarre qu'en soit la logique, la force du nombre a parfois son propre impératif moral. Les soi-disant dames écrivirent leur nom sur des bouts de papier qu'elles mirent dans un chapeau, et les soi-disant messieurs firent pareil dans un autre chapeau. Philo plongea la main dans le premier couvre-chef, d'où elle sortit DINA SUGRUE.

S'éclaircissant la voix, Philo appela :

— Ninna Delargy, par ici.

Philo voulait apporter une compensation à la manière scandaleuse dont Ninna avait été traitée la veille. Ninna s'avança vers la scène – un endroit qu'on avait dégagé en haut de la salle, rien de plus – et s'assit sur la chaise qu'on avait installée. Philo glissa le masque argenté sur ses yeux.

— Je n'aime pas le noir, protesta Ninna, qui l'enleva aussitôt.

Aucune cajolerie ne réussit à la persuader de jouer. À deux doigts de la ligoter sur son siège, Philo alla jusqu'à se pencher pour lui révéler le contenu de l'enveloppe. En vain. Sans bouger de sa place, Ninna répéta son mantra :

— Je n'aime pas le noir.

Aussi renvoya-t-on Ninna jouer avec ses Lego tandis que Philo sortait un autre nom du chapeau : NAN CASSIDY, lut-elle – la garce qui avait fait des remarques sur la taille de sa mère.

— Dina Sugrue, par ici.

Il arrive que l'on puisse réparer une injustice. Si acariâtre qu'elle fût parfois, Dina méritait d'être sous les feux de la rampe. Elle s'avança en boitillant jusqu'au siège où elle se laissa tomber avant de mettre le masque, ravie d'être aveugle.

Philo recommanda aux hommes de ne pas ouvrir la bouche pour garder l'anonymat. Puis elle tira trois bouts de papier du chapeau contenant les noms des messieurs. Dépliant le premier, elle le lut : MUCKY MANNION. Elle tendit le doigt vers lui, indiquant une chaise sur la scène. Le deuxième fut BARNY HUGHES, le commandant, qui s'approcha d'un pas martial du haut de la salle arborant l'expression d'un homme nullement surpris d'être choisi. Quant au troisième, CAP COYLE, il parut n'avoir aucune envie d'aller prendre sa place quand Philo le désigna. En fin de compte, il se résigna à parcourir le long trajet, persuadé qu'il n'avait aucune chance d'être sélectionné pour le rendez-vous.

Philo demanda à Dina de poser sa première question. Celle-ci la cria quasiment sur-le-champ, comme si elle se la répétait depuis des semaines.

— Mon seul exercice, c'est de monter et descendre l'escalier en courant pour m'occuper de mes clients. Quel est votre exercice préféré ?

Un silence plein d'attente tomba. Philo le rompit en hurlant :

— À qui poses-tu cette question ?

— Au Numéro Un.

Philo s'approcha de Mucky et se pencha vers lui pour qu'il lui chuchote sa réponse. Quand il eut terminé, Philo se redressa et se tourna du côté de Dina :

— Il dit que c'est l'équitation. Il aime... chevaucher.

— C'est très grossier, constata Dina. Ça ne me plaît pas.

Un rire gêné s'éleva de la salle. Philo leva la main, réclamant le silence.

— Tu as l'esprit affreusement mal tourné. Il parle de chevaux, il aime monter à cheval.

Philo se dirigea vers le commandant, à qui elle demanda sa réponse. Puis elle s'adressa à Dina :

— Numéro Deux aime le tir. Il aime viser une

cible et mettre dans le mille. Mais je ne sais pas s'il tire à blanc ou pour de vrai.

Elle se retourna vers le commandant pour obtenir des éclaircissements.

— Tu ne risques rien, Dina, il ne tire qu'à blanc.

— T'as l'esprit mal tourné, Philo, protesta Dina.

Cap murmura sa réponse à Philo, qui se tourna pour la troisième fois vers Dina.

— Numéro Trois aime nager. Il le fait depuis qu'il est gosse. Dans la Liffey, dans le canal, n'importe où – il a nagé partout. Je suis sûre qu'il s'est baigné à poil aussi. L'avez-vous fait en costume d'Adam, Numéro Trois ?

Numéro Trois secoua vigoureusement la tête.

— Tu ne cours aucun danger, Dina, il ne pratique pas ce sport dans le plus simple appareil.

— Dieu merci.

La tension montait dans la salle, et sœur Rosaleen se félicita d'avoir refusé d'animer le jeu. Philo s'en sortait admirablement. Sa faculté de trouver un double sens aux remarques les plus anodines avait mis les vieillards dans un état d'extrême excitation. En temps normal, on leur refusait le droit d'être des êtres sexués – un droit que Philo leur avait rendu par ses allusions grivoises. Ils attendaient avec impatience le choix de Dina.

Philo lui demanda de poser sa deuxième question.

— Moi, j'ai des rhumatismes qui me font des misères. Quels sont vos bobos, est-ce qu'ils sont graves ?

— Tu cherches un fiancé, Dina, pas un croque-mort, la taquina Philo.

— Je veux savoir à qui j'ai affaire, un sub-claquant ou pas ?

Les trois hommes répondirent à tour de rôle que les médecins les trouvaient en parfaite santé, laissant Dina aussi peu informée qu'auparavant.

— Il ne te reste qu'une question, ne la gaspille pas.

Dina se redressa sur sa chaise et bomba le buste, ravie d'avoir toujours des appas dont elle pouvait s'enorgueillir.

— Je ne suis jamais montée dans un avion et je ne sais pas si j'ai envie de voler. Qu'est-ce que vous feriez pour m'y inciter ? Et c'est pour Numéro Trois.

— Une seconde, l'interrompit Philo. Il y a beaucoup plus de chances que tu gagnes un tour en bus avec ce rendez-vous qu'un tour en avion, bordel de merde.

— Ce n'est pas la peine d'employer de gros mots.

Philo aurait adoré l'expédier en orbite. Juste un petit uppercut sous le menton pour la faire sortir de l'atmosphère terrestre. Il lui fallut se retenir. Elle pensa à Cilla Black, qui évidemment n'aurait jamais fait une chose pareille. Du moins pas en public.

— Je t'aime bien, Dina, finit-elle par dire. Pas énormément, mais je t'aime bien. Bon, tu veux toujours poser ta question stupide ?

— Absolument.

Cap souffla sa réponse à Philo.

— Numéro Trois assure qu'il n'a jamais pris l'avion non plus, alors que vous n'auriez qu'à vous tenir la main et avoir peur ensemble.

Des applaudissements spontanés éclatèrent dans la salle. Si pleine de tendresse qu'ait été l'intention, c'était davantage son côté inattendu qui avait provoqué la réaction du public. L'évocation des mains se touchant et s'entrelaçant toucha une corde sensible, même si c'était de l'ordre du fantasme.

— Numéro Deux dit que lui aussi te prendra la main.

Des vociférations résonnèrent dans l'assistance, qui se doutait que l'homme essayait de s'attirer les bonnes grâces de Dina en imitant Cap. Philo eut du mal à rétablir l'ordre.

— Fermez-la une minute, bande de salauds... désolée !

Philo chercha un autre mot.

— Nous sommes une bande de salauds ! s'écria l'un.

— Parle pour toi ! riposta un autre.

Comme les remarques fusaient dans la salle, Philo réclama une autre réponse au commandant.

— Il dit qu'il partagera une flasque de cognac avec toi, du moins autant qu'il en faudra pour t'aider à t'endormir.

Voilà qui ne convainquit pas les vieux. Ils applaudirent sans enthousiasme. Décontenancé, le commandant lança un regard torve à Cap, qui haussa les épaules.

— Numéro Un dit que si tu n'avais pas envie de prendre l'avion, ça lui serait égal. Il se ferait rembourser les billets et t'emmènerait en ferry à la place.

Un tonnerre d'applaudissements accueillit la réponse. Il était difficile de percevoir les réactions de Dina derrière son masque argenté. Elle semblait très calme, peut-être à cause de sa cécité momentanée. Philo lui indiqua qu'il était temps de se décider. Le public se mit à crier sa préférence. La plupart des voix appelaient les numéros Un et Deux. Lorsque les cris cessèrent, Joxer Farrel se leva de son siège.

— Vous avez quelque chose contre Numéro Trois ? voulut-il savoir.

L'assistance éclata de rire. Cap se mit debout, s'inclina d'une manière burlesque qui déclencha une hilarité encore plus déchaînée. Philo rétablit l'ordre par un regard méprisant.

— Alors lequel veux-tu ? Numéro Un, le passeur, Numéro Deux qui est prêt à partager une flasque de cognac, ou Numéro Trois, l'homme qui propose de te tenir la main ? La décision t'appartient, Dina.

Lorsque celle-ci se leva, un lourd silence s'installa.

— J'allais choisir Numéro Deux...

— Assieds-toi, Dina, lui ordonna Philo. On s'en fiche de tes raisons, on ne veut que le numéro, tu piges ?

— Oui, je suis désolée.

— Alors, lequel ? Le premier, le deuxième ou le troisième ?

— J'ai décidé que ce serait Numéro Trois.

Il y eut un silence complet puis la salle explosa. On aurait dit qu'une tragédie mondiale s'était produite : l'assassinat d'un président, la mort d'un pape, une déclaration de guerre. Les membres de l'assistance avaient besoin de se parler comme si proférer des paroles les rassurait, leur prouvait qu'ils étaient encore vivants. Dina Sugrue venait de choisir Cap Coyle pour son rancard arrangé. Quelles seraient les conséquences sur la guerre des légumes ?

Dina enleva son masque argenté et parcourut la scène du regard. Ayant du mal à accommoder sa vue à la lumière, elle ne distingua que trois silhouettes floues. Elle se frotta les yeux jusqu'à ce qu'elle voie correctement.

— Qui est Numéro Trois ? demanda-t-elle.

Cap leva lentement la main pour se faire connaître. Et Dina se rappela le jour où il lui avait proposé de sortir au nom de Gerry Sugrue. Était-ce une chance de corriger le passé et de dessiner une nouvelle carte pour l'avenir ? Était-ce l'occasion de soigner une plaie ou, au contraire, de la rouvrir et de la faire saigner davantage encore ?

Philo tendit l'enveloppe à Dina.

— Qui veut lire à haute voix le nom de l'endroit de votre rendez-vous ?

Dina lança un coup d'œil à Cap.

— Je ne peux pas sortir avec lui.

— Je ne peux pas sortir avec elle, renchérit-il.

— Bon, je ne vais le dire qu'une fois : Dieu vous regarde, il vous regarde tous les deux.

Se tournant vers le public, Philo le pressa de battre des mains ; il obtempéra. Elle virevolta de nouveau et proposa une fois de plus l'enveloppe à Dina.

— C'est lui qui me sort, il n'a qu'à le lire.

Philo pivota et la tendit à Cap.

— C'est le privilège de la dame, affirma-t-il.

— Vous me prenez pour une girouette ? se fâcha Philo.

De guerre lasse, elle déchira l'enveloppe d'où elle sortit le bon d'échange.

— D'abord vous allez voir *Le Guérisseur* à l'Abbey Theatre.

— Quel guérisseur ? lancèrent-ils en chœur.

— Ne vous faites pas de bile, il ne vous touchera pas : c'est une pièce. Après le théâtre, vous irez prendre un dîner au champagne au Gresham Hotel, où vous passerez la nuit et aurez droit au petit déjeuner.

Les vieux poussèrent force exclamations.

— Vous aurez deux chambres, naturellement. La seule chose que vous ayez à faire, c'est de revenir nous raconter comment ça s'est passé. Enfin, dans la mesure où vous ne vous trucidez pas.

Une telle réconciliation en public était inimaginable. Il aurait été plus crédible qu'ils sortent chacun un pistolet et se tirent dessus. Il y avait de grandes chances pour que l'un et l'autre trouvent la mort lors de ce rendez-vous. Cap risquait d'étrangler Dina, à moins que celle-ci n'empoisonne son ennemi. Au lieu de revenir leur parler du dîner, ils pouvaient ne revenir que dans leur cercueil.

Il n'empêche que les choses n'auraient pu mieux se passer pour Philo. La journée s'était déroulée à la perfection, enfin presque – jusqu'à ce qu'elle lève les yeux et voic un homme debout au fond de la salle. Les pieds en compote, elle s'agrippa à sœur Rosaleen :

— Sauvez-moi, ma sœur ! S'il vous plaît, sauvez-moi !

La frayeur de Philo stupéfia sœur Rosaleen.

— Qu'est-ce que vous avez ? Vous tremblez !

— Cet homme là-bas, au fond de la pièce, il est venu me kidnapper. Il est violent... sauvez-moi, je vous en prie.

Malgré tous les efforts de sœur Rosaleen pour convaincre Philo que personne n'allait la kidnapper, celle-ci n'était pas d'humeur à entendre raison.

— Qui est-ce ? demanda sœur Rosaleen.

Incapable de parler, Philo ferma les yeux et secoua la tête.

— Qui est-ce ? Répondez-moi !

Philo marmotta tellement entre ses dents quand elle répondit que la sœur ne comprit rien.

— Parlez plus fort. Qui est-ce ?

Au prix d'un gros effort, Philo réussit à rendre sa voix à nouveau audible.

— Mon mari.

— Cet homme est votre mari ?

— Ne le laissez pas m'emmener loin d'ici, s'il vous plaît. Ne le laissez pas m'emmener.

Tommo Nolan était un homme bien charpenté, aussi carré que le camion qu'il conduisait pour la société Corrigan Transport. Il avait la beauté de certains boxeurs, l'allure d'un homme qui avait fait la guerre, à cause de son nez aplati et de ses oreilles en feuilles de chou. Au vrai, il n'avait jamais mis les pieds sur un ring, et son nez était un héritage de son père. Tommo s'aimait trop pour risquer sa peau. Il arborait une barbe de trois jours qui lui donnait un air viril. Il s'en était servi toute sa vie pour faire des ravages.

Cependant que les vieux se dispersaient, il s'avança avec assurance dans la pièce. Philo serra le bras de sœur Rosaleen avec une poigne d'acier.

Tommo sourit aux deux femmes.

— Je ne vais pas tourner autour du pot. Je veux que tu reviennes à la maison, Philo.

— C'est impossible, je me prépare à devenir religieuse.

Il eut un petit rire qu'il étouffa aussitôt. Il connaissait suffisamment sa femme pour savoir quand elle était sérieuse. Quinze ans de vie conjugale lui avaient au moins appris ça. Philo s'avança d'un pas pour passer devant lui, mais il lui bloqua aisément le chemin. Ce faisant, il remarqua la gerbe de fleurs qui avait remplacé son nom dans le tatouage de sa femme.

— T'as effacé mon nom, constata-t-il.

— En l'honneur du Sacré Cœur.

— Quand ça ?

— En Angleterre. Je viens de rentrer.

Tommo l'attrapa par le haut du bras.

— Je vous en prie, laissez-la partir, intervint sœur Rosaleen.

— Je veux que tu reviennes, Philo. Les gosses aussi. On est une famille, tous ensemble – c'est comme ça que les choses doivent être.

— Où sont vos enfants ? demanda sœur Rosaleen, abasourdie.

Philo vit l'expression horrifiée de la religieuse.

— Elle les a abandonnés, et moi avec, assena Tommo avec amertume.

Repoussant les mains de Tommo, Philo s'élança hors de la pièce. Elle courut dans le couloir et grimpa l'escalier de service quatre à quatre. Après avoir ouvert le guichet menant derrière l'autel, elle s'y faufila. La journée avait été presque parfaite, mais, comme tant de fois auparavant, Dieu était venu tout gâcher. La tête enfouie dans ses mains, elle maudit Dieu de la plomber de la sorte, au moment précis où les choses étaient en train de s'améliorer.

5.

Dina n'avait rien à se mettre pour aller à l'Abbey Theatre. Elle n'y était entrée qu'une fois, un matin – à onze heures très exactement – car elle avait été saisie d'un besoin urgent alors qu'elle passait devant. Les gens qu'elle voyait s'y engouffrer le soir faisaient de l'esbroufe avec fourrures, nœuds pap et tout le bataclan. Dina ne voulait pas se sentir déplacée en étant mal habillée, or, vu qu'elle n'avait rien d'autre que les hardes qu'elle portait, les chances pour qu'elle ne détonne pas étaient minces. C'était une femme qui vendait des légumes, un statut que sa garde-robe reflétait.

Dina maudissait Philo de l'avoir mise dans cette situation. Pourquoi fallait-il qu'elle organise ce jeu de rendez-vous arrangés ? Eût-elle eu deux sous de jugeote qu'elle aurait écrit un faux nom sur le bout de papier et évité la catastrophe. Malheur à Philo qui avait tiré son nom du chapeau et – dans la mesure où un surplus de guigne était disponible – malheur à elle, Dina, pour avoir jeté son dévolu sur Numéro Trois. Comment avait-elle pu avoir la prétention, sous couvert de l'anonymat conféré par le masque argenté, de croire qu'elle vivait un moment génial alors qu'elle était sur le point de commettre la pire faute de son existence ? Si elle avait choisi l'un des deux autres, elle se serait fichue d'aller à l'Abbey Theatre en pyjama. Mais c'était Cap Coyle, l'ennemi public numéro un, qui l'y emmenait, et elle aurait préféré mourir que de lui fournir une raison valable de la critiquer.

À une époque, elle lui trouvait les qualités requises pour un petit ami. Il avait une innocence inhabituelle parmi les dockers, des durs en général. Dina savait qu'il lui suffisait de bomber le buste pour allumer les regards ; Cap l'attirait parce qu'il n'était pas du genre à reluquer et d'une timidité très séduisante. Dina s'imaginait capable de lui apprendre des tas de petits tours ; quand il les exécuterait, elle le récompenserait et il lui serait fidèle. Aussi câlin et joueur qu'un chiot, il n'y avait pas l'ombre d'une malice en lui.

À moins de rédiger un manifeste proclamant : *Tu me plais*, pas moyen de pousser Cap à l'inviter à sortir. Lui confiait-elle qu'elle adorerait nourrir les canards du parc Saint Stephan qu'il lui proposait son quignon de pain. Évoquait-elle la dernière rangée du cinéma qu'il lui expliquait être obligé de s'asseoir devant à cause de sa vue. Lui faisait-elle observer que personne ne s'asseyait au dernier rang pour regarder l'écran qu'il changeait de sujet, parlant des spectacles de variétés qu'il préférait au cinéma. Il était naïf à en être exquis. Elle aurait pu l'écouter des heures, sauf qu'elle voulait d'abord un rancard. En fin de compte, il lui en avait proposé un, mais pour le compte de son ami. Sous le coup de la déception, Dina avait accepté.

Même après qu'elle eut épousé Gerry, elle continua d'avoir un faible pour Cap. Puis les choses changèrent. Oh, comme il l'avait piétinée ! Il avait vendu son âme aux entrepreneurs des docks. Il les avait trahis, Gerry et elle, en se rangeant du côté de ceux qui essayaient de détruire les docks. Dina en conçut une telle fureur qu'elle l'aurait tué. Un samedi soir, elle fit le tour de sa belle maison de Coburg Place avec une seule idée en tête : le meurtre. Elle poussait un landau où se trouvait son plus jeune fils, Brendan, qui avait dix mois à l'époque. Elle avait l'intention d'entourer le cou de Cap de ses mains et de l'étrangler, mais il sortit avec une tablette de chocolat pour le petit. Lorsqu'il la tendit à Brendan, Dina repoussa sa main en la tapant de toutes ses forces.

— Ton chocolat, on n'en veut pas ! hurla-t-elle.

La tablette s'envola et s'écrasa sur un mur. Levant l'autre main, Dina lui donna une énorme gifle. Cap recula, trébucha sur le seuil et atterrit sur les fesses, dans le vestibule.

— Ça, c'est pour ce que tu as fait à ma famille, assena-t-elle. Et ce n'est qu'un début.

Le bébé éclata en sanglots convulsifs, ce qui alourdit encore l'atmosphère. Et sauva probablement Cap d'un surcroît de violence.

— Ne pleure pas, il n'en vaut pas la peine, dit Dina à son fils. Il ne mérite pas que tu verses une larme pour lui.

Sous l'effet de ses paroles, les pleurs du bébé redoublèrent d'intensité. Dina s'en fichait, il avait toute la vie pour s'en remettre. Elle voulait qu'il ait un avenir, et dans les docks de Dublin, mais elle n'était plus certaine que ce soit possible. Personne ne l'était après tout ce qui s'était passé...

Dina chassa le souvenir de sa cervelle et regarda les vêtements suspendus dans son armoire. Il y avait un tailleur rose qu'elle avait acheté pour le mariage de sa petite-nièce un ou deux ans auparavant. Elle le décrocha pour l'examiner. Cela faisait plutôt quatre ans qu'elle l'avait acheté, se rendit-elle compte – dix ans en réalité – et la dernière fois qu'elle l'avait porté, c'était le jour du pèlerinage à Knock organisé par le Centre d'accueil. Comme Cap Coyle n'était pas venu à l'excursion, il était probable qu'il ne l'avait pas vue dedans. L'étendant au bout du lit, Dina fit bouffer la jupe.

Quelqu'un entra dans le magasin et cria dans l'escalier :

— Descends, Dina, il me faut des carottes et des oignons pour un ragoût.

— Je suis fermée, reviens demain.

— Tu ne peux pas être fermée, ta porte est ouverte.

— N'empêche que je le suis.

— Quelle excuse suis-je censée lui donner quand il ne trouvera pas son dîner ?

— La même que la dernière fois.

— Tu veux avoir mes yeux au beurre noir sur la conscience ?

— Vas-y, prends ce dont t'as besoin et paye-moi demain.

— Tu seras récompensée au ciel, Dina.

— Tant mieux, parce que ça ne sera sûrement pas sur terre.

C'était du Cissie Kennedy tout craché. Dix-huit heures passées et elle n'avait rien pour faire le dîner... Décidément, le tailleur rose plaisait beaucoup à Dina. Il était légèrement transparent – il faudrait qu'elle porte quelque chose en dessous... une jolie combinaison peut-être. Voyons, elle en avait une crème. La dernière fois qu'elle avait vu sa boîte, c'était quelque part dans le bas de l'armoire. Dina sortit des affaires pour la trouver – un oreiller, des draps en coton, deux abat-jour, un puzzle, un rouleau et demi de papier peint et un tube de colle – avant de tomber sur une boîte, abîmée et lourde, qui n'était pas celle qu'elle cherchait.

Elle la sortit, la posa sur le lit, ôta le couvercle. Des souvenirs de son mariage, des photos surtout, y étaient rangés. La première était un cliché en noir et blanc de Gerry et elle sur le parvis de l'église Saint Laurence O'Toole. Dina était radieuse dans son tailleur bleu marine et son chapeau à voilette assorti. À la façon dont elle serrait les mains sur son bouquet, on aurait dit un trophée. Haute en couleurs, pleine de vie et d'espoir, elle se tenait à côté de son homme, le jeune marié de grande taille, Gerry. Une deuxième photo attira son attention, celle de Cap en témoin, debout près d'elle, avec Gerry et la demoiselle d'honneur, Esther, la sœur de Dina, de l'autre côté. Quelqu'un venait sûrement de sortir une blague parce qu'ils riaient. C'était lié aux alliances ; Cap croyait les avoir perdues jusqu'à ce qu'il les eût retrouvées dans une poche de son pantalon.

Pendant des années, les photos étaient restées accrochées au mur au-dessus de la cheminée, même après sa rupture avec Gerry. Puis Dina avait appris qu'il vivait avec une femme plus jeune, à Ringsend par-dessus le marché, et elle avait décidé que ça suffisait. Reléguées dans le bas de l'armoire, elles restaient cachées avec d'autres reliques de son passé.

Poussant une écharpe en soie, elle découvrit une guêpière mordorée – l'un des éléments de lingerie les plus osés d'autrefois. Le soutien-gorge, le slip et les jarretelles cousus ensemble en faisaient une tentation érotique. Dessous, il y avait une paire de bas en nylon couleur chair avec une couture à l'arrière. En les touchant, Dina, aux anges, eut l'impression d'être ramenée dans une autre vie, avant que les ravages du temps ne l'aient abîmée ; quand elle avait une silhouette qui faisait frissonner la lingerie en soie.

Personne ne valait Dina en matière d'apitoiement

sur soi-même. C'était la reine des grincheuses, et, lorsque l'humeur la prenait, elle était capable de tourner sa victoire à la loterie en une catastrophe abominable. Dans cet état d'esprit, elle ne voyait qu'un côté des choses, le mauvais bien entendu. Elle fit face à son reflet dans le miroir de l'armoire. Pourquoi aller dormir au Gresham Hotel alors qu'elle avait un lit parfaitement confortable chez elle ?

Dina se fixa pour commencer son monologue à voix haute. Pour revêche que fût l'expression qu'elle donna à son visage, elle la trouva encore trop aimable.

— Qu'est-ce que tu regardes ? se demanda-t-elle.

— C'est ce que j'aimerais savoir, se répondit-elle.

Attrapant sa veste la plus affreuse, Dina la tint devant elle.

— C'est horrible.

— Dans ce cas, c'est parfait.

Elle devint à tour de rôle Dr Jekyll et Mr. Hyde, sans arriver à décider lequel envoyer au rendez-vous. Quand elle pensait à Cap, à tout ce qu'il lui avait fait, la cause était entendue. Elle n'était pas la seule à avoir souffert de l'injustice, sa famille aussi. Alors pourquoi y allait-elle ? Le mystère restait entier.

— Tu n'es pas obligée d'y aller.

— Si : tu l'as choisi.

La schizophrénie convenait à Dina, qui jouait les différentes tendances de sa personnalité avec la même intensité. C'était une passion redoutable digne de la scène. Elle remit le tailleur rose sur son cintre et le rangea dans l'armoire.

— Pourquoi devrait-il te voir sur ton trente et un ?

— Il ne mérite rien de plus qu'une clocharde.

Ensuite, ce fut au tour de la guêpière. Dina la prit sur le lit et la replaça dans son cercueil. Le tissu soyeux, si agréable au toucher, le serait encore davantage sur sa peau, les parties sensibles de son corps, ses seins et son entrejambe, non ? Dina avait toujours eu un faible pour les choses délicates.

— Ça t'irait encore à merveille, ma fille.

— Tu n'as pas la silhouette qu'il faut pour de la lingerie, ma bonne dame.

Le miroir lui renvoya une image pitoyable d'elle-même. En vérité, elle était percluse de rhumatismes et ne serait plus jamais jolie. La tristesse l'empoigna quand elle réfléchit aux sous-vêtements qui lui convenaient : collants de contention et couches protectrices. Elle était une vieille retraitée de presque soixante-dix ans, une femme abandonnée, une mère délaissée, une infirme qui avait fait son temps, qui aurait pu avoir une vie, dont la date limite de vente était expirée, au bout du chemin, un pied dans la tombe. Se lamentant sur son sort, elle éprouvait une pitié assez forte pour boire, une acrimonie assez puissante pour en mourir.

— Tu es aussi vieille que tu le ressens, se cria-t-elle. Aussi vieille que tu le ressens.

— Tu n'es pas encore morte, loin de là !

Elle pouvait encore tourner les têtes si elle le voulait. À cette idée, elle bomba le buste et serra les fesses. Pourquoi décider d'être une clocharde alors qu'elle était une reine ? Autrefois, elle aurait pu jeter son dévolu sur n'importe quel mec, Cap Coyle compris. C'était l'occasion de lui rappeler ce qu'il avait raté, de lui donner un aperçu de ce qui aurait pu être. Dina n'y réussirait qu'en étant le plus jolie possible.

Le tailleur rose fut à nouveau sorti de l'armoire. Prenant les bas en nylon, elle les aspergea de parfum. Puis elle y glissa la main jusqu'à l'emplacement du gros orteil. Dieu s'adressait à elle par le biais de la lingerie. Elle le comprit au sentiment de paix qui l'envahit. La trinité de Dina ne lui dictait plus ses pensées. Elle était redevenue une seule personne, dont les parties étaient reliées exactement comme la guêpière.

Dina enfila celle-ci par les pieds, la tira sur son corps et poussa ses seins dans les bonnets. La sensation des bas sur sa peau l'enchanta – ils moulaient ses jambes et leur donnaient un galbe parfait. Elle les attacha aux jarretelles, dont les fermoirs claquèrent : un bruit merveilleux qu'elle n'avait pas entendu depuis une éternité. Le parfum flotta et la fit sourire. Dina avait de nouveau vingt ans, c'était une reine, belle et libre.

Cap choisit un feutre. Il ne l'avait porté qu'une fois, à la messe de minuit du précédent Noël. Un cadeau de Mucky. Cap n'aimait pas qu'on lui offre des chapeaux, parce que c'était quelque chose de très personnel et qu'il était difficile d'expliquer son goût dans ce domaine. Les gens supposaient qu'il aimait tous les couvre-chefs puisqu'il en portait, mais c'était loin d'être le cas.

Il avait porté des chapeaux toute sa vie. Quatre-vingts pour cent de la chaleur du corps se dissipe par le sommet du crâne – il ne l'avait jamais oublié. À ses yeux, c'était la raison de la bonne santé dont il avait toujours joui. Il connaissait des hommes qui s'enrhumaient tous les hivers ; ils attrapaient un rhume en octobre et ne s'en débarrassaient qu'en mars. Aucun d'eux ne couvrait son crâne fragile, c'était la seule chose qu'ils avaient en commun. Cap, lui, ne sortait jamais sans galurin, été comme hiver.

Le seul aspect négatif de cette habitude, c'était qu'on lui en offrait. Les gens ne s'en privaient pas, s'imaginant être très originaux. Il avait eu droit à tout : béret, calot écossais, toque russe en fourrure, chapeau en cuir, chapeau de Robin des Bois, de Frank Sinatra, de Dean Martin, de Sammy Davis junior, bonnets en laine, casquette et feutre. Et quand on vous en offrait un, on s'attendait à ce que vous le mettiez, même si vous le détestiez violemment. Le problème ne se posait pas pour les chaussettes, les sous-vêtements ou les tricots de corps, parce qu'ils étaient cachés. La solution mise au point par Cap, c'était que l'acheteur le voie une fois avec son chapeau, qu'il rangeait pour toujours après. Il avait un placard entier rempli de suffisamment de couvre-chefs orphelins pour ouvrir un magasin d'accessoires.

Pour l'homme modeste qu'il était, Cap avait une tête exceptionnellement grosse : 7 5/8. Beaucoup de gens pensaient qu'elle était au-dessous de 7. De surcroît, il n'en portait que de trois couleurs : marron, bleu, vert ; aussi, la plupart du temps, les gens se trompaient-ils au moins sur un plan. Mucky était l'un des rares à connaître et son tour de tête et les couleurs qu'il préférait.

Le choix d'un chapeau était une décision capitale pour Cap. Il opta pour le feutre parce qu'il n'avait rien de désinvolte, qu'il faisait sérieux, qu'il était du meilleur effet. Cap ne l'aurait jamais mis pour aller boire un pot ou se promener. Comme le feutre avait une histoire, ce serait un sujet à aborder au cas où la conversation viendrait à se tarir. Il était tout à fait possible qu'il y ait des silences au cours de la soirée, du dîner surtout. La conversation n'aurait pas d'importance pendant la pièce – en fait, c'était impoli de parler durant une représentation.

Cap n'était allé qu'une fois à l'Abbey, à l'époque où la troupe jouait au Queen's Theatre situé dans Pearse Street. Depuis qu'elle s'était installée à Abbey

Street, il n'était pas entré dans le nouveau théâtre. Il se rappelait peu la pièce qu'il avait vue, dont le titre lui était sorti de l'esprit. Il gardait néanmoins un souvenir précis d'un homme de l'IRA caché dans le grenier et de soldats anglais – des Black and Tans peut-être[1] – essayant de soutirer des informations à la propriétaire sur l'endroit où il se cachait. Il y avait eu une telle tension que Cap avait été tenu en haleine. L'actrice qui jouait la propriétaire s'appelait Eileen Crowe. Cap se demanda où il avait stocké ces souvenirs pendant toutes ces années. Il pourrait en parler si la conversation devenait poussive. Il avait deux sujets maintenant : le chapeau et la pièce au vieux théâtre Abbey.

En chemin, Cap s'arrêta acheter des bonbons chez le marchand de journaux Butler. Son père le faisait chaque fois qu'il l'emmenait à l'opéra, parce qu'il y avait plus de choix qu'au théâtre et que c'était moins cher. Au fil du temps la boutique était tombée en ruines mais Cap avisa une belle boîte de bonbons à la rose sur la plus haute étagère. Il l'avait à peine demandée qu'il se rendit compte que cela risquait de faire passer un message inadéquat. Il avait beau aller retrouver Dina Sugrue, il ne s'agissait pas d'un rendez-vous galant. En réalité, ils se détestaient depuis le début des hostilités. Enfin, ce n'était peut-être pas tout à fait de la haine, Cap ressentait toujours quelque chose pour elle qu'il était incapable de mettre en mots. Quoi qu'il en soit, des bonbons à la rose, c'était trop éloquent. Changeant d'avis, il se décida pour un assortiment de confiseries à la réglisse. Il les trouvait

1. Vétérans de l'armée britannique aux uniformes noirs et bruns qui exercèrent d'atroces représailles contre les Irlandais en 1920. *(N.d.T.)*

délicieuses et elles avaient le mérite de n'avoir rien de romantique. C'était même les confiseries les moins romantiques du magasin.

Il arriva à l'Abbey Theatre à sept heures, avec une demi-heure d'avance. Dina et Cap étaient convenus de se retrouver à sept heures et demie, devant le bâtiment – ils étaient trop gênés pour qu'on les voie traverser North Wall ensemble. Cap choisit l'entrée principale pour son premier quart. Il fit des allées et venues, trente pas dans chaque sens comme une sentinelle sur des remparts. Au bout de dix minutes, il alla se poster en face, devant le Plough Bar. Dix minutes plus tard, il se retrouva au croisement d'Abbey Street et de Malbourough Street, près du pub Flowing Tide – une position stratégique d'où l'on voyait tous les accès au théâtre. Il s'accorda encore dix minutes avant que le doute ne commence à le tenailler. Peut-être s'était-elle trompée et rendue au Gate Theatre. Voilà qui semblait pourtant peu probable...

À huit heures moins dix, il décida qu'il l'avait ratée. Elle devait être arrivée au théâtre où elle s'était faufilée sans se faire remarquer. Une ruelle longe un des côtés du bâtiment, et les gens qui connaissent la ville l'empruntent comme raccourci. Cap conclut que Dina était passée par là, aussi abandonna-t-il son poste au pub et se précipita-t-il dans le foyer.

Il était noir de monde. Il commença à se frayer un chemin dans la mer de corps en la cherchant. C'était démoralisant de scruter les visages des gens et de devoir afficher un sourire idiot. Plusieurs personnes le prirent pour un vendeur de programmes. Quand il eut parcouru le rez-de-chaussée, il monta l'escalier. Un portrait de Brendan Behan accroché au mur le regardait. Quand il passa dessous, Cap jura avoir entendu le dramaturge lui souffler :

— Tu n'as pas honte de courir la gueuse à ton âge, on s'attendrait à ce que t'aies un peu de bon sens.

— Je vais avoir soixante-douze ans et je cours pas la gueuse, répliqua Cap tout bas.

Les ouvreurs demandaient aux gens de rejoindre leur place. En nage, Cap sentait le feutre collé sur sa tête par la sueur. Il fit une dernière incursion dans la rue, courut à la rivière et regarda le long des quais de la rive nord jusqu'à la douane. Pas l'ombre de Dina. Il retourna au théâtre. Il était plus de huit heures. Il expliqua sa situation délicate à une femme à l'air zélé qui avait un talkie-walkie à la main. Elle lui demanda une description.

— C'est une petite dame au visage... (Cap, qui allait dire revêche, s'interrompit.) Avec un joli visage ridé et des cheveux blonds jusqu'ici.

Il montra son épaule. La femme lui conseilla d'aller s'installer tout en lui promettant d'ouvrir l'œil.

Le drame qui se passait dans sa tête empêcha Cap de se concentrer sur la pièce. Dina n'avait pu fermer sa boutique à cause d'afflux de clients – difficile à croire. Dina avait eu la colique après avoir mangé quelque chose de mauvais – ça ne tenait pas davantage la route. Dina n'avait pas eu envie de venir parce que sa foi était en crise comme le personnage de la pièce. Cap priait pour qu'un miracle se produise. Il voulait que Dina entre dans le théâtre, s'asseye et lui demande de l'excuser pour son retard. Plus la représentation progressait, moins le scénario devenait vraisemblable.

Comme il regardait le guérisseur se décomposer sur la scène, Cap comprenait exactement ce qu'il éprouvait. Il avait eu l'idiotie de croire, voilà tout. C'était du fantasme. Le monde réel était cruel et impitoyable. Vers la fin du premier acte, Cap n'avait plus qu'une envie, celle de rentrer chez lui, de retourner dans sa confortable tranchée.

Assise dans le bureau de la mère supérieure, Philo ne pouvait penser qu'à l'asile. Un mot dont le sens déplaisant – une maison pour les fous – avait pris une signification plaisante : refuge.

— Je cherche un asile, ma sœur, déclara-t-elle.

— Vous vouliez devenir religieuse il y a une heure.

— Je sais, sauf que je cherche un asile maintenant.

Depuis que Tommo s'était pointé, la voie des ordres lui était barrée. Les femmes mariées n'avaient pas le droit de prononcer de vœux. Elle n'était éligible à aucun niveau ; en fait, on ne pouvait être plus inéligible qu'elle.

— Il faut m'accorder l'asile.

— Vous avez cinq enfants dont vous devez vous occuper.

— Je le sais, ma sœur.

— Vous ne pouvez pas les abandonner.

Et voilà l'affreux mot, le seul que Philo refusait d'entendre. Elle s'efforça de le chasser de ses oreilles. Elle s'était enfuie pour les sauver.

— Vos enfants ont besoin de vous, ils ont besoin de leur mère.

Sa maison était un ring de boxe. Elle se levait tous les jours pour affronter un nouveau match de douze rounds. Dans le coin rouge, Tommo Nolan, dans le bleu, Philo et les gosses.

— Comment s'appellent vos enfants ? demanda sœur Monica.

Philo ne souhaitait pas lui répondre. Si elle énumérait leurs prénoms, elle les verrait, et, si elle les voyait, elle serait tourneboulée. Cela faisait partie de sa stratégie de survie de ne pas se les représenter. À force d'entraînement, elle la maîtrisait parfaitement. Dès qu'elle pensait à l'un d'eux, elle l'associait immédiatement à un aliment. Ainsi, pour Jack, son fils aîné, c'était de la confiture ; pour Eileen, des œufs de Pâques ; Thomas devenait des tartines grillées ; Josie se transformait en pommes de terre cuites au four ; quant à Philomena, sa petite dernière, elle était un fruit frais. Dès que l'obsession s'emparait de Philo, la pensée des enfants disparaissait et celle de la nourriture prenait la relève. Plus d'une fois, elle avait remercié Dieu pour cette obsession qui l'avait sauvée de la folie.

— Comment s'appellent-ils ? répéta sœur Monica.

— Eh bien, le premier c'est Conf...

— Conf ? Quel étrange prénom !

— Non, désolée, Jack – Conf est une sorte de surnom. Puis il y a Eileen, Thomas, Josie et Philomena, qui porte le même nom que moi.

— Qui s'occupe d'eux en ce moment, leur père ?

— Non, ce connard ne s'en occupe sûrement pas.

— Alors, ils ne sont pas à la maison ?

— Il les a fourrés à l'orphelinat Goldenbridge.

Sœur Monica y avait travaillé ; des souvenirs de l'endroit et des enfants dont elle avait pris soin affluèrent à sa mémoire. Les Flynn, de Kimmage, trois enfants aux cheveux bouclés, dix, huit et six ans – ils se suivaient aussi régulièrement que des marches d'escalier – le plus jeune, David, avait un palais fendu... elle se les rappelait avec beaucoup de tendresse.

— Pourquoi les avez-vous abandonnés ? demanda-t-elle.

Philo aurait préféré que sœur Monica l'ébouillante ou lui donne un coup de poignard dans la poitrine.

— J'aimerais mieux que vous ne prononciez pas ce mot.

— Lequel ?

— Celui qui commence par un A.

— Abandonner.

Philo hocha la tête.

— Je n'avais aucune envie de les laisser, mais qu'est-ce que j'étais censée faire ? Ils étaient en danger. Au moins, ils sont en sécurité maintenant.

Sœur Rosaleen apporta un plateau, tout en lançant un regard débordant de bienveillance à Philo. Elle servit le thé et tendit les tasses. Sœur Monica mit un sucre dans la sienne, ce qui n'était pas son habitude – à l'ordinaire, elle ne se le permettait qu'à Noël. Les autres trois cent soixante-quatre jours, elle l'offrait pour les âmes égarées. Philo prit quatre petits gâteaux et mit trois sucres dans son thé. Elle croisa les doigts, attendant une réponse à sa demande d'asile. Si on la rejetait, elle retournerait en enfer.

— Est-ce que mon mari est toujours ici ?

— Il est assis dans le couloir, répondit sœur Rosaleen.

— Proposez-lui une tasse de thé, suggéra sœur Monica.

— Faites attention de ne pas tout renverser sur ses genoux, lança Philo avec un clin d'œil à l'intention de sa complice.

Sœur Monica sentit le sucre s'infiltrer dans son sang à la manière d'une drogue. Elle regarda Philo, cette mère de cinq enfants venue prendre le voile – aussi bizarre que cela paraisse – qui avait mis le couvent sens dessus dessous. Sœur Monica se demanda ce qu'elle pouvait faire pour aider Philo à recoller les fragments de sa vie et pria pour obtenir une directive spirituelle quant à la bonne décision à prendre.

Cap était furibond que Dina lui ait posé un lapin. Il bouillait tellement de colère qu'il alla, sans s'en rendre compte, dans les toilettes pour dames du Flowing Tide. Sortant d'un cabinet, une femme le vit remettre son chapeau devant le miroir. Elle le signala à un barman, qui flanqua Cap à la porte. Celui-ci vida ce qui restait dans sa chope, la posa brutalement sur le comptoir et lui dit qu'il pouvait se foutre son bar dans le cul. Voilà qui ne lui ressemblait guère.

La rage au cœur, il s'engagea sur le quai de la rive nord. Comme il passait devant le bâtiment de la douane, une mouette innocente vola au-dessus de sa tête et atterrit sur le parapet longeant le fleuve. Elle poussa un cri qui exaspéra Cap. Fouillant dans sa poche, il en sortit un bonbon à la réglisse et le lança de toutes ses forces sur l'oiseau sans méfiance. Il l'aurait blessé s'il l'avait atteint, mais il n'éprouva pas l'ombre d'un remords. Cap n'était plus lui-même.

À l'angle de Commons Street, son pied heurta une pierre. Il fit quelques pas avant de s'arrêter, rebroussa chemin, la ramassa et la fourra dans sa poche. Cela lui servirait pour casser des fenêtres. Il n'était pas question qu'on se moque de lui aussi facilement. Il était difficile de croire qu'un pacifiste tel que lui soit en proie à de pareils sentiments ; cela lui rappela le conflit des hommes-grenouilles. Il avait beau avoir cherché la paix toute sa vie, ce soir il voulait la guerre. Il s'était donné beaucoup de mal, et Dina l'avait piétiné, elle avait bafoué ses émotions et blessé son amour-propre. À cause d'elle, non seulement il s'était senti minable, plus que minable, mais on l'avait viré d'un pub. Elle voulait la guerre, eh bien il allait croiser le fer avec elle une fois pour toutes, jusqu'au bout.

Quand il tourna dans Dowdall's Lane, il eut l'impression d'entrer dans une zone interdite. De crainte de tomber à n'importe quel moment sur une mine et de se désintégrer, il ralentit le pas. À sa grande surprise, la porte de la boutique était ouverte. Il appela à voix basse :

— Il y a quelqu'un ? Il y a quelqu'un ?

Il entra. Tout lui était familier. C'était un magasin de légumes identique au sien, qui vendait les mêmes produits. Les pommes de terre, des Pinks et des Queens, étaient aussi des grenades. Il se trouvait en territoire ennemi. Les navets étaient des boulets de canon, les choux-fleurs, des crânes d'êtres humains.

Au bout de quarante années de guerre, c'était la première fois qu'il mettait les pieds dans le magasin de Dina. Il regarda les étagères, fabriquées avec les moyens du bord, mais bien rangées. Champignons, carottes, oignons, panais, choux de Bruxelles se côtoyaient, sans oublier le persil et le thym. En cinq minutes, il pouvait tout détruire. Il lui suffisait de se servir de ses mains ; cinq petites minutes de déchaînement et il réduirait ça en bouillie – le geste d'un marchand des quatre-saisons contre un autre.

Différant ce plaisir, Cap monta l'escalier. Sur le palier, il poussa une porte qui s'ouvrit sur la chambre à coucher. Un tailleur rose était posé sur le lit, à côté duquel on voyait une boîte pleine de ce qui semblait être des photos. Cap s'avança dans la pièce. À la vue de son reflet dans la glace, il sursauta, effrayé.

— Qui est là ? demanda une voix.

Cap se précipita dans l'escalier comme un chat affolé. À mi-chemin, il se rendit compte qu'il s'agissait de la voix de Dina. On aurait dit qu'elle venait de l'armoire. Qu'est-ce qu'elle y fabriquait ? Il remonta sur la pointe des pieds.

— C'est toi, Dina ? lança-t-il.

Un bruit, un gémissement rauque, pitoyable, parvint à ses oreilles.

— Qu'est-ce que tu fais dans l'armoire ?

— J'ai besoin d'aide, obtint-il en guise de réponse.

Cap n'en revint pas que Dina soit là-dedans. Comme il s'approchait de l'armoire, il entendit une plainte venant de l'autre côté du lit. Dina gisait par terre. Cap distingua d'abord ses jambes immobiles, gainées de nylon, puis son corps à peine couvert de lingerie. Il fut trop gêné pour réagir. Elle semblait aussi brisée et mal en point qu'une poupée abandonnée, blessée, et il ne savait que faire.

— Va chercher du secours, s'il te plaît... je ne sens pas mes jambes.

Cap balaya la pièce du regard comme si la réponse pouvait être écrite sur les murs. Il avait envie de la soulever et de la mettre sur le lit, mais une voix intérieure le lui interdit.

— Va chercher de l'aide au couvent.

— Je crois que je devrais appeler une ambulance. Depuis combien de temps es-tu allongée là, Dina ?

— Contente-toi de filer au couvent, s'il te plaît.

Cap y courut. Sœur Rosaleen le fit entrer. Hors d'haleine, il fut à peine capable de parler.

— Bonjour, j'ai besoin d'aide, réussit-il à articuler. Est-ce que Philo est là ?

Sœur Rosaleen l'emmena dans le bureau, où l'audience pour la demande d'asile fut interrompue. Cap raconta son histoire en bafouillant, pris d'une panique qui s'amplifiait de seconde en seconde.

— As-tu appelé une ambulance ? demanda Philo.

— Elle m'en a empêché.

— Appelez-en une, sœur Monica, ordonna Philo, tout en se dirigeant vers la porte.

Sœur Rosaleen lui barra le passage :

— Votre mari est en bas.

— Il est encore ici ce connard !

— Sortez par derrière, leur recommanda sœur Monica en train de décrocher le téléphone.

L'équipe de secours sortit furtivement par la porte de service, évitant Tommo. Philo prit la tête de la troupe dans la rue, suivie par sœur Rosaleen, son habit relevé jusqu'aux genoux, et Cap ferma la marche, la main vissée sur son chapeau pour l'empêcher de s'envoler. Même d'après les critères de Sheriff Street, ils formaient un spectacle insolite. Au moment où ils tournèrent à droite dans Dowdall's Lane, la nouvelle de leur apparition se répandait déjà parmi les habitants friands de scandale.

Cap attendit l'ambulance au rez-de-chaussée, tandis que Philo et sœur Rosaleen montaient pour évaluer la situation. Étant restée trois bonnes heures par terre dans sa combinaison diaphane, Dina était un véritable bloc de glace. Philo mit un oreiller sous sa tête, jeta une couverture sur elle et lui massa les mains pour essayer d'y ramener un peu de vie. Elle n'avait jamais senti une peau aussi froide chez un être vivant auparavant.

— Tu ferais mieux d'avoir une bonne excuse, dit-elle en plaisantant à Dina tout en lui frottant les pieds.

— C'est en essayant d'attraper une écharpe en haut de l'armoire que je suis tombée du lit.

— Je te crois, un tas de gens ne te croiraient pas.

— C'est la pure vérité, Philo.

— Ouais, et on va me nommer mère supérieure du couvent.

— C'est une merveilleuse nouvelle, j'en suis ravie.

À l'arrivée de l'ambulance, des gosses s'étaient attroupés devant le magasin. Debout à la porte, Cap se donnait beaucoup de mal pour les garder à distance. Le chef de la bande était un gamin insolent d'une douzaine d'années.

— Ma mère m'a envoyé acheter des carottes et des oignons.

— Il faudra que tu reviennes demain, le magasin est fermé.

— Pourquoi vous restez là si c'est fermé ?

— Parce que c'est bon pour ma santé. Bon, rentrez chez vous maintenant.

— Vous avez pas à me donner d'ordres, vous êtes pas un agent de police.

Exaspéré, Cap tourna la tête et les jeunes loups perçurent sa faiblesse.

— D'abord, il est même pas à vous ce magasin.

— Retournez dans le vôtre, espèce de salaud de voleur !

Dina, que l'on descendait sur un brancard, sauva Cap de la horde. En passant devant lui, elle lui sourit. Ce fut son regard qui le bouleversa, un regard qui transperça son âme.

— Merci, Cap, merci de m'avoir sauvée, dit-elle.

Elle disparut à l'arrière de l'ambulance sous les yeux de Cap, bouleversé. Le grand mur qui les avait séparés était peut-être en train de s'effriter, et voilà qu'on l'emmenait. Le pire, c'était qu'il se sentait responsable. Dina avait eu un accident en essayant de se pomponner pour leur rendez-vous.

Cap s'élança derrière l'ambulance et attrapa les portières. Mais elles étaient fermées ainsi qu'il s'en rendit compte quand il appuya sur les poignées. Il s'affola, tira sur les poignées et les portières s'ouvrirent. Comme il se hissait sur le marchepied, un des ambulanciers s'approcha de lui.

— Je l'accompagne, elle ne peut pas y aller toute seule, déclara Cap.

— Vous êtes son mari ?

— Non, j'avais rendez-vous avec elle.

— Vous n'avez pas de liens avec elle ?

— Je suis un ami. De très longue date.

— Je suis obligé de vous demander de sortir de ce véhicule. Vous n'êtes pas un parent. Descendez s'il vous plaît, monsieur.

On poussa Cap sous le regard attentif d'une foule de plus en plus grouillante. Les adultes avaient rejoint les enfants, attirés par le hurlement strident de la sirène et le gyrophare. Sur l'insistance de Philo, la foule recula pour faire de la place à Cap. Il la fendit tandis que l'ambulance démarrait en trombe dans la ruelle. Comme les gens commençaient à se disperser, une petite fille au nez plein de morve se posta sur le chemin de Cap.

— Ma maman dit que ce sont vos légumes les meilleurs, monsieur Coyle.

Un autre jour, la remarque l'aurait flatté. Vu les circonstances, il n'éprouva qu'un sentiment de tristesse et de vide. Il avait passé la moitié de sa vie en guerre, et pour quoi ? Qu'y avait-il gagné ? Absolument rien. Le compliment d'une petite fille qui, en fait, était une mise en accusation de Dina, de lui, de North Wall, de toute la communauté des docks. Elle était au bord de la faillite, on avait emmené Dina en ambulance et il ne savait pas s'il aurait une autre occasion de se réconcilier avec elle.

Philo poussa le verrou de la porte qu'elle venait de fermer. Elle mit le cadenas et fit jouer le mécanisme qui cliqueta. Quand elle se tourna, elle aperçut Cap. Ça n'avait pas été sa soirée.

— Tu veux bien vérifier ce cadenas pour moi, Cap ?

Le vieil homme s'avança. Après quelques efforts, il déclara que c'était verrouillé et, sortant le bon d'échange de sa poche intérieure, le tendit à Philo.

— Je n'en ai plus besoin.

— Ce n'est pas la fin du monde, Cap. Estime-toi heureux : t'as eu droit à la moitié d'un rendez-vous arrangé. Je suis Cilla Black et j'ai eu que dalle.

Cap ne put s'empêcher de sourire. Il était impossible de rester longtemps déprimé auprès de Philo. Trop pleine de vie pour donner une chance à la tristesse, elle était allergique à la souffrance.

— En mettant les choses au pire, vous pourrez toujours utiliser le bon de l'hôtel pour vous, intervint sœur Rosaleen.

— Vous ne pensez pas que la mère supérieure va m'accorder l'asile, c'est ça ? J'espère que vous vous trompez. Je déteste les hôtels – c'est un cauchemar d'entrer et de sortir de leur putain d'ascenseur microscopique... Je les déteste.

Cap, qui n'avait aucune idée de ce dont elles parlaient, n'eut aucune envie de les interroger à ce sujet. Après leur avoir souhaité une bonne soirée, il prit la direction de sa maison. En cours de route, il mit les mains dans ses poches où il sentit la pierre ainsi que le paquet de bonbons à la réglisse : la première pour la violence, le second pour la paix. Il jeta la pierre. Au bout de la rue, il chercha la petite fille au nez qui coulait qu'il mit quelques minutes à trouver. Il lui montra les confiseries.

— Tu aimes les bonbons à la réglisse ?

— Je ne sais pas, monsieur Coyle, j'en ai jamais mangé.

— Tu as envie d'en goûter ?

Elle hocha la tête et tendit la main. Il mit le paquet au creux de la petite paume crasseuse, refermant les doigts de l'enfant dessus. Puis il s'exprima avec lenteur, d'une voix délibérément traînante.

— Il y a quelque chose que j'aimerais que tu dises à ta maman. Tu veux bien faire ça pour moi ?

— Oui, monsieur Coyle.

— Dis-lui que mes légumes sont exactement pareils que ceux de Dina. Ils ne sont pas meilleurs, ils sont pareils. Tu comprends ça ?

La petite fille acquiesça, essuya la morve de son nez avec le revers de sa manche et fourra un bonbon dans sa bouche. Puis elle tourna les talons et s'éloigna en courant. Cap la suivit des yeux jusqu'à ce qu'elle disparaisse avant de faire volte-face pour rentrer chez lui.

6.

Après avoir composé le 999, sœur Monica alla s'assurer le concours de Dieu dans la chapelle. Elle avait pris la décision de prolonger le séjour de Philo au couvent, estimant, en fin de compte, que c'était un geste chrétien. À présent, elle cherchait des conseils sur la façon de communiquer sa décision à Tommo, le mari de Philo. Il errait dans le couvent depuis des heures comme un homme attendant un verdict. Sa réaction était impossible à prévoir. Après tout, c'était le mari de Philo et il avait des droits, dont celui d'avoir des relations sexuelles que sœur Monica ne se représentait que d'une manière abstraite. Elle savait simplement que si les hommes en étaient privés, ils risquaient de se conduire bizarrement. Ils avaient des pulsions sexuelles plus puissantes que les femmes – on le lui avait enseigné du temps de son noviciat. Elle avait aussi appris que l'idée qu'une vierge ne demandant qu'à être conquise se cachait sous chaque habit en excitait plus d'un. Si le pire devait arriver, le conseil était de se soumettre plutôt que de résister, parce que l'acceptation atténuait la souffrance et le traumatisme d'un viol.

Sœur Monica était perturbée. Une réaction aussi instinctive qu'irrationnelle. La nuit enveloppait le couvent plongé dans le silence d'un manteau d'obscurité. Il y avait un certain nombre d'inconnues : elle ne savait pas si Tommo avait bu, quel genre de père il était, s'il était violent. Pour couronner le tout, elle n'avait pas rencontré les enfants. L'impétuosité n'était pas la qualité qui avait permis à sœur Monica de devenir mère supérieure. S'inspirant du principe que le nombre faisait la force, elle sortit de la chapelle et alla tout droit réveiller sœur Kevin et sœur Davina. Comme trois mousquetaires, elles descendirent martialement l'escalier pour confronter Tommo Nolan, qu'elles firent entrer dans le bureau où elles s'assirent en face de lui.

Il n'aurait pu être plus compréhensif ni plus contrit. Les problèmes ne manquaient pas dans son mariage, il assumait sa part de responsabilité. Il reconnaissait qu'il travaillait peut-être trop et passait trop de temps dans son camion. Même s'il se considérait comme un bon père, il croyait pouvoir l'être davantage encore. Il était certain d'être capable de s'améliorer pour peu qu'on lui en donne la possibilité.

— Je veux que ma famille revienne, c'est tout ce que je veux... rien d'autre.

Les religieuses l'observaient, chacune à sa manière. Sœur Kevin trouvait très virils les poils qu'il avait au dos de ses mains, lesquels lui rappelaient son père qu'elle avait adoré. Sœur Davina n'arrivait pas à comprendre pourquoi on l'avait tirée du lit, forcée à descendre pour rendre un jugement sur cet homme attentionné. Sœur Monica commençait à avoir des doutes, mais elle ne voulait pas revenir sur sa décision d'autoriser Philo à rester.

— Je crois que vous devriez vous en remettre à nous, monsieur Nolan. Nous réexaminerons la situation dans un jour ou deux.

— Personne ne m'appelle monsieur Nolan, je suis juste Tommo.

Sœur Monica le remercia de sa patience, compliment qu'il balaya d'un geste. Après lui avoir serré la main, il se dirigea vers la porte. Les trois mousquetaires étaient, individuellement et collectivement, très impressionnés. À la porte du vestibule, Tommo trempa ses doigts dans l'eau bénite et se signa avant de disparaître, seul, dans l'obscurité.

Sœur Monica se rendit directement dans la chambre de Philo. Une fois qu'elle eut écouté patiemment les aventures de Dina, de Cap et de l'ambulance, elle plaida pour la cause de Tommo. Philo resta de marbre. Aucun des arguments – le caractère sacré du mariage, la grâce d'avoir eu des enfants, la beauté d'une vie commune – n'entailla son armure.

— J'ai l'impression qu'il vous regrette sincèrement, Philo.

— Il regrette sa couverture chauffante, voilà tout.

Se doutant que sœur Monica n'avait pas compris l'allusion, Philo précisa :

— Je suis quelque chose qui lui tient chaud, rien de plus, quelque chose à sauter.

— Il souhaite être un père pour ses enfants, je crois qu'il mérite une autre chance.

— Ma sœur, même si vous me virez, je ne retournerai pas auprès de lui. Il m'a eue une fois, mais j'en ai ma claque de lui servir de punching-ball.

Il était impossible pour sœur Monica de relier ce scénario à l'homme dont elle venait de faire la connaissance. Pourquoi se serait-il morfondu toute la journée au couvent, pourquoi poursuivait-il Philo de la sorte s'il ne songeait qu'à la tabasser ?

— C'est votre époux, Philo. Vous ne pouvez le nier.

— Vous avez raison : je suis la femme de cet enfoiré, j'peux pas le nier.

— C'est le père de vos enfants, vous partagez aussi cela avec lui.

— Là, vous vous trompez, ce n'est pas le père de tous mes gosses.

Sœur Monica aurait dû s'y attendre, elle fut néanmoins prise au dépourvu.

— Ce n'est pas le père de Jack. Je l'ai eu avec un autre homme.

Philo ne fuyait pas seulement un mari violent. Le temps des demi-vérités était révolu, c'était maintenant celui des révélations.

Le début des ennuis datait de l'époque où Philo avait gagné un tatouage à une tombola. Elle avait apporté le bon à Jack le Scribouilleur dans Parnell Street. Il lui avait tatoué un cœur sur le bras et elle s'était précipitée chez elle pour le montrer. Si sa mère l'avait trouvé joli quoique peu distingué, son père l'avait détesté. Il estimait que seules les prostituées arboraient des tatouages. Il lui avait chauffé les oreilles jusqu'à ce qu'elle fonde en larmes. Malgré ses efforts, sa mère n'avait pas réussi à calmer les choses et Philo avait été emmenée de force au Mater Hospital pour se le faire enlever.

Après l'avoir examiné, le chirurgien assura qu'il pouvait faire quelque chose mais que cela prendrait du temps et coûterait cher. L'argent était la seule chose qui ramenait le père de Philo sur terre. Lorsqu'il lut le montant que le chirurgien avait inscrit sur un bout de papier, il le fourra dans sa poche, l'entraîna dehors, lui donna quelques beignes supplémentaires en lui disant qu'elle ne méritait pas le fric qu'il gagnait à la sueur de son front.

Philo courut dans la rue pour lui échapper. Elle le haïssait. Retournant voir Jack le Scribouilleur, elle lui promit un rendez-vous s'il tatouait les lettres M-A-M-M-Y sur les doigts de sa main droite. Après quoi, elle se rendit chez Josie Cullen, sa meilleure amie, où elle resta pour la nuit. Le lendemain, les deux filles se glissèrent sur un bateau et s'enfuirent à Manchester où Josie avait des cousins. Elles trouvèrent des boulots dans une usine et, tout leur temps libre, elles le passèrent dans des pubs et des discothèques.

Un vendredi soir, un chanteur qui s'appelait PJ Proby arriva en ville. Il était célèbre parce qu'il baissait son pantalon sur scène. Philo se soûla et décida qu'elle n'allait pas attendre le grand numéro toute la nuit. Sautant sur la scène, elle entreprit de le baisser elle-même. La foule l'acclama. En revanche, les videurs n'apprécièrent pas la pitrerie : elle fut littéralement soulevée et transportée dehors. Un des videurs s'essuya le front avec un mouchoir qu'il avait sorti de sa poche.

— Nom de Dieu, t'es vraiment cinglée, tu sais ? l'apostropha-t-il.

Reconnaissant l'accent de Dublin, Philo le traita de renégat et de délateur.

— Je suis videur. On est chargé de virer les fauteurs de troubles, c'est notre boulot.

— Je suis irlandaise comme toi. Les Irlandais devraient se serrer les coudes, surtout ici.

Ce soir-là, Philo perdit sa virginité avec Brian, le videur. Une expérience inoubliable. Cela lui fit mal avant, pendant et après. Elle saigna tellement qu'elle crut avoir besoin d'une transfusion. La chose l'écœura. Elle ne tarda pas à en avoir plein le dos de Manchester. Josie aussi. Dublin et leurs amis leur manquaient.

À son retour, Philo découvrit que Sylvia, sa mère, était enceinte. Du coup Philo se mit à l'appeler par son prénom parce qu'elle se considérait comme son égale pour la première fois. Au fil des semaines, la grossesse de Sylvia commença à se voir. À mesure que son ventre prenait du volume, celui de Philo enflait aussi. Mais c'était un secret qu'elle gardait pour elle. Philo aimait sa mère, lui vouait un amour si absolu qu'elle ne pouvait lui avouer son état.

Au milieu du mois de septembre, Philo avait décidé d'aller consulter un médecin. Le jour du rendez-vous, sa mère se mit à avoir des contractions et appela une ambulance. Philo l'accompagna à l'hôpital Rotunda. À leur arrivée, deux infirmières l'aidèrent à en descendre et l'installèrent dans un fauteuil roulant. L'idée de protester ne lui effleura même pas l'esprit tant elle avait la sensation qu'elle ferait popo sur le trottoir si elle ne s'asseyait pas immédiatement.

On emmena Philo dans une salle pour les femmes sur le point d'accoucher. On l'allongea sur un lit. Un jeune docteur indien entra, lui demanda son nom, la pria de se déshabiller et l'ausculta.

— Quel âge avez-vous, Philo ?

À la manière dont il le prononça, son nom avait une sonorité indienne.

— Je viens d'avoir seize ans, docteur.

— Pourriez-vous pousser, s'il vous plaît, lui enjoignit le médecin.

Philo passa les mains entre les barreaux du lit et fit de son mieux pour éloigner celui-ci du lit.

— On a dû mettre les freins, lança-t-elle.

— Vous êtes une comique à ce que je vois, constata le docteur.

Enfonçant la main dans le vagin de Philo, il palpa autour. Instinctivement, elle se rétracta.

— Vous êtes dilatée, une largeur de deux doigts, ajouta-t-il. Votre bébé va bientôt se pointer, Philo.

Pour la première fois, la jeune fille s'avoua la vérité : elle allait avoir un enfant. Il accélérait tout à l'intérieur d'elle – son rythme cardiaque, son pouls, son souffle, son angoisse – et elle avait l'impression d'être une loque. Malgré son envie de se lever et de rentrer chez elle, Philo savait qu'elle n'aurait pas réussi à atteindre l'arrêt de bus. Alors, elle resta là tout en priant pour un miracle. Lequel ? Elle n'en savait trop rien.

Lorsqu'on la poussa en fauteuil roulant dans la salle de travail, elle entendit les cris de Sylvia. En un rien de temps, elle gueula avec autant d'entrain que sa mère. Elles s'encourageaient comme deux athlètes courant un marathon. Sylvia poussait-elle un hurlement que Philo l'imitait, avec stridence, pour lui signaler qu'elle n'était pas seule. À tel point qu'on envoya chercher l'infirmière en chef. Celle-ci décida que les cris n'étaient pas réels, qu'elles faisaient semblant. Du coup, elle donna des instructions pour qu'on les sépare. Depuis deux cents ans que l'hôpital existait, c'était la première fois qu'on sortait une femme de la salle de travail sous prétexte qu'elle simulait.

On emmena Philo dans une annexe. Elle ne parvenait pas à imaginer la façon dont la tête du bébé allait sortir d'un trou aussi petit que le sien. Le souvenir de la nuit abominable où Brian, le videur, y avait fourré son pénis lui revint en mémoire. Il avait dû forcer pour la pénétrer, et ce n'était qu'un pénis. Comment le comparer à une tête de bébé ? Philo hurla comme une forcenée. Personne n'accourut parce que tout le monde savait qu'elle faisait semblant.

Le bébé n'était pas de cet avis. Il descendit et voulut sortir sa tête.

— Il vient, il vient, s'égosilla Philo.

Dix minutes plus tard et deux heures avant Sylvia,

Philo Darcy mit au monde un fils. La sage-femme coupa le cordon, nettoya les matières visqueuses et posa l'enfant sur les seins de Philo.

— Eh bien voilà, qu'est-ce que vous en dites ? roucoula la sage-femme.

Philo fondit en larmes. La sage-femme, qui n'avait pas d'enfants au bout de huit ans de mariage, lui lança un regard envieux.

— Vous devez être tellement heureuse.

— Heureuse ? répéta Philo. Mon papa va me tuer.

Ce soir-là, à la maternité Rotunda, Philo et Sylvia se retrouvèrent dans des lits contigus. Le fils de Philo était couché dans un berceau, sa petite sœur dans l'autre. Jamais elle n'aurait imaginé accoucher en même temps que sa mère. L'idée lui déplaisait. N'était-elle pas toujours une petite fille ? Quelquefois, quand son père travaillait tôt – chauffeur de bus, il partait souvent vers cinq heures du matin –, elle se blottissait contre sa mère dans le lit conjugal. Les plis de la chair de Sylvia étaient merveilleux, on aurait dit une bouillotte. En mieux. Voilà qu'elle était mère à son tour, Philo était sûre qu'elle ne pourrait sans doute jamais plus s'allonger près de sa mère. Son enfance était finie. À seize ans, elle avait un enfant dont elle devait s'occuper.

— Comment vas-tu l'appeler ?

— Je ne sais pas trop, répondit Philo. PJ, peut-être.

— PJ, réfléchit Sylvia. Alors, c'est le nom du père ?

— En quelque sorte.

PJ Proby était autant le père que Brian, le videur.

— Vu que c'est mon dernier enfant, je vais l'appeler Sally comme ma sœur qui habite Carlow, déclara Sylvia.

À la fin de son service de la matinée, Jack Darcy téléphona à l'hôpital et on lui annonça la nouvelle des deux naissances. Il ne tarda pas à débarquer en menaçant de tuer sa fille. Lorsque la jeune réceptionniste refusa de lui indiquer dans quelle salle se trouvait Philo, il menaça de la tuer elle aussi. Deux gardiens de l'hôpital arrivèrent et tentèrent de le calmer. Il exigea de savoir dans quelle salle on avait enfermé sa fille. Les gardiens essayèrent de lui démontrer qu'il s'agissait d'un hôpital, non d'une prison. Quand il leur dit d'aller se faire foutre, on appela la police.

Deux agents attrapèrent Jack par la peau du cou et le jetèrent dehors. S'il mettait à nouveau les pieds à l'hôpital, il serait arrêté et jeté en prison. La nouvelle se répandit dans le bâtiment comme une traînée de poudre. Philo respira un peu mieux en apprenant qu'elle n'aurait pas à subir la colère de son père, coincée dans son lit. Cinq jours plus tard, la mère et la fille quittèrent l'hôpital, chacune avec son bébé.

Dès qu'elle fut entrée dans la maison familiale du quartier de East Wall, Philo brandit son fils.

— Ton premier petit-fils, papa.

— J'ai rien à voir avec ce gamin, riposta-t-il.

Philo se sentit rejetée, mais elle se donna un mal de chien pour ne pas lui montrer qu'elle était blessée.

— Je comptais l'appeler Jack, comme toi, dit-elle, mais je ne suis pas sûre d'en avoir toujours envie.

Le lendemain de leur retour, Sylvia prit Philo à part et lui glissa que baptiser son fils Jack serait excellent pour l'harmonie familiale. Philo ne supportait pas de refuser quoi que ce soit à sa mère : c'était une sainte à ses yeux, puisqu'elle supportait son père. Dès lors, elle appela son bébé Jack. Elle n'avait jamais eu de meilleure idée : son père se mit à le traiter comme l'un des siens. Cela flattait sa vanité d'avoir un petit-fils qui portait son nom.

Philo était contente d'élever son fils à la maison ; en revanche, elle n'aimait pas vivre sous un couvre-feu. À seize ans, l'envie de faire les quatre cents coups la tenaillait. Son père avait décrété qu'elle n'avait droit à aucune existence en dehors de chez elle. Son père croyait à la femme au foyer et à toutes les foutaises du même genre. Très peu pour Philo, qui n'avait qu'à regarder sa mère pour voir où ça menait.

Après la naissance de sa dernière fille, Sylvia s'installa dans la pièce du rez-de-chaussée donnant sur la rue. On y avait descendu le grand lit le soir de son retour, et elle y dormait avec Sally. Son accès était strictement interdit à qui que ce soit d'autre, y compris son mari ; celui-ci couchait seul dans ce qui avait été jadis la suite nuptiale. Les rares fois où il s'aventurait en bas pour exercer son droit marital, il trouvait la porte verrouillée.

Indéniablement efficace en tant que moyen de contraception, ce fut une catastrophe pour le poids de Sylvia. Même l'unique exercice qu'elle pratiquait auparavant, monter et descendre l'escalier, était arrivé à son terme. Elle se contentait des allers et retours de la pièce donnant sur la rue à la cuisine, une distance d'à peine plus de dix mètres. Et comme Philo se chargeait des courses, ce trajet à pied était aussi supprimé. Du matin au soir, Sylvia restait en robe de chambre et en pantoufles. Elle grignotait toute la journée, ayant à tout bout de champ quelque chose dans la bouche ou à sa portée. Les kilos s'accumulèrent jusqu'à lui donner l'aspect d'un château gonflable.

Philo devait absolument faire quelque chose pour éviter de devenir folle. Il était hors de question de rester bloquée à la maison à regarder sa mère grossir de seconde en seconde. Naturellement, son père était la clef de sa délivrance. Aussi se mit-elle à lui envoyer des messages par l'intermédiaire du bébé.

— Il va falloir que je dégote un boulot, Jack, disait-elle.

— Ta place est ici, à la maison, s'empressait de rétorquer son père.

— C'est à lui que je parlais, pas à toi, déclarait-elle alors en désignant son fils.

Puis, adoptant une autre tactique, elle lançait :

— T'es un salaud de première, Jack, tu sais ?

— On ne parle pas comme ça à un enfant.

— Qui dit que je m'adresse à lui ?

— Eh bien, on ne parle pas comme ça à son père.

— Tu n'es pas mon père, tu es mon geôlier, s'indignait-elle alors. Et si je ne sors pas de cette taule, je vais faire des dégâts.

Il finit par céder. Philo trouva un travail chez Pownall's grâce à Josie Cullen. Il consistait à bourrer des édredons de duvet et de kapok. Quand les ouvrières en avaient marre des édredons, elles s'attaquaient aux oreillers. Les plumes se collaient partout : dans le dos, à l'intérieur du nez, dans la culotte ; même si c'était répugnant, ça avait le mérite de la sortir de chez elle. C'était l'essentiel.

Le kapok faisait éternuer tout le monde chez Pownall's. Les employés se livraient à des concours d'éternuements : le record était de quatre-vingt-dix-huit en une journée. Philo n'excellait pas à ce petit jeu ; les gens minces semblaient y être plus sujets. Alors elle se défoulait en écrivant des petits mots sur des bouts de papier, qu'elle fourrait dans les édredons et les oreillers. Elle écrivait des stupidités du genre : *La fabrication de cet édredon a coûté la vie à vingt-six canards* ou *cet oreiller ne doit pas servir à l'adultère.*

Si elle était en colère, en général contre son père, elle gribouillait : *La personne qui a bourré ce truc a la vérole.* Ça passait le temps d'imaginer ceux qui les trouveraient. Le boulot était ennuyeux, sans doute était-ce le boulot le plus emmerdant de la terre ; n'empêche, c'était toujours mieux que d'être coincée à la maison.

Tous les jours, après le travail, Philo raccompagnait Josie chez elle, par les quais de la rive nord. Bras dessus bras dessous, elles chantaient des airs pop avec l'espoir qu'un impresario les repérerait comme c'était arrivé aux Beatles à la *Cavern.* En fait, c'était surtout les dockers qui les remarquaient. Ils sifflaient surtout Josie. Les deux filles se donnaient beaucoup de mal pour faire semblant de les ignorer, espérant les encourager davantage encore de la sorte.

Un jour, un chauffeur de camion baissa sa vitre et siffla. Elles refusèrent de lui accorder un regard. Ralentissant jusqu'à rouler au pas, il siffla de nouveau. Elles fixèrent résolument un point droit devant elles. Il monta sur le trottoir avec son véhicule et se pencha. Il était si près qu'il aurait pu les toucher.

— Salut, beauté, qu'est-ce que tu fais samedi soir ? lança-t-il.

Josie tourna la tête et planta les yeux dans les siens.

— Rien avec toi, répondit-elle.

— C'est pas à toi que je causais, mais à ta magnifique copine.

Philo virevolta et lui fit une grimace. Elle remarqua qu'il avait un grand tatouage, un de ses préférés : surmonté d'une ancre énorme, au-dessus de laquelle figuraient le vert, le blanc et l'orange du drapeau irlandais. Elle tomba instantanément amoureuse. S'il le lui avait proposé, elle serait montée dans la cabine pour aller voir le coucher de soleil avec lui. Même

Josie n'aurait pu l'en empêcher. Mais elle avait un fils à la maison, il était impossible de partir comme ça, de l'abandonner. Pourquoi pas après tout ? L'idée que le petit Jack serait mieux sans elle lui vint à l'esprit. Ce serait beaucoup mieux pour lui que Sylvia et Jack l'élèvent. Ils adoraient l'enfant qui faisait déjà partie de leur famille. Sa vie à elle était avec l'inconnu du camion.

— Je vais danser au Galway Arms le samedi, si le cœur t'en dit, reprit celui-ci.

— Mes samedis sont chargés, je ne sais pas si j'aurai un moment pour toi.

Situé dans Parnell Street, le Galway Arms était un endroit très connu. On n'y allait pas pour danser, on y allait pour assister aux bagarres entre bandes. Sheriff Street contre East Wall. Dorset Street contre Smithfield. La plus redoutable était la bande des HLM de Foley Street, surnommée affectueusement le Gang des Animaux par ses amis comme par ses ennemis.

À l'entrée, on fouillait les mecs pour voir s'ils avaient des armes. S'ils n'en avaient pas, on leur en fournissait. Les murs à l'intérieur étaient peints en rouge afin de camoufler le sang. Si effroyable que fût la réputation de ce lieu, il était pourtant impossible d'y entrer sans cravate.

Aller au Galway Arms se révéla une véritable épreuve. Philo annonça à son père qu'elle allait discuter avec sa mère dans la chambre de celle-ci. Philo était à peine à l'intérieur que Sylvia ferma la porte à clef, tandis que sa fille s'habillait et se maquillait. L'instant d'après, elle filait par la fenêtre. Quand Jack vint frapper à la porte, réclamant son cacao, Sylvia lui assura que Philo s'était endormie sur le lit avec les bébés.

Lorsqu'elle entra dans le dancing, Philo n'en menait pas large. Toutes les filles l'évitèrent. Ne comprenant pas la raison de cette attitude, Philo repéra une camarade de classe et s'approcha pour lui dire bonjour. La fille s'éloigna avec une telle hâte que ses jambes faillirent s'emmêler.

— J'ai une maladie contagieuse ou quoi ? demanda Philo à Josie.

— Je crois qu'elles ont peur de tes tatouages.

À l'évidence, ils donnaient à Philo l'air d'une dure à cuire. L'un avait fait courir le bruit qu'elle avait un couteau dissimulé dans sa culotte, l'autre qu'elle avait eu un gosse avec un type du Gang des Animaux et qu'il était difforme. Nul doute que ça allait saigner, et si personne ne voulait être blessé, personne n'avait envie de rater le massacre.

Le chauffeur de camion, qui s'appelait Tommo Nolan, invita Philo à danser. Comme c'était au tour des dames de choisir, elle refusa. Alors qu'il s'éloignait, elle lui tapota l'épaule. Et lorsqu'il tourna la tête, Philo fit une révérence comme celles qu'elle avait vues au cinéma.

— Excusez-moi, jeune homme, voulez-vous m'accorder cette danse s'il vous plaît ?

— Ouais, accepta-t-il, l'attrapant par la taille.

— Qu'as-tu fait de tes bonnes manières ? Tu es censé répondre : « Merci, mademoiselle. »

Tommo comprit qu'elle était sérieuse.

— Merci, mademoiselle.

Ils s'éloignèrent en dansant sous les regards attentifs de tous.

— C'est vrai que t'as un couteau dans ta culotte ? demanda-t-il.

— C'est ça ton entrée en matière ?

— Tout le monde dit que tu vas donner un coup de couteau à quelqu'un, c'est vrai ?

Philo enfonça un de ses ongles au creux des reins de Tommo.

— Ne bouge pas un muscle, il est dirigé vers ton foie, assura-t-elle.

Tommo se fichait qu'une lame transperce sa chair, il n'avait jamais été aussi excité de sa vie. Les gros seins de Philo le touchaient, et tout son corps se dilatait pour répondre à leur invite. Il avait beau travailler avec des hommes durs aux docks, il n'avait jamais rien senti d'aussi dur que ce qui remplissait son pantalon.

— C'est pour rire, précisa Philo. J'te ferais jamais mal.

Elle ôta son doigt et il se colla à elle. Dès cette première danse, ils donnèrent l'impression d'être un couple. Cela n'avait aucune importance qu'elle vienne d'East Wall et lui de Liberty House : territoire du Gang des Animaux, assez proche des HLM. Ils étaient Philo et Tommo. Ils étaient faits l'un pour l'autre, comme un arc et une flèche. Ils se dirent qu'ils se feraient tatouer l'un pour l'autre. Philo lui montra les lettres qui formaient le mot MAMMY sur ses doigts. Tommo lui proposa d'être la mère de ses enfants. Elle lui parla de Jack, son fils. Il lui affirma que c'était son prénom préféré, après le sien. Philo dit qu'elle ne lui donnerait un fils que lorsqu'ils seraient mariés. Tommo avait une bague ayant appartenu à sa défunte mère, qui se trouvait dans son appartement de Liberty House, mais il voulait que Philo l'ait tout de suite. Celle-ci était incapable de lui donner une réponse parce qu'elle avait une envie plus que pressante.

Dès qu'elle eut ouvert la porte des toilettes pour *Mná*, ou Dames, toutes les filles s'échappèrent en courant, sauf celles qui se trouvaient dans les cabinets. Elles y restèrent, trop effrayées pour ouvrir la porte. Malgré les efforts qu'elle déploya pour les rassurer, Philo ne réussit pas à les convaincre de sortir. Elle les supplia jusqu'au moment où elle faillit faire dans sa culotte. Plutôt que de se couvrir de honte, elle fila dans les toilettes des messieurs où sa présence provoqua un sauve-qui-peut général.

Quand les mecs se précipitèrent hors des toilettes, les bandes de la salle se crurent attaquées. En l'espace d'un instant, toutes les armes connues furent brandies et l'on assista au pire bain de sang dont le Galway Arms ait été le théâtre. Pendant ce temps, Philo se soulagea paisiblement, indifférente au grabuge qu'elle avait déclenché. Lorqu'elle sortit des toilettes, Tommo la prit par le bras et ils quittèrent le dancing, serrés l'un contre l'autre, le couple le mieux assorti et le plus redouté de tout le Dublin dansant.

Tommo, qui raccompagna Philo chez elle, à East Wall, n'en revint pas de la voir se faufiler par la fenêtre. Ils se fixèrent rendez-vous pour le samedi suivant. Lorsqu'ils se retrouvèrent ce jour-là, Tommo donna à Philo une bague devant la grille du Galway Arms. Avant de la mettre à son doigt, celle-ci lui demanda de relever la manche de sa chemise. Là, au centre du cœur, elle avait fait tatouer son nom : TOMMO. Il l'embrassa tandis qu'elle glissait la bague à son annulaire.

— Parle-moi du père de ton gosse. Est-ce qu'il danse ici ?

— Bon, mettons les choses au point, répondit Philo. Tu ne me poses pas de questions sur mon passé et je ne t'en pose pas sur le tien.

— Y a qu'un truc que je veux savoir. Est-ce que

je pourrais flanquer un coup de couteau au père de ton fils ou non ?

— Non, il vit à l'étranger.

Ils s'embrassèrent à en perdre la capacité de distinguer leurs bouches respectives. Tommo commença à avoir les mains baladeuses, mais Philo frappa le drapeau irlandais dessiné sur son bras en lui disant qu'il devrait attendre jusqu'à ce que ce soit légal.

— Vaut mieux qu'on se marie vite, parce que je brûle d'impatience.

— Ben, c'est pas moi qui te mettrai des bâtons dans les roues.

— Dans deux mois, qu'est-ce que t'en penses ?

— Deux mois, répéta Philo. Putain, et deux semaines qu'est-ce que t'en penses ?

Le prêtre refusa les deux semaines, jusqu'à ce que Philo le menace de se marier dans un temple protestant et d'élever ses enfants dans la religion anglicane. Bien qu'elle n'ait aucune idée de ce qu'était un anglican, cela fonctionna : trois semaines plus tard, Tommo et Philo s'unirent à l'église Saint Laurence O'Toole. Ils passèrent leur nuit de noces dans un petit hôtel. Le lendemain, ils ne travaillèrent pas et transportèrent les affaires de Philo dans l'appartement de Tommo à Liberty House, où ils s'attelèrent sur-le-champ à la tâche de fabriquer des bébés.

Philo donna le jour à une fille, baptisée Eileen en l'honneur de sa grand-mère maternelle. Thomas suivit, surnommé immédiatement Tommo. Après lui, il y eut Josie, portant le prénom de la meilleure amie et demoiselle d'honneur de Philo. Enfin, Philomena – ce fut Tommo qui l'appela ainsi. Philo n'accepta qu'à condition qu'on ne raccourcisse pas son nom en Philo.

Pendant quelques années, les choses se passèrent bien entre eux. Philo riait aux blagues de Tommo, qui riait des siennes. Elle attendait avec impatience son retour pour le dîner où il racontait des histoires des docks. Puis, à la mort de son père, Tommo commença à changer. Non qu'un décès excuse une mauvaise conduite, en aucun cas, mais Philo pensait que la transformation de son mari remontait à cette date. Bien sûr, il avait sûrement été ainsi depuis toujours : la mort n'était que le prétexte dont il avait besoin.

Au bout de six ans de mariage, Philo se rendit compte qu'elle avait épousé son père. Elle avait une telle hâte de lui échapper qu'elle avait échoué dans une prison analogue, à peine cinq cents mètres plus loin. Philo, qui avait toujours cru que les hommes portant des tatouages ne pouvaient être des salauds, était dégoûtée de devoir reconnaître qu'elle s'était trompée. Par-dessus le marché, le torchon brûlait entre Tommo et Jack, ces deux enfoirés ; chacun attisait les flammes de la méchanceté de l'autre.

Le soir du deuxième anniversaire de la petite Philomena illustra parfaitement cet état de choses. Comme ils traversaient le pont en rentrant de chez Sylvia, Tommo l'agressa :

— J'espère que tu ne vas pas devenir comme ta mère. Putain, c'qu'elle est grosse !

— Elle est agréablement potelée, point barre.

— C'est un éléphant, Bon Dieu, et tu prends le même chemin.

Philo, qui avait grandi en entendant ce genre d'injures, voulait y échapper à tout prix. Jack ne cessait de traiter Sylvia de vache, en meuglant, et cela rendait Philo folle d'assister aux perpétuelles humiliations de sa mère, qui ne réagissait jamais. Voilà qu'elle héritait de ce calice empoisonné. Regardant ses petits, Philo se demanda s'ils pensaient la même chose qu'elle enfant. Elle ne voulait pas faire une scène à Tommo devant eux, surtout pas à propos de son poids. À ce moment précis, elle se rendit compte que son silence reproduisait ceux de Sylvia. Non seulement elle avait épousé son père, mais elle commençait à ressembler à sa mère.

— Tu vois pas que ta mère est énorme ? reprit Tommo. Putain, elle est grosse comme une vache !

Philo s'arrêta net, tourna le landau et retraversa le pont. Une minute s'écoula avant que le cerveau embrumé par l'alcool de Tommo ne capte ce qui se passait. Il courut après sa femme, essaya de lui attraper le bras, mais elle le repoussa et continua de marcher.

— Où vas-tu ?

— Là où on me traite avec respect.

Un mensonge, bien entendu. Il lui était impossible de rentrer chez sa mère, son père le lui interdirait. Il ne s'interposerait jamais entre le mari et la femme, ne ferait rien pour contrarier Tommo. Depuis toujours, son adage préféré était : « Comme on fait son lit, on se couche. »

Philo voulait fuir, échapper à cet homme qui l'insultait. Et Tommo était fou de rage, humilié qu'elle aille se réfugier chez Jack. Il la rattrapa et la gifla. Puis il la saisit par les cheveux afin de l'obliger à faire demi-tour avec le landau. Philo le tapa sur le bras ; il bondit et lui donna un violent coup de pied au postérieur. Et les enfants se mirent à pleurer, tandis que le petit Jack essayait de séparer ses parents.

— Laisse ma maman tranquille ! implora-t-il. Laisse ma maman tranquille !

— Ne tire pas les cheveux de maman ! hurla Eileen.

Tommo traîna Philo sur le trottoir, l'éloignant de East Wall. Elle s'agrippa au landau de crainte qu'il ne se renverse.

— Dis aux gosses où on va, vociféra Tommo. Allez, dis-leur.

— Tout va bien, les enfants, on rentre à la maison... lança Philo, essayant de les calmer.

Le convoi qu'ils formèrent en franchissant le pont pour rentrer chez eux fut quelque peu effarant. Tommo ne lâcha les cheveux de Philo qu'une fois certain qu'elle continuerait d'aller vers l'ouest. Ils crièrent en se dirigeant vers Seville Street, en passant devant l'église où ils s'étaient mariés. Ils crièrent lorsqu'ils longèrent North Strand, le chemin qu'ils avaient emprunté lors de leur retour du Galway Arms. Tommo tentait de consoler le petit Tommo qu'il portait dans ses bras. Jack tenait la main de Philo et ne quittait pas des yeux les roues de la voiture d'enfant qui roulait vers Liberty House. Eileen s'arrêta devant le landau pour essuyer la morve des lèvres de Philomena, qui avait soufflé les bougies de son gâteau d'anniversaire à peine deux heures auparavant.

Au cours des bagarres qui succédèrent à celle-ci, Philo fit de son mieux. Elle eut droit à quelques coquards, elle en distribua quelques-uns. Plus fort qu'elle, Tommo cognait et courait comme Mohammed Ali ; ralentie par sa corpulence, Philo ne parvenait pas toujours à le prendre par surprise : le seul moyen de le battre. N'en pouvant plus, elle s'enfuit à Galway. C'est à ce moment-là que Tommo emmena les enfants à l'orphelinat de Goldenbridge, les laissant aux religieuses.

Philo rentra au bercail parce qu'elle ne pouvait récupérer les enfants autrement. Il y eut une trêve, fragile et précaire. Six mois après son rapatriement, le cessez-le-feu vola en éclats. Alors qu'ils regardaient un documentaire sur la nature à la télévision, Tommo fit une remarque désobligeante sur les animaux qui abandonnaient leurs petits. Philo réagit en fustigeant les êtres humains qui larguaient leurs enfants dans les orphelinats. Regrettant immédiatement sa riposte, elle se tourna pour s'excuser : la main de Tommo était déjà levée, elle reçut une claque sur la bouche. Sa première impulsion fut de le frapper à son tour, mais elle réussit à la contrôler. Plus tard, elle s'en félicita car les choses se calmaient plus vite ainsi.

Cela devint une habitude. Quand Tommo explosait, Philo se laissait tabasser avec une dignité et un silence qui semblaient l'empêcher de continuer très longtemps. Et cela protégeait davantage les enfants. Il y avait moins de cris, moins de vaisselle brisée, moins de coquards, moins de membres cassés. Dignité et silence : ces deux mots cimentaient la famille.

La situation ne changea guère jusqu'à ce que le petit Jack, qui n'avait pas encore douze ans, se mette à poser des problèmes. Il commença par sécher les cours. En guise de punition, Tommo essaya de le priver de sortie le week-end :

— Tu feras des études, que ça te plaise ou non, fulmina-t-il un jour.

— T'as pas à me dire ce que je dois faire, t'es pas mon père.

Philo supplia son fils de s'amender. Pendant un moment, les choses se tassèrent. Il retourna à l'école et parut s'en accommoder. Puis le drame éclata. À quinze ans, Jack fut poursuivi par la police un soir qu'il conduisait une BMW volée. Il roula dans toute la ville à cent cinquante kilomètres à l'heure et finit par entrer dans une clôture. On l'extirpa, indemne, de la carcasse tandis que son passager et navigateur, Mickabird Stynes, s'en sortait avec une jambe cassée.

Philo attendit au commissariat de Store Street jusqu'à ce qu'on relâche Jack. Quand il apparut, elle ne put s'empêcher de le gifler.

— Pourquoi tu me frappes ? protesta son fils. Tu ferais mieux de frapper le porc avec qui tu vis.

— De quoi tu parles ? Il subvient à tes besoins, non ?

— Pourquoi tu le laisses te flanquer des roustes ? Pourquoi tu ne réagis pas ?

Pour Philo, ce fut la fin du monde tel qu'elle le connaissait. Son silence n'avait réussi qu'à alimenter la violence dont elle s'était efforcée de protéger ses enfants. Son fils conduisait des voitures volées, et, s'il ne tuait pas un passant innocent ou lui-même, il finirait par la tuer, elle. Les enfants étaient censés être innocents, mais les siens étaient corrompus. Son univers s'écroulait. Cela n'avait plus de sens d'essayer de le préserver, elle n'en récolterait que davantage de chagrin et de drames. La fuite était sa seule solution.

Elle alla à Manchester dans l'espoir d'y retrouver Brian, le videur, le père de Jack. Pendant trois jours d'affilée, elle fit le tour de ses anciens repaires, dont beaucoup avaient disparu ; le club où elle avait baissé le pantalon de PJ Proby était devenu un atelier d'arts graphiques. Elle erra à Piccadilly et à Bellevue. Se souvenant que Brian lui avait dit adorer Manchester United, elle se rendit au musée de football d'Old Trafford. La ville lui faisait l'effet d'être un berceau et lui donnait un moment de répit.

Chercher le père de Jack revenait à chercher une aiguille dans une botte de foin, mais c'était au moins quelque chose. À Dublin, il n'y avait rien, sinon un abîme. Si elle le trouvait, qu'est-ce que ça apporterait ? En quoi est-ce que cela sauverait Jack ? Philo n'en savait rien. Sauf que tant qu'elle le cherchait, l'espoir subsistait, un espoir minuscule, infinitésimal. Cinq jours durant, cette faible lueur la garda en vie. Cinq jours durant, Philo l'entretint. Le jour où elle s'éteignit, la jeune femme rentra à Dublin et frappa à la porte du couvent pour s'y réfugier.

7.

Philo savait qu'elle devait sortir du couvent et affronter le monde. Les enfants attendaient sa visite. Il n'était plus question de confiture, d'œufs de Pâques, de tartines grillées, de pommes de terre en robe des champs, de fruits frais. Il s'agissait de Jack, quinze ans, Eileen, treize ans, Thomas, onze ans, Josie, dix ans et Philomena, neuf ans : la chair de sa chair. Philo irait les voir, mais ils ne rentreraient pas à la maison avec elle. Et elle ne resterait pas.

La seule idée qui germa dans son esprit pour alléger cette situation si douloureuse fut celle du chocolat. Comme elle dressait la liste de ceux que les enfants préféraient, elle s'aperçut qu'elle n'avait pas d'argent. Puis elle se rappela les allocations familiales, dont elle n'avait pas touché le dernier versement. Après l'avoir encaissé à la poste, Philo se dirigea vers la confiserie la plus proche, où elle acheta des lots de six – un pour chaque enfant et un pour elle. Dans le bus, elle attaqua le sien : un paquet de pop-corn, deux tablettes de chocolat noir, une aux fruits secs et aux noisettes, un Snickers, un Mars et un Moro, qu'elle fit descendre avec deux canettes de Coca Light. Philo faisait grand cas de tous les produits de régime, justifiant bien des orgies de chocolat par sa foi dans les pouvoirs magiques des boissons hypocaloriques.

Les religieuses de Goldenbrigde l'accueillirent comme si elle faisait partie de leur communauté. Somme toute, c'était presque le cas. On lui amena les enfants dans la pièce réservée aux visites. Philomena, la petite dernière, refusa de franchir la porte ; elle resta dans le couloir. Du coup, elle fut le centre de l'attention et la tristesse qu'ils ressentaient tous de ne pas s'être vus pendant plus de trois semaines se dissipa. Son frère et ses sœurs tentèrent de l'attirer à force de cajoleries, mais Philo savait qu'il valait mieux la laisser venir quand elle le voudrait. Elle étreignit et embrassa Eileen et Josie. En revanche, le petit Tommo se plaqua contre le mur.

— T'es pas trop grand pour un câlin, si ?

Il haussa les épaules, résolu à afficher son indifférence.

— Quand est-ce qu'on va partir d'ici ? demanda-t-il.

Philo, qui n'avait pas de réponse, tendit les bras vers lui.

— Viens me faire un câlin.

— Tu ne vas pas me le dire.

— D'abord le câlin, viens.

Il s'approcha de sa mère, qui l'enlaça. Décidée à ce qu'il sente toute l'étendue de son amour, elle le serra très fort. Au contact de la chair moelleuse de sa mère, le petit Tommo fondit. Aucun lieu au monde n'était plus rassurant. L'odeur particulière de sa mère, qu'aucune religieuse ne dégageait, lui manquait beaucoup. Philo pressa les lèvres sur le cou de son fils et souffla avec douceur en émettant de merveilleux bruits de succion. Le petit Tommo essaya de se dégager, sans aucune conviction au demeurant, car c'était son jeu préféré, qui le faisait tellement rire que son corps en était secoué de convulsions.

— Qui est le vampire ? demanda Philo. Qui est le vampire en train de sucer le sang ?

— Toi ! cria-t-il d'une voix perçante. T'es un vampire !

Alors Philomena se précipita dans la pièce, réclamant sa place sur les genoux du vampire. Elle s'efforça de pousser son frère aîné de son perchoir.

— Suce mon sang, maman. À mon tour !

Philo remplaça Tommo par Philomena, dont elle suça le cou jusqu'à ce que les baisers du vampire résorbent la méfiance et la colère de la petite fille. Elle la lécha à en avoir la bouche si sèche qu'elle dut s'arrêter. Après quoi, elle fit asseoir ses quatre enfants par terre pour leur donner leurs surprises : les chocolats. Et là, elle leur demanda où était Jack.

Eileen lui annonça la nouvelle. On l'avait envoyé ailleurs, dans un endroit qui convenait mieux à un voleur de voitures de quinze ans. Ça s'appelait le foyer pour garçons San Francisco, le même nom qu'un gîte en Amérique hébergeant des garçons qui couchaient à la dure. Philo fut malheureuse qu'on l'ait séparé de ses frère et sœurs. Elle voulait à tout prix qu'ils restent ensemble, surtout pas que sa famille soit plus brisée qu'elle ne l'était déjà.

En un rien de temps, ils furent tous barbouillés de chocolat – sauf Eileen bien sûr, aussi propre et ordonnée que sa grand-mère Sylvia. Les papiers d'argent de ses chocolats étaient soigneusement disposés devant elle comme s'ils allaient resservir. Peut-être comptait-elle en faire des décorations de Noël, elle avait un grand sens artistique. En revanche, Josie était dans un état indescriptible. Ayant eu le tort de vider sa canette de Coca sur-le-champ, il ne lui restait plus de liquide pour l'aider à avaler. Malgré les efforts qu'elle faisait avec sa bouche sèche, les cacahuètes de son Snickers refusaient de franchir le barrage de ses amygdales. Remarquant le problème de Josie, Philo sortit la canette achetée pour Jack et la lui donna.

— Pourquoi elle a droit à une autre canette ? lança Philomena.

— C'est la mienne, je lui permets d'en boire un peu, répondit sa mère.

— Je peux en avoir une gorgée ?

— Moi aussi, j'en veux une.

— Si elle en a une, moi aussi j'en veux.

— Vous aurez tous une gorgée de ma canette quand vous aurez fini les vôtres.

Tout à coup, ce fut la course pour avoir droit à cette gorgée. C'était à qui finirait sa boisson en premier. Ce genre de bagarre se terminait inévitablement mal. Philo en avait fait l'expérience de nombreuses fois. Le partage équitable d'une canette entre cinq enfants était une prouesse dépassant la sagesse de Salomon. Il était impossible de doser dans des gobelets faute d'y voir le niveau du liquide, quant aux verres, ils n'entraient pas en ligne de compte parce que Philo n'en avait jamais plus de trois en même temps. La seule solution consistait à évaluer les gorgées. À la maison, une gorgée devait durer trois secondes à partir du moment où elle touchait les lèvres. Naturellement, certains cherchaient à tricher, surtout les garçons. Plus d'une fois, il avait fallu arracher la canette de leur bouche et elle atterrissait sur le sol en giclant, provoquant d'autres disputes.

Le petit Tommo fut le premier à lever la main pour une gorgée. À la grande surprise de Philo, il respecta les règles : avant qu'elle ne compte « trois », il écarta la canette de ses lèvres et la passa à Eileen, laquelle la passa à Philomena sans boire quoi que ce soit. Dès que Philomena eut terminé, elle la donna à Josie, qui déclara qu'elle n'avait plus soif. Au fond de son cœur, Philo connaissait la raison de leur conduite exemplaire.

— C'est quand que tu reviens avec mon papa ? demanda Tommo.

Philo vida les dernières gouttes de la canette. Puis elle sortit un mouchoir de son sac et le tendit à Josie.

— Essuie-toi la bouche avec ça, sinon les religieuses vont t'engueuler.

— Je m'en fiche, elles sont pas responsables de moi.

— Eh bien, moi si. Alors essuie-toi la bouche.

Quand le petit Tommo répéta sa question, Philo eut envie de se cacher, de disparaître sous terre, elle qui n'aurait jamais fait souffrir ses enfants sciemment. Elle regarda son fils en s'efforçant de penser à une tartine grillée. En vain. C'était un être de chair et de sang qui respirait sous ses yeux.

— Je ne reviens pas avec ton père. Je ne peux plus vivre avec lui.

Ce serait chouette d'être en train de s'empiffrer quelque part, pensa Philo, qui aurait préféré être n'importe où sauf ici. Un moment, elle crut qu'elle allait fondre en larmes, mais c'était la dernière chose dont ils avaient besoin. Ils avaient besoin qu'elle soit forte. Ils avaient besoin de sentir qu'elle s'occuperait d'eux quoi qu'il advienne.

— Moi, j'ai autant envie d'habiter avec mon papa qu'avec toi.

— Vous en avez tous envie ? insista Philo.

Elle dévisagea Eileen, sa fille aînée, s'interrogeant sur ce qui pouvait se passer dans sa tête.

— Je ne veux pas qu'il t'insulte, déclara celle-ci.

Cette phrase résumait la vie conjugale de Philo. Le

père de ses enfants, le premier au monde à lui devoir le respect, était celui qui lui en témoignait le moins.

— Je n'aime pas mon papa quand il te traite de grosse vache, enchaîna Josie.

Philomena était la seule à ne pas s'être exprimée.

— Et toi, qu'est-ce que tu en penses ? insista sa mère.

— Je n'aime pas quand il dit « Meuh » et que tu commences à pleurer.

— Quand est-ce que tu m'as vue pleurer ? protesta Philo en riant. Jamais, hein ?

Pour les protéger elle avait tout supporté, apprenant à encaisser les coups en silence, à pleurer sans verser de larmes. En vain. Les larmes invisibles dans ses éclats de rire, lorsqu'elle tournait le pire en plaisanterie, ne leur avaient pas échappé. De même qu'ils se souvenaient du jour où l'électricien était venu couper le courant, où elle l'avait tellement fait rigoler qu'il était tombé de l'échelle, se foulant la cheville. Et il lui avait dit que même si elle n'avait pas son pareil pour remonter le moral, il devait finir son boulot. À son retour, Tommo avait trouvé la maison inondée de la lumière des bougies, tandis que Philo improvisait un spectacle d'ombres chinoises sur les murs avec ses mains. Quand les enfants, qui trouvaient ça bien mieux que la télé, avaient invité leur père à se joindre à eux, celui-ci avait maugréé qu'une conne dans la maison suffisait amplement. Il avait gâché la fête, leur rappelant ainsi qu'il n'y avait plus d'électricité, ni de télé. Tommo avait abreuvé Philo d'injures, qu'elle avait encaissées en silence tout en faisant griller des tartines piquées sur une fourchette au-dessus du feu.

— Peut-être que si tu perdais du poids, il cesserait de t'insulter, suggéra le petit Tommo.

La remarque cassa Philo en deux.

— Je suis contente d'être comme je suis, merci beaucoup.

Un mensonge. Elle ne se plaisait pas. C'était difficile d'être gros. C'était dur de trimballer des valises pleines de cailloux. C'était à cause de sa thyroïde, un héritage de sa mère. Philo s'en sortait en se moquant de son poids. Elle ne reliait pas son obésité à la nourriture qu'elle enfournait. C'était dans ses gènes, elle était comme ça, il n'y avait pas d'échappatoire. Philo détestait sa thyroïde presque autant qu'elle haïssait Tommo : un jour elle se la ferait enlever par le scalpel d'un chirurgien. Son poids n'avait pas l'air de vouloir diminuer – l'aiguille de la balance allait toujours dans le même sens : elle grimpait. Et ses grossesses l'avaient achevée. À la naissance de Jack, Philo était d'une adorable minceur : soixante-cinq kilos. Pour celle de Philomena, elle avait atteint quatre-vingt-dix kilos. La dernière fois qu'elle s'était pesée, elle dépassait les cent vingt. Si elle arrivait à cent trente, elle ferait quelque chose. Cent trente serait sa limite, son Armageddon, son apocalypse, la date de son exécution. Elle avait beau ne pas être montée sur la balance depuis des mois – elle la fuyait comme la peste – en son for intérieur, elle savait que son heure était arrivée. La remarque du petit Tommo lui rappelait qu'elle avait atteint un point de non-retour.

— C'est impoli de parler de l'embonpoint d'une dame. Si je vivais en Inde, on me vénérerait.

— Je ne te trouve pas grosse, maman, intervint Josie.

— Moi, je t'aime exactement comme tu es, renchérit Eileen.

— Est-ce que tu nous apporteras d'autres chocolats demain ? lança Philomena.

— Sûrement pas si vous m'insultez comme ça.

Le petit Tommo comprit que cela lui était destiné.

— Je suis désolé, maman, ça m'a échappé.

— Un de ces jours, ça te jouera des tours de ne pas être capable de tourner ta langue dans ta bouche. Souviens-toi, si tu n'as rien de gentil à dire sur quelqu'un...

— Ne dis rien du tout, achevèrent-ils à l'unisson d'une voix flûtée.

Un vieux cliché que Philo leur ressassait depuis leur plus tendre enfance. L'ironie de la chose étant qu'elle ne le mettait pas en pratique elle-même ; elle était incapable de la boucler. Philo était un clown qui se moquait du monde pour se protéger de la souffrance causée par son obésité.

De tout son cœur, elle espérait que ses enfants, surtout les filles, ne lui ressembleraient pas. Son enfance et la promesse qu'elle s'était faite de ne jamais devenir grosse comme Sylvia étaient gravées dans sa mémoire. Elle avait passé la moitié de sa vie à essayer de se blinder contre les injures dont son père abreuvait sa mère, l'autre moitié à supporter les mêmes blessures que lui infligeait son mari : un cercle vicieux et infernal que Philo voulait rompre. Sans plan ni stratégie, étant donné le côté spontané et anarchique de ses actes, avec comme fil conducteur son refus d'être à nouveau traitée de grosse conne tant qu'elle vivrait.

Sept heures sonnèrent, il était temps de partir. Si forte que fût son envie de s'attarder, de les préparer à aller se coucher, le règlement de l'orphelinat était très strict à cet égard. En fait, des visites sans surveillance comme celle de Philo étaient inhabituelles – en principe un membre du personnel devait être présent de bout en bout –, et elle y avait eu droit parce que c'était le deuxième séjour des enfants. Le personnel, qui connaissait la silhouette de Philo, savait qu'elle n'était pas un danger pour sa progéniture. Il n'empêche que les enfants, Philomena surtout, n'étaient pas heureux de devoir rester à Goldenbridge. Avant qu'ils n'aient le temps d'être perturbés, Philo leur promit de revenir le lendemain avec des tas de surprises en chocolat.

Le foyer pour garçons San Francisco était situé dans une petite avenue paisible à l'angle d'Amiens Street. Philo fut étonnée qu'il n'y ait pas de barreaux aux fenêtres. Elle s'attendait au moins à une porte blindée, alors qu'elle était en bois, d'un jaune lumineux, avec une poignée et des appliques en cuivre, surmontée d'un 2 argenté. Toutes les lampes du bâtiment de deux étages étaient allumées ; même la sonnette était éclairée.

Dès que Philo eut appuyé dessus, un jeune homme en tablier lui ouvrit. De sa vie, elle n'avait vu un garçon accoutré de la sorte. Il l'accueillit avec un sourire, la fit entrer dans le vestibule et hurla à tue-tête :

— Frère Felix, c'est pour toi.

L'instant d'après, un homme au visage rubicond apparut. Petit, il portait des lunettes lui grossissant les yeux, qui semblaient trop grands pour sa figure. Il ronronnait avec enthousiasme à la manière d'un jouet qu'on aurait remonté et qui n'aurait de cesse de rouler.

Philo se présenta et l'interrogea sur Jack. Les veines du visage de frère Felix s'empourprèrent.

— Jack est super, c'est un champion.

Philo chercha à clarifier la situation :

— Je parle de Jack Nolan : c'est un voleur de voitures.

Frère Felix éclata de rire.

— Venez, suivez-moi, lui dit-il en s'engageant dans le couloir.

Il ouvrit la porte de la cuisine. Là, debout devant l'évier, tournant le dos à Philo, se trouvait son fils, Jack. Dans la main droite, il tenait une brosse métallique, dans la gauche une friteuse qu'il récurait énergiquement. Philo l'observa sans en croire ses yeux. Puis elle recula dans le couloir et chuchota à frère Felix :

— Merde alors, il fait la vaisselle.

— Ça vous déplaît ? demanda le frère, les sourcils froncés.

— Au contraire, je suis au septième ciel, bordel. À la maison, je n'arrive pas à lui faire laver la moindre tasse.

Philo revint dans la cuisine, s'approcha de Jack à pas feutrés et mit ses mains sur ses yeux.

— Devine qui c'est ?

— Ma maman.

Jack mit de la mousse sur le cou de Philo quand il l'étreignit, mais elle ne le remarqua pas. Malgré le bonheur des retrouvailles, il y avait une certaine gêne.

— J'peux pas te parler maintenant, man.

— Pourquoi ?

— Je dois terminer ça, c'est le règlement.

— Eh bien, je vais t'aider. Allez, viens.

Philo prit un torchon, mais Jack s'empressa de le lui enlever des mains.

— Tu n'as pas le droit, man. T'es en visite.

Philo lança un regard à frère Felix, qui fit un grand sourire.

— C'est lui le patron, madame Nolan.

Enchantée qu'on la remette à sa place, elle alla attendre son fils dans le salon. Il l'y rejoignit presque aussitôt.

— Qu'est-ce que tu penses de E.T. ? lui demanda-t-il.

— Qui est-ce ?

— Frère Felix. On le surnomme E.T. à cause de ses lunettes.

Les gens n'étaient pas responsables de leur apparence, elle leur venait de Dieu. Frère Felix était né avec des yeux trop grands pour sa figure, Philo était affligée d'une thyroïde défectueuse. Il n'était pas acceptable qu'on la traitât de grosse vache ni qu'on le surnomme E.T.

— Ce n'est pas bien de lui donner ce genre de surnom.

— Il adore qu'on l'appelle E.T., ça le fait se tordre de rire.

— C'est un moine et il mérite le respect.

Jack expliqua que frère Felix n'était pas un véritable moine. Il avait été bénédictin, mais avait développé un penchant si prononcé pour le vin du monastère qu'il était devenu alcoolique. Il était alors allé dans un centre de désintoxication où il avait côtoyé des drogués des quartiers pauvres. Ceux-ci l'avaient aidé à guérir, et, à sa sortie du centre, il avait résolu de travailler avec les jeunes en difficulté. C'est ainsi qu'il était arrivé au foyer pour garçons San Francisco qui venait d'ouvrir ses portes. Felix avait commencé en tant que bénévole. Maintenant il le dirigeait, mais c'était loin d'être évident, car c'étaient les jeunes qui décidaient du règlement. La philosophie du foyer était d'une extrême simplicité : c'était un refuge où l'on pouvait rester dans la mesure où l'on respectait le règlement.

Jack suivait une formation de mécanicien. Il partait au travail tous les matins à neuf heures. Il y avait un garage derrière l'église Saint Laurence O'Toole

– donation d'une veuve, Mme Clarke, qui adorait les moines bénédictins. Elle aimait surtout le frère Felix, sans savoir qu'il avait quitté les ordres. Aussi, dans les environs du garage, était-il frère Felix, père Felix ou simplement le Moine.

Ils démontaient complètement les voitures, puis ils les remontaient. Jusqu'à présent, Jack avait appris à nettoyer des carburateurs, à remplacer des embrayages – ce qu'il fallait faire en cas de défaillance de la boîte de vitesses –, comment mettre les bougies, les vis platinées, les frottoirs dans le démarreur, comment poser des accélérateurs, des câbles et des plaquettes de freins avant et arrière, des pots d'échappement, des radiateurs, des pompes à eau, ainsi qu'un million d'autres choses qu'il avait oubliées tant il était surexcité. Black Bob – surnommé ainsi à cause de l'huile dont il était couvert en permanence – était leur mentor. Il les aidait à remettre les voitures en parfait état. Le dimanche, ils amenaient les machines gonflées sur le circuit de voitures de Sandry où ils faisaient la course. Jack ne pouvait que conduire contre la montre car, n'ayant pas encore seize ans, il n'avait pas le droit d'avoir un permis de conduire provisoire. Son anniversaire étant dans quatre mois, il comptait les jours qui le séparaient de sa première course officielle.

— J'aurais dû t'abandonner beaucoup plus tôt, remarqua Philo. Regarde-toi, tu es un miraculé.

— Ça n'aurait servi à rien, man.

— Pourquoi ?

— E.T. ne prend personne avant l'âge de quinze ans.

C'était le moment pour la surprise de Jack. Philo vida son sac sur la table basse : un monceau de chocolats et d'autres choses, de quoi nourrir une armée. Elle sortit quelques canettes qu'elle aligna côte à côte devant son fils. Ayant partagé celle qu'elle lui réservait avec ses quatre autres enfants, elle était retournée faire des courses. Et, persuadée que Jack se trouvait dans une sorte de maison d'arrêt pour mineurs, elle s'était livrée à une débauche d'achats.

Elle commença à les partager : un pour toi, un pour moi. Ce serait son deuxième pique-nique de la journée. Ses yeux parcoururent les tas de chocolats et finirent par se poser sur un Snickers. Sa main se tendit, déchira l'emballage au passage avant de fourrer la grosse barre chocolatée dans sa bouche béante. Tout en la suçant, elle jeta un regard à Jack, qui le lui rendit sans bouger.

— Qu'est-ce que tu lorgnes ? Prends ta part.

Quand Philo donnait un ordre, Jack se jetait dans l'action à l'ordinaire. Or aucun de ses muscles ne tressaillit.

— On a pas le droit d'avoir notre propre bouffe.

— Qu'est-ce que tu racontes, c'est que du chocolat.

— On doit mettre en commun tout ce qu'on a. C'est le règlement.

Au foyer, personne n'avait le droit de posséder quoi que ce soit qui soit susceptible de lui donner un avantage sur les autres. On partargeait tous les cadeaux, y compris les victuailles, le vendredi soir après la réunion hebdomadaire. C'était une sorte de communisme pragmatique, qui encourageait la responsabilité collective et initiait les garçons à la générosité. Ainsi, des fauteurs de troubles potentiels se transformaient en citoyens en puissance.

Philo trouva horriblement chiant d'être assise là, un Snickers dans la bouche, sous un regard observateur, en proie à l'envie folle d'en grignoter les cacahuètes avec l'impression d'être une criminelle. Son fils, qui lui faisait face, les bras ballants, était peut-être dans un camp de travail, pensa-t-elle. N'empêche qu'il n'était pas question qu'elle l'y rejoigne.

Elle était contente pour Jack – plus que contente : aux anges. Il était en bonne voie pour avoir un métier au lieu de dévaler la pente menant droit à la prison, comme peu de temps auparavant. Le foyer pour garçons San Francisco était la meilleure chose qui lui soit arrivée. Dès qu'elle eut terminé son Snickers, Philo poussa la part de Jack sur la table, vers lui, puis remit son paquet dans sa poche. Si Jack voulait filer ses friandises au foyer, très bien, mais elle n'était pas d'humeur à l'imiter. Pas encore.

Jack lui fit faire le tour du propriétaire. Il partageait une chambre avec cinq garçons, où se dressaient trois lits superposés. Son mur était tapissé d'affiches de voitures et de pilotes de course à côté desquelles il avait collé ses dessins de pièces détachées de moteurs entourés de flèches, et la caricature d'un visage étiquetée « E.T. (Felix, le Moine) ».

Philo avait passé cinq jours à chercher le père de Jack à Manchester. Une entreprise dans laquelle elle s'était lancée par désespoir. Elle avait traînassé dans Piccadilly à la poursuite d'une chimère, sans savoir qu'à Dublin, son fils avait trouvé pour la première fois de sa vie un homme qu'il pouvait admirer. Le frère Felix avait qualifié Jack de « champion », voilà qui n'avait pas échappé à Philo. Outre la fierté qu'il lui procurait, ce compliment la légitimait. Le contraste avec la maison – où ne fusaient que des connard, petit connard, salaud, gros salaud, porc, sale porc, fumier, éléphant, grosse vache et grosse connasse – était saisissant.

C'était bon de la boucler et de suivre docilement son fils. Ils terminèrent la visite par la cuisine, où

Jack lui offrit une tasse de thé. Frère Felix ne tarda pas à les rejoindre, s'excusant de ne pas s'être occupé d'eux : il avait été mobilisé au téléphone par un parent affolé.

— Veux-tu prendre une tasse de thé, E.T. ? demanda Jack.

— Volontiers, si tu en prépares.

Le surnom continuait de choquer Philo, c'était plus fort qu'elle.

— Ça ne vous gêne pas qu'il vous appelle E.T. ?

— Absolument pas. Je lui ressemble, non ?

Les yeux seulement. Le frère Felix n'avait ni un cou décharné ni une voix bizarre, sans compter que son visage rubicond ne correspondait pas du tout à E.T. C'était insultant de le comparer à un extraterrestre ; sans ses lunettes, personne ne l'aurait fait. Philo ne l'aurait jamais décrit comme un bel homme, mais il dégageait un charme allant au-delà des apparences. Plus elle le regardait, plus elle le trouvait merveilleux.

— Vous ne cherchez pas une maîtresse d'internat par hasard ? lança-t-elle de but en blanc.

Au rire avec lequel frère Felix accueillit la question, on aurait dit qu'il n'avait jamais rien entendu de plus saugrenu. Même si Philo s'associa à son hilarité, en son for intérieur elle était sérieuse. Sa situation en matière de logement n'était guère brillante. Il était exclu qu'elle retourne auprès de Tommo, et son entrée dans les ordres ne se présentait pas sous un jour très favorable.

— Vous n'êtes pas marié, j'imagine, dit-elle.

— Non, je n'ai pas rencontré la fille qu'il me fallait.

— Où étiez-vous quand je cherchais un mari ?

— Je nageais sans doute dans un tonneau de vin.

Philo quitta le foyer pour garçons San Francisco au septième ciel. La situation de Jack était prometteuse. Au lieu d'avoir été arrêté pour vol de voitures, il en réparait. Elle s'était attendue à le trouver en prison, mais il habitait un endroit qui ressemblait davantage à un foyer que le sien. Cet aperçu de la vie telle qu'elle pourrait être attrista Philo. Elle avait eu le privilège de voir son fils dialoguer avec un véritable père ; du coup, l'horreur de l'existence avec Tommo en devenait encore plus intolérable et monstrueuse.

Philo voulait récupérer ses enfants. Elle les voulait ensemble. Sous le même toit. Avec elle. N'empêche que leur abandon avait eu des conséquences positives. Elle pouvait déposer le fouet avec lequel elle s'était flagellée à ce sujet. Ils étaient tous à l'abri ; ils avaient des lits où dormir. Un revirement pour lequel Philo remercia Dieu, Bouddha, les religieuses de Goldenbridge, les religieuses de North Wall et frère Felix. Pour la première fois depuis des semaines, elle n'essaya pas de chasser l'image de ses enfants quand celle-ci s'imposa à elle. Leurs visages impertinents l'enchantèrent et lui donnèrent de l'espoir. Philo, qui avait oublié les émotions qu'ils suscitaient en elle, se refusait à les voir disparaître maintenant qu'elle les avait retrouvées.

Philo franchit d'un pas sautillant la passerelle de chemin de fer reliant East Wall au reste de la ville. Sous elle, les trains cahotaient et cliquetaient en tirant leur chargement. Le bruit sourd émis par le choc des wagons, suivi par le lent mouvement des roues, la ravissait tant il semblait délibéré et accueillant ; on aurait dit qu'ils cherchaient à s'étreindre. La passerelle paraissait vibrer sous la plante de ses pieds au rythme du fracas métallique. Il régnait dans le monde une étrange et merveilleuse harmonie qui l'encourageait.

Elle arriva en haut de la passerelle. Ses jambes accélérèrent le mouvement et elle dévala la pente de la colline. Cela lui rappela ses retours de l'école à la maison, quand elle courait sur tout le trajet, hors d'haleine. Elle adorait le moment où, se ruant à l'intérieur, l'odeur de soupe chaude parvenait à ses narines. Philo brûlait d'impatience de revoir sa mère. Cela ne serait pas simple de lui expliquer les événements des jours précédents, surtout si son père était là. Pourtant elle avait l'espoir chevillé au cœur, et cela comptait énormément.

Ses pieds la conduisirent directement vers Irving Terrace. La maison était située sur la gauche, la dernière de la rangée, au numéro 10, contiguë au terrain à l'abandon qu'on appelait Loydier's Plot. À gauche, un escalier en béton menait à un pont baptisé Johnny Cullen's Hill par les gens du cru. Un homme était assis sur une marche, la tête basse comme s'il examinait le béton ou se sentait mal. Philo s'avança ; l'homme, levant les yeux, la vit. Elle sentit son cœur s'arrêter : Tommo.

Philo eut le sentiment de se trouver en face d'un chien enragé. Elle pouvait l'affronter ou faire demi-tour et s'en aller. Le plus important, c'était de ne pas lui laisser percevoir sa peur. D'un pas résolu, elle marcha vers lui tandis qu'il commençait à descendre l'escalier. Elle avait envie d'entrer chez sa mère pour être en sécurité. Une fois devant la porte, elle tendit le bras.

— Ne frappe pas, s'il te plaît. Il faut que je te parle.

En quinze ans de vie conjugale, Philo ne se rappelait pas l'avoir entendu prononcer « s'il te plaît » une seule fois. Elle laissa retomber son bras.

— Je veux qu'on revive ensemble. Toi, moi, les gosses.

Philo n'avait aucune raison de ne pas le croire et aucune raison d'accéder à sa requête.

— J'en ai ma claque, Tommo. Je ne peux plus le supporter.

Les mains en l'air en un geste de capitulation, il poursuivit.

— J'te cognerai plus jamais. Sur la tombe de mon père, je lèverai plus jamais la main sur toi.

Elle s'était déjà laissé avoir par ses promesses. Ce n'était pas les poings de cet homme qu'elle redoutait, mais sa langue.

— Tu me manques, Philo. Sans toi, c'est pas drôle à la maison.

C'est donc ça, pensa-t-elle : il ne peut plus se payer la tête de personne.

Toute sa vie, les gens s'étaient accrochés à ses basques parce qu'elle était toujours prête à rigoler. Depuis qu'elle tenait debout, on la trouvait tordante. Elle en avait marre, elle était fatiguée de faire rire les gens.

— C'est très triste, Tommo. Vraiment, ça l'est, lâcha Philo avec ironie.

— De quoi parles-tu ?

— Que tu ne t'amuses pas. Tu devrais recruter un comédien pour te distraire. Tu en trouveras dans les Pages Jaunes, à la rubrique divertissements.

— Pourquoi le ferais-je alors que je t'ai, toi.

— Sauf que tu ne m'as plus.

— S'il te plaît, Philo. Je t'en supplie, reviens à la maison. Sans toi, je suis bon à rien.

C'était une journée à marquer d'une pierre blanche. Outre le « s'il te plaît » et le « supplier » dans la même phrase, il avouait n'être bon à rien. Philo était presque flattée qu'il ne menace pas de la ramener en la tirant par les cheveux. Nul doute qu'il avait changé de ton, mais elle ne se laisserait pas rouler. Il n'avait pas les enfants pour la faire chanter. Les avoir largués à l'orphelinat de Goldenbridge se retournait contre lui. Que les enfants soient en sécurité lui permettait de l'envoyer paître. Quelle délivrance de ne plus avoir à se soucier que d'elle !

Philo décida de chercher la touche.

— Ma réponse, je vais te l'écrire.

— Qu'est-ce que tu racontes... une lettre ?

— Absolument.

— Tu n'en as jamais écrit de ta vie.

— Eh bien, félicitations, tu seras le premier à en recevoir une.

Philo lui sourit, puis frappa à la porte.

Tommo ne savait comment réagir. De son point de vue, c'était un rebondissement inattendu.

— Pourquoi veux-tu m'écrire alors que tu peux me parler ?

Philo avait envie de lui envoyer une lettre, commençant par : « Mon cher Salaud » et se terminant par : « La grosse conne qui n'est plus à toi. »

— J'ai besoin de temps pour rassembler mes idées, Tommo, riposta-t-elle.

Sally, sa sœur de quinze ans, née le même jour que Jack, lui ouvrit. Soulagée de s'éloigner de Tommo, pour l'instant du moins, Philo entra.

Sylvia se trouvait dans la pièce donnant sur la rue, où elle était en train d'arracher le papier du mur. Philo, qui ne l'avait pas vue depuis trois mois, eut l'impression qu'elle avait doublé de volume. Quand Sylvia regarda sa fille, elle eut la même sensation. Ni l'une ni l'autre n'en firent état.

— Pourquoi est-ce que tu arraches le papier peint ? demanda Philo.

— Je n'aime pas cette affreuse couleur marron, elle me déprime.

— Tu devrais te faire aider. C'est trop pour toi.

Sylvia n'avait aucune intention de laisser quiconque approcher de sa chambre. C'était son refuge ; il était hors de question que ça change. Jack, son mari, était tout à fait capable de décorer une pièce. Ses fils aussi. Mais elle ne voulait pas qu'Andrew et Brendan – Tony et Bren, nés chacun un 12 mai à un an d'écart, qu'on appelait systématiquement les jumeaux – fourrent leur nez là où elle couchait. De toute façon, l'un comme l'autre étaient mariés et ils avaient leur vie. Quant à Sally, elle était trop intéressée par les magazines d'ados et les *boys bands* pour se soucier de décoration intérieure, même si elle s'entendait bien avec sa mère. Celle-ci trouvait thérapeutique d'arracher le papier peint, d'enlever une couche après l'autre, jusqu'au plâtre.

— Je pourrais te donner un coup de main, Sylvia.

— Tu es bien assez occupée avec tes cinq enfants.

Une entrée en matière idéale dont Philo ne sut pas profiter. Dans la chambre, à côté de sa mère, elle redevenait une petite fille, une poupée dans une maison de poupée, couvée, étouffée par l'amour. Il était impossible de lâcher sa mauvaise nouvelle.

— Du temps, j'en ai à revendre. Je t'assure.

— Non, j'ai besoin d'exercice ; c'est le seul que je fasse.

Sylvia n'allait jamais plus loin dans l'aveu qu'elle perdait la bataille contre son obésité : elle pesait plus de cent soixante kilos. Quand elle se déplaçait, la pièce semblait haleter sous l'effort. Sylvia, qui n'était pas grande – un mètre soixante –, ressemblait à une sphère. Son cou faisait penser au cercle arctique tant ses doubles mentons évoquaient de la gelée prise par les glaces, sans compter les plis de graisse de ses chevilles débordant sur ses souliers à la manière de couches de givre. Ses seins pendouillaient sur son buste et tressautaient comme des icebergs.

— Je travaille au couvent avec les vieux, tu le savais ?

— Comment le saurais-je alors que je ne te vois jamais ?

— J'aide pour les repas et j'anime des activités. Tu devrais venir, tu t'amuserais bien.

— Je n'ai que cinquante-cinq ans, tu sais. Je ne suis pas encore vieille.

— Ça te ferait du bien de traverser le pont.

— Je n'y arriverai jamais, il faudrait qu'on me ramasse à la pelle. Non, je vais me contenter de poser du papier sur les murs.

Philo regarda sa mère lacérer le mur avec un couteau de cuisine jusqu'au retour de son père. Il enleva son uniforme de chauffeur de bus tandis que Sylvia disposait son repas sur la table de la cuisine. Comme toujours, il s'enquit de son homonyme, Jack, et Philo se retint à temps de lui annoncer la bonne nouvelle. Après le dîner, Sylvia lui beurra une tranche de pain et versa du thé dans sa tasse. Elle y mit trois cuillères de sucre, remua vigoureusement avant d'y ajouter deux cuillères de lait pour que le breuvage prenne une couleur marron foncé : un élément du rituel de leur vie commune qui comblait le besoin d'être servi de Jack. En vérité, il était seigneur et maître de tous ceux qui tombaient sous sa coupe.

Philo se souvenait d'avoir dit à sa mère, à l'époque de son adolescence : « Laisse-le mettre du lait et du sucre dans son putain de thé tout seul. » L'insolence lui avait valu d'être flanquée à la porte et de dormir dans la remise à charbon. Elle avait passé le plus clair de son temps à essayer de changer les choses entre ses parents, prenant toujours le parti de sa mère sans comprendre pourquoi celle-ci restait avec son père. Or, après un mariage et cinq enfants, voilà où elle en était, à tenter de naviguer entre les écueils d'une séparation avec Tommo. Ça la détruisait.

Elle regarda Sylvia s'avancer en dandinant vers le placard d'où elle sortit son bocal de comprimés amaigrissants. Ayant posé deux Colfax dans sa paume, elle les avala avec son thé. Sylvia ne jurait que par ces cachets roses, qu'elle prenait depuis vingt ans. Autant d'illusions qui l'empêchaient de devenir folle.

Philo n'avait pas envie de rentrer au couvent. Elle attendit que son père et Sally aillent se coucher pour demander à sa mère si elle pouvait rester.

Sylvia fut désarçonnée.

— Tu n'as pas laissé tes enfants avec Tommo, n'est-ce pas ?

Une deuxième occasion de dire la vérité s'offrait à Philo.

— Ils sont avec Josie, à Tallaght.

— Elle s'occupe de tes cinq gosses en plus des siens ?

Cela paraissait invraisemblable – ça l'était – et Philo ne savait plus à quel saint se vouer pour donner à son bobard un semblant de vérité.

— Les filles seulement, les garçons sont restés à la maison avec Tommo.

Quel mensonge abominable que de placer ses fils

sous l'autorité de leur père ! Philo aurait aimé se laver la bouche au savon.

— Je suis contente que tu ne lui aies pas laissé les filles. Les hommes ne m'inspirent pas confiance. Aucun d'eux.

Philo comprit que Sylvia faisait allusion à Jack, son père : l'homme en qui elle n'avait pas confiance, celui qui l'avait rendue méfiante envers tous les autres. Elle avait passé sa vie à protéger Philo de son mari, pas toujours avec succès, mais avec une farouche obstination.

Philo se blottit contre sa mère dans le lit. La journée avait été longue. Si fatiguée qu'elle soit, elle ne voulait pas s'endormir ; elle se sentait tellement bien qu'elle avait envie que cela dure. Il était possible que cela ne lui arrive plus d'ici longtemps. Le silence était tel qu'elle entendait le souffle de Sylvia. D'ordinaire, la nuit était synonyme d'ennuis pour Philo, d'odeur de caoutchouc brûlé, de crissements de freins de voitures volées. Ce soir, Jack était à l'abri. Elle aussi. Joignant les mains, elle récita une prière.

Voilà que je m'abandonne au sommeil
Seigneur, je te confie mon âme.
Si je mourais avant le réveil,
Seigneur, prends soin de mon âme.

C'était difficile de s'imaginer à l'intérieur de sa mère. Lors de sa venue au monde, elle pesait quatre kilos : un miracle, étant donné leur volume à toutes les deux aujourd'hui. Philo écarta les mains, en passa une autour de la taille de sa mère et la posa sur son ventre. Elle remercia Dieu pour le ventre de sa mère. Comme elle en était le fruit, elle remercia Dieu pour le sien aussi.

Puis Philo essaya de se représenter ceux des femmes qu'elle connaissait. Elle mit un fruit dans chacun d'eux. Vu sa maigreur, Josie Cullen eut droit à une banane. Étant donné sa petite taille, Dina dut se contenter d'un raisin. Les femmes au visage rouge se virent attribuer des pêches, celles à gros cul des poires. Les pessimistes eurent des mangues, celles à la poitrine généreuse des melons. Les mégères eurent des groseilles à maquereau, les moustachues des noix de coco, les femmes au teint pâle des litchis, les grosses des citrouilles... Les associations continuèrent à n'en plus finir, plongeant Philo dans le plus merveilleux sommeil qu'elle ait connu depuis des années.

Elle était perdue dans une forêt de rêves lorsqu'elle entendit un cri ressemblant à celui d'un animal pris au piège. Il la réveilla. Comme elle écoutait, elle crut que c'était peut-être un chat dehors. Elle se redressa et tendit l'oreille. Loin d'être un miaulement, il s'agissait d'un gémissement d'être humain. Il lui fallut un moment pour se rendre compte que c'était sa mère.

— Qu'est-ce qui ne va pas, Ma ? Tu fais des cauchemars ?

— Mon bras est coincé, chuchota Sylvia. Je n'arrive pas à le bouger.

Regardant autour, Philo vit que le bras droit de sa mère pendait à l'extérieur du lit. Elle se leva d'un bond et le contourna pour le libérer. Dès qu'elle le toucha, Sylvia hurla de douleur. Son bras était contracté comme celui d'un athlète saisi d'une crampe. Après que Philo l'eut massé, il se détendit peu à peu tandis que Sylvie arrivait à nouveau à le bouger. Philo le remit dans le lit, mais elle s'aperçut que sa mère avait peur qu'il retombe. Soulevant le sein droit de celle-ci, elle le plaça délicatement sous les plis de graisse.

— Il faut que tu me promettes quelque chose, Philo.

— Tout ce que tu veux, Sylvia. Tout.

— Fais quelque chose pour ton poids.

C'était la première fois que l'on demandait à Philo, qui abhorrait autant son obésité que celle de sa mère, de l'admettre.

— Si tu ne fais rien, je reviendrai te harceler. Tu m'entends ? Je reviendrai de chez les morts te faire une scène.

Et Sylvia d'enchaîner sur son enterrement, un sujet qu'elles n'avaient jamais abordé auparavant. Philo fut abasourdie de l'entendre préciser ses souhaits. Un cercueil simple en chêne, rien de luxueux. Personne ne devait prononcer son panégyrique à l'église. Il faudrait incinérer son corps, pas l'enterrer, et jeter ses cendres du haut de Howth Head afin qu'elle puisse voler comme un oiseau, et disposer des fleurs sur l'autel de Saint Laurence O'Toole.

Philo espérait que son père partirait en premier. Un désir atroce qu'elle ne pouvait s'empêcher d'éprouver. Sa mère méritait quelques années sur terre sans sa couronne d'épines. Personne ne le méritait davantage. Pour macabres que fussent ces idées, elle éprouvait du plaisir à jouer avec dans sa tête tandis qu'elle choisissait les châtiments qu'elle réservait aux uns et aux autres.

— Regarde-moi, je ressemble à un éléphant, dit Sylvia.

— C'est uniquement à cause de ta thyroïde. Tu peux aller te la faire enlever.

Sylvia eut un rire de dérision, comme si cela ne valait plus la peine d'entretenir l'illusion.

— Il n'est pas question que tu finisses comme

moi. Je ne le permettrai pas, quitte à en crever, tu m'entends ?

Philo qui l'avait parfaitement entendue ne réagit pas. Elle tenait à ce que, pour une nuit au moins, les choses soient comme lorsqu'elle était petite, avant qu'elle ne grossisse et que le monde ne devienne laid.

8.

Le Centre d'accueil était en effervescence. Tout le monde était venu aux nouvelles. Tout le monde voulait savoir comment les choses s'étaient passées pour le vieux couple à l'Abbey Theatre et surtout après, au Gresham Hotel.

À leur arrivée, toutefois, les vieux n'eurent droit qu'à la nouvelle des événements tragiques de la veille au soir. Ni Dina, ni Cap, ni Philo n'étaient là et aucun scandale n'avait éclaté. Ils ne trouvèrent que sœur Rosaleen avec son histoire d'ambulance. Enchantée du rôle qu'elle y avait joué, elle raconta le drame, se surprenant même à broder ici et là. Lorsque Nan Cassidy lui demanda combien de personnes s'étaient attroupées devant la boutique de Dina, elle s'interrompit avant de répondre deux cents alors qu'elle savait parfaitement qu'il n'y en avait pas eu plus de cinquante.

Cap débarqua pour le dîner, livide, les traits tirés. Il n'avait pas fermé l'œil, ce qui ne l'aurait pas gêné en temps normal : quelques heures de sommeil lui suffisaient. À deux heures du matin, il s'était servi un whisky bien tassé qu'il avait descendu d'un trait, s'imaginant que ça l'aiderait à s'endormir. Peine perdue. Une heure plus tard, à trois heures, il s'était retrouvé en train de patrouiller dans Dowdall's Lane afin de s'assurer que tout était en ordre chez Dina.

De là, il avait remonté Sheriff Street et inspecté son échoppe. Il était rentré apaisé, sans parvenir à trouver le sommeil pour autant.

Alors il s'était resservi un whisky. N'ayant jamais eu tendance à picoler, il ne comprenait pas pourquoi il se laissait aller maintenant. En vérité, il tentait de rassembler son courage. Toute sa vie, il avait craint les conflits ; dans son enfance, Gerry Sugrue était son ange gardien. Au moindre signe de problème, Cap courait chercher la protection de son ami. Avec tristesse, il prit conscience qu'il était toujours, à soixante et onze ans, un homme faible. L'occasion de changer les choses était devant lui et il devait trouver le courage de la saisir à deux mains.

Dès son arrivée, Chrissie Mongon et Ita Mullen, deux copines de Dina, se précipitèrent sur Cap. Absentes le jour du jeu du rendez-vous arrangé, elles tenaient à ce qu'il leur explique quelle mouche l'avait piqué de sortir avec leur amie. Avant qu'il puisse répondre, Granny Carmody s'interposa, voulant connaître tous les détails de son aventure, du moment où il était parti de chez lui jusqu'à celui où il avait découvert Dina gisant par terre, dans sa chambre, blessée. Assise à la table de Dina, Minnie O'Hara l'interrogea sur ce qui l'avait poussé à rôder dans Dowdall's Lane. Nan Cassidy exprima sa surprise qu'il ne fût pas allé dîner tout seul à l'hôtel Gresham. Mucky Mannion lança que c'était une grâce divine que Cap ne se soit pas servi du bon d'échange et que, sans sa générosité, Dina serait morte. Joxer Farrell voulut savoir qui était morte, et tout le monde de le faire taire. Enfin, Ninna Delargy intervint.

— Laissez M. Coyle un peu tranquille. Ne voyez-vous pas qu'il est toujours en état de choc ?

Ce fut l'usage protocolaire de son nom qui parut

bizarre à Cap. Il regarda Ninna. On aurait dit que ses cheveux étaient sculptés sur sa tête. Il ne pouvait se douter qu'elle avait passé toute la matinée à les laver et à les sécher. Elle avait quelque chose de fragile, une vulnérabilité de poupée. Il ne savait pas qu'elle avait passé la nuit à pleurer à cause de lui. Quand elle s'était couchée, elle avait remonté les couvertures sur sa tête pour fuir la lumière – l'obscurité ne lui faisait pas peur. Si seulement elle avait eu suffisamment de courage, elle aurait pu aller à l'Abbey Theatre avec Cap. Si seulement elle n'avait pas été aussi idiote, elle aurait pu mener la grande vie à l'hôtel Gresham.

Ninna se donna beaucoup de mal pour le protéger de la horde de loups. En vain.

— Qu'est-ce qui t'a pris d'aller là-bas ? demanda Ita Mullen.

— T'as reçu un message de Dieu ? s'enquit Mucky.

— Il ne récitait pas ses prières, il furetait, affirma Chrissie Mongon.

Cap avait eu l'intention de balancer une brique dans la fenêtre de Dina, qui lui avait posé un lapin.

— Il se trouve que je suis passé par là en rentrant chez moi, répondit Cap. Par hasard.

Il ne s'aventurait plus dans Dowdall's Lane depuis trente ans, il évitait à tout prix cette ruelle, contaminée.

— Ce n'est pas sur le chemin de ta maison, fit observer Chrissie Mongon.

Cap sentit une bouffée de chaleur envahir son visage jusqu'au sommet de son crâne, où elle se coinça sous son bonnet avant de refluer lentement par où elle était venue.

— En effet, acquiesça-t-il.

— Tu y es allé dans un but précis, assura Chrissie Mongon.

— Oui, j'avais une bonne raison...

— Tu y es allé pour l'épier, le coupa Minnie O'Hara.

— Absolument pas, c'est...

— Alors, pourquoi y es-tu allé ? insista Ita Mullen.

— Pour lui demander pourquoi elle m'avait posé un lapin.

Cette version de la vérité parut satisfaire la majorité.

— Elle l'a fait parce qu'elle te déteste, assena Ita Mullen.

La voix de cette dernière était tellement venimeuse que Cap, ayant l'impression d'être menacé, eut envie de rentrer sous terre.

— Non, elle a glissé pendant qu'elle se préparait, protesta-t-il.

— C'est ce que tu aimerais croire, insinua Chrissie Mongon.

— C'est la vérité.

— Elle ferait n'importe quoi pour t'éviter, voilà la vérité ! déclara Minnie O'Hara.

— Elle t'a posé un lapin, enchaîna Ita Mullen.

Cap savait que c'était faux. Elles n'avaient pas vu l'expression de Dina lorsqu'on l'avait emportée sur une civière. Elles n'avaient pas entendu ses paroles, si gentilles.

— Elle te voue une haine mortelle, conclut Ita Mullen d'un ton sans réplique.

Sur ce, les copines de Dina battirent en retraite au fond de la salle et s'assirent, attendant qu'on leur serve leur soupe. Cap commença à avoir des doutes. Était-il possible qu'il se fût agi d'un plan pour l'éviter ? C'est alors que Ninna Delargy lui serra le bras.

Cap la remercia d'un signe avant de se tourner pour prendre du champ, mais le commandant se dressa devant lui et lui barra le passage. La main sur la tempe, il la raidit en un salut.

— Tu lui as sauvé la vie, soldat. Toutes mes félicitations.

— Merci, Barney, répondit Cap. Je te remercie pour ça.

L'échange se passa sous les yeux attentifs de Ninna, aux anges que le rendez-vous soit tombé à l'eau. Assise seule comme à l'accoutumée, elle n'avait pourtant pas le sentiment d'être isolée. Une fois la soupe servie, elle s'approcha de Cap pour lui dire qu'elle aimerait participer au jeu de courses, si c'était possible. Le vieil homme y consentit. Aussi retourna-t-elle à sa place, très contente d'elle.

Au fond de la pièce, les camarades de Dina éclatèrent d'un rire tonitruant. Certain que c'était à ses dépens, Cap se leva et se dirigea vers elles.

— J'ai quelque chose à vous dire, déclara-t-il.

S'arrêtant de manger, elles le regardèrent. Aux autres tables, les convives se turent.

— Je ne déteste pas Dina, est-ce que c'est clair ?

Les vieilles copines ne réagirent pas.

— Je vous demande si c'est clair ?

— Oui, marmonnèrent-elles.

— Je ne la déteste pas. (Malgré son désir d'ajouter quelque chose sur ce qu'il éprouvait, Cap estima que ce n'était pas opportun.) Quand j'aurai envie de savoir ce qu'elle ressent, je m'adresserai à elle, compris ?

— Oui, marmottèrent-elles derechef.

— Alors, inutile de m'en parler.

Cap fit volte-face et retourna à sa place. Mucky

rompit le silence par des applaudissements auxquels les autres se joignirent, en une salve nourrie.

Philo était en nage. Elle maudissait chaque marche de l'escalier de l'hôpital Mater et davantage encore la culotte bouffante qui laissait un torrent de sueur déferler sur ses jambes, à l'avant comme à l'arrière. Elle s'arrêta devant la porte d'entrée pour reprendre son souffle. Dès qu'elle serait tirée d'affaire, il lui faudrait faire quelque chose à propos de son poids ; pour l'heure, elle était en pleine crise de logement.

Le matin même, elle était allée au service du logement. À un fonctionnaire de la municipalité de Dublin, elle s'était déclarée sans domicile. Quand il lui avait demandé son adresse actuelle, elle avait répondu « aux bons soins du couvent ». Il l'avait noté sur un formulaire qu'il lui avait fait passer à travers un guichet. L'espace d'un instant mirifique, Philo avait cru qu'elle allait avoir quelque chose sur-le-champ, mais le fonctionnaire s'était borné à lui demander de le remplir, l'avertissant que la moindre information fausse ou mensongère lui vaudrait d'être définitivement rayée de la liste des demandeurs de logement social et/ou une amende. Au lieu de hurler comme l'envie l'en démangeait, elle avait froissé le formulaire en boule avant de le fourrer dans son sac. Et elle était sortie d'un pas martial du bureau, furibarde, ce qui était une erreur de sa part, car cela avait activé son métabolisme, la faisant transpirer davantage encore.

Philo entra dans le hall de l'hôpital Mater et chercha un panneau indiquant des toilettes. Elle n'en vit aucun. Sans se démonter, elle se dirigea vers la salle la plus proche. Elle en trouva une, intitulée Saint-Joseph, réservée aux hommes, ce dont elle se soucia comme de l'an quarante : son envie primait. Dès qu'elle se fut faufilée dans les toilettes, elle ôta son manteau, sa blouse et les posa sur le lavabo. Cherchant du papier hygiénique, elle trouva une boîte de feuilles carrées qui sortaient une par une – c'était bien sa chance ! Elle en prit une poignée afin de se tamponner les aisselles, les épaules, le buste sous les seins ; puis, soulevant sa jupe, elle s'épongea sous la culotte et les jambes. Quand elle eut terminé, la cuvette des WC ressemblait à une fabrique de papier mâché. Lorsqu'elle tira la chasse, le papier s'accumula dans le conduit si bien que l'eau déborda, inondant le sol. Philo commençait à l'essuyer avec une serviette quand un malade frappa à la porte, exigeant d'entrer. Il insista tellement qu'elle n'eut d'autre alternative que d'ouvrir et de vider les lieux aussi rapidement que ses jambes le lui permirent.

Elle retourna se renseigner au sujet de Dina dans le hall. Le réceptionniste lui demanda un nom de famille. Philo dut réfléchir.

— Il me semble que c'est Zore, répliqua-t-elle. Dina Zore.

— Dina Zore, répéta le réceptionniste.

Il feuilleta le grand livre des patients.

— Dina Zore, Dina Zore... je ne crois pas que nous ayons de Dina Zore.

— Ça ne m'étonne pas, ils n'existent plus.

Le réceptionniste la dévisagea avant de comprendre la blague, qui lui déplut. Philo regretta d'avoir fait ce jeu de mots au profit de cette incarnation d'homo sapiens sans humour.

— C'est Sugrue, Dina Sugrue, précisa-t-elle, essayant de prendre un air contrit.

Il mit onze minutes à trouver le nom.

— Troisième étage, au fond du couloir, Unité 4.

— Plus 2 ! lança Philo.

Le réceptionniste la regarda comme si elle était un cyclope.

— *Unit 4 Plus 2*, « The Concrete and the Clay », expliqua-t-elle, en s'éloignant.

Il s'agissait d'un groupe pop des années soixante, qui n'avait pas fait long feu. Philo et Josie chantaient leurs chansons. Il y avait un passage que Philo adorait : *the concrete and the clay beneath my feet begin to crumble*[1]. Elle se surprenait souvent à le fredonner sans raison, peut-être parce qu'il reflétait sa vie. C'est ce qu'elle fit dans l'ascenseur et le long du couloir.

Lorsque Philo entra dans l'Unité 4, les hurlements de Dina furent la première chose qu'elle entendit. À son chevet, un médecin et une infirmière s'efforçaient de la calmer. Les pieds de Dina, chacun enveloppé d'un énorme pansement, ressemblaient à des skis. L'infirmière tentait de la convaincre de permettre au docteur de découper les bandages avec des ciseaux.

— Oh, Philo. Sauve-moi, je t'en prie ! Ils ne veulent pas me laisser tranquille.

— C'est seulement le docteur et l'infirmière, Dina. Ils essaient de t'aider.

— Non, non, non, ils vont me couper... sauve-moi, Philo, s'il te plaît, sauve-moi !

Philo, le toubib et l'infirmière échangèrent un regard. Ils n'avaient manifestement pas de solution. Prenant l'initiative, elle s'assit au bord du lit. Dina se blottit contre Philo, comme pour se protéger d'une attaque, et celle-ci lui tapota l'épaule comme s'il s'agissait d'un enfant paniqué.

1. Sous mes pieds, le ciment et l'argile s'effritent. (*N.d.T.*)

— Je t'ai apporté une surprise, mais je ne te la donnerai que si tu obéis.

Dina se serra contre Philo.

— Je veux bien faire tout ce que tu me demandes à condition que tu ne laisses pas ce docteur s'approcher de moi.

— Je dois vérifier vos plaies et m'assurer qu'elles cicatrisent bien, madame Sugrue, il le faut, intervint le médecin d'un ton ferme.

— Si vous ne laissez pas le médecin le faire, je vais être obligée d'appeler la surveillante générale, ajouta l'infirmière.

À la manière dont Dina la touchait, Philo sentait la peur de la vieille dame, qui, à bientôt soixante-dix ans, se comportait comme si elle en avait sept.

— Elle a simplement peur que vous coupiez ses petits boudins, expliqua-t-elle.

Dina fourra carrément son visage sous l'aisselle de Philo, s'accrochant encore davantage à elle.

— C'est bien de ça que tu as peur ?

— Oui...

— Je les laisserai pas faire mal à tes petits boudins, lui assura Philo.

Le médecin posa la main sur les épaules de cette dernière.

— Pouvons-nous aller parler dans le couloir ? demanda-t-il, d'une voix douce mais grave.

Philo relâcha Dina qui se renversa sur ses oreillers, remonta les draps blancs pour que la vieille femme puisse s'y agripper et sortit.

Malgré la chaleur intense, la nouvelle lui fit froid dans le dos : Dina avait perdu trois orteils au pied droit, deux au gauche. Les lésions s'étaient produites pendant les heures qu'elle avait passées par terre dans sa chambre : l'hypothermie l'avait balayée de son souffle maléfique et la circulation du sang dans ses orteils avait été bloquée. Elle risquait d'en perdre d'autres. Il était vital que les docteurs examinent les plaies pour voir comment elles cicatrisaient. Cela les aiderait énormément. Même s'ils hésitaient à donner un sédatif à Dina à cause de son âge, ils le feraient si elle continuait à leur résister.

Philo fut accablée par un sentiment de culpabilité. Son idée absurde de jeu de rendez-vous arrangés était à l'origine de la catastrophe. Quel que soit le nombre de fois où elle jurait de changer, aucune force humaine ne parvenait à l'empêcher d'ouvrir son clapet et de débiter des insanités. Elle aurait aimé être dans un lit d'hôpital en train d'attendre qu'on lui couse la bouche. Au lieu de quoi, c'était Dina qui s'y trouvait, la regardant avec ses yeux implorants. Philo ne pouvait pas l'abandonner, pas maintenant, pas après le rôle qu'elle avait joué pour la mettre dans cette situation.

Philo retourna vers le lit. Prenant chaque pied de Dina dans une main, elle les souleva très doucement.

— On va couper ces pansements et je veux que tu te tiennes tranquille, tu comprends ?

Dina lui coula un regard sous ses paupières.

— Seulement si c'est toi qui le fais.

Philo fixa le médecin et l'infirmière. Un silence pesant tomba. Puis le docteur s'avança et effleura le pansement d'un côté à l'autre.

— C'est là qu'il faut que vous coupiez, dit-il.

Il tendit les ciseaux à Philo. Glissant une des branches sous le bandage, elle commença à couper. Le bout pointu se fraya lentement un chemin, en cliquant, dans l'océan de mousseline. Elle retira l'instrument et fit la même chose à l'autre pied. Quand le médecin écarta les bouts de tissu pour jeter un regard,

Dina replia aussitôt les jambes en cherchant des yeux le soutien de Philo. Peine perdue.

— Soit tu le laisses regarder, soit on te plante une seringue dans les fesses.

L'avertissement provoqua sur-le-champ un changement d'attitude. Dina tendit les jambes comme si elle brûlait d'impatience qu'on les examine. Des sourires éclairèrent tous les visages. Comme le médecin approchait sa loupiotte du pied, Philo se pencha au-dessus de son épaule pour voir quelque chose. Quelle tristesse que ces brèches aux endroits où auraient dû se trouver les orteils de Dina ! Ceux qui restaient avaient l'air perdu, à la manière de danseurs sans partenaires. L'infirmière nettoya les plaies, appliqua un onguent blanc dans les trous et remit les pansements. Après avoir écrit des notes sur son tableau, le docteur remercia Dina pour sa coopération, lui affirma qu'elle était en voie de guérison, puis s'empressa de sortir.

Résolue à tirer le meilleur parti d'une mauvaise situation, Philo s'assit.

— T'es une sacrée veinarde, lança-t-elle.

— Je suis à l'hôpital, Philo. Tu appelles ça de la chance ?

— C'est un peu fort de café, tu aurais pu perdre tes doigts. Regarde-les.

Dina s'exécuta.

— Pourquoi est-ce que je regarde mes doigts ?

— Tu aurais pu les perdre, voilà pourquoi. Pense à tout ce que tu peux faire avec.

— Comme tenir une cigarette, c'est ça ?

— Exactement. Et peser tes légumes.

— Mettre de l'argent dans la caisse, rendre la monnaie.

— Se fourrer les doigts dans le nez et enlever la morve.

— Ce n'est pas mon genre, je suis une dame.

— Avec tes doigts, tu fais un million de choses. Avec tes orteils, tu niques tout.

— Quel rapport entre mes orteils et mes doigts ?

— Entre les deux, qu'est-ce que tu choisirais si tu devais en perdre ?

Dina considéra ses pieds bandés. Elle ne s'était pas appesantie sur ce qu'il y avait sous la mousseline, du moins jusqu'à cet instant précis. À partir des genoux, elle n'avait plus de sensations, comme si ses pieds ne lui appartenaient plus.

— Est-ce que j'ai perdu un de mes boudins ? demanda-t-elle.

Si décidée que fût Philo à rester optimiste, le douloureux petit visage de Dina, tellement pitoyable, entamait sa résolution.

— Tu en as perdu plus d'un, répondit-elle.

— Combien ?

— Cinq en tout. Trois à ton pied droit et deux au gauche.

Dina s'effondra en gémissant. Les sanglots lui coupèrent le souffle. Philo la serra dans ses bras et la berça. Puis elle sortit les carrés de papier hygiénique qu'elle avait piqués plus tôt, les tendit à Dina en lui conseillant de se moucher. Une fois que celle-ci eut réussi à se dégager un peu les narines, Philo la félicita comme si elle venait de monter le cheval vainqueur du Grand National. Dina essaya de dire quelque chose, mais elle suffoquait tellement que les paroles ne franchirent pas ses lèvres.

— De toute façon, à quoi servent les orteils ? poursuivit Philo. Franchement, c'est une plaie. J'avais deux ongles incarnés dont tu n'aurais pas voulu. Je te garantis, Dina, ils me faisaient souffrir le martyre. Je suis allée voir le pédicure à Fairview, et j'ai dû lui donner un sac en papier parce qu'il a failli me vomir dessus. Il n'en avait jamais vu de pareils. Par-dessus le marché, j'ai des ampoules aussi grosses que des soucoupes sur mes petits orteils. Est-ce que ça t'arrive d'avoir des cors, Dina ?

— Quelquefois.

— C'est une véritable torture pour moi. J'ai essayé de les couper et j'ai bousillé toutes mes paires de ciseaux. Il y a des moments où j'ai envie de les arracher, c'est pire que des pieux.

Dina tendit la main ; Philo mit une minute à comprendre qu'elle avait besoin d'autres papiers faisant office de Kleenex. Vu qu'il ne lui en restait plus, elle alla en chercher aux toilettes et en donna à Dina jusqu'à ce que celle-ci ait vidé son nez et se soit séché les yeux.

— Dieu merci, tu es là, sinon je ne sais pas ce que je ferais, déclara la vieille femme.

Dina était tellement avare de compliments que Philo aurait été flattée si elle ne s'était sentie aussi coupable.

— Tu es mieux qu'une fille, ajouta Dina.

C'était agréable d'avoir droit à des éloges auxquels on ne s'attendait pas. Dina avait une fille, Florence. Lorsque Philo était en première année de maternelle, Florrie Sugrue était en troisième année. Elles se connaissaient mais n'avaient jamais été amies. Philo se demanda si Florrie était au courant de l'état de sa mère. Plutôt que d'aborder le sujet et de rompre l'équilibre, Philo savoura le compliment qui la mettait sur un piédestal.

— J'ai quelque chose à te demander, j'espère que tu accepteras, dit alors Dina.

— Je ferai ce que je peux.

— J'ai des clients fidèles ; ils vont venir acheter leurs légumes.

Philo l'interrompit d'un geste.

— Tu veux que je te remplace au magasin ?

— Une heure le matin et une heure l'après-midi, pas plus.

Il n'existait qu'une alternative : Cap. Dina redoutait de lui donner l'avantage ; même sur son lit de malade, elle craignait qu'il ne lui pique des clients.

— Je trouverai quelqu'un d'autre si tu ne peux pas, reprit Dina.

— Bordel, j'ai pas dit que je le ferai pas ! Est-ce que j'ai dit ça ?

— Je te paierai, je ne m'attends pas à ce que tu travailles pour rien.

— C'est pas une question de fric.

Philo s'interrogeait sur la durée du séjour de Dina à l'hôpital. C'était grave de perdre des orteils, d'autant qu'il était possible qu'on lui en ampute d'autres. On allait la garder plusieurs semaines car elle ne pouvait sortir avant la cicatrisation de ses plaies. D'après ce que Philo en avait aperçu, elles avaient l'air plutôt à vif.

Elle réfléchit à la question de la boutique. La reprendre présentait certains avantages et résolvait son problème de logement, du moins à court terme.

— Tu aimerais que j'ouvre le matin, lança-t-elle.

— Absolument.

— Dans ce cas, il faudrait que je couche là.

— Uniquement si tu en as envie.

— Si j'accepte le boulot, j'ai l'intention de le faire bien. Et ta fille Florrie alors ?

— Pourquoi parles-tu d'elle ?

— Je ne veux pas marcher sur les pieds de qui que ce soit, c'est tout.

Philo et sa grande gueule ! Voilà qu'elle avait remis ça, et, comme d'habitude, pas avec le dos de la cuillère. Mais Dina ne parut pas le remarquer, elle continua comme si le fil de ses pensées n'avait pas été interrompu.

— Elle n'a pas de temps à me consacrer. C'est la fille de son père ; elle l'a toujours été et le sera toujours.

— Bon, je crois que je ne peux pas te refuser ça. Je vais le faire.

Dina eut un sourire de chat repu. Du coup, Philo ouvrit son sac, tomba sur le formulaire du service du logement qu'elle écarta pour découvrir celui de la demande d'entrée dans les ordres du couvent. Audessous, il y avait dix cigarettes de la marque bon marché Woodbine qu'elle avait apportées en guise de surprise. Quand elle les tendit à Dina, celle-ci lui fit observer qu'elle avait beaucoup de chance de ne pas avoir perdu de doigts.

L'après-midi, Philo alla voir ses enfants à Goldenbridge. La nouvelle qu'elle avait dégoté un boulot de marchande des quatre-saisons ne les intéressa pas beaucoup. Eux, ils voulaient savoir quand ils sortiraient de l'orphelinat et où ils habiteraient. Philo leur montra le formulaire du service du logement, leur affirmant que c'était un passeport pour une nouvelle vie. Sauf qu'ils étaient blindés contre des promesses plus que rarement tenues à l'ordinaire. Philo leur donna les chocolats, dont ils se bourrèrent.

La question du logement n'était pas primordiale pour Jack, qui fut en revanche enchanté pour sa mère. *Enchanté* était le mot de la semaine au foyer – la semaine précédente, c'était *reconnaissant* –, et on encourageait les garçons à l'employer le plus possible. La nouvelle de Philo facilitait les choses pour Jack. Il était enchanté sur tous les fronts : enchanté qu'elle ait sa chance avec les légumes, enchanté qu'elle quitte son sagouin de mari. Il n'y avait pas d'autre terme : il était enchanté. Philo, qui l'était aussi, demanda pourtant s'il ne pouvait pas utiliser un autre mot de temps à autre.

— Lequel, man ?

— Par exemple, sacrément jouasse, bordel, répondit Philo.

— Bordel est un juron, on n'a pas le droit de jurer.

— Eh bien, sacrément jouasse alors.

À cet instant, frère Felix entra dans la pièce et se déclara enchanté de la voir.

— Moi aussi, je suis sacrément jouasse de vous voir, dit Philo.

— Je n'ai pas entendu cette expression depuis mon enfance, constata frère Felix.

— Eh bien, j'en suis enchantée pour vous.

— Moi aussi, je suis enchanté, répéta frère Felix.

— Moi de même... je suis enchanté, intervint Jack.

Tous les trois s'adressèrent force sourires.

— Puisqu'on est tellement enchantés, est-ce qu'on pourrait pas s'arrêter de le dire, bordel ? lança Philo.

Frère Felix éclata de rire. Aussitôt, Philo lui raconta ce qui était arrivé à Dina et il s'apitoya sur l'amputation de ses orteils. Lorsqu'elle lui annonça qu'elle était à présent responsable du magasin, il faillit lui assurer qu'il était enchanté pour elle mais il s'arrêta à temps :

— Je suis ravi de votre promotion.

Jack aussi était ravi. Il avait une voiture prête pour la course. Il avait travaillé sur toutes les pièces. Il l'avait remise à neuf. Il comptait la faire marcher en solo sur le circuit dimanche. Il était, ma foi, enchanté de lui-même.

Lorsque Philo arriva chez Dina, elle était épuisée. Elle avait acheté un gros cornet de frites et deux cabillauds fumés. S'installant à la table branlante, elle ouvrit le papier d'emballage. Les frites nageaient dans du vinaigre, exactement comme elle aimait. Elle en prit une poignée qu'elle laissa s'égoutter sur sa langue avant de la fourrer dans sa bouche. Les frites disparurent très vite dans sa gorge. En tout, il y avait cinq morceaux de cabillaud, deux grands et trois petits. Elle en choisit un grand et mordit dedans. Il était enrobé de trois centimètres d'une pâte à frire divine, marron et croustillante à l'extérieur, tendre au-dessous. Philo s'en émerveillait lorsque ses dents trouvèrent la chair orange et parfaite du poisson. Face à ce double assaut à ses papilles gustatives, elle capitula.

Philo était sûre de dormir. C'était sa récompense après ce festin. Son corps digérerait tandis que son esprit bannirait la réalité ; le vinaigre circulerait dans ses veines tandis qu'elle reprendrait des forces physiques. Léchant ses doigts salés, Philo se retira dans la chambre dont le désordre ne la gêna pas. Elle enjamba la boîte contenant les souvenirs de Dina et s'allongea sur le lit. Le poids du monde tomba sur ses paupières.

Au moment où elles se fermaient, Philo aperçut une toile d'araignée sur le plafond, au-dessus de la lampe. Elle s'efforça de ne pas y prêter attention. Peine perdue : rien ne la terrorisait davantage qu'une araignée ; elle aurait préféré se retrouver en face d'un crocodile. Elle en imagina une dégringolant sur son visage : c'était leur façon de se déplacer qui lui faisait le plus peur. Les noires aux pattes grêles étaient les pires.

Philo ouvrit les yeux. Les araignées tapies dans la tripotée de toiles qu'elles avaient tissées au plafond, dans les coins sombres, attendaient qu'elle s'endorme pour s'attrouper et inspecter sa chair tendre.

Elle se leva et partit à la recherche d'un aspirateur, ouvrant tous les placards et buffets de la cuisine. Sans succès. En revanche, elle trouva des tasses, des soucoupes, des couteaux, des fourchettes, des sucriers, des salières – copies conformes de ceux du Centre d'accueil. Refusant de s'appesantir sur la découverte qui lui prouvait que Dina était une sale voleuse, elle se concentra sur ce qu'elle cherchait : un aspirateur. Mais elle ne réussit à dénicher qu'un balai.

Elle l'apporta dans la pièce et le leva au-dessus de sa tête, vers le plafond. Dès son premier coup de balai, deux araignées tombèrent par terre. Philo fila à la vitesse de la lumière et, avant qu'elle n'en prenne conscience, elle avait pris le chemin de la maison de sa mère.

Quand elle arriva à Irving Terrace, son père lui ouvrit la porte. Il fut étonné de la voir. Sylvia faisait un somme. Jack lui posa des questions sur les enfants, surtout sur son homonyme, tout en s'inquiétant qu'elle ne soit pas à la maison en train de leur servir le dîner. Lorsque Philo lui demanda si elle pouvait emprunter l'aspirateur, elle se vit immédiatement opposer une fin de non-recevoir. Du Jack tout craché : c'était un vrai paranoïaque quand il s'agissait de ses affaires, qu'il ne voulait pas perdre de vue. Comme elle s'apprêtait à lui lancer qu'il pouvait se le fourrer où je pense, il sortit l'aspirateur de sa cache sous l'escalier et lui recommanda de le rendre dans les meilleurs délais. Elle passa le tuyau autour de son cou, le reste sous son bras et se mit en route pour retraverser le pont.

C'était à cause de son père que Philo haïssait les hommes. Il avait la rigidité d'une camisole de force. Il ne semblait jamais s'intéresser à ce qu'elle éprouvait ni à ce qui se passait dans sa tête – seuls les jugements qu'il prononçait lui importaient. À ses yeux, elle n'était jamais à la hauteur de quoi que ce soit. Cela ne lui avait pas traversé la cervelle de se demander pourquoi elle avait besoin d'un aspirateur : rien ne devait déranger son train-train. Son petit univers était sacro-saint.

Un incident de son enfance revint à la mémoire de Philo. À l'époque, son père était chauffeur d'un autobus sans impériale, le numéro 3, qui reliait Ringsend à Santry. Lorsqu'on avait mis l'autobus à impériale en service, il avait tendu une corde devant l'escalier, empêchant les voyageurs de monter. Lorsque ses patrons l'avaient sommé d'expliquer son étrange comportement, il avait répondu qu'il enlèverait l'obstacle quand ils le paieraient pour conduire deux bus. Il avait failli en perdre son boulot. L'histoire avait fait le tour des pubs et ses amis en avaient rigolé, mais ils ne vivaient pas avec lui. Si chiant qu'il fût dans les bus, il l'était quatre fois plus à la maison.

Une fois de retour à Dowdall's Lane, Philo entra prudemment dans la chambre et chercha une prise de courant. Il y en avait une à gauche du lit, où elle essaya d'introduire la fiche de l'aspirateur. En vain. À y regarder de plus près, la prise n'avait que deux trous tandis que la fiche avait trois branches.

Se redressant pour réfléchir à la situation, Philo s'aperçut qu'elle était à nouveau en nage. Elle alla se sécher dans la salle de bains, heureusement bien approvisionnée en rouleaux de papier hygiénique. De bonne qualité par-dessus le marché. De la même marque que celui du Centre d'accueil. Tout comme le savon posé sur le lavabo et la serviette pendue à la tringlette. Toutes les affaires de Dina venaient du couvent.

Philo eut envie de prendre un bain, mais l'eau était glacée. Elle mit une bouilloire à chauffer sur un brûleur de la cuisinière, la versa dans le lavabo et se lava ainsi. Puis elle fouilla dans les tiroirs de Dina à la recherche de sous-vêtements propres jusqu'à ce qu'elle trouve une large culotte. Il lui fut impossible de l'enfiler plus haut que ses genoux. En désespoir de cause, elle dut remettre sa propre lingerie imbibée de transpiration après l'avoir séchée avec la serviette. Cela avait beau être désagréable, l'essentiel était de se débarrasser des toiles d'araignée. Ce qui impliquait de dénicher un adaptateur ou de changer la prise. Philo franchit la porte et partit pour le centre-ville.

En cours de route, elle passa devant l'échoppe fermée de Cap. Eût-elle écouté son instinct qu'elle aurait fait le détour par chez lui pour lui donner des nouvelles. C'était un des rares hommes bien qu'elle connaissait, honnête, franc, sans rien de retors. Mais son temps était compté. Elle pressa le pas jusque chez Clifford's dans Talbot Lane : un atelier de réparation de téléviseurs, où l'apprenti trouva un adaptateur qu'il lui vendit pour trois fois rien. Au retour, elle prit le plus long chemin afin de s'arrêter chez Cap.

Il habitait un pavillon situé derrière l'école des garçons. Sa famille y vivait depuis que son grand-père, Christy – ils portaient le même prénom –, y avait emménagé en 1892. Un marchand de vin du coin avait fait construire cette rangée de maisons jumelles pour ses employés. Bronco, le père de Cap, avait payé la sienne comptant et, à sa mort, il l'avait laissée à son fils, lequel l'avait merveilleusement entretenue au fil du temps. Le bois de la porte du vestibule et des fenêtres était d'origine, comme neuf, parce que Cap l'avait religieusement repeint tous les ans. L'ordre qui régnait à l'intérieur correspondait à l'élégance de son aspect extérieur. Malgré l'absence de femme (Cap était un célibataire endurci), il y avait une touche féminine dans la maison et, l'été, des fleurs dans les jardinières.

Philo tourna à gauche dans Coburg Place. Comme elle approchait de la maison de Cap, la porte d'entrée s'ouvrit et Ninna Delargy sortit. Après avoir soigneusement fermé la porte, Cap lui emboîta le pas. Au moment où ils tournaient pour s'engager dans la rue, Cap remarqua Philo. Il fut aussitôt dans tous ses états, horriblement gêné. Philo, elle, dévisageait ce Roméo cacochyme pris en flagrant délit. La pensée des orteils amputés de Dina lui donna la nausée.

— Je raccompagne Ninna chez elle, expliqua Cap.

— Ça m'en a tout l'air, riposta Philo. Dieu merci, je n'ai pas perdu la vue.

— M. Coyle est un véritable gentleman, minauda Ninna.

Philo n'aurait pas choisi ce mot. La trahison, voilà ce qu'elle voyait et sentait : Dina dans son lit d'hôpital, Cap recevant une autre femme chez lui. L'image du vieil homme en train de passer ses doigts dans la permanente de Ninna s'imposa à son esprit et elle ne parvint pas à s'en débarrasser. Le comportement de Cap, reflet de sa culpabilité, écœura Philo.

En réalité, Cap n'avait commis d'autre crime que d'avoir été chez lui quand Ninna était passée. Elle était venue avec deux billets pour une représentation à l'Abbey Theatre, proposant à Cap de l'accompagner, tant elle était désolée que la soirée prévue ait été gâchée. Ému par sa réaction, Cap l'avait fait entrer. Grave erreur. Il lui avait offert une tasse de thé, qu'elle avait bu au rythme d'une gorgée toutes les vingt minutes. Une heure après son arrivée, il lui restait la moitié de sa tasse. Cap avait bien tenté de la lui prendre, mais elle ne l'avait pas lâchée. En outre, il avait été confronté à une autre difficulté : son incapacité à la faire taire. Qu'il se fût agi de la même femme que celle du Centre, timide, fuyant les contacts, était à peine croyable. Elle lui avait parlé de son enfance, de sa famille, de son mariage, de son besoin d'avoir un compagnon affectueux. En fin de compte, Cap avait enfilé son pardessus, lui proposant de la raccompagner.

— Comment va Dina ? demanda-t-il à Philo. As-tu des nouvelles ?

— La dernière fois qu'on m'en a donné, elle était vivante.

— J'ai l'intention d'aller la voir. Crois-tu que je puisse le faire ?

— Vu la façon dont les choses se présentent, tu devrais peut-être laisser tomber.

Malgré son désir, Cap fut incapable d'ajouter quoi que ce soit. Philo, qui tenait à envisager le pire, ne changea pas d'avis. Ils se quittèrent dans cette atmosphère d'incompréhension mutuelle. Cap raccompagna Ninna à son domicile sur le canal et Philo rentra à Dowdall's Lane.

Elle s'empressa de brancher l'aspirateur et expulsa un millier d'araignées. La guerre des légumes lui trottait dans la tête. Alors qu'elle avait toujours reproché à Dina de l'avoir déclarée, elle n'en était plus aussi sûre. Cap l'avait mise en rogne. Philo voulait croire en la possibilité d'un avenir serein, où les hommes et les femmes se côtoieraient sans se détruire. Si les vieux se bagarraient, quelles étaient les chances de Jack, Eileen, Josie, du petit Tommo et de Philomena ? Philo avait placé de grands espoirs en Dina et Cap. Elle avait beau ne pas vouloir prendre parti, elle y était obligée.

Elle s'allongea, et, malgré la force des émotions contradictoires qui la déchiraient, elle dormit du sommeil des morts dans le lit de Dina.

9.

Au milieu de la nuit, Philo se réveilla avec un goût de toile d'araignée dans la bouche. Seule. Sans mère. Elle chercha un crucifix sur le mur, mais ne vit qu'une bande de papier déchiré. Parcourant la pièce du regard, en quête de quelque chose de familier, elle distingua un chien couché par terre, les yeux levés vers elle. Qui parmi ses connaissances en avait un ? Aucun nom ne lui vint à l'esprit. Puis elle se rendit compte qu'il ne s'agissait pas d'un chien puisqu'il avait une trompe. Une seconde plus tard, elle comprit que c'était un aspirateur et, un millième de seconde après, elle sut où elle se trouvait.

Sûre qu'elle ne se rendormirait pas, Philo se leva pour faire du thé qui lui ôterait ce goût de la bouche. En allant du lit à la porte, elle trébucha sur l'aspirateur et faillit se rompre le cou. Elle l'écarta d'un coup de pied comme s'il s'était mal conduit. Une fois dans la cuisine, elle alluma le brûleur, remplit la bouilloire avant de les réunir dans l'intérêt de la préparation du breuvage. Sachant que l'eau ne bout jamais dans une bouilloire que l'on guette – encore un des préceptes favoris de Sylvia –, Philo prit son sac d'où elle sortit le formulaire du service du logement.

Avec sa course d'obstacles jalonnée d'espaces blancs et de carrés noirs, il était impressionnant. Philo commença en haut de la feuille, à gauche, écrivant son prénom en entier et en majuscules. Il fut suivi par son nom de femme mariée, Nolan, puis par ceux de ses enfants et leurs dates de naissance. Ce fut lent et pénible, mais elle s'appliqua, si bien que l'histoire de sa famille commença à prendre forme sur la page, où elle nota son nom de jeune fille, les prénoms de ses parents, Sylvia et Jack, dans cet ordre : d'abord celui de sa mère qui, pour une fois, avait la place d'honneur. Il fallait mettre ensuite le nom de jeune fille de celle-ci. Alors que Philo s'interrogeait sur la raison de cette existence, la bouilloire commença à siffler. Elle fit de son mieux pour ne pas y prêter attention.

— Ta gueule ! Tu vois pas que je suis occupée ?

Elle naviguait dans la rubrique parent isolé, se demandant : était-elle légalement séparée ou pas ? Elle cocha la case du *oui*. Satisfaite, elle passa à la suivante, où il fallait donner le nom de la cour ayant prononcé le jugement de la séparation. Furieuse, elle posa brutalement son stylo et s'adressa à la bouilloire en hurlant :

— C'est ta faute, espèce de garce sifflante !

Elle se leva pour la retirer du brûleur.

— Tu commences à m'emmerder, tu sais ?

Une fois qu'elle eut mis deux sachets de thé dans une tasse, Philo y versa de l'eau bouillante avant de les enfoncer avec une cuillère jusqu'à ce qu'ils soient complètement immergés. Rien ne lui calmait autant les nerfs qu'une tasse de thé bien fort. Elle ajouta trois cuillères de sucre et le but sans lait. Un demi-plaisir et une demi-punition car il eut beau la réveiller, il lui laissa un goût plus abominable que celui des toiles d'araignée dans la bouche. En fait, le formulaire était le véritable objet de sa rage et l'envie la démangeait de le déchirer en mille morceaux, mais elle n'en avait pas le droit.

Après le thé et la cigarette, Philo retourna à son pensum et raya le *oui* de la case séparation légale. Comme cela faisait sale, elle gribouilla jusqu'à ce qu'elle devienne d'un noir compact. On aurait dit un cercueil. Puis elle continua de remplir le formulaire et, quand elle eut terminé, les premières lueurs du jour filtraient par la fenêtre. Il était temps de se laver, de s'habiller, avant d'aller remettre son chef-d'œuvre au service du logement. Il n'y avait toujours pas d'eau chaude, aussi remplit-elle à nouveau la bouilloire qu'elle embrassa, soulagée de ne pas l'avoir complètement fichue en l'air.

Sortant de chez Dina, elle se dirigea vers le centre-ville. Il était huit heures lorsqu'elle arriva au bureau de Jervis Street. L'immeuble était fermé. Philo était tellement impatiente de rendre le formulaire qu'elle n'avait pas eu l'idée de vérifier les horaires d'ouverture. Ils étaient affichés sur un panneau bleu et blanc fixé à la vitrine : 10 h à 12 h 30 – 14 h à 16 h. Elle tambourina à la porte, par frustration plutôt que dans l'espoir qu'on lui ouvre.

La seule alternative, outre celle d'attendre deux heures, était de glisser le formulaire dans la boîte aux lettres. N'ayant pas d'enveloppe, elle s'assit sur le perron, étala le formulaire sur ses genoux et écrivit en haut : CAS URGENT, en lettres majuscules. Ça fait de l'effet, pensa-t-elle, avant d'ajouter un cercueil noir de chaque côté. L'instant d'après, elle ne trouva plus l'idée si bonne et décida de revenir plus tard.

Comme Philo se levait pour s'en aller, une camionnette de sécurité s'arrêta devant elle. La vitre s'abaissa et un homme en uniforme la regarda droit dans les yeux.

— Vous cherchez quelque chose ? demanda-t-il.

— Une maison avec deux chambres dans le quartier nord. Vous avez ça ?

À court de mots, l'agent de sécurité finit par bafouiller :

— On nous a signalé un individu au comportement que l'on pourrait interpréter comme suspect. Ce n'était pas vous, n'est-ce pas ?

— Moi, interpréter ? Je vais à l'Abbey Theatre si j'ai envie de voir interpréter des rôles.

L'homme se détourna pour parler dans son talkie-walkie. Puis il démarra. Quelques secondes après, la porte du service du logement s'ouvrit et le gardien de nuit sortit. On aurait dit qu'il était au bord de la crise cardiaque.

— C'est vous qui avez tambouriné à la porte, m'dame ?

— J'essayais simplement de laisser ce formulaire, je reviendrai plus tard.

Rassuré qu'il ne s'agisse pas d'un cambriolage, le gardien se détendit. Philo allait partir lorsqu'il cria :

— Je peux le prendre si vous voulez.

Sa mission accomplie, Philo rentra chez Dina, s'arrêtant en cours de route au magasin ouvert vingt-quatre heures sur vingt-quatre où elle acheta des saucisses, du bacon, des œufs, du beurre et du pain. Elle aurait tout le temps d'avaler un petit déjeuner et de piquer un roupillon avant l'ouverture de la boutique. Philo avait du mal à croire qu'elle prenait la place de Dina.

La veille, à l'hôpital, elle avait minimisé le rôle des orteils. À la réflexion, elle mesurait à quel point ils étaient importants pour marcher. Grâce à eux, on adhérait au sol. Ils vous empêchaient de tomber. Chaque fois qu'on avançait un pied, ils faisaient automatiquement tampon.

Philo observa les pieds des gens qui marchaient d'un pas lourd sur le trottoir, essayant de se représenter ce qui arriverait s'ils n'avaient pas d'orteils. Il y en aurait des tas qui iraient au boulot à quatre pattes, conclut-elle. Les orteils avaient beaucoup plus d'importance qu'elle ne leur en avait attribué. Il en restait la moitié à Dina, une moitié qui se révélerait peut-être vitale : la différence entre la possibilité ou l'impossibilité de marcher. La moitié d'une miche valait toujours mieux que pas de pain du tout.

Parmi les cinq personnes attendant devant la boutique quand Philo arriva se trouvaient Chrissie Mongon, Ita Mullen, Mouse O'Hara, les camarades de Dina. La curiosité est insatiable. Les deux premières étaient passées voir Dina la veille au soir. Comme on lui avait donné des calmants, elle était sur le point de s'endormir et on ne les avait autorisées à rester que quelques minutes. Un laps de temps qui leur avait suffi pour être sûres de deux choses : primo, Philo avait sauvé Dina du médecin en s'emparant des ciseaux de ce dernier ; deuzio, Philo savait ce qui avait été amputé.

— La boutique n'ouvre qu'à dix heures. Vous feriez mieux de rentrer chez vous une heure ou deux, déclara Philo.

— Nous ne sommes pas venues pour les légumes, mais pour prendre des nouvelles.

— Eh bien, je ne suis pas une salope de commère, vous pouvez aller à la pêche aux ragots ailleurs.

— Dis-nous seulement à quoi ça ressemble, Philo, insista Ita Mullen. Est-ce que c'est horrible à voir ?

Philo ouvrit la boutique, et la petite troupe la suivit à la queue leu leu. Elle était à mi-chemin de l'escalier lorsqu'elle s'aperçut que quelqu'un était derrière elle. Se tournant, elle vit que Chrissie Mongon lui avait emboîté le pas.

— Là-haut, ce sont les appartements. Et c'est privé, lança Philo.

Sans mot dire, Chrissie Mongon redescendit, ne trahissant pas la moindre culpabilité dans son comportement. Philo alla poser le sac de provisions dans la cuisine, sur l'étagère à côté de l'évier. Elle remplit la bouilloire à moitié, la mit sur le brûleur avant de retourner en bas avec l'intention de se débarrasser de ses clientes aussi rapidement que possible. Chrissie Mongon, Ita Mullen et Mouse O'Hara étaient assises sur des cageots, derrière le comptoir.

— J'espère que vous êtes confortablement installées.

— On est parfaitement bien, répliquèrent-elles en chœur.

— Vous n'avez pas besoin d'un coussin ou autre chose ?

— On a gardé le coussin pour toi, précisa Ita Mullen.

Le trône de Dina – un fauteuil en skaï d'un marron délavé – se trouvait dans un coin. Avec ses pieds sciés, il touchait presque le sol et paraissait avoir été fabriqué pour un lutin. Le coussin, à cause de son aspect neuf, avait l'air déplacé.

Le regard de Philo passa des copines au fauteuil ; à l'évidence, celui-ci s'effondrerait sous son poids.

— Vous êtes sacrément prévenantes, persifla-t-elle.

Deux autres femmes se tenaient devant le comptoir. Philo les reconnut, elles venaient des nouvelles maisons construites dans Oriel Street.

— Que puis-je faire pour vous, mesdames ?

— La pauvre femme doit être dans un état épouvantable, dit l'une.

— Se retrouver sans orteils ! Elle doit avoir affreusement mal, enchaîna l'autre.

C'était l'heure des ragots. Malgré son envie de capituler, d'écrire le mot *oui* sur une affiche et de le brandir pour que les commères le voient, Philo n'en essaya pas moins de se concentrer sur sa tâche, sur le rôle que Dina lui avait confié.

— Quels légumes désirez-vous ?

Le silence tomba tandis qu'elles réfléchissaient à la question.

— Voulez-vous des carottes et des oignons ?

— Tu sais ce que je pense ? dit une des femmes.

— Vous pensez à des pommes de terre, intervint Philo. Je le devine à votre expression.

— Je pense qu'on peut faire remplacer ses orteils de nos jours, affirma son interlocutrice avec conviction.

Voilà qui ouvrit les vannes, et la troupe s'attaqua au sujet comme un groupe de professionnels chevronnés. Une des commères avait vu à la télé que l'on avait recousu le doigt d'un homme qui se l'était sectionné avec une scie électrique. Une autre avait entendu parler d'un dompteur de lions à qui l'on avait rattaché le bras. Elles avaient toutes vu l'homme qui s'était fait couper le pénis aux États-Unis – il l'avait bien mérité. N'empêche que la façon dont on le lui avait ressoudé était un miracle de la science. Si on réussissait à sauver un pénis, on pouvait sûrement sauver un orteil. Si on arrivait à fabriquer des fausses dents et à faire repousser les cheveux sur le crâne d'Elton John, on était capable de tout. L'une avait entendu parler de greffes de cœurs de cochons sur des êtres humains ; là, on avait dépassé les bornes. Une transplantation de trop, sans aucun doute.

Philo avait l'impression d'assister à un congrès médical. Elle ferma les yeux mais ne vit que des estropiés. Privée d'un de ses bras, Sylvia dormait paisiblement. Tommo, sans yeux, lançait des fléchettes à l'aveuglette vers une cible. Son père, décapité, était assis au fond d'un bus où les voyageurs hurlaient. Lorsqu'elle releva ses paupières, deux nouvelles arrivantes se trouvaient dans la boutique, brûlant d'impatience d'apporter leur contribution au monceau de plus en plus élevé de connaissances médicales.

— Vous voulez des légumes ou vous êtes ici pour les ragots ? demanda Philo.

— Pour les ragots, répondit une des femmes.

— Commencez par acheter, sinon fichez le camp. Et ça vaut pour vous toutes, assena Philo.

Elle retroussa ses manches pour montrer qu'elle ne plaisantait pas. Du coup, les clientes changèrent d'attitude. Une des femmes d'Orion Street demanda une demi-livre de carottes, mais elle eut droit à un tel regard de Philo qu'elle s'empressa d'augmenter sa commande à deux livres, puis à trois. En outre, elle acheta cinq livres de pommes de terre, trois oignons et un navet dont elle n'avait pas besoin. Quand les légumes furent sur le comptoir, Philo les contempla et se rendit compte qu'elle n'avait pas de liste de prix.

— Combien Dina vend ses carottes ?

— Trente pence la livre, répondit Chrissie Mongon.

— Ben, j'suis pas une œuvre de bienfaisance ; à partir d'aujourd'hui, la livre sera à soixante pence.

Philo doubla tous les prix, et il n'y eut pas la moindre protestation. En fait, les clientes parurent enchantées de payer davantage, peut-être par compassion envers Dina qui avait perdu ses orteils. Ita Mullen, la dernière à avoir été servie, recevait sa monnaie quand Philo pensa au petit déjeuner qu'elle n'avait pas préparé. Au même moment, elle se rappela la bouilloire.

Laissant tomber la monnaie, elle se précipita dans l'escalier. Comme elle montait à toute vitesse, l'odeur âcre du métal en train de brûler assaillit ses narines. Lorsqu'elle arriva dans la cuisine, la bouilloire dansait la gigue sur le brûleur et paraissait sur le point d'exploser. Prenant soin de ne pas la toucher, elle prit un balai et l'enleva à l'aide du manche.

— T'aurais pas pu siffler au bon moment, espèce de salope ?

Philo ayant oublié de mettre la capsule sur le bec de la bouilloire, celle-ci avait grillé et n'était plus qu'une chose noire aussi friable que du charbon. Philo la posa sur la table, qui se mit à brûler. Rapide comme l'éclair, elle la porta dans l'évier où elle la jeta. L'eau s'évapora aussitôt et s'évanouit dans l'air en sifflant. Philo aurait aimé foutre le camp dans l'espace en même temps ; elle aurait préféré être partout ailleurs que là où elle se trouvait. Dans le lit de Sylvia, les genoux repliés contre le postérieur charnu de sa mère, le bras autour de son ventre tiède.

La bouilloire mit dix minutes à refroidir. Philo l'attrapa avec un chiffon humide et la descendit. Toujours assises sur leurs perchoirs, les trois commères ressemblaient à trois chouettes pleines de sagesse.

— Qu'est-ce que c'est ? s'enquit Mouse O'Hara.

— La bouilloire de Dina, répondit Ita Mullen.

— C'*était* la bouilloire de Dina, précisa Chrissie Mongon.

— Elle ne pourra même pas se faire une tasse de thé quand elle rentrera de l'hôpital, enchaîna Mouse O'Hara.

Se sentant doublement coupable, Philo demanda :

— Où l'a-t-elle dégotée, vous le savez ?

— Au couvent, susurrèrent-elles en chœur.

Leur honnêteté prit Philo de court. Elle s'attendait à un peu plus de circonspection de la part des amies de Dina.

— Au couvent ? répéta-t-elle.

— Absolument, certifia Chrissie Mongon.

— Comme tout le reste, ajouta Philo. Et vous n'avez pas besoin de prendre cet air innocent, je ne me fais aucune illusion sur vous.

— Je ne comprends pas de quoi tu parles, protesta Mouse O'Hara.

Philo refusa de s'en laisser conter.

— De tout ce qu'il y a en haut de cet escalier. Tasses, soucoupes, rouleaux de papier hygiénique.

Elle les fixa à la manière d'un avocat en train de plaider.

— Des savonnettes. Des serviettes, également volées au couvent. Sans compter les sucriers et les couverts.

Les trois commères n'avaient aucun argument.

— On se demande d'où les gamins du quartier tiennent leurs mauvaises habitudes. Et vous dévalisez les religieuses à leur nez et à leur barbe, toutes autant que vous êtes.

— Dina a gagné cette bouilloire à une tombola, lança Chrissie Mongon.

— C'est pas la peine de raconter des bobards !

— Les religieuses ont organisé une tombola à Noël l'an dernier et Dina a gagné une bouilloire, confirma Ita Mullen.

— Sœur Rosaleen a tiré son numéro dans le chapeau, enchaîna Mouse O'Hara.

— C'était le troisième prix : une bouilloire qui siffle, ajouta Chrissie Mongon.

Philo aurait voulu être morte et au paradis. Malheureusement, elle était vivante, au milieu d'un tas d'ordures.

— Pourquoi est-ce qu'on ne l'a pas entendue siffler avant qu'elle brûle ? demanda Mouse O'Hara.

Philo eut envie de fourrer ce qui restait de la bouilloire dans sa bouche, de souder ses lèvres avec de la colle extra-forte afin de ne plus jamais pouvoir parler. Affreusement humiliée, elle aurait aimé que les trois vieilles femmes prennent des légumes et les lui jettent à la gueule. Elle était l'idiote du village. Sa tentative de révéler un mauvais côté de Dina l'avait ridiculisée. Comme elle ne pouvait pas disparaître, elle décida de battre en retraite à l'étage. En partant, elle se tourna et lança aux copines :

— Si vous faites une allusion à ce que je viens de dire à qui que ce soit, je vous coupe la langue, vous m'entendez ?

— Oui, parfaitement, marmonnèrent-elles.

Philo monta lentement l'escalier. À peine dans la cuisine, elle mit à cuire tout ce qu'elle avait : huit saucisses, dix tranches de bacon, six œufs. Quand ce fut prêt, elle enfourna le tout sans aucune retenue. Puis elle s'allongea avec le goût exquis du bacon et du pain frit dans la bouche. Alors que le petit déjeuner commençait à descendre, des cris poussés au rez-de-chaussée la perturbèrent.

— Descends, Philo. Il y a un homme qui veut te voir.

Elle crut que les commères se fichaient d'elle.

— Un bel homme ? hurla-t-elle.

Le silence fut assourdissant.

— Ma foi, sa mère le trouve magnifique, répondit Chrissie Mongon.

Philo sortit du lit et descendit, bien décidée à leur remonter les bretelles. Lorsqu'elle fit irruption dans la boutique, elle y découvrit frère Felix, l'air aussi peu à sa place que possible. Philo ne sut que dire ni comment l'appeler, d'autant qu'elle tenait à ne rien révéler. Dans son trouble, elle lâcha :

— Frère. Moine. Felix. Nom de Dieu !

Les trois commères étaient ravies. Ce n'était pas tous les jours qu'un inconnu exotique entrait dans la boutique de Dina. Par-dessus le marché, il avait quatre noms et poussait Philo à la volubilité.

— C'est ton frère ? demanda Chrissie Mongon.

— En tout cas, il ne te ressemble pas, fit observer Ita Mullen.

— C'est le Moine, il est célèbre, assura Mouse O'Hara.

— C'est vraiment vous, le Moine ? lança alors Chrissie Mongon.

Frère Felix éclata de rire. Le Moine était un criminel célèbre dans Dublin, silhouette insaisissable dont on connaissait le nom mais qu'on apercevait rarement.

— Non, ce n'est pas le Moine, c'est Felix, expliqua Philo.

— Si vous êtes Felix, on devrait vous surnommer le Chat, reprit Ita Mullen.

— Il se trouve que j'ai été moine...

— Ne leur racontez pas vos histoires, l'interrompit Philo. À moins que vous ayez envie qu'elles soient colportées dans tout le quartier.

Il était important qu'elle voie Felix seul. Philo somma les femmes de sortir de la boutique. Lorsque

Chrissie Mongon risqua une remarque sur le fait que ce n'était pas son magasin, cela attisa sa colère. Prenant quelques tomates, elle menaça de les balancer sur les copines de Dina. Elles eurent beau commencer à s'avancer vers la porte, elles ne se dépêchaient pas assez pour Philo, qui envoya une tomate. Celle-ci frôla la tête de Ita Mullen avec un sifflement et explosa contre le mur : Philo avait délibérément raté sa cible, il n'était pas question que les autres le sachent. Lorsqu'elle s'empara d'une deuxième tomate, en position de tir, elles s'empressèrent de filer en se couvrant la tête.

Dès qu'elles furent dans Dowdall's Lane, les doléances commencèrent. Philo leur conseilla de les écrire sur une feuille qu'elle remettrait à Dina. Après quoi, elle ferma la porte et indiqua au frère Felix le trône de la marchande des quatre-saisons, dont la taille lui convenait mieux qu'à elle.

— Je suis sûre que Jack a fait quelque chose, alors crachez le morceau.

— Absolument pas, répondit frère Felix.

Il laissa échapper un rire nerveux qui convainquit Philo qu'elle avait raison.

— Il mouille son lit, c'est ça ?

Philo ne voyait aucune autre raison expliquant la présence de cet homme en face d'elle. Jack était un mouilleur de lit en série. Elle avait tout essayé pour l'en empêcher : supprimer les boissons avant le coucher, le lever au milieu de la nuit pour qu'il fasse pipi, mettre des réveils. Sans succès. Elle avait aussi fait examiner ses reins, lesquels fonctionnaient parfaitement.

— Je le connais comme ma poche, ce n'est pas la peine de le couvrir.

— Jack n'est pas incontinent, affirma frère Felix. Sinon, je le saurais, croyez-moi.

— S'il n'y a pas d'embrouille, pourquoi êtes-vous ici ?

— Pour acheter des légumes.

— Arrêtez de raconter n'importe quoi, bordel ! Je suis trop vieille pour qu'on se fiche de moi.

Frère Felix sortit une liste de légumes de sa poche qu'il se mit à lire. Les garçons du foyer l'avaient établie. Quand ils avaient cherché un coursier, frère Felix s'était proposé. Les garçons s'étaient méfiés de lui, avec raison : il avait une idée derrière la tête et, tout en passant la liste en revue avec Philo, il la formula :

— Ça ferait très plaisir à Jack que vous veniez au circuit dimanche, dit-il.

Philo n'y avait absolument pas songé. Elle avait été tellement absorbée par d'autres choses – son problème de logement, les orteils de Dina, le magasin à tenir – qu'elle n'avait pas réfléchi à Jack.

Elle eut le sentiment d'avoir une fois de plus manqué à ses devoirs de mère. Il lui arrivait, lorsqu'elle le regardait, de regretter de ne pas l'avoir fait adopter. Il y avait une telle rage en lui qu'à certains moments elle craignait qu'il ne prenne feu. Il s'en serait peut-être mieux sorti entre deux parents qui l'auraient désiré ; ça l'aurait peut-être calmé. Les choses étant ce qu'elles étaient, il avait grandi avec un beau-père au-dessous de tout. Au fil des ans, Philo n'avait cessé de s'en prendre à Tommo, mais elle n'était pas irréprochable. Loin de là. Elle avait quelquefois excusé son fils, alors qu'il avait avant tout besoin de sévérité et d'une main ferme, ce qu'il avait trouvé au foyer. Elle l'avait vu de ses propres yeux : un règlement, une discipline, un sens des responsabilités, du respect, autant de choses qu'il n'avait jamais eues auparavant. Maintenant qu'il les avait, il se réalisait. Ne pas les lui avoir fournies plus tôt la remplissait de culpabilité.

Naturellement, il lui était impossible de reconnaître tout cela, d'avouer au frère Felix qu'elle était une mauvaise mère. Aussi prit-elle l'offensive.

— Je ne savais pas que j'étais invitée. Vous me l'avez jamais dit, merde !

— Eh bien, je vous le dis maintenant, bordel, alors vous feriez mieux de venir, merde !

Philo comprit qu'il avait proféré ces gros mots pour elle. C'était rare que quelqu'un se donne un tel mal pour la mettre à l'aise. Elle faillit en rougir. Le frère Felix était un homme plein de sollicitude. Il savait comment tirer le meilleur des gens. Il avait réussi avec Jack, et maintenant il cherchait à ensorceler Philo.

À ce moment-là, Tommo entra dans le magasin. Philo venait de penser à lui et voilà qu'il se tenait devant elle. Cela lui arrivait très souvent : elle avait quelqu'un en tête, tournait au coin de la rue et il était là. C'était habituellement une bonne surprise, mais là le choc fut plus que désagréable. D'autant qu'elle n'avait aucune échappatoire.

Philo se leva. Frère Felix l'imita. Un silence gêné tomba. Philo ne voulait pas présenter les deux hommes. Le mot « mari » risquait de l'étrangler. Elle en avait fini avec son statut d'épouse et ne reviendrait en aucun cas sur sa décision. Ne voulant ni ne pouvant présenter Tommo comme son mari, elle resta sans voix.

— Philo, il faut que je te parle, dit Tommo. En privé.

Le frère Felix, qui se doutait de l'identité de Tommo, savait qu'il n'aurait pas dû se trouver là. Il abandonna sa place derrière le comptoir, inventa une excuse et se dirigea vers la porte.

— Et les légumes alors ? lança Philo.

— Aucune importance, ça attendra.

— Il n'est pas question que vous rentriez les mains vides.

Philo n'avait aucune envie qu'il s'en aille, mais elle ne pouvait l'en empêcher. Du moins pas physiquement. Malgré son désir de lui faire percevoir la peur qu'elle éprouvait, elle ne voulait pas paraître vulnérable devant Tommo.

— Ils seront prêts avant midi. Ça ira ?

— Prenez votre temps, ce n'est pas pressé, répondit frère Felix, avant de partir.

Si Tommo la tuait, on la découvrirait vite. Philo se consola avec cette pensée. Tommo parcourut le magasin du regard, cherchant à avoir l'air aussi détendu et décontracté que possible.

— C'est qui ce mec quand il n'achète pas des légumes ?

— Un client, c'est tout.

— C'est pour lui que tu m'as quitté ?

— Non.

— C'est ton nouveau jules ?

— Non, ce n'est pas mon putain de petit ami.

Sa dénégation instinctive ramena Philo au début de sa vie avec son mari. Un dimanche soir où ils étaient allés au pub, Philo se tenait dans un coin avec les femmes ; Tommo de l'autre côté de la pièce avec les hommes. À Dublin, certains pubs avaient des arrière-salles, mais pas celui-là. May Flaherty avait commencé à chanter vers neuf heures ; colporteuse de Moore Street, elle entonnait toutes les semaines son interprétation de *My Child.* Après May, le morceau faisait le tour du cercle des femmes. Puis c'était la foire d'empoigne. À l'heure de la fermeture, les femmes se donnaient le bras et se trémoussaient au rythme des chansons d'Elvis Presley, de Frank Sinatra, des Everly Brothers, de Buddy Holly et des Beatles.

Le dimanche soir en question, un bouvier trop zélé, Git Cummins, s'introduisit dans le cercle des femmes entre Philo et May Flaherty. Elles tentèrent de le contourner, mais il avait un culot monstre. Il se lança dans son interprétation de *You're the one that I want*, le tube du film *Grease*. Déchaîné, il exécuta tous les pas de danse tant et si bien qu'on aurait dit la réplique dublinoise de John Travolta. Comme c'était exclusivement à son intention, Philo joua le rôle d'Olivia Newton-John, allant jusqu'à cogner ses fesses à celles de Git. Le numéro à deux fit crouler la salle sous les applaudissements. Tout le monde était convaincu qu'ils devaient former une équipe et entamer une carrière professionnelle.

Lorsqu'ils rentrèrent chez eux ce soir-là, Tommo accusa Philo d'avoir allumé Git Cummins. Puis il lui reprocha de l'avoir ridiculisé devant la clientèle masculine de son quartier. Philo l'envoya promener, rétorquant que c'était des propos d'ivrogne, mais il n'était pas d'humeur à se laisser faire.

— Ce petit con est ton jules, c'est ça hein ? fulmina-t-il.

Philo n'en revint pas. Par mesure de rétorsion, elle acquiesça :

— Ouais, t'as raison : c'est mon jules.

Voilà qui déclencha un déluge aussi torrentiel qu'une pluie de mousson. Et Philo résolut de ne plus remettre les pieds dans un pub avec Tommo. Bien sûr, elle revint sur sa décision, mais sans jamais se donner corps et âme à la musique comme auparavant.

Seul Tommo y avait droit, c'était la règle d'or ; elle n'avait pas le droit de flirter avec d'autres hommes.

L'allusion à frère Felix comme étant son jules exaspéra Philo, qui ne quitta pas Tommo des yeux tandis qu'il examinait les murs et le plafond du magasin de Dina.

— Je ne le connais pas, il est du coin ? demanda ce dernier.

— T'as pas à te faire de bile, il vient de l'espace. C'est un extraterrestre. On l'appelle E.T.

Cela ne fit tilt qu'au bout d'un moment. Quand Tommo comprit enfin, il montra ses yeux à Philo et sourit.

— J'imagine que tu n'es pas venu acheter des légumes.

— Non, je suis passé te dire que j'avais arrêté de boire.

— Tant mieux pour toi. Tu vas faire de sacrées économies comme ça.

— Je suis allé aux Alcooliques Anonymes. J'ai vraiment l'intention d'arrêter.

Philo trouva ça comique, mais elle refoula son rire. Il y avait un proverbe sur les mesures que l'on prenait trop tard qui correspondait à la situation, dont les termes exacts lui étaient sortis de l'esprit. Elle se fit l'effet d'être un cheval lancé au triple galop dans North Wall, poursuivi par une foule lui criant que Tommo ne picolait plus. Même si elle ne comprenait pas pourquoi ces images défilaient dans sa tête, elles lui plaisaient. C'était agréable d'être un cheval. Surtout sans jockey sur le dos.

— Je sais que j'ai un problème et que c'est un problème d'alcool, précisa Tommo d'une voix contrite.

Philo eut l'impression que ses oreilles lui jouaient des tours.

— Tu es en train de reconnaître que tu as un problème ?

— Oui, parfaitement, répondit Tommo.

— On n'a jamais de magnétophone quand on en a besoin. Je peux l'écrire et te faire signer la feuille ?

Encore un jour à marquer d'une pierre blanche : celui où Tommo reconnaissait qu'il avait un problème. Ce dernier, aux yeux de Philo, provenait davantage de ce qu'il disait que de l'alcool. Il s'était même autorisé à mettre en garde Eileen, Josie et Philomena quant à leur tendance à grossir.

— T'as vu les enfants ? demanda-t-elle.

— Non, je dois m'occuper de moi. C'est un programme égoïste.

Entendant le mot « programme », Philo crut qu'il allait passer à la télé. Elle n'aurait jamais cru cela possible. Pourquoi faire une émission au sujet de Tommo à moins d'avoir envie d'inciter les gens à éteindre leur poste ?

— Si je veux devenir abstinent, je dois le faire pour moi, pour personne d'autre.

— C'est ce qu'on t'a conseillé aux Alcooliques Anonymes, de ne pas rendre visite à tes gosses ?

— Non, pas exactement.

— T'a-t-on aussi recommandé de renoncer aux fléchettes ?

— Quel rapport, putain de merde ?

— C'est ce qui te pousse à aller au pub, pas vrai ? Tu répètes à tout bout de champ que tu picoles à cause des fléchettes.

— Je rends les fléchettes responsables, c'est ça ?

— Oui, tu t'en prives pas.

— Chapeau bas, t'as raison.

Philo se mordit les doigts de ne pas avoir de témoin pour constater l'inconcevable : Tommo admettait qu'elle avait raison. Si c'était grâce aux Alcooliques Anonymes, eh bien elle les portait aux nues. En revanche la connerie sur l'égoïsme lui passait au-dessus de la tête. Qu'est-ce qu'il y avait de mal à s'arrêter de boire pour un autre ? N'était-ce pas bien de renoncer à l'alcool pour sa femme ? Ou ses enfants ? Tommo était bien assez égoïste comme ça sans que les Alcooliques Anonymes l'y encouragent.

— Je veux que tu reviennes à la maison, dit-il. J'en ai marre de vivre seul.

Le sens de sa requête était limpide pour Philo. Il en avait assez de bouffer des cabillaud-frites de chez Fusciardi. Il rêvait de remettre des caleçons propres et de manger à nouveau des plats maison.

— J'ai un toit au-dessus de ma tête et je suis heureuse, grâce à Dieu, déclara-t-elle.

— Tu peux pas habiter ici jusqu'à la saint glinglin. Ta place est à la maison avec les enfants.

Il n'avait pas tort, évidemment : elle ne pouvait s'installer chez Dina. À ceci près qu'il avait oublié d'ajouter qu'il était responsable de la situation.

— C'est ma faute si les choses en sont là.

Comment parvenait-il à lire dans ses pensées de la sorte ? Écœurée, Philo évita le regard de Tommo, mais la sensation persista. Elle essaya de se vider la tête sans y arriver. Pour se distraire, elle pensa au cheval, l'imaginant en train de galoper le long des docks, libre et indomptable.

— Je comprends que t'aies envie d'être seule.

Le cœur de Philo était agité de soubresauts, au bord des lèvres. Tommo s'était introduit dans sa caboche, louant des pièces dans sa cervelle, et il fallait qu'elle l'en chasse.

— Reviens à la maison avec les enfants. Je partirai. J'irai à l'hôtel.

— Tu ne veux pas vivre avec moi, c'est ça ?
— Je veux que les gosses aient une mère.
— Et un père ?
— Il faut d'abord que je sois sobre.

Philo fut plus troublée que jamais. À plusieurs reprises, Tommo l'avait attendrie et convaincue de rester. Pourtant, il y avait quelque chose de différent cette fois ; auparavant, il n'avait jamais parlé de s'arrêter de boire. Ça, c'était une première. En outre, il n'était plus le même sans qu'elle parvienne à mettre le doigt sur ce qui avait changé. Il avait été un salaud égoïste tout au long de leur vie conjugale, de sa vie tout court sans doute, mais il ne l'avait jamais admis. À présent qu'il l'avouait, elle n'arrivait pas à décider s'il était sincère ou s'il jouait la comédie. S'il était sincère, ce serait une métamorphose miraculeuse pour laquelle Philo avait fait des milliers de prières. Pourquoi croirait-elle au miracle cette fois-ci ? Pourquoi retourner dans l'antre du lion sur la foi d'une impression peut-être fausse ? Il y avait toutes les chances pour qu'il soit le même zigoto minable dont elle avait eu tant de mal à se séparer. Autant qu'elle le sache, il voulait qu'elle revienne parce qu'il n'aimait pas dormir seul et qu'il ne supportait pas de ne plus avoir le corps chaud et moelleux de sa femme à côté de lui.

— Tu me regrettes, hein ?

Tommo hocha la tête.

— Ça te manque de ne pas prendre ton pied, j'ai pas raison ?

Tommo fut interloqué.

— Ça n'a rien à voir avec le sexe. Je peux m'en passer quand il le faut.

Ce ne fut pas tant sa réponse qui l'étonna – même s'il était le genre de mec incapable de vivre deux jours sans faire l'amour – que la douceur de son ton. À l'ordinaire, il réagissait violemment à la moindre critique, si modérée soit-elle. Intriguée, Philo aurait bien aimé aller plus loin mais elle courait le risque de paraître trop s'intéresser à lui à un moment où elle s'efforçait de prendre ses distances. Par ailleurs, elle brûlait d'envie de lui demander ce qu'il avait fait de son allocation pendant ses quatre semaines d'absence.

Durant les quinze ans de leur vie commune, Tommo avait utilisé l'argent comme une arme. De même que pour la plupart des choses, cela avait commencé à la manière d'une plaisanterie. Tous les jeudis soir – le jeudi étant le jour de la paye – elle devait lui réclamer son allocation. Il ne la lui donnait jamais sans qu'elle le demande. Les premières années, c'était un jeu qui se terminait souvent par des chatouillements que lui faisait Philo jusqu'à ce qu'il capitule et s'exécute. La désintégration de leur couple en avait fait une source de conflit. De nombreuses fois, surtout quand Tommo avait bu, Philo, qui devait littéralement mendier à quatre pattes, avait souvent préféré renoncer plutôt que de s'abaisser ainsi. Au bout du compte, elle était cependant toujours obligée de demander, et rien ne faisait plus plaisir à Tommo que de jouer au généreux devant la main tendue de Philo.

Le souvenir de ces jeudis soir où elle devait le supplier lui donna envie de planter des clous dans les mains et les pieds de Tommo. C'était un souvenir prégnant de la vie qu'elle avait laissée derrière elle, dans la maison Nolan.

— Et l'argent, t'en manques pas ? s'enquit Tommo.

Philo ne comprenait pas comment il captait chaque pensée qui germait dans sa cervelle.

— Si t'en as besoin, j'en ai sur moi.

Il sortit une petite enveloppe marron qu'il garda à la main. C'était un miracle, sauf qu'il arrivait trop tard. Il lui avait pissé dessus trop souvent, elle avait encore la puanteur dans les narines.

— Je ne veux pas de ton fric. Je me débrouille.

— Ce n'est pas le mien, c'est le tien. Alors prends-le.

Refuser de l'argent allait à l'encontre des idées de Philo. On avait toujours envie de choses que l'on n'avait pas les moyens d'acheter – des vêtements pour les gosses, des rideaux pour les fenêtres, une machine à laver ne tombant pas en panne. L'argent était toujours utile. Plus d'un bon dîner préparé par Philo pour Tommo avait terminé à la poubelle, en revanche elle n'avait jamais jeté de l'argent. Elle ne pouvait s'imaginer en refuser que si c'était en échange de son corps, qu'elle ne vendrait pas fût-ce pour un million de livres. Enfin, elle se serait peut-être laissé tenter par un million pour peu que ça ait été une offre unique, et ce des années auparavant lorsqu'elle avait encore la ligne. Depuis qu'elle avait pris des kilos, il n'était pas question qu'elle se déshabille, qu'elle se montre, que l'on reluque sa chair dénudée. De toute façon, elle ne se prostituerait pas pour la somme misérable qui se trouvait dans l'enveloppe marron. Elle n'allait pas accepter que Tommo l'achète pour avoir le droit de lui dire quand ouvrir et fermer ses jambes. Il n'avait qu'à payer pour s'envoyer en l'air, il n'avait qu'à s'offrir une pute.

Elle déplia la liste de frère Felix et la lut attentivement.

— J'ai une ou deux commandes à préparer. Je tiens pas à me gourer, alors si tu veux bien m'excuser...

Elle choisit quelques carottes, qu'elle jeta sur la balance en marmottant :

— Huit livres de carottes... qu'est-ce qu'on a là ? Six... il en faut deux de plus.

Tommo s'obstina. Malgré son envie de se disputer avec elle, il savait que rien de bon n'en sortirait. Chez les Alcooliques Anonymes, on lui avait recommandé d'éviter les conflits, notamment sur le front domestique. Sur le moment, le conseil l'avait énervé parce qu'il ne connaissait pas le mot « domestique », dont il avait dû demander la signification à quelqu'un : une expérience nouvelle pour un homme persuadé tout savoir.

On l'avait prévenu que cela prendrait du temps et de ne pas forcer les choses. Il regarda Philo peser les légumes tout en essayant de se rappeler la prière de la sérénité. En vain. Seul le slogan résumant les quatre sensations et émotions à éviter absolument – la faim, la colère, la solitude, la fatigue – lui revint en mémoire. Il était sur le point de se casser le nez sur l'obstacle de la colère. En plus, il souffrait de sa solitude. Sans Philo et les gosses, l'appartement était vide. Il n'avait jamais ressenti un tel vide. Il voulait les récupérer, mais son abstinence passait d'abord. L'essentiel avant tout, encore un slogan des AA.

Tommo alla prendre l'air à la porte. Les trois commères étaient assises dehors, sur le rebord de la fenêtre. De toute évidence, elles avaient tendu l'oreille parce qu'elles sursautèrent dès que Tommo apparut. Une queue de femmes s'était formée derrière elles, s'étirant jusqu'au bout de la ruelle. Un homme, l'air incongru et mal à l'aise, occupait la dernière place. C'était Cap Coyle.

Tommo se demanda pourquoi ils étaient là. Il résista à l'envie de le leur demander.

— T'as un club de fans dehors, cria-t-il à l'intention de Philo.

Celle-ci leva les yeux au ciel.

— Tu plais beaucoup aux vieilles de North Wall.

Quand Philo sortit dans Dowdall's Lane, elle crut qu'on se préparait à tourner une émission pour la Caméra cachée. Ne voulant être un objet de risée, elle s'empressa de claironner sa mesure de représailles : le magasin fermait pour le reste de la journée. Au milieu des prétendues clientes et pipelettes, elle rentra mettre la dernière main à la commande de frère Felix. Quelques instants plus tard, elle réapparut en portant un carton de légumes et ferma la porte. Puis elle prit la direction du Foyer, sous les yeux d'un groupe de femmes éberluées et déçues.

Bien entendu, Cap Coyle était aussi abasourdi que les autres. Il courut derrière Philo qu'il rattrapa à l'angle de Seville Place.

— Laisse-moi porter ça pour toi, proposa-t-il.

— Je n'en reviens pas que tu n'aies pas honte de te montrer par ici après ce que tu as fait, lança Philo.

Cap se dressa en face d'elle, lui bloquant le passage.

— Tu parles de Ninna Delargy et moi, n'est-ce pas ?

Et il se lança de but en blanc dans une explication sur ce qui s'était passé. Plus qu'une explication, c'était une attaque contre les gens qui jugeaient sur les apparences, une défense vigoureuse de la politesse d'autrefois. Il s'était conduit comme un gentleman avec Ninna parce qu'on l'avait éduqué ainsi. Ninna n'avait pas de place dans son cœur, réservé à une autre ; ni dragueur ni gigolo, il était l'homme d'une seule femme. Il ne savait pas s'il poursuivait un rêve impossible mais il ne voulait pas souffrir ; toute sa vie, il avait cultivé rancœur et haine. Il avait peur de ses sentiments, peur de les exprimer parce qu'il ne savait pas s'il supporterait d'être rejeté deux fois dans une même vie, cette vie, la seule vie qu'il avait.

— Nom de Dieu, je suis contente que t'aies craché ce que tu avais sur le cœur, dit Philo. Refouler tout ça pourrait te tuer.

C'était vrai, on avait vu des crises cardiaques et infarctus pour moins que ça.

— Je ne suis pas celle à qui il faut raconter ça, Cap. Tu devrais le dire à Dina.

— Je ne crois pas en être capable. Je suis trop vieux jeu. Je ne peux pas changer ma façon d'être. C'est l'éducation que j'ai reçue.

Philo ne le comprenait pas, elle qui n'arrivait pas à dissimuler ses sentiments très longtemps. Dès qu'elle éprouvait quelque chose, elle l'exprimait. Elle ne se retenait jamais pour réfléchir aux conséquences. Même si elle se taisait, c'était flagrant : on lisait en elle comme dans un livre ouvert. Elle trouvait qu'il était temps que Cap cesse de jouer au gentleman et étale ses sentiments.

— En amour, il faut prendre des risques, Cap. C'est essentiel.

— Elle a épousé Gerry Sugrue. Ils ont fondé une famille. C'est la femme d'un autre.

Émue par ses scrupules, Philo n'en avait pas moins envie de l'étrangler. C'était un homme à la conscience tourmentée, voué à la paralysie. Dina et Gerry Sugrue n'étaient plus un couple depuis plus de vingt ans. Leur mariage était mort. Gerry Sugrue ne trousserait plus jamais les jupons de Dina.

— J'imagine que tu as peur qu'ils ne s'entendent pas, lança Philo.

— Qui ça ? demanda Cap.

— Les gosses.

— Desquels parles-tu ?

— De ceux que Dina a donnés à Gerry et de ceux qu'elle te donnera.

Même si la raillerie ne plut pas à Cap, elle fit mouche. Philo lui tendit le carton de légumes qu'il jucha sur sa tête, le tenant d'une main comme un véritable marchand des quatre-saisons. Philo se dirigea vers le foyer pour garçons San Francisco et Cap lui emboîta le pas, sans cesser de discuter sur l'amour et la responsabilité jusqu'à ce que leurs voix se perdent dans le fracas de la passerelle du chemin de fer, en haut de Seville Place.

10.

Lorsque Philo entra, elle trouva Dina métamorphosée. On l'avait transférée de la chambre individuelle de l'Unité 4 à une salle commune dans l'Unité 1. Comme Philo y entrait, elle entendit Dina raconter ses histoires aux malades sous le charme. Cela faisait à peine six heures qu'elle occupait son nouveau lit et elle était déjà entourée d'un cercle de copines qui se repaissaient de ses commérages comme s'il s'agissait de plasma. Ce grand talent, Dina l'avait affûté pendant quarante ans sur son trône en skaï à *Ici tout est frais*.

Philo fut immédiatement sous les feux de la rampe.

— Voici celle dont je vous parlais : Philo, qui s'occupe de mon magasin à ma place, annonça Dina.

— Nom de Dieu, j'aimerais bien t'emmener chez moi, lança une des femmes.

— Tu peux venir travailler pour moi quand tu veux, enchaîna une autre.

— J'ai entendu dire que t'étais une virtuose du chant, ajouta une voix venant d'un lit situé à l'angle de la pièce.

— Il faudrait plus d'une chanson pour égayer ce triste endroit, constata une femme qui avait enlevé son masque à oxygène.

— Elle dit ça parce qu'elle chante comme une casserole, assura la voisine de Dina.

Soixante secondes, six malades ayant toutes leur mot à dire. C'était plus complet qu'un débat parlementaire au Dáil Éireann. Redressée sur ses oreillers, Dina menait tout son monde à la baguette et semblait avoir oublié la douleur physique et l'amputation.

— Comment vont tes orteils ? demanda Philo.

— Si on ne m'avait pas dit qu'ils n'étaient plus là, je ne m'en rendrais même pas compte.

Était-elle droguée au point de ne plus sentir quoi que ce soit ? Avait-elle les sens engourdis au point qu'elle n'aurait conscience de la douleur qu'au retour des sensations ? À moins qu'elle ne soit simplement grisée par son entourage après des heures de solitude. Nul doute que ses complices de l'Unité 1 avaient accéléré son rétablissement.

— Tu es en grande forme, fit observer Philo. Les médicaments doivent être efficaces.

— Ça n'a rien à voir avec les médicaments.

— Eh bien, je suis déçue parce que j'allais te demander de m'en filer.

Philo approcha une chaise et s'y assit.

— On va me laisser rentrer à la maison, j'ai parlé à la surveillante générale. C'est formidable, non ?

— Oui, dans la mesure où tu arrives à te débrouiller. Pour l'instant, tu ne sais pas si tu seras capable de marcher.

— Il n'est pas question qu'on me laisse seule. Il faudra que quelqu'un s'occupe de moi.

— On va te donner une infirmière ? Super ! Moi j'ai cinq gosses et j'ai droit à rien d'autre que des insultes.

— Ce qu'il me faut c'est une aide à domicile, pas une infirmière.

— Voilà un boulot pour ta fille. Ça va l'obliger à se manier le train et à faire quelque chose.

Dina blêmit et redevint grincheuse.

— Tu ne vas pas me l'imposer. C'est une incapable.

— Elle reste ta fille.

Le chariot du thé arriva, poussé par une femme vêtue d'une blouse en nylon bleu annonçant sa présence comme si le monde avait intérêt à l'écouter. S'emparant d'une grosse théière argentée, elle remplit les six tasses qui attendaient, mit deux petits gâteaux fourrés à la crème sur chaque soucoupe avant de procéder à la distribution.

— Est-ce qu'il reste un fond de tasse dans la théière, demanda Philo, qui rêvait d'un thé bien sucré.

— Les rafraîchissements sont réservés aux patients, déclara Mlle Blouse Bleue, avec une satisfaction manifeste.

Si elle l'avait formulé gentiment, cela n'aurait pas eu d'importance mais son ton contraria Philo. Énormément. Elle n'aimait pas se sentir maltraitée, surtout par quelqu'un de sa classe.

Sur ces entrefaites, l'infirmière en chef arriva. Dina fit les présentations. L'infirmière en chef était stupéfaite de se trouver en face de Philo : celle qui avait pris la responsabilité du magasin, celle qui avait veillé sur Dina gisant sur le sol de sa chambre, celle qui avait découpé les pansements à la place du médecin, celle qui avait révélé à Dina la gravité de ses blessures.

— Je suis enchantée de vous rencontrer, Philo. J'ai l'impression de déjà vous connaître.

— T'as jasé à mon sujet ? plaisanta Philo.

— Ce n'est pas mon genre, riposta Dina.

— Je suis contente que vous vous occupiez de Dina quand elle sera rentrée chez elle, reprit l'infirmière.

Sûre de sortir ce qu'il ne fallait pas si elle ouvrait la bouche, Philo les regarda à tour de rôle. À la complicité qu'elle distingua dans les yeux de Dina se mêlait une sorte de terreur.

— Auriez-vous la bonté de répéter ce que vous venez de dire, madame ? demanda Philo.

— Je suis enchantée que vous vous occupiez de Dina à notre place.

— T'es mon aide à domicile, intervint celle-ci. J'ai mis ton nom sur le formulaire.

— Je suis ravie que tu m'aies posé la question avant de le faire.

— T'auras droit à des indemnités. C'est de l'argent dans ta poche. Rien pour moi, tout pour toi... N'est-ce pas, madame ?

— Vous recevrez les indemnités d'un travailleur social, bien entendu.

Philo se fichait de la rémunération financière, non d'être l'objet d'un chantage affectif. Elle ne perçut que les ficelles attachées à son cœur que Dina tirait de toutes ses forces. L'étrange musique que cela produisait ne lui plut pas du tout. L'infirmière Philo, elle ne se voyait pas ainsi. La fille de Dina portait un prénom, Florence, qui correspondait admirablement à cette fonction. Sauf que, d'après sa mère, elle était incompétente.

Sylvia aussi avait besoin de soins et d'attention. Philo avait davantage de raisons de s'inquiéter au sujet de sa mère – son poids et le manque d'exercice – qu'à propos de Dina. À part ses orteils, la santé de celle-ci était florissante. Et elle vivrait jusqu'à cent huit ans. C'était le genre de femme allergique aux cercueils dont on rencontrait pas mal d'exemples à Dublin : petites, maigres, revêches, elles mangeaient très peu, se nourrissant essentiellement d'alcool, de cigarettes, de bonbons et de ragots. On en trouvait dans tous les centres d'accueil, maisons de retraite et hôpitaux ; elles adoraient les lits d'angle, les fauteuils roulants, n'importe quelle position avantageuse d'où observer et récriminer. Elles attiraient toujours une coterie. Les considérant comme bénies des dieux, les gens espéraient que, par association, la chance se transmettrait à eux. Hélas, les vieilles biques vivaient toujours plus longtemps que les membres de leur auditoire qu'elles poussaient vers la tombe. Il était exclu que cela arrive à Philo, trop de gens dépendaient d'elle pour qu'elle laisse Dina l'entraîner sur cette voie.

La vieille femme remarcherait sûrement. Sinon, pourquoi lui permettrait-on de quitter l'hôpital ? Elle avait simplement besoin que l'on prenne tendrement soin d'elle quelques semaines. Et l'on confiait cette mission à Philo. Certes, elle en était flattée. Sans compter que c'était un acte de charité chrétienne susceptible de faire tourner la chance à son avantage. Peut-être que son nom se retrouverait mystérieusement à la première place de la liste du service du logement pensa-t-elle. Plus elle y réfléchissait, plus elle devait reconnaître que le projet présentait quelques aspects positifs.

Mais il était important de ne pas paraître enthousiaste.

— J'espère que tu peux marcher parce que je suis incapable de te porter, bordel !

— Personne ne te le demande. N'ai-je pas droit à un fauteuil roulant ambulant ?

— C'est la première fois que j'entends parler d'un fauteuil roulant ambulant, s'étonna Philo.

— Elle veut dire un déambulateur, expliqua l'infirmière en chef.

— Exactement. J'y ai droit.

— J'imagine qu'il faut remplir un formulaire pour en obtenir un, comme pour tout dans ce pays, lança Philo.

C'était une plaisanterie. La réaction de l'infirmière lui fit cependant comprendre sur-le-champ qu'elle était tombée juste. L'horreur ! Encore une course d'obstacles noirs et blancs à négocier avant d'obtenir ce droit. À quelles extrémités Dina devrait-elle se résoudre pour obtenir le déambulateur ? Léguer son corps à la médecine peut-être, à moins qu'on ne lui en prenne qu'une partie : les poumons, le cerveau ou le cœur. Philo avait rempli tellement de formulaires qu'on la possédait, en bloc. Elle avait signé un bail avec l'État jusqu'à sa mort.

— J'ai le formulaire pour le déambulateur dans mon bureau, ainsi que celui du travailleur social, annonça l'infirmière en chef.

Philo avait une dernière chance de se défiler. Mais elle ne pouvait regarder Dina et refuser. C'était impossible. Elle parcourut du regard les visages souriants de la salle. Que Dieu les bénisse. Mais elles ne se doutaient de rien ; elles précéderaient toutes Dina dans la tombe. Elles voulaient que Philo accepte parce qu'elles souhaitaient qu'on s'occupe de la reine des commérages autant qu'elles souhaitaient qu'on prenne soin d'elles.

Philo aperçut Mlle Blouse Bleue dans l'embrasure de la porte, s'efforçant d'afficher un air désintéressé. Vu l'angle de son cou, Philo fut persuadée qu'elle avait écouté.

— Ça donne soif de remplir des formulaires, lança Philo à la cantonade. Je donnerais n'importe quoi pour une tasse de thé.

L'infirmière en chef se retourna et claqua des doigts, comme le font les personnes de son statut. Mlle Blouse Bleue accourut.

— Apportez une tasse de thé à Philo, s'il vous plaît, dit l'infirmière en chef.

Mlle Blouse Bleue resta clouée sur place un instant. De l'endroit où elle était, Philo l'entendit grincer des dents. La répulsion qu'elle éprouvait depuis toujours pour les gens qui le faisaient s'évanouit comme par enchantement. À présent, elle adorait ça.

Une tasse de thé, c'était une vétille ; sur l'échelle des choses, c'était une petite victoire. N'empêche qu'elle était délectable dans un monde qui ne cessait de s'acharner contre elle. Si une moitié de miche de pain valait mieux que pas de pain du tout, alors une miette valait mieux que rien. Au fond, la sainte communion n'était qu'un simple bout de pain ; le secret qui ouvrait les portes se trouvait dans les plus petites choses. À la réflexion, c'était une immense victoire, non une petite. Elle méritait le respect, il était juste et normal qu'on lui en témoigne à la moindre occasion.

Philo eut sa tasse de thé, qui lui remonta le moral. De même que le petit gâteau fourré à la crème, qui se coinça entre ses dents. En sortant, elle alla au bureau pour signer les formulaires grâce auxquels elle devint officiellement une travailleuse sociale et la garante que le déambulateur serait rendu après usage. Philo n'était pas certaine que Dina remarcherait sans aide. À supposer qu'elle vive jusqu'à cent huit ans, nul doute que c'était une garantie à long terme. À ce stade, Philo friserait les soixante-dix ans, le même âge que Dina maintenant. Philo n'avait aucune envie d'être aussi vieille.

S'efforçant de chasser cette pensée de son esprit, elle partit vers Goldenbridge, contente d'avoir quelque chose qui la ramène sur terre, fût-ce un seau de merde.

Comme à l'ordinaire, les enfants voulurent connaître la date et l'heure de leur libération. Le petit Tommo, lui, tenait surtout à savoir si Philo avait vu son père. Plutôt que de lui mentir, elle lui répondit que oui, et qu'il essayait de se faire aider pour son problème d'alcool.

— Ça veut dire qu'il a arrêté de boire ? demanda le petit Tommo.

— Oui, je crois.

— Tu vas revivre avec lui alors ?

Philo aurait aimé acquiescer parce que c'était un crève-cœur de décevoir tout le temps les enfants, un casse-tête de leur rabâcher ce qu'ils n'avaient pas envie d'entendre. Le nombre de fois où elle pouvait leur balancer des chocolats en guise de réponse à leurs questions était limité. Aujourd'hui, il n'y aurait pas de chocolats. En fait, elle avait apporté des pommes, des oranges et des poires car les religieuses prônaient une alimentation saine. Mais ce n'était pas bien de gaver les enfants pour les empêcher de poser des questions, même s'il s'agissait de fruits.

— Dimanche, je vous emmène pour la journée, annonça Philo qui avait réglé la question avec les religieuses.

— Pour aller où ? Est-ce qu'on va prendre le bus ?

Ils voulaient absolument savoir.

— Est-ce qu'on va aller voir Papi et Mamie ?

— À quelle heure tu viendras nous chercher ?

— À quelle heure est-ce qu'il faudra qu'on rentre ?

Mille questions. Mille espoirs.

— Est-ce que Jack viendra aussi ? s'enquit Eileen.

— Oui, Jack sera là, répondit Philo, qui avait décidé de ne rien ajouter.

— Est-ce qu'on ira ramasser des bigorneaux à Dollymount ? demanda Josie.

— Non. De toute façon, c'est une surprise.

— On va aller regarder les méduses à Howth ? lança Philomena.

— Elle nous dira ricn, c'est une surprise, pérora le petit Tommo.

Mille questions. Mille espoirs. Pour la première fois depuis longtemps, ils avaient quelque chose à espérer. Ils eurent beau la supplier, elle ne céda pas. Mieux valait garder la surprise. Si elle leur révélait le but de l'excursion, la magie disparaîtrait. Avec cette perspective mystérieuse à l'horizon, ils passeraient une meilleure semaine.

Il pleuvait lorsque Philo retourna à Dowdall's Lane en fin d'après-midi. Elle n'avait pas de parapluie. Tant pis, au moins les gens ne feraient pas la queue pour qu'elle les serve. Ouvrant la porte du magasin, elle fut étonnée de découvrir deux lettres par terre. L'une était un petit carré sans timbre où ne figurait que son nom en majuscules soulignées. On aurait dit de l'argent ; c'en était bel et bien : des billets neufs, craquants, enveloppés dans une feuille de papier, accompagnés d'une seule phrase :

C'est impoli de refuser ton allocation. Tommo.

Cent quatre-vingts livres en coupures de vingt, flambant neuves. Était-ce un élément du plan de Tommo pour un nouveau départ ? Philo regarda l'écriture aussi primitive que celle d'un homme des cavernes, sans rien de raffiné. Dans sa jeunesse, les rustres lui plaisaient ; elle trouvait les hommes mal rasés, poilus, séduisants et virils, et s'imaginait capable de vivre avec un homme fruste parce qu'elle était elle-même déchaînée. Au bout de quelques mois cependant, le côté sauvage de Tommo s'était résumé à ne pas faire la vaisselle et à refuser d'apprendre comment marchait la machine à laver. Il jouait aux fléchettes, prétendant que c'était la chasse de l'ouvrier – d'où le nom de flèches dont il affublait les bouts de plastiques qu'il lançait sur le panneau.

Philo constata que c'était la première fois qu'elle recevait son allocation sans avoir à la réclamer. Il se pouvait que Tommo ait changé parce que le poison qui attisait sa folie, l'alcool, ne coulait plus dans son organisme. Il ne lui avait jamais écrit auparavant. C'était la première missive de leur vie conjugale, un poème d'amour selon les critères de Tommo malgré le manque absolu de romantisme. L'absence du mot « amour » était d'ailleurs éloquente. Il avait signé son prénom sans rien mettre devant – rien de tendre, rien qui venait du cœur, rien qui soit susceptible d'émouvoir Philo, rien sinon trois semaines d'allocations qu'elle n'avait pas été obligée de mendier.

Les billets qu'elle tenait dans sa main lui procuraient un sentiment de puissance. Philo se félicita de les avoir refusés plus tôt, parce qu'elle les avait à présent sans avoir dû tendre la main. Quand elle les fourra dans sa poche, ils lui firent l'effet d'être chauds à la manière d'une petite couverture électrique.

La deuxième enveloppe semblait plus officielle, elle avait une fenêtre transparente, présage de mauvaises nouvelles. Bizarrement, il n'y avait rien à l'intérieur. Philo la retourna et vit qu'il y avait un petit mot de la main de sœur Rosaleen.

16 h. Mardi. Une assistante sociale des services sociaux du quartier est passée te voir. C'était apparemment important. Tu me manques énormément. Mon meilleur souvenir. Rosaleen. G.A.S.

L'écriture était magnifique, on aurait dit chaque mot ciselé comme s'il avait été conçu par Dieu Lui-même. C'était digne du *Book of Kells*[1]. On n'avait jamais écrit à Philo qu'on la regrettait. Elle n'avait jamais reçu de lettre où « mon meilleur souvenir » figurait avant la signature. C'étaient des mots simples, d'une grande beauté. Même les initiales G.A.S. (Guide de saint Antoine) étaient émouvantes d'autant qu'il ne s'agissait que d'un petit mot. Elle n'avait pas épousé l'homme qui lui fallait, elle n'avait pas choisi le bon sexe. Elle aurait dû convoler quinze ans auparavant avec une femme telle que sœur Rosaleen, ou Rosaleen tout court, ainsi qu'elle l'avait écrit sur le petit mot. Et puis non, ce n'était pas un petit mot, c'était une lettre, la plus belle qu'on ait jamais envoyée à Philo. Elle la plia et la rangea soigneusement dans son sac.

Qui était l'assistante sociale, que voulait-elle, Philo n'y avait pas songé une seconde. Il lui sembla soudain que ce pouvait être lié à Dina. Peut-être que c'était le service des déambulateurs – si c'était le cas, chapeau bas, on n'y perdait pas de temps. À moins que ça n'ait un rapport avec ses indemnités d'aide à domicile ? Étant donné la chance insolente de Dina, il était possible que le service la cherchât partout pour régler la question.

Sans prendre la peine de monter, Philo sortit un vieux journal du comptoir, un de ceux dont Dina se servait pour emballer les légumes, le tint au-dessus de sa tête et partit pour le couvent sous la pluie. Le Centre d'accueil étant fermé, elle se présenta à la porte principale. Sœur Davina lui ouvrit. Philo entra,

1. Le plus ancien manuscrit enluminé du Moyen Âge conservé au Trinity College. *(N.d.T.)*

l'air d'un zèbre à cause de l'encre d'imprimerie qui ruisselait sur son visage.

— Une femme est venue poser des tas de questions à votre sujet, la prévint sœur Davina. Je crois qu'elle fait partie des services sociaux.

— J'espère que vous avez dit du bien de moi.

— Ne vous inquiétez pas, je vous ai portée aux nues.

Comme les deux femmes s'avançaient dans le couloir, deux enfants déboulèrent. Elles réussirent à éviter le premier, une petite fille de six ou sept ans, mais le deuxième, un garçonnet d'environ huit ans, envoya sœur Davina valdinguer par terre, sur ses fesses. Ces enfants venaient d'emménager dans l'appartement réservé aux familles de l'étage, et, bien qu'on leur ait interdit de courir dans les corridors, l'attrait de cette patinoire encaustiquée se révélait irrésistible. Sœur Davina, qui avait heureusement atterri sur son postérieur rembourré, ne s'était pas fait mal. Philo l'aida à se relever tout en grondant les enfants.

— Il ne faut pas courir dans les couloirs sinon vous risquez de tuer quelqu'un, putain de bordel ! Vous m'entendez ?

Les enfants baissèrent la tête.

— Vous auriez pu tuer sœur Davina, vous vous en rendez compte ?

— On est désolés, bafouillèrent-ils.

— Vous allez faire attention dorénavant ?

— On va marcher.

— Comment ? Montrez-moi.

Main dans la main, le frère et la sœur s'éloignèrent à une allure d'escargot tandis que l'écho de leurs pas silencieux résonnait dans le couvent.

— Voilà qui est mieux. C'est comme ça qu'il faut se déplacer dans un couvent, dit Philo.

Sur ce, elle se dirigea vers le bureau. Sœur Rosaleen et Majella Kiernan, l'assistante sociale, se tenaient dans l'embrasure de la porte. La seconde avait un visage quelconque, une ombre de moustache et un regard plutôt bienveillant. Philo lança une raillerie à propos du déambulateur pour mettre les choses en route, mais personne ne comprit de quoi elle parlait. La visite n'avait rien à voir avec Dina, elle concernait exclusivement Philo. La future garde des enfants en dépendait. L'interview, ou plutôt l'interrogatoire mené par Majella Kiernan, faisait partie d'une évalution destinée à établir les besoins des enfants en matière d'éducation.

Elles s'assirent dans le bureau et passèrent en revue l'histoire de la vie conjugale de Philo. Quelle que fût l'envie de celle-ci que sœur Rosaleen reste pour la soutenir moralement, il fallait appliquer le règlement. Ce fut un entretien en tête à tête. Majella Kiernan prit beaucoup de notes dans son grand cahier, aussi impassible que si elle établissait une liste de courses.

Philo déballa tout. La conception de Jack, la danse avec Tommo au Galway Arms, son mariage avec lui le mois suivant, la naissance de leurs quatre enfants, le début de leurs querelles, sa jalousie, les coups et les injures, la passion de son mari pour les fléchettes, leur vie sexuelle, l'alcoolisme de Tommo, son premier abandon du domicile conjugal, son deuxième, la situation actuelle de leur mariage, sa santé mentale, celle de Tommo, celle des enfants, leur sécurité, la sienne, le danger que constituait Tommo pour elle, celui qu'elle représentait pour lui, le danger que courait Jack, celui que représentait Jack, le danger de voler une voiture pour aller faire une virée, la possibilité de transformer cela en quelque chose d'utile, l'importance du rôle de E.T., la course en solo de Santry, les petits noms et les sobriquets, grosses vaches et grosses connes, la procédure de séparation, la pension alimentaire, le logement, l'abandon, la crise.

L'effort l'épuisa. Sa plus grande faute avait été d'abandonner les gosses, et quand l'assistante sociale le lui fit remarquer, elle essaya d'améliorer les choses en clamant qu'elle était partie pour le bien de la famille. Comme Majella Kiernan ne cessait d'employer le mot commençant par A, Philo, changeant de tactique, évoqua les mauvais traitements de Tommo chaque fois qu'il était cité.

— Je ne vois aucune preuve physique de mauvais traitements, constata l'assistante sociale.

— Et le harcèlement moral, la torture, ça compte pas ?

— C'est très difficile à évaluer. Ce n'est pas comme un œil au beurre noir ou un bras cassé.

— Ça m'est arrivé, mais Tommo est très malin : il fait gaffe de ne pas laisser de traces.

Philo en était à regretter que le salaud ne l'ait pas tabassée. Si elle avait été au courant de l'utilité des cicatrices pour faire avancer les choses, elle l'aurait provoqué. Il laissait un jeu de fléchettes sur le buffet, auquel il tenait énormément : il avait marqué cent quatre-vingts points lors d'une finale et l'équipe avait gagné le Bouclier de Leinster grâce à lui, Tommo le Grand. Si Philo les avait abîmées d'une manière ou d'une autre, il lui aurait abîmé le portrait. Ç'aurait été tellement simple ! Il lui aurait suffi de les donner comme prix à une vente de charité pour le transformer en homme des cavernes déchaîné avec une bonne raclée à la clef. Elle aurait même pu lui présenter des parties de son corps pour le massacre : les yeux, le nez, la bouche.

À la réflexion, c'était encore possible. Qu'est-ce qui lui interdisait de se remettre avec Tommo afin de le provoquer ? Bien sûr, elle n'en avait aucune envie, mais la question n'était pas là. Il l'avait poursuivie, l'implorant de revenir au domicile conjugal. Qu'est-ce qui l'empêchait de céder à ses supplications et de rentrer ? Ensuite ce serait un jeu d'enfant de se faire tabasser. Le seul problème, c'était l'alcool : il serait difficile de le faire sortir de ses gonds s'il était toujours abstinent. Sans alcool, Tommo était un agneau au point qu'il était inconcevable de l'imaginer se transformant en *Incroyable Hulk*. La seule solution était de corser son thé – une rasade de whisky, beaucoup de sucre et il ne s'en apercevrait pas. Quel dommage de devoir mijoter un pareil projet, surtout s'il allait aux réunions des Alcooliques Anonymes. D'autant que son projet risquait de se retourner contre elle. S'il prenait des pilules pour se dégoûter de la gnôle, un thé corsé le rendrait malade comme un chien. Il risquait de finir par se dégueuler dessus, par dégueuler aussi sur Philo. Et ce n'était pas sorcier de deviner qui nettoierait le bordel.

— Si l'on vous confie la garde de vos enfants, qu'est-ce qui nous prouve que vous ne les abandonnerez pas à nouveau ? demanda Majella Kiernan.

— Ce n'est pas les enfants que j'ai abandonnés, c'est Tommo.

Pour la première fois de l'entretien, Majella Kiernan n'écrivit rien. Elle parut saisir l'honnêteté de la remarque de Philo, l'assimiler d'une façon qui dépassait le besoin de la noter. Baissant la garde, elle dévisagea Philo avec compassion et inquiétude. Celle-ci eut la sensation que quelque chose allait dans son sens, comme un changement de marée. À titre d'information, elle déclara à Majella Kiernan que Tommo n'était pas allé voir les enfants à Goldenbridge. Pas une seule fois. L'assistante sociale le nota, à la plus grande joie de Philo.

— Je ne sais pas pourquoi ça m'étonne ; c'est ce type d'homme, ajouta-t-elle.

Philo tomba de haut quand Majella Kiernan lui précisa que les choses ne se résumeraient pas à un choix entre Tommo et elle. Il ne s'agissait pas d'un conflit pour la garde des enfants, c'était plus compliqué que ça. Pour l'heure, les services sociaux rassemblaient des informations ; aucune décision ne serait prise dans l'immédiat.

— Et comment vous en sortez-vous financièrement ? demanda Majella Kiernan.

La question prit Philo au dépourvu.

— Très bien. J'ai l'argent de Mickey.

— Qu'est-ce que c'est ?

— Les allocations familiales.

L'assistante sociale mit un certain temps à comprendre.

— Votre mari ne vous donne rien, je suppose.

Les billets flambant neufs étaient dans la poche de Philo, qui se doutait qu'ils s'enflammeraient et la trahiraient si elle niait leur existence.

— Il m'a donné de l'argent, mais je vais le lui rendre.

— Pourquoi ? Vous y avez droit.

— Je ne veux rien de ce qui lui appartient.

— Il est toujours votre mari, ce qui est à lui est à vous.

Majella Kiernan plaisait à Philo, elle aimait la façon simple et directe dont elle présentait les choses.

— Ce qui est à lui est à moi, répéta-t-elle.

Les billets de vingt livres commencèrent à se sentir plus chez eux dans sa poche. La chance avait vraiment tourné, et l'envie d'une virée dans les magasins l'envahit.

— J'aime votre tatouage, dit Majella Kiernan, désignant son bras du doigt. Vous devriez vous en faire faire un autre.

— J'en ai un sur la jambe.

En réalité, il se trouvait sur sa cuisse. Aussi ne le montrait-elle pas pour des raisons évidentes. Philo l'avait fait mettre pour fêter la naissance de sa fille aînée, Eileen. C'était une rose, rose pour une fille, que Tommo avait choisie. Philo releva sa jupe et la dévoila.

— C'était censé être une rose grimpante, mais j'ai été roulée, expliqua-t-elle.

— C'est une rose de quel genre ?

— En tout cas, c'en est pas une grimpante, sinon elle m'arriverait à la moitié des fesses maintenant.

Majella Kiernan sourit tandis que Philo baissait sa jupe. Quel plaisir de pouvoir blaguer avec une assistante sociale ! Ça n'arrivait pas tous les jours.

— J'adorerais me faire tatouer, mais je n'ai pas le culot de le faire.

Philo tenta de convaincre Majella Kiernan de se jeter à l'eau, mais celle-ci craignait que ses employeurs n'apprécient pas la fantaisie. Une personnalité gothique essayait de fissurer l'apparence classique de cette femme. Les vampires et les croix, c'étaient son truc, sauf que la nécessité de payer son loyer l'empêchait de céder à ses pulsions. Philo lui suggéra d'en placer un dans un endroit caché : son dos ou son postérieur. Elle écrivit le nom d'un salon de tatouages, Jack le Scribouilleur, ainsi que son adresse à Parnell Street.

Tandis qu'elle le faisait, Majella Kiernan nota sur une carte un rendez-vous pour Philo avec le psychiatre

Matthew Kelly, l'homme qui déterminerait si elle avait la santé mentale requise pour exercer son rôle de mère. Il avait la réputation d'être dur mais juste. Majella Kiernan recommanda à Philo de porter une tenue qui cacherait le tatouage sur son bras. Au cas où.

11.

Cap Coyle se mit en route pour Ringsend. Il n'y était pas allé depuis qu'il jouait au football dans une équipe de lycéens, Sheriff United, contre celle du coin appelée Bolton Athletic. C'était une rivalité tribale : le nord de la Liffey contre le sud de la Liffey ; deux communautés légendaires des docks, celle de North Wall et celle de Ringsend, qu'une méfiance plus profonde et plus vaste qu'un fleuve séparait. Pendant des milliers d'années, les communautés des deux rives avaient tiré leur subsistance du fleuve et s'étaient battues pour ce privilège.

Cap sauta dans le bus numéro 3 devant chez Clery's dans O'Connell Street. Il avait beau ne pas avoir mis les pieds à Ringsend depuis cinquante-quatre ans, il n'en connaissait pas moins le numéro du bus à prendre et son itinéraire. Lui qui ne se souvenait pas des gros titres des journaux de la veille, il se rappelait parfaitement un trajet qu'il faisait plus d'un demi-siècle auparavant. Comme il s'y attendait, le véhicule moderne franchit le pont en cahotant et tourna à gauche dans Townsend Street. Il était entré par l'avant. Autrefois, la méthode consistait à bondir à l'arrière tandis que le receveur criait aux gens : « Entrez par les deux côtés de la barre, s'il vous plaît. » À présent, il n'y avait plus de receveur et le chauffeur, siégeant derrière une paroi en plexiglas, n'avait plus de voix.

Cap monta pour profiter de la vue. Dans le temps, on pouvait fumer à l'étage, c'était devenu interdit. Comme le bus roulait dans Pearse Street et traversait le pont Grand Canal, pas la moindre toux de fumeur ne se fit entendre. Dans le temps, des paquets vides de Capstan, de Player's, de Sweet Afton, de Woodbines, de Churchill's et de Wills Gold Flake traînaient partout, et on ne voyait aucune mise en garde du ministère de la Santé – rien d'autre n'existait que la promesse du plaisir de fumer et de moments de bonheur. C'était la voie royale vers la réussite : les femmes tombaient toujours dans les bras des hommes ayant une cigarette. Incapable d'avaler la fumée, Cap n'y avait jamais touché. Gerry Sugrue, lui, ne pouvait s'en passer, il avait toujours une Player's fichée aux commisures des lèvres. La théorie s'était vérifiée puisqu'il avait eu Dina.

À l'approche de Ringsend, Cap se redressa afin de ne rien perdre du spectacle. Le bus peina pour arriver au sommet de la colline et en cet instant, avant la descente, où on l'eût cru suspendu dans le temps, Cap découvrit la scandaleuse réalité : Ringsend était intact. C'était un village plein de vie. Les gens allaient et venaient, sortaient des pubs, entraient et sortaient de l'église, de la friterie, de la laverie et des magasins. Un homme promenait son chien ; une femme, des livres sous le bras, semblait se rendre à la bibliothèque. Ce n'était pas ce que cela aurait dû être. Les vieux villages étaient censés s'atrophier et mourir. Pourquoi est-ce que Ringsend échapperait au fléau alors qu'il avait anéanti Sheriff Street ?

Il ne bougea pas de sa place tandis que le bus traversait rapidement le village et prenait le virage menant à Irishtown. Il n'y avait qu'un arrêt à Ringsend. Cap ne descendit pas. Sous le choc, il resta dans le bus qui continua de rouler jusqu'à Sandymount Strand. Les maisons étaient aussi magnifiques que la mer sur laquelle elles donnaient – aussi uniques que les vagues, aussi fières que la houle. Cap regarda vers le nord, de l'autre côté de la baie. On ne voyait rien du quartier, la pointe du continent le dissimulait ; s'il s'effondrait et disparaissait, cela n'aurait aucune importance.

Le numéro 3 se gara devant le temple protestant Saint John, et le chauffeur beugla que c'était le terminus. Cap fixa le panneau d'affichage en acajou. On y avait écrit les heures des offices ainsi qu'une citation : *L'apocalypse est proche.*

Le chauffeur apparut en haut de l'escalier :

— Ça va, monsieur ?

— Très bien, j'ai simplement raté ma station. Je descendrai sur le chemin du retour.

Le chauffeur sortit un paquet de cigarettes de sa poche et en offrit une à Cap.

— On met pas les bouts avant dix minutes, si vous avez envie de fumer, vous privez pas.

— Merci, je ne m'adonne pas à ce plaisir.

Quel mot bizarre que *s'adonner* ! Le chauffeur n'avait jamais entendu personne refuser une clope de la sorte. Il dévala pesamment l'escalier. Dix minutes plus tard, ils repartirent de Sandymount. Cap rejoignit le chauffeur et s'assit sur un siège à côté de lui. Il descendit à l'arrêt situé en face de l'église catholique, le seul du village de Ringsend.

Il ignorait où habitait Gerry Sugrue, mais il pensait que c'était dans l'un des logements sociaux, en face de la friterie. Il se dirigea vers l'entrée. Huit immeubles se dressaient à perte de vue. Fallait-il frapper à toutes les portes jusqu'à ce qu'il trouve Gerry ? Cap rebroussa chemin, vers le pont. Trois pubs s'échelonnaient sur la pente, il choisit le premier, l'Oarsman, parce qu'il paraissait le plus vieux. On y accueillit ses questions avec suspicion tout en lui indiquant une autre direction.

Il fut plus retors au pub Fitzharris, se contentant de demander si on y avait vu Gerry Sugrue aujourd'hui. Le barman lui répondit que non.

— Je comptais déposer quelque chose pour lui ici, expliqua Cap. Bon, il vaut peut-être mieux que je le lui apporte.

— Si c'est de l'argent, je ne le laisserais pas ici à votre place, dit le barman.

— Il habite à quel numéro ?

Le barman appela en criant un client au fond de la salle. Ni l'un ni l'autre ne se rappelaient le numéro, mais ils étaient sûrs que le cottage de Gerry était le cinquième, à gauche, après Cambrigde Road.

Cap les remercia et s'en alla. Son cœur battait plus vite, le projetant dans le futur. En revanche, son esprit était dans le passé. Le souvenir du jour où ils avaient tiré à pile ou face, où il avait perdu Dina, lui revint en mémoire. Il aurait dû révéler ses sentiments à ce moment-là. Il avait laissé sa raison prendre le dessus. Il allait voir Gerry parce qu'il voulait renverser la vapeur. Il devait le faire maintenant, avant qu'il ne soit trop tard.

Au bout de quelques minutes, il se retrouva devant le cottage tandis que l'envie de se tailler le démangeait. Pourquoi cette peur ? Il avait franchi le Rubicon pour arriver jusqu'ici et voilà qu'il ne se sentait pas capable de frapper à la porte. Il ne savait plus s'il avait le courage d'aller jusqu'au bout. Il cherchait quoi faire pour avoir l'air fort. De l'esbroufe. Il lui suffit de voir son reflet flou dans la vitre de la porte pour prendre douloureusement conscience de sa lâcheté. Il était sur le point de s'enfuir, et il ne s'en serait pas privé si quelqu'un n'était sorti de la maison voisine. Ça lui força littéralement la main. Il frappa.

Une silhouette se profila dans le vestibule, des mains tripotèrent la serrure. La porte s'ouvrit, et un vieil homme avec un journal sous le bras apparut. Il portait des lunettes noires auxquelles il manquait une branche, si bien qu'elles étaient de travers. Il avait les cheveux gris, un peu trop longs. Il était vêtu d'un cardigan mal boutonné, d'un pantalon et de pantoufles usées. Cap avait en lui l'image d'un homme beaucoup plus jeune. Il s'agissait à l'évidence de Gerry Sugrue, sans aucun doute, mais il ressemblait à un retraité.

— Es-tu celui que je crois ? lança Gerry.

— Il me semble que oui.

— Si je dis que t'es Cap Coyle, j'ai raison ?

— À cent pour cent.

— J'ai su que c'était toi avant même d'ouvrir la porte.

Cap eut l'air perplexe.

— J'ai vu le chapeau. Dès que je l'ai vu, j'ai su que c'était toi.

Cap l'ôta par politesse.

— Tu les portes toujours, tes galurins.

— Je dois avouer que oui. Je me couvre toujours la tête.

Gerry fit entrer Cap, qui refusa toutefois d'enlever son manteau. Ils se rendirent à la cuisine, à l'arrière de la maison. Malgré la douceur du mois de mai,

Gerry avait allumé un feu de tourbe. Ils s'assirent dans des fauteuils l'un en face de l'autre. Cap refusa le thé que Gerry lui proposa.

— Alors, qui est mort ? demanda ce dernier.

Ne s'attendant pas à la question, Cap ne comprit pas.

— C'est pour ça que tu es venu, non ? Quelqu'un a cassé sa pipe.

À sa place, Cap aurait eu la même réaction, c'était logique. Bien que personne n'ait rendu l'âme, ils passèrent malgré tout en revue les morts survenues des années auparavant. Cap cherchait à gagner du temps, c'était la seule solution à sa portée. Il fit des compliments à Gerry sur le pavillon, sur sa bonne mine, et à nouveau sur le pavillon. Ils évoquèrent abondamment Sheriff Street, l'extinction du vieux quartier qui n'attendait plus que ses obsèques.

— T'es parti à temps, dit Cap. Tu as vu ça venir.

— J'étais obligé parce que je ne pouvais plus vivre avec Dina.

C'était l'occasion rêvée, mais Cap ne trouva pas les mots. Il n'arrivait pas à défoncer la barrière qu'il avait dressée autour des femmes, du marivaudage, de l'amour. Il s'était forcé à venir à Ringsend, à affronter Gerry, devant lequel il était assis, et il ne parvenait pas à dire qu'il voulait Dina, qu'il l'avait toujours voulue, qu'elle aurait dû épouser le témoin plutôt que le marié.

— J'ai toujours regretté notre brouille, Gerry. Je suis désolé que ce soit arrivé.

— En ce qui me concerne, c'est du passé.

L'absence d'amertume était réelle, de même que la gêne entre eux.

— Si on avait été solidaires, on aurait peut-être sauvé les docks, ajouta Cap.

Gerry ne fut pas de son avis et, l'espace d'un instant, une dispute parut sur le point d'éclater, mais ils s'empressèrent de replâtrer les fissures. Ils étaient deux vieux retraités en train de faire la paix, et n'avaient aucun intérêt à raviver des querelles du passé ; tout cela était mort et enterré.

— Il n'empêche que je tiens à m'excuser. Je crois que je me suis trompé à l'époque, insista Cap.

— Si je comprends bien, tu dis que j'avais raison, c'est ça ?

— Oui, quelque chose dans ce goût-là.

— Et tu t'es amené jusqu'ici pour m'annoncer ça ?

Cap sourit afin de dissimuler le mensonge.

— Tu viens me trouver après quarante et quelques années pour me dire que j'avais raison pour les hommes-grenouilles ? C'est ce que t'es en train de me raconter ? C'est bien ça ?

Cap se rendit compte qu'il mourait de chaud avec son manteau, en face du feu rougeoyant.

— Non...

Il serra le bord de son chapeau, et la sueur de ses doigts imbiba le tissu.

— Non... ce n'est pas ça...

— Est-ce que tu as des ennuis, Cap ?

— Non, aucun.

— Tu es en train de mourir ? Tu as un cancer, c'est ça ?

— Non, je n'ai pas de cancer.

— Tu n'as pas de cancer, t'as du bol.

— C'est vrai ? Et toi, tu en as un, Gerry ?

— Non, j'ai acheté trop de jonquilles ; j'en suis dispensé.

Cap n'avait pas eu de conversation de ce genre depuis des lustres.

Cela le ramenait à l'époque de leur jeunesse. Il avait rencontré beaucoup de gens au cours de sa vie, surtout dans sa boutique, mais il n'avait jamais trouvé un ami comme Gerry, quelqu'un capable de deviner ce qu'il pensait et d'aiguillonner sa conscience.

— Personne n'a cassé sa pipe, tu n'as pas de cancer, alors t'as des ennuis avec une femme, déclara Gerry.

Cap ouvrit le premier bouton de sa chemise.

— Qui c'est ? Je la connais ?

— Oui. C'est Dina, répondit Cap.

Contrairement à ce que prévoyait Cap, cela ne posait pas de problème à Gerry que Cap fasse des avances à celle qui était toujours théoriquement sa femme et la mère de ses trois enfants. Leur mariage n'existait plus que sur le papier, Gerry n'éprouvait pour Dina aucun sentiment d'amour, de haine ou d'indifférence. Il n'avait pas d'opinion sur la possibilité d'une union entre eux, sauf qu'il trouvait Cap cinglé, ce qu'il ne formula pas. Il avait bien assez de problèmes avec Vera, sa compagne, qui avait quinze ans de moins que lui. Elle était partie jouer au loto. Et bien que Gerry soit censé être à la maison à son retour, la visite de Cap était le prétexte idéal pour aller au pub.

Au Fitzharris, on fut ravi du retour de Cap, un client bienvenu un mardi soir où les affaires ne marchaient pas fort. Les deux copains burent pinte sur pinte, puis quand leurs vessies fatiguées ne supportèrent plus la bière brune, ils rivalisèrent à coups de whisky et d'alcool de menthe. À l'heure de la fermeture, ils avaient comblé le fossé de cinquante ans de séparation et étaient à nouveau sur la même longueur d'onde. Aux anges de parler à quelqu'un qui ne le jugeait pas, Cap se sentait redevenir un petit garçon.

Debout sur le pont à Ringsend, attendant le dernier bus, Cap eut envie de poser à Gerry une dernière question, celle, en fait, qui l'avait poussé à venir ici. Même si Gerry était le seul homme au monde à qui il pouvait la poser, Cap n'en trouvait pas moins qu'elle était humiliante. Certes, Cap était venu demander à Gerry la permission de coucher avec Dina, mais ce n'était pas toute la vérité. Il restait quelque chose de beaucoup plus profond et de beaucoup plus difficile à formuler.

Il s'agissait de ce qu'il devait faire une fois qu'il aurait mis Dina dans son lit. Il n'en savait rien, telle était l'horrible vérité, et il n'avait jamais pu le demander à qui que ce soit. Le fond du problème, c'était que Cap était désespérément puceau : un vieillard de soixante et onze ans qui n'avait jamais fait l'amour. Il était trop timide pour aller voir une prostituée. Il fallait absolument qu'il sache quoi faire et ce qu'on attendrait de lui. Voilà pourquoi il avait cherché Gerry Sugrue, son vieil ami, et il était incapable de le lui demander, la honte qu'il éprouvait était trop forte. La tête vide à cause de tout l'alcool qu'il avait bu, il ne pouvait se résoudre à demander de l'aide. Il était un pitoyable puceau, condamné à la solitude et à l'échec.

Le numéro 3 déboucha en vrombissant du coin de la rue. Les deux hommes s'étreignirent, se serrèrent l'un contre l'autre, se pincèrent respectivement la peau. Le chauffeur de bus attendit avec gentillesse avant de perdre patience et de klaxonner. Cap monta sans se donner la peine de montrer sa carte. Le chauffeur ne protesta pas.

Cap s'assit au fond du véhicule, faisant signe à son copain par la fenêtre. Au bout de quelques secondes, Gerry disparut derrière la colline tandis que Cap reprenait le chemin d'un village désert qui tombait en ruine.

12.

À *Ici tout est frais,* les affaires étaient florissantes. Le nombre des clients qui franchissaient la porte croissait en proportion de l'augmentation des prix, laquelle intervenait sans rime ni raison, ne procédait d'aucune stratégie : Philo pensait à un chiffre, le multipliait par deux et y ajoutait dix. Les clients avaient beau être scandalisés, ils étaient prêts à casquer parce que Philo les amusait. Philo, elle, ne se contentait pas de doubler les prix, elle se débrouillait pour acheter moins cher en passant davantage de commandes. Frank Rooney, le grossiste, lui accordait des ristournes avec plaisir. Il l'aurait fait de toute façon, tant il aimait traiter avec Philo dont il adorait les blagues. Aucune commerçante ne lui ressemblait.

Sœur Rosaleen passa au magasin. Ce n'était pas pour acheter des légumes. Elle aurait bien sûr aimé que le couvent s'y fournisse et l'avait suggéré à sœur Monica, mais celle-ci lui avait fait observer que la décision revenait à Nan Somers. Or l'antipathie de cette dernière envers Philo était tellement manifeste que sœur Rosaleen n'avait pas jugé utile d'insister.

Le magasin était bondé et très animé quand elle y entra. En quelques secondes, tout le monde se tut ; les gens terminèrent leurs achats et s'en allèrent.

— Il faut que je te fasse venir plus souvent, dit Philo. Tu es plus efficace qu'un videur.

— C'est une bonne ou une mauvaise chose ? Une mauvaise, non ? Sûrement.

— Au contraire, c'est très bien. Tiens, goûte ça.

Philo lui offrit une poire Conférence d'un lot arrivé le matin même. La religieuse la prit puis la reposa sur le comptoir :

— Je déteste les poires.

Elle n'était pas en forme. Cela sautait aux yeux.

— C'est un fruit excellent pour la digestion, lui assura Philo.

— Je n'ai pas de problème de digestion.

— Et pour le teint, il y a plein de vitamine C.

— Je ne supporte pas les poires, d'accord ?

— Tu t'es levée de quel pied ce matin ?

— D'aucun ?

— Comment as-tu fait ?

— Je ne me suis pas couchée hier soir.

L'insomnie ferait de n'importe qui un Antéchrist, songea Philo qui demanda :

— Pourquoi ?

L'espace d'un moment, sœur Rosaleen donna l'impression qu'elle allait fondre en larmes.

— Ne me dis pas qu'il y avait encore une boum de nonnes ? Personne ne ferme l'œil dans Sheriff Street quand vous commencez à faire ce raffut.

Et Philo de se trémousser, balançant les mains et les hanches en une imitation de la danse que Chubby Checker avait rendue célèbre tandis qu'elle chantait les paroles ineptes de la chanson. Elle tapota le coude de sœur Rosaleen et lui tira le bras, mais la religieuse n'était pas d'humeur à danser.

— Je suis en pleine crise de foi, annonça-t-elle.

En entendant ce cri du cœur, Philo s'immobilisa.

— T'en as marre d'être religieuse ?

— Je ne suis plus sûre d'avoir la vocation.

— Peut-être qu'elle est perdue et que tu vas la retrouver.

Philo suggéra un échange, le magasin de primeurs contre le couvent, essayant de le prendre à la légère. Peine perdue. Le côté comique des choses échappait à sœur Rosaleen, dont le sens de l'humour avait disparu en même temps que la vocation. Elle qui avait toujours désiré servir Dieu se retrouvait piégée par Lui. Son refuge était devenu sa prison.

— Qu'est-ce qui a provoqué tout ça ? Tu t'es chamaillée avec quelqu'un ?

Sœur Rosaleen secoua la tête.

— La mère supérieure, c'est ça ?

— Je ne me suis disputée avec personne, affirma la religieuse d'un ton empreint d'une grande nervosité.

— Peut-être que tu devrais, dit Philo. Ça détendrait l'atmosphère.

— Et avec qui ?

— Avec moi, si ça te chante.

— Tu es la dernière personne avec qui j'aurais envie de me disputer.

— Je n'en crois pas un mot. C'est parce que je t'ai contrariée que tu n'as pas dormi cette nuit. Alors qu'est-ce que j'ai fait qui t'a déplu ? Quelque chose, sûrement.

À la vérité, Philo avait abandonné sœur Rosaleen, la laissant se débrouiller toute seule au Centre d'accueil, sans aide, sans directives. Après les chansons et le jeu de rendez-vous, la vie ne pouvait pas recommencer comme avant. Maintenant qu'ils avaient goûté à une véritable animation, les vieux n'éprouvaient plus le moindre plaisir à jouer à des jeux de société idiots et à faire des puzzles pour adolescents. Philo les avait réunis, grâce à elle ils étaient devenus une communauté. Elle avait fait naître un esprit rappelant le passé, l'époque où ils avaient un village devant leur porte, avant que le progrès n'ait réduit leurs rues et leurs maisons à l'état de décombres. Et sœur Rosaleen n'avait malheureusement pas le talent de reprendre le flambeau : aucun de ses efforts ne suscitait l'intérêt de ses ouailles. Le retour de Philo était la seule solution, mais sœur Rosaleen ne voulait pas le lui demander ; elle avait bien trop conscience de la pléthore de problèmes qu'avait Philo pour en rajouter. Du coup, elle avait le sentiment d'être inutile aussi bien en tant qu'être humain qu'en tant que religieuse.

— Je fais mal mon boulot, voilà ce qui me chagrine.

— Tu es nulle comme bonne sœur, hein ? C'est pour ça que tu m'as ouvert la porte, que tu m'as acheté des cigarettes quand j'étais au fond du trou ?

— J'ai volé cet argent à saint Joseph.

— Tu as eu raison. Tu es censée donner aux pauvres.

Le petit jeu de religieuse émérite ou médiocre continua de la sorte, de plus en plus déroutant à mesure qu'il se prolongeait, jusqu'à ce que sœur Rosaleen finisse par admettre qu'elle n'était ni l'une ni l'autre mais à mi-chemin.

Comment distraire sa clientèle de râleurs ? La question demeurait entière. Philo suggéra un loto, idée que sœur Rosaleen trouva bonne sauf qu'elle ne tarda pas à se rendre compte qu'il fallait quelqu'un pour crier les numéros et que Philo ne se proposait pas.

— On doit trouver quelqu'un pour le faire, j'en suis incapable, déclara la religieuse.

Philo fut intraitable. Elle mit sœur Rosaleen à l'épreuve : numéro un, le coquin ; le treize qui porte la poisse ; vingt et un, l'enfant de Dublin ; vingt-deux, v'là les flics ; trente-trois, que des trois ; quatre-vingt-huit, deux grosses bonnes femmes, et ainsi de suite de bas en haut de l'échelle des chiffres. Sœur Rosaleen avait beau ne pas parvenir à tout graver dans sa mémoire, Philo s'obstina. Ce n'était pas facile de marcher sur les brisées d'un aboyeur de numéros de loto dans une ville où divas et doyens de la rime rivalisaient dans les salles enfumées de Killester à Whitehall et d'Inchicore à Crumlin. Professionnels chevronnés, ils n'avaient pas leur pareil pour faire monter la tension, tout en guettant les boules numérotées et en prenant soin de ménager leurs effets au point qu'ils provoquaient presque des naissances ou des crises cardiaques. Il faudrait du temps à sœur Rosaleen pour arriver au niveau de cette élite, mais il fallait bien qu'elle débute quelque part et le Centre d'accueil valait n'importe quel endroit.

Avant de sortir du magasin, Philo choisit des légumes et les emballa. Cela ferait un prix convenable pour une grille mais ne suffirait sans doute pas à ceux qui auraient les chiffres nécessaires pour gagner.

— On peut se passer de prix, assura sœur Rosaleen.

— Certainement pas, la rabroua Philo.

— Pourquoi ne sont-ils pas capables de jouer pour le plaisir ?

Il était temps de l'initier aux choses de la vie. De même qu'on faisait les enfants en jouissant, ceux qui jouaient au loto investissaient énormément d'énergie et d'émotion afin d'atteindre l'orgasme quand ils criaient : « Bingo ! » Faute de quoi, cela n'avait aucun intérêt. Les lamentations et grognements des perdants contrebalançaient la jubilation des gagnants ; c'était un genre de jugement dernier : les vainqueurs étaient au paradis, les vaincus en enfer. Chaque nouveau jeu ouvrait une perspective de salut et la quasi-certitude d'une damnation. C'était comme une drogue dont on devenait dépendant.

— Je n'y arriverai pas toute seule, affirma sœur Rosaleen. J'ai besoin que tu sois avec moi.

Philo ne pouvait qu'accéder à cette requête. Les deux femmes sortirent du magasin et se dirigèrent vers le couvent. Lorsqu'elles passèrent devant le pub Noctor's, elles y entrèrent pour se procurer vingt cigarettes en guise de prix. Pour le reste, il leur faudrait dévaliser la cuisine du couvent dont les placards devaient regorger de boîtes de flageolets, de petits pois et, bien sûr, de rouleaux de papier hygiénique.

Sœur Rosaleen trouva la dernière suggestion bien étrange.

— Ils ont sûrement du papier hygiénique chez eux, non ?

— Ouais, piqué ici par une bande de sales voleuses, maugréa Philo.

Sœur Rosaleen n'arrivait pas à admettre que des rouleaux de papier toilette, volés ou pas, soient d'un quelconque intérêt comme prix pour un loto.

— Tu t'es déjà torché le cul avec des bris de verre ? lança Philo.

— Non, répondit la religieuse qui n'en croyait pas ses oreilles.

— Si tu l'avais fait, tu comprendrais pourquoi on n'arrête pas de piquer les rouleaux de papier du couvent.

Le retour de Philo combla de joie les vieux. Persuadés que son absence avait duré quatre semaines plutôt que quatre jours, ils la bombardèrent de questions : combien de temps allait-elle rester ? Chanteraient-ils de nouveau en chœur ? Comment est-ce que ça se passait à *Ici tout est frais* ? Et, naturellement, comment se portait la malade, Dina ? N'oubliant pas qu'elle était là pour faire la pub de sœur Rosaleen et la pousser au premier plan, Philo répondit brièvement. Elle leur annonça qu'il était prévu que Dina rentre chez elle lundi et qu'on nettoierait sa maison de fond en comble dimanche au cas où certains seraient libres. Quelques mains se levèrent. À peine Philo eut-elle proposé à ces volontaires de passer à onze heures qu'elle se rappela que c'était le jour de la course de voitures de Jack.

— Mieux vaut le faire samedi, rectifia-t-elle. Je vais au circuit de Santry dimanche.

Non seulement ils tinrent à savoir ce qui se passait sur le circuit, mais ils proposèrent aussi de l'accompagner.

— Vous êtes plus que bienvenus, dit Philo. Le bus 16A va jusqu'à Santry et vous pouvez le prendre sur O'Connell Street.

Les vieux n'avaient aucune envie d'emprunter un moyen de transport public, ils voulaient que ce soit une véritable sortie. L'un des leurs faisait ses débuts de pilote de course. Même s'il s'agissait d'un voleur de voitures mis récemment sur la touche, c'était le fils de Philo avec lequel ils avaient davantage en commun qu'avec Notre Dame de Knock, lieu de leur dernière excursion. Pourvu qu'ils trouvent un bon pub et chantent en chœur sur le trajet du retour, peu leur importait la destination.

Le jeu de loto n'avait pas servi depuis des lustres. Sœur Rosaleen s'installa à une table et se mit à compter les boules numérotées afin de s'assurer qu'elles étaient toutes là. Il y avait une petite cage en fil de fer et un tableau, en aussi piteux état l'un que l'autre. Philo distribua les cartons de loto dans la salle. Comme il n'y en avait que seize pour vingt-huit participants, elle demanda à ceux-ci de jouer deux par deux. Personne n'esquissa le moindre mouvement, à part Ninna Delargy, trop heureuse de rejoindre Cap Coyle.

— C'est bien simple, on ne jouera pas si vous ne vous mettez pas deux par deux, assena Philo.

Voilà qui eut un effet miraculeux : ils formèrent des équipes à la manière de fourmis ouvrières. Sœur Rosaleen fit tourner la cage puis s'assit, les nerfs à vif.

— Baissez les yeux, le jeu a commencé, beugla-t-elle, conformément aux instructions de Philo.

Des cris divers s'élevèrent dans la salle : certains n'étaient pas prêts, d'autres devaient chausser leurs lunettes, d'autres encore avaient besoin de crayons pour cocher leurs numéros. Aussi sœur Rosaleen leur accorda-t-elle une minute de plus avant de glisser sa main dans la cage et de commencer le jeu.

— La première boule, c'est trois et trois...

— Trente-trois, entonnèrent les vieux en chœur.

Sœur Rosaleen, qui ne s'attendait pas à ce qu'ils répondent, fut à la fois étonnée et ravie. On aurait dit la messe, en plus spontané cependant. Le loto était une étrange liturgie : bien qu'il n'y eût pas d'eucharistie, que la récompense fût mercantile, l'atmosphère de la pièce n'en était pas moins spirituelle.

Philo marchait entre les tables et les chaises, attendant un jeton, enchantée d'assister aux premiers pas de sœur Rosaleen dans la carrière de présentatrice de loto, d'entendre sa voix s'affermir chaque fois qu'une boule jaillissait de la cage.

— Toujours tout seul, la Sainte Trinité, numéro trois.

La façon dont la religieuse associait son expérience aux numéros, estampillant les boules du loto de sa vocation plut beaucoup à Philo, qui sentait monter l'excitation à mesure que les joueurs approchaient de la grille.

— Toujours tout seul, numéro six. Deux grosses mémés...

— Quatre-vingt-huit.

— La clé des champs...

— Bingo !

Il n'y eut pas qu'une voix, mais plusieurs.

— Bingo !

— Bingo !

Des cris de triomphe résonnèrent dans toute la salle.

— Bingo !

— Bingo !

Ça fusait de tous les coins. On voyait des mains levées en signe de victoire à huit tables. On aurait dit que Ninna Delargy venait de décrocher un mari, tandis que Cap semblait gêné de leur succès. Nan Cassidy et Granny Carmody n'étaient pas contentes de devoir partager avec tant de gens. Chrissie Mongon et Ita Mullen, elles, étaient des gagnantes qui auraient une histoire à raconter à Dina lors de son retour. Mucky Mannion, qui avait joué seul, levait aussi la main. Philo commença par lui et cria les numéros à sœur Rosaleen. Ils correspondaient parfaitement. Puis elle s'approcha d'Olive Mulvey et répéta l'exercice : les numéros étaient rigoureusement les mêmes que ceux de Mucky.

Un examen plus approfondi révéla que les huit vainqueurs avaient la même série de numéros. Les cartons de loto étaient des photocopies. Qu'il s'agisse d'un sabotage ou d'une erreur innocente, en tout état de cause on avait bousillé le loto.

Le jeu fut abandonné et les prix distribués. Granny Carmody alla la première choisir une boîte d'ananas en exprimant autant de joie que si elle avait gagné l'île tropicale d'où venaient les fruits. Ninna Delargy prit un paquet de sachets de thé, rayonnante parce que cela lui fournissait un prétexte idéal pour inviter Cap chez elle. Nan Cassidy s'empara d'une boîte de flageolets qu'elle posa en équilibre sur sa tête en retournant à sa chaise. Cap, qui se présenta volontairement le dernier, eut droit à l'assortiment de légumes que Philo avait préparé, prix des plus superflu dans son cas mais qui lui fit plaisir parce qu'il trouva que c'était de bon augure. On lui donnait quelque chose de chez Dina, et il lui rendrait la pareille, au bon moment.

Quatorze personnes partirent du Centre d'accueil mieux loties que lors de leur arrivée. Elles rentrèrent chez elles avec un butin, allant de poires en conserve à des rouleaux de papier hygiénique, de cigarettes à des yaourts allégés. Ils avaient beau ne pas avoir eu les chiffres pour gagner, tous, gagnants et perdants, étaient satisfaits de leur grille. Seule sœur Rosaleen ne l'était pas.

La religieuse était écœurée. Dans sa vie religieuse, rien ne lui avait procuré la même satisfaction que celle qu'elle avait éprouvée en criant les numéros. Rien ne l'avait liée avec autant de dynamisme aux vies de ceux dont elle avait la responsabilité. Pour une fois, elle n'était pas séparée d'eux, elle ne veillait pas sur eux ; elle était l'un d'eux et ils étaient avec elle. Sœur Rosaleen ne voulait pas que cela s'arrête.

Maintenant que c'était terminé, elle mourait d'envie que cela recommence. Elle était accro.

Philo retrouva l'aspirateur qui la dévisageait comme un professeur fâché. Elle aurait dû le rapporter, mais elle était incapable d'affronter l'idée de franchir le pont menant à East Wall en le traînant. D'autant qu'elle en avait besoin pour le grand nettoyage, ça allait lui coûter cher. Non que son père eût jamais abîmé un aspirateur en s'en servant, cela ne l'empêcherait pourtant pas de prononcer un discours sur les méfaits de l'emprunt. Il était temps que Philo négocie une extension du prêt.

Dès son arrivée chez ses parents, elle sentit qu'un vent froid soufflait dans sa direction. On ne l'accueillit pas. Sa mère se détourna et se rendit directement dans la pièce donnant sur la rue. Elle retapa les couvertures du lit, fit bouffer ses oreillers, en donnant des coups de poing d'un boxeur furibard.

— Qu'est-ce qui ne va pas, Ma ? Tu m'en veux ? demanda Philo.

— Pas du tout, qu'est-ce qui te fait dire ça ?

Quand Sylvia ne lui proposait pas une tasse de thé à son arrivée, cela signifiait qu'elle lui en voulait. Elle continua de s'agiter sans cesser de tourner le dos à sa fille.

— Ce serait bien qu'on me confie les choses, c'est tout, lança Sylvia.

C'était sérieux, elle lui parlait en langage codé.

— Je mets la bouilloire en route, Sylvia ?

— Comme tu voudras.

Cela n'avait rien à voir avec l'aspirateur, c'était plus grave que ça.

— Qu'est-ce qui te contrarie, Sylvia ? Quelque chose que j'ai fait ou que je n'ai pas fait ?

— Ce que tu fais est ton affaire et ce que je fais la mienne.

La partie de tennis verbal risquant de s'éterniser, Philo décida d'essayer de briser la glace.

— Bon, je mets la bouilloire en route.

— Nan Cassidy en sait plus sur ta vie que moi, lança Sylvia d'un ton froissé.

À cette remarque, Philo s'arrêta net. Le jeu de loto qui avait eu lieu plus tôt dans la journée au Centre d'accueil lui revint à l'esprit. Elle ne se rappelait pas si Nan avait gagné un prix, mais la vieille femme était peut-être passée chez Sylvia pour la ramener à ce propos. L'idée qu'un paquet de sachets de thé ou une boîte de morceaux d'ananas ait pu créer cette situation lui parut désolante.

— Comment se fait-il que Nan Cassidy soit invitée à l'excursion de Santry dimanche et que tu n'aies même pas pensé à m'y inviter ?

Philo sentit une vague de nausée lui soulever le cœur.

— Je suis ta mère et Jack est mon petit-fils.

Philo ne trouva aucune réponse appropriée ; tout cela n'avait aucun sens.

— As-tu envie d'une tasse de thé, Sylvia ?

— J'aimerais savoir ce que j'ai fait pour ne pas être invitée.

— Un petit gâteau de régime te ferait peut-être plaisir avec ton thé ?

— Jack est pilote de course dans un Grand Prix et je suis la dernière à l'apprendre.

— Ce n'est pas un Grand Prix, il conduit tout seul, contre la montre.

— Pourquoi ne suis-je pas invitée ? Qu'est-ce que j'ai fait de mal pour qu'on ne me prie pas d'y assister ?

— Tu *es* invitée. C'est pour ça que je suis passée, pour t'inviter.

Philo réfléchissait. Tant pis pour les bobards qu'elle racontait, pour peu qu'ils la sortent du bourbier où elle se trouvait.

— Je voulais te faire une surprise, dit-elle. Mais cette pauvre conne a réussi à tout gâcher.

Si elle avait été branchée à un détecteur de mensonges, la machine aurait explosé.

— Comment vais-je me rendre à Santry ? demanda Sylvia.

— En bus.

— Tu te fiches de moi, je suis incapable de monter dans un bus.

— Et pourquoi ça ?

— Un bus jusqu'à Santry, à partir de O'Connell Street ?

— Où est le problème ?

— Regarde mes jambes, je ne peux pas marcher jusqu'à l'arrêt de bus.

— Qui a dit que tu devrais y aller à pied ?

— Il ne va sûrement pas venir me chercher.

— Ça t'étonnerait s'il le faisait ?

— Le 16A ne viendra pas jusqu'ici et ne s'arrêtera pas devant ma porte.

— J'ai dit que j'allais te faire une surprise, oui ou non ?

— Oui.

— Eh bien, tiens-toi prête dimanche parce qu'un bus va passer te chercher.

Sur ces mots, Philo alla brancher la bouilloire dans la cuisine. Il lui faudrait louer un bus. Heureusement, elle avait l'argent de Tommo pour le payer. Au regard de sa gaffe, ce n'était pas cher payer. À quelque chose malheur était bon et ce sur plusieurs plans. Elle pourrait en faire une sortie dont tout le monde profiterait – les enfants, sa mère, les vieux, frère Felix, sa sœur Sally et quiconque aurait envie d'y participer, y compris son père bien qu'elle nourrisse l'espoir secret qu'il doive travailler. Ce serait une bonne chose de pousser Sylvia à sortir de chez elle, une fois qu'elle aurait vécu une journée dehors avec les vieux, il était possible qu'elle y prenne goût. Quelle tristesse qu'elle soit devenue une recluse.

Philo ébouillanta la théière avant de faire couler l'eau brûlante par le bec. Elle entendit Sylvia entrer dans la cuisine derrière elle.

— Je crois que je vais m'abstenir dimanche, si tu es d'accord, annonça-t-elle.

— Il n'en est pas question. Tu viens. J'ai payé pour le bus.

Philo posa un regard déterminé sur sa mère, qui mentionna qu'elle n'avait rien à se mettre.

— Même si tu dois y aller dans un sac, tu iras.

En soupirant, Sylvia parla d'un gilet rose et d'une jupe crème comme étant ses seuls vêtements convenables. La dispute était terminée, elle cédait. Ravie pour sa mère, Philo s'attrista sur son sort parce qu'elle n'avait plus d'autre choix que de révéler l'endroit où se trouvaient les enfants. Jusqu'à présent, elle le lui avait caché. Philo ne supportait pas de faire de la peine à sa mère, or ce serait le cas lorsqu'elle lui annoncerait la vérité sur ses petits. En revanche, ce serait rassérénant de tout raconter : les secrets, c'était humiliant et Philo n'avait pas à avoir honte de quoi que ce soit. Elle n'avait jamais rien fait de mal aux enfants – à sa manière de dingue, elle s'était toujours efforcée d'agir au mieux. Dans l'idéal, elle aurait attendu de récupérer sa progéniture avant de se confier à sa mère, mais Nan Cassidy lui avait forcé la main. Il n'empêche que c'était de sa faute puisqu'elle avait lancé des invitations au Centre d'accueil avec tant d'insouciance.

Philo versa le thé, puis disposa deux petits gâteaux sans sucre sur la soucoupe. Elles s'attablèrent l'une en face de l'autre. La mère proposa un petit gâteau à sa fille, qui refusa.

— Tu peux en manger autant que tu veux, c'est écrit sur le paquet.

L'emballage promettait quelque chose de délicieux qui ne faisait pas prendre un gramme. À en juger par l'aspect de sa mère, Philo estimait que rien n'avait échoué aussi lamentablement.

— Prends-en un, ça ne te fera aucun mal.

Sylvia était d'un optimisme si contagieux que Philo accepta. Dès la première bouchée, elle se souvint qu'elle les détestait. Non seulement ils n'empêchaient pas de grossir, mais ils étaient infects.

— À mon avis, on ne les trouve bons que si on est ménopausée, dit-elle.

Sylvia s'en accommodait depuis des années car elle estimait normal de souffrir dans la vie. Contrairement à la plupart des martyrs, elle ne se plaignait jamais. Même si l'état du monde la préoccupait, elle était d'un naturel optimiste et s'accrochait toujours à quelque chose de positif.

— Je veux que tu sois prête à midi dimanche, déclara Philo. On te prendra au passage, avant de nous rendre à Goldenbridge.

— Je croyais qu'on allait à Santry.

— Les enfants sont à Goldenbridge pour quelques jours, alors on doit aller les y chercher.

Philo eut beau s'efforcer de présenter d'une manière rassurante à sa mère le désastre qu'était sa vie – un labyrinthe de listes d'attente pour obtenir un logement social, de formulaires, de visites quotidiennes dans un orphelinat et un foyer pour garçons, de couvents, de religieuses, de déambulateurs, de légumes, de jeux de loto, de rendez-vous arrangés, de virées dans des voitures volées et de circuits – elle ne réussit pas à amortir le choc. Ses efforts visant à l'humour tournèrent court, Sylvia n'y vit rien de drôle et ne s'inquiéta qu'au sujet des enfants. Pour elle, la dispersion de la famille n'avait rien de positif. Si catastrophique que fût une situation, mieux valait pour des enfants rester avec leurs deux parents, et des religieuses, quel que fût leur nombre, n'étaient pas une solution de rechange satisfaisante.

— Au moins, j'ai la paix, ça compte, dit Philo.

— Tu l'as aux dépens d'autrui, assena Sylvia.

Un coup de couteau dans la poitrine.

— Ta tranquillité d'esprit fait souffrir des êtres, ajouta Sylvia.

Philo avait passé les semaines précédentes à chercher une solution permettant que ses enfants et elle soient réunis sans Tommo. Elle y était arrivée en chassant le plus possible leur chagrin de son esprit. Une remarque de sa mère suffisait à ce que la culpabilité la submerge, elle avait le sentiment d'être une ratée sur toute la ligne, une bonne à rien.

— Les hommes nous ont toujours fait souffrir, reprit Sylvia. Et ça ne changera pas.

— Ce sont les injures que je ne supporte plus, Ma.

— C'est ton devoir.

— Je ne crois pas en être capable.

— C'est le prix à payer, le même que moi. Nous avons tous un prix à payer, personne ne s'en sort sans laisser de plumes.

Sylvia enfourna le dernier morceau de petit gâteau et le fit descendre avec du thé. Elle croyait l'inscription du paquet parce qu'il le fallait. Comme la graisse d'un phoque, sa montagne de chair lui servait de bouclier, la protégeant de la douleur du monde.

Lançant un regard à sa mère, Philo prit conscience qu'elle voyait son avenir. Elle avait fait les trois quarts du chemin, quel mal y avait-il à aller jusqu'au bout ? Les présages, et ce n'était pas la première fois, lui dictaient de se remettre avec Tommo. Son abandon du domicile conjugal était une erreur, qui l'avait réduite au rang d'un être sans valeur ni droits, et l'avait privée de ses enfants.

— J'ai prié Padre Pio, il ne me laisse jamais tomber.

Padre Pio était le héros de Sylvia. Elle lui demandait tout mais jamais rien pour elle. L'eût-elle fait qu'elle aurait maigri depuis belle lurette. Il lui aurait enlevé des kilos.

— Qu'est-ce que tu lui demandes en ce moment ? s'enquit Philo.

— Je le prie pour Tommo.

— Ce salaud n'a pas besoin de tes prières.

— On a tous besoin d'aide, personne ne peut se passer d'intercession.

— C'est un fumier. Il ne sera jamais un type bien.

— C'est l'alcool, Philo. Je demande au Padre Pio de l'aider à ne plus boire. Je n'ai pas réussi avec ton père, peut-être que j'y arriverai avec Tommo.

Philo n'avait jamais vraiment cru que l'on pouvait demander un service à un mort. La désinvolture avec laquelle sa mère invoquait le nom du Padre Pio la prit de court – on aurait dit qu'il vivait quatre maisons plus loin et passait bavarder avec elle deux fois par semaine. C'était le seul ami de Sylvia, qui était très isolée. Elle avait demandé au Padre Pio de faire une commission : il s'était exécuté et avait enlevé le verre de la main de Tommo. Philo ne savait pas très bien où se situaient les Alcooliques Anonymes dans tout ça. La vérité était difficile à établir, Padre Pio et les Alcooliques Anonymes devraient se débrouiller entre eux.

Dans l'intervalle, Philo résolut de ne rien révéler à propos de Tommo et de l'alcool parce qu'elle n'avait pas envie que sa mère ait une attaque. Elle opta pour le compromis, réclamant une brochure sur le Padre Pio. Si ça marchait pour Sylvia, cela pouvait marcher pour elle. Même si Philo ne savait pas ce qu'elle allait lui demander, elle avait très envie de dresser une liste de possibilités, de jouer avec dans sa tête avant de prendre une décision.

Christy Furlong, le gardien du circuit de Santry, fut persuadé que le bus s'était perdu. La voie menant à son tourniquet – il n'avait pas raté un dimanche en quinze ans – était une piste qui ne permettait pas la vitesse. Christy avait verrouillé la grille fixée sur un côté du tourniquet parce que toutes les voitures prévues pour la course du jour étaient à l'intérieur de l'enceinte. S'avançant sur la piste, il leva les mains à la manière d'un agent de police pour arrêter le bus. Il ne se retrouvait pas en face de ce genre de véhicules tous les dimanches ; au vrai, il n'en avait jamais vu un durant toutes les années où il s'était occupé de la barrière. C'était la raison pour laquelle il était certain qu'il était perdu.

Il examina l'avant du bus et regarda longuement la plaque d'immatriculation avant d'indiquer au chauffeur d'ouvrir la porte. Un courant d'air, puis Christy grimpa les marches, galvanisé par son succès.

— Vous vous êtes trompé de route, où allez-vous ?

— Au circuit de Santry, répondit le chauffeur.

— Je sais que nous sommes au circuit de Santry, mais où voulez-vous aller ? Quelle est votre destination ?

— C'est précisément notre destination.

Christy Furlong observa les visages tournés vers lui. C'était un étrange spectacle.

Au premier rang trônait une femme qui occupait deux sièges. Essoufflée, elle était entourée d'enfants qui la tiraillaient de tous les côtés, auxquels elle donnait des bonbons du paquet qu'elle tenait à la main comme s'ils étaient des singes dans un zoo. Derrière elle se profilaient tout un tas de vieux visages ridés – ceux de femmes portant des foulards et d'hommes coiffés de chapeaux. Au fond, une autre énorme femme et une religieuse, assises côte à côte, rigolaient ensemble d'une blague. Aux yeux de Christy, ils avaient tous l'air de venir d'un hôpital ou d'une maison de retraite. Après quoi, il lui sembla que c'était peut-être des malades de l'asile de Portrane, dont le vrai nom était Hôpital psychiatrique de sainte Ita, mais que personne n'appelait ainsi. Christy eut l'impression qu'on avait l'intention de se payer sa tête, mais ça n'allait pas marcher. Il n'était pas question de se faire rouler par le visage inexpressif du chauffeur.

— Retournez sur la grand-route, prenez à gauche et suivez les panneaux jusqu'à Portrane.

— Portrane ?

— Exactement.

— Vous me croyez cinglé ? demanda le chauffeur.

— Absolument.

Au moment précis où les choses menaçaient de s'envenimer, frère Felix surgit de nulle part, sauta dans le bus et leur souhaita la bienvenue sur le circuit.

— Ces gens, tu les connais E.T. ? lança Christy Furlong.

— Bien sûr, ils sont venus soutenir Jack Nolan.

Christy décampa comme un homme ayant un accès de diarrhée, ouvrit la barrière à toute vitesse, disparut dans le tourniquet où il se planqua. Le bus entra en roulant doucement et se gara derrière un conteneur en métal qui faisait office de bureau, de point de rendez-vous, de salle du service d'ordre, de poste de premiers secours et de boutique de bonbons. Frère Felix emmena le groupe de Philo dans un endroit réservé, un tertre couvert d'herbe, entouré de quelques cordes grises qui avaient été blanches autrefois. Des tonneaux reliés par des planches constituaient les sièges. Sylvia fut contente de soulager la tension de ses pieds, en revanche le reste des membres du contingent de North Wall, vingt-huit en tout, restèrent debout pour regarder la piste.

C'était primitif et bruyant, et l'odeur d'huile et de caoutchouc brûlé était omniprésente. Le tout était d'une honnêteté incontestable. La piste était bordée d'un côté par un mur en ciment, de l'autre par un empilement de pneus usés. Au milieu, sur le terrain, pilotes et mécaniciens procédaient aux ultimes réglages de leur voiture. Le vrombissement des moteurs était assourdissant. Philo repéra Jack avec son entraîneur, Black Bob ; elle l'appela, mais il ne l'entendit pas.

Un homme fit une annonce dans un micro. Bien qu'il fût impossible de distinguer un traître mot, toutes les voitures devinrent silencieuses. Il recommença à parler et les mots crépitèrent dans les haut-parleurs cabossés.

— Le Dragon Doré sur la ligne de départ, s'il vous plaît.

— C'est le nom de coureur de Jack, expliqua frère Felix.

L'excitation s'empara du petit Tommo. C'était beaucoup mieux qu'un dimanche à l'orphelinat. Levant les mains au-dessus de la tête, il se mit à les battre en cadence et à chanter : « Vas-y, Dragon Doré ! Vas-y, Dragon Doré ! » Eileen, Josie, Philomena et Sally se joignirent à lui, de même que Philo et sœur Rosaleen. Lorsque la voiture arriva sur la ligne de départ, jeunes et vieux s'égosillaient. Pour Sylvia, c'était plus d'exercice qu'elle n'en avait fait depuis longtemps.

Jack fit faire un tour de piste à son Opel Kadett jaune pour l'échauffer. Il s'efforça de se couper du monde en serrant son casque sur ses oreilles. Au moment où il aborda le dernier virage, il appuya sur le champignon et prit le drapeau. Comme il approchait du premier tournant, il imagina la police à ses trousses : il venait de dévaliser une banque et, s'il se faisait prendre, il écoperait de quinze ans de prison. Voilà qui l'aida à se concentrer. Il se servait de son expérience de voleur de voitures, passant les vitesses comme un possédé. Ayant travaillé sur la voiture, il connaissait le fonctionnement de la moindre pièce du moteur à chaque seconde – les pistons qui montaient et descendaient de toutes leurs forces, les bougies qui enflammaient la combustion interne, l'huile qui lubrifiait l'ensemble et l'eau qui empêchait la surchauffe. Les indicateurs de température tremblaient tandis que la sueur dégoulinant sur son cou et ses épaules le chatouillait. Il n'y avait aucune chance pour qu'un porc en uniforme le rattrape, ni maintenant ni jamais.

Il était presque arrivé. Comme il prenait le quatrième virage, il rétrograda en troisième ; à peine en fut-il sorti qu'il passa la quatrième et se dirigea vers la ligne. Il attrapa le drapeau et leva le pied de l'accélérateur, laissant la voiture ralentir sur la piste. Il desserra son casque et baissa la vitre. Jetant un regard à la tribune, il vit une foule de gens qui perdaient la boule sans crier vengeance pour autant. Il arrêta la voiture près de la barrière du circuit. L'homme au micro annonça le temps du tour de piste.

— Mesdames et messieurs, c'était un tour de 56.7 secondes, un nouveau record de piste pour les moins de seize ans à l'actif du Dragon Doré.

La tribune se transforma en une arène de course de taureaux. Le petit Tommo mena la charge, suivi par les autres : d'abord les enfants, puis Philo et sœur Rosaleen, et les vieux fermant la marche. Ils entourèrent Jack, qu'ils hissèrent sur les épaules de frère Felix et de Black Bob.

— Michael Schumacher ! s'exclama frère Felix. C'est le nouveau Michael Schumacher !

— Qui c'est ce mec, bordel ? demanda Philo.

Ils portèrent Jack le victorieux jusqu'à la salle du service d'ordre, où il signa le livre pour son tour qui avait battu tous les records. Ses frère et sœurs s'accrochaient à lui ; à leurs yeux, il avait réalisé un exploit aussi formidable que s'il avait gagné le championnat du monde. Mais Jack écarta leurs compliments comme s'il s'agissait d'une broutille. Il leur fit essayer son casque à tour de rôle, sauf à Eileen, qui ne le souhaitait pas.

— Tu deviens une vraie grande personne, tu sais ? lui dit Jack.

En vérité, c'était lui qui avait mûri. À peine quelques semaines plus tôt, c'était un voleur de voitures incontrôlable qui mouillait son lit. Il avait parcouru un long chemin en très peu de temps.

Sœur Rosaleen organisa le groupe pour qu'il se dirige vers le bus. Les uns et les autres avaient vu ce pour quoi ils étaient venus ; il n'empêche que le bruit et les odeurs étaient accablants pour les âmes les plus délicates comme Olive Mulvey et Ninna Delargy. Il n'était pas question pour autant de rentrer, loin de là : leur journée venait de commencer et il leur fallait trouver un bon pub où pousser leur chansonnette.

Mucky s'éclipsa dans les toilettes pour hommes, qui consistaient en un simple trou dans le béton avec une évacuation où bulles et mégots cohabitaient. Comme il n'y avait pas de toit, la pestilence pouvait au moins s'échapper avant d'étouffer ceux qui pissaient. Mucky sortit le cirage de sa poche et commença à s'en enduire la figure, soigneusement, avec un chiffon afin de ne pas s'en mettre plein les mains. Il se servit du petit miroir carré qu'il trimballait dans son portefeuille parce qu'il n'y en avait pas d'autre. Dès qu'il jugea le résultat satisfaisant, il rangea le cirage et le chiffon, prit des gants blancs où il enfila ses doigts.

À ce moment précis, Christy Furlong entra dans les toilettes. D'abord, il remarqua les mains. Son regard en dévia pour se poser sur le visage noir aux yeux bleus perçants et il crut immédiatement être passé de l'autre côté. Était-il au paradis ou en enfer ? Il ne se donna pas le temps de le découvrir. Si pressante que fût son envie d'uriner, elle ne l'emporta pas sur son désir de déguerpir, et, la vessie pleine à éclater, il s'empressa de retourner au havre de son tourniquet.

Quelqu'un manquait à l'appel. Sœur Rosaleen n'allait sûrement pas repartir sans lui. Cap lui affirma que tout allait bien, que Mucky l'errant ferait son apparition sitôt que le bus aurait demarré. Effectivement. Quand le chauffeur franchit la barrière et roula sur la piste, Mucky surgit devant le bus qu'il força à s'arrêter. Il grimpa sur le marchepied en sautillant, tomba sur un genou au milieu de l'allée avant de se lancer dans son numéro d'Al Jolson. La première chanson fut *Mammy.* Au bout de quelques secondes, tous les passagers du bus chantaient, n'hésitant pas à parcourir un million de kilomètres pour un sourire [1].

— C'est spécialement pour toi, Sylvia ! s'écria Philo depuis la banquette du fond.

Tout au long du trajet jusqu'à la mer, à Donabate, la chorale ne s'interrompit pas. Et elle continua au Bay Arms, un pub avec vue sur la plage. Sylvia s'assit dehors, regardant les enfants sauter dans les dunes qui se dressaient sur la grève. L'île de Lambay surgissait de la mer calme, on eût dit une énorme créature des fonds marins flottant à l'horizon. La journée avait été parfaite. La soirée l'était aussi, ou presque. L'idée que les enfants doivent retourner à Goldenbridge brisait le cœur de Sylvia. Elle pensa à un kidnapping, mais ce n'était pas viable – pas avec un mari tel que Jack. Il restait Padre Pio, le seul homme qu'elle eût jamais aimé, mais elle ne voulait pas l'accabler. Elle le solliciterait de nouveau, au moment voulu.

Sortant du pub, Philo la rejoignit sur le parapet. Le silence n'était rompu que par les cris de joie des

1. « Walking a million miles for one of her smiles », extrait de la chanson *Mammy*, d'Al Jolson. *(N.d.T.)*

enfants et le bruit des vagues se brisant sur le sable. La liberté et l'innocence coexistaient avec les orphelinats, les foyers pour garçons et la graisse des corps. Chacun avait ses boulets. Pour l'heure, Sylvia et Philo avaient la liberté. C'était suffisant.

— Quelle belle journée ! As-tu passé une bonne journée, Ma ?

— C'était une journée merveilleuse, ma fille, la plus merveilleuse qui soit.

13.

Dina rentra chez elle le lundi après-midi dans une maison impeccable. La troupe de Philo avait occupé les lieux l'avant-veille, les récurant à toute berzingue. Les membres s'étaient présentés avec de la cire, des chiffons, des cuvettes, de la soude caustique, des produits d'entretien pour le cuivre et l'argenterie, des aérosols pour les odeurs, des fleurs, des balais à franges, des peaux de chamois, des pelles à poussière, des rouleaux de papier toilette – volés, achetés et gagnés –, du produit pour la vaisselle, des déboucheoirs à ventouse, de la mort-aux-rats, du bain moussant et une banderole où figurait la phrase *Bienvenue à la maison*. Il finit par y avoir tant de monde qu'on se serait cru dans un wagon à l'heure de pointe. Les derniers arrivants ne purent même pas franchir la porte, ils firent la queue dans la ruelle comme s'ils attendaient pour entrer dans une grotte.

Philo ouvrit la fenêtre du premier étage pour s'adresser à la foule. Elle posa les mains sur le rebord et se pencha. L'image de Jim Larkin, le célèbre député travailliste, lui vint à l'esprit : lors du dimanche sanglant, il s'était faufilé dans l'Imperial Hotel et avait harangué la foule rassemblée dans O'Connell Street d'une fenêtre du premier étage. Dès que Philo avait su parler, son père l'avait amusée avec des histoires à propos de Larkin et la façon dont il avait poussé les ouvriers de Dublin à relever la tête. Tandis qu'elle baissait les yeux sur Dowdall's Lane, ses paroles résonnèrent à ses oreilles : *Je suis venu parler d'une mission, la mission divine du mécontentement.* Malgré son désir de les hurler, elle résista : c'était un samedi de grand nettoyage, pas un dimanche sanglant.

Aussi eut-elle l'idée de répartir le travail entre deux équipes. Ceux qui se trouvaient au rez-de-chaussée et dans la ruelle furent renvoyés avec la consigne de revenir plus tard. Quant à ceux qui restaient, encouragés par Philo, ils s'attaquèrent à la tâche avec enthousiasme. Au final, le moindre coin, la moindre surface, porte ou rebord de fenêtre furent nettoyés deux fois. La maison était plus propre que lorsqu'on l'avait construite et, en guise d'accueil, il y flottait un bouquet de senteurs rivalisant les unes avec les autres.

Dina ne sut trop qu'en penser. Dès que les ambulanciers lui eurent fait franchir la porte, les changements lui sautèrent aux yeux. La boutique baignait dans la lumière parce que les fenêtres encroûtées de crasse des années durant étaient redevenues transparentes. Non que cela l'ennuyât, bien au contraire. Comme elle montait l'escalier, son nez fut incendié par l'odeur d'encaustique qui la ramena des années en arrière – un voyage dans le temps qui l'enchanta. Le premier étage fut une véritable révélation : on l'aurait cru ramené du pays des morts avec des couleurs et des agencements qu'elle n'avait jamais remarqués auparavant. Comment avait-elle vécu ici sans voir la cheminée en fonte ni les carreaux bleus du renfoncement ; les roses des corniches et du plafond ; les panneaux des portes, dont les poignées de cuivre avaient retrouvé leur teinte dorée ; le buffet où trônait un vase en cristal rempli de magnifiques fleurs ; le mur où la banderole lui souhaitant *Bienvenue à la maison* était accrochée ? Rien de tout cela ne lui déplaisait, même si cela parait le familier d'étrangeté.

— Tu as dû passer la nuit à faire le ménage, lança Dina.

— Tu plaisantes, ça m'a pris une heure, riposta Philo, la langue collée à la joue.

— Une heure ? T'as dû aller à toute blinde.

— Absolument pas, j'ai même pas transpiré.

En parcourant du regard l'endroit transformé, Dina comprit que cela ne tenait pas la route.

— T'as bossé matin, midi et soir, affirma-t-elle.

— Je suis ton aide à domicile, pas ta putain d'esclave.

— C'est toi qui as cueilli les fleurs ?

— Non, un admirateur les a envoyées.

— Tu es mariée, Philo, tu n'es pas censée en avoir.

Philo agita la main pour attirer l'attention de Dina, et, baissant le visage au niveau de celle-ci, elle s'exprima avec lenteur.

— C'était un de tes admirateurs ; c'est à toi qu'on les a offertes, pas à moi.

Dina était sûre que Philo ne lui révélerait rien si elle ne le lui demandait pas. Or elle ne voulait pas lui procurer ce plaisir, surtout si les fleurs avaient été envoyées par les religieuses ou une de ses copines. Elle ne voulait pas tomber dans le piège pour ça.

— Tu sais de quoi je meurs d'envie ?

— De connaître le nom de celui ou celle qui t'a envoyé les fleurs ? répondit Philo.

— Non, d'une tasse de thé.

Lorsque Philo se leva pour aller la préparer, Dina la rappela. Après avoir été confinée dans un lit d'hôpital pendant des jours, elle tenait à s'en occuper elle-même, dans sa cuisine. À remplir sa bouilloire d'eau. À la mettre sur le feu et la regarder frémir. On avait été aux petits soins pour elle, à présent elle voulait agir par ses propres moyens quand même les pansements qui enveloppaient toujours ses pieds entravaient sa mobilité. Elle posa les mains sur la taille de Philo et elles se dirigèrent vers la cuisine en se déplaçant à la manière de deux wagons bringuebalants. Philo eut du mal à ajuster son allure.

— Est-ce que je vais trop vite pour toi ? demanda-t-elle.

— Je crains simplement de te donner un coup de pied, c'est tout.

Philo se retourna et lui fit face.

— Allons-y en biais, comme ça.

Ce fut aussitôt plus agréable parce qu'elles se voyaient. Elles trouvèrent un rythme : un pas avec la jambe située du côté de la cuisine, suivi d'une espèce de glissade avec celle qui traînait. Elles traversèrent la pièce en direction de la cuisine sans se soucier le moins du monde du moment où elles y parviendraient. Les mains de Dina se mirent en position de danse, spontanément ; Philo compta un deux trois tandis que sa partenaire commençait à fredonner *The Anniversary Waltz*, et les paroles de l'air qu'elle n'avait pas chanté depuis trente ans lui revinrent rapidement à la mémoire. Une fois à la cuisine, elles rebroussèrent chemin au lieu d'y entrer.

— T'es sûre d'être capable de ça ?

De crainte de perdre un passage de la chanson, Dina se borna à continuer de chanter.

— J'ai pas envie de t'esquinter les guibolles à force de valser, précisa Philo.

Dina paraissait si frêle avec ses pansements que

Philo, malgré sa certitude que la vieille femme vivrait jusqu'à cent huit ans, ne tenait pas à en faire trop dès le premier jour de son retour. À la fin de l'air, elles se retrouvèrent plus loin de la cuisine qu'au début.

— Tu danses à ravir, tu sais ? demanda Dina.

Ne sachant comment réagir au compliment, Philo garda le silence.

— Je ne me souviens pas de la dernière fois où j'ai dansé comme ça, reprit Dina. Il faut que je le fasse plus souvent.

— Tu obéiras aux prescriptions des médecins.

— Qu'ils aillent se faire foutre, j'en ai marre de les écouter. Allez, emmène-moi dans la cuisine en dansant pour que je fume une cigarette et boive une goutte de cognac.

On avait sévèrement chapitré Dina à propos des effets du tabac sur la circulation, sans compter le danger pour les poumons. À l'hôpital, elle s'était montrée d'une docilité exemplaire, promettant de changer de fond en comble son mode de vie. De retour sous son toit, dans les bras de Philo, la vieille dame ne songeait qu'à redevenir elle-même le plus rapidement possible. Elle était heureuse de sa vie – davantage encore – comblée. Elle avait sa boutique, ses copines, le couvent et une aide ménagère. Sa maison était impeccable et elle s'était remise à danser : une renaissance.

La cuisine était rutilante. Des tiroirs bloqués depuis des années s'ouvraient et se fermaient à nouveau sans aucune difficulté. L'eau coulait vite et bien dans l'évier, lequel était bouché depuis l'invasion des Vikings. On avait réparé la fuite du robinet avec une rondelle en caoutchouc. Grâce au commandant – en fait, il avait pris en charge tous les travaux de plomberie. La couche de gras avait disparu de la cuisinière grâce à l'association de Granny Carmody et de

M. Muscle. On avait lavé, essuyé, astiqué les couverts et la vaisselle, essentiellement volés au couvent ou dans des hôtels, avant de les remettre dans les tiroirs et placards propres.

Pourtant, la première chose qui sauta aux yeux de Dina fut la bouilloire calcinée. Philo l'avait laissée sur la cuisinière afin de ne pas oublier d'en racheter une nouvelle. Peine perdue. Débordée par tout ce qu'il avait fallu faire pour le retour de Dina chez elle ainsi que par la course à Santry, ça lui était sorti de l'esprit.

— Qu'est-ce qui est arrivé à ma pauvre bouilloire ?

— Je l'ai carbonisée, voilà ce qui est arrivé, putain de bordel !

— Elle sifflait comme un petit tchou-tchou, tu ne l'as pas entendue ?

— J'essayais de gagner du fric pour toi, en bas, dans la boutique.

Philo avait insisté sur le « pour toi ». Cela eut l'air de marcher : Dina suspendit son tir. Philo versa de l'eau dans une casserole et alluma le gaz. De l'eau bouillie restait de l'eau bouillie. Une casserole faisait aussi bien l'affaire qu'un autre récipient. Une bouilloire qui sifflait ne rendait pas le thé meilleur, quoi qu'en pense Dina, ou n'importe qui d'autre. Philo sortit deux cigarettes. Après les avoir allumées, elle en tendit une à Dina, qui la fourra dans sa bouche et exhala la fumée.

— J'adorais cette petite bouilloire.

On aurait dit qu'elle avait perdu un enfant.

— J'aimais tout en elle.

Son attitude était pitoyable.

— Elle va horriblement me manquer.

— Écoute, je vais organiser un enterrement pour la bouilloire si tu en as envie.

— Ça pourrait être bien.

— Merde, j'étais pas sérieuse. On n'enterre pas une bouilloire !

— Je n'aime pas la voir déformée, c'est tout.

Incapable d'en supporter davantage, Philo jeta la bouilloire à la poubelle.

— C'est Cap Coyle qui a apporté les fleurs, déclara-t-elle.

Dina ne réagit pas : son vieil ennemi lui proposait la paix, mais les mots ne l'atteignaient pas. Perdue dans une rêverie, elle passait en revue sa vie en compagnie de la bouilloire et se demandait comment elle allait s'en sortir sans elle.

— Elles sont très romantiques, tu ne trouves pas ?

Dina tirait sur sa cigarette comme s'il s'agissait d'une sucette tout en se lamentant sur la perte de sa bouilloire.

— Les lis ont un parfum merveilleux, tu le sens ?

Philo perdait son temps. Jésus aurait-il acheté les fleurs et Jean-Baptiste les aurait-il apportées que Dina s'en serait fichue. Cap Coyle n'était pas dans ses pensées. Sa maison avait beau être superbe, le bout de métal carbonisé était la seule chose qui lui importait ; elle ne voyait de beauté nulle part. Philo décida de la laisser à ses récriminations de mégère pour son premier jour de reprise de contact avec la réalité. Pour le moment, elle évoluait dans un monde chimérique où elle resterait peut-être à jamais si on ne la ramenait pas sur terre.

— Allez, espèce de garce fainéante, prépare le thé comme tu l'as promis, lança Philo.

Les volutes de fumée nimbaient Dina d'un halo.

— Pourquoi me traites-tu de garce ? demanda-t-elle.

— Tu ne vas pas rester assise sur ton cul toute la journée, il y a du boulot. Tu as dit que tu ferais infuser le thé.

— Il est prêt, je n'ai pas bu un thé digne de ce nom depuis des siècles.

— Rien ne vaut le thé que l'on prépare dans sa propre théière.

Il s'agissait d'une de ces expressions gaéliques difficiles à traduire en anglais. Philo la tenait de sa mère. *Níl aon tinteán mar do thinteán féin* : rien ne vaut son propre coin de feu. Originale et musicale, la langue gaélique était très rythmée. Peut-être Dina éprouvait-elle ce sentiment envers la bouilloire qui évoquait les rétameurs du passé. L'époque où ils venaient réparer seaux, cuvettes, bouilloires et toutes sortes d'ustensiles ménagers ne remontait pas à si loin. D'après la légende, ils portaient bonheur dans la mesure où l'on signait leurs paumes avec de l'argent. La bouilloire sifflante était sans doute le lien de Dina avec ce monde révolu.

Dina prépara le thé sous le regard attentif de Philo.

— Veux-tu t'occuper du sucre et du lait ? demanda Dina.

— Non, fais-le toi-même.

Et Philo de s'asseoir, aussi enchantée de ne pas lever le petit doigt que Dina de s'affairer : cela confirmait son indépendance, son aptitude à se débrouiller toute seule, du moins pour se nourrir.

— Es-tu bien installée sur tes fesses ?

— C'est la position que je préfère, riposta Philo. Merci de me poser la question.

Dina mit trois cuillères de sucre et beaucoup de lait dans la tasse avant de la tendre à Philo. En échange, celle-ci alluma deux cigarettes et en donna une à la vieille dame. L'espace de quelques minutes, elles burent en faisant force bruit et fumèrent, observant un silence comme si c'était une règle de la maison. Quand elle eut terminé, Dina alla mettre sa tasse dans l'évier.

— Cap a offert les fleurs, n'est-ce pas ? demanda-t-elle avec nonchalance.

Philo fut étonnée qu'elle ait enregistré l'information.

— Lui-même, le seul homme digne de ce nom.

— Il les a apportées en personne ?

— Non, il a envoyé un fantôme couvert d'un drap blanc.

— Il aurait pu les faire livrer.

— Eh bien, ça n'a pas été le cas. Il s'est pointé, le bouquet à la main.

— Est-ce qu'il a monté l'escalier et vu la maison ?

— Tu n'imagines tout de même pas que je l'ai laissé dans la ruelle ?

— Heureusement que t'as fait le ménage.

Philo tenta de lui expliquer comment s'était passé le grand nettoyage. L'idée qu'une armée d'amis – et d'ennemis – ait envahi son domicile, en ait aspiré la poussière, n'était pas facile à digérer pour Dina. C'était incontestablement une violation de sa vie privée. Quand elle exigea la liste de tous ceux qui avaient franchi sa porte, Philo lui dit d'aller se faire foutre. Si outrée que fût la vieille dame que quelqu'un qu'elle payait pour s'occuper d'elle lui parle de la sorte, elle n'imaginait pas que quelqu'un d'autre puisse prendre la place de Philo. Celle-ci n'était pas seulement une aide ménagère, elle l'avait sauvée. Aussi Dina garda-t-elle le silence.

À dix heures, elles allèrent se coucher. Dina eut l'impression qu'un radiateur se trouvait sous les couvertures : Philo émettait des ondes de chaleur. Dina se blottit contre elle et se sentit rôtir.

— Tu es merveilleusement chaude, tu sais.

— Je dois être en pré-ménopause, dit Philo.

— Tu es trop jeune pour ça.

— Tu me l'as probablement filée, c'est extrêmement contagieux, tu sais.

Comme elle s'écartait, Dina comprit qu'on se fichait d'elle. Quel bonheur de pouvoir parler à quelqu'un. Cela ne lui était pas arrivé depuis le départ de Gerry.

— Pardonne-moi d'être une emmerdeuse, s'excusa-t-elle.

— C'est bon.

— Je suis une chieuse, hein ?

— Quelquefois.

— Tu vas pas me laisser tomber, hein ?

— Non, je vais rouler sur toi et t'étouffer.

— Remarque, je te comprendrais. J'en ferais autant à ta place.

— T'as pensé à ton testament ?

— Non.

— Alors, je ne t'étoufferai pas.

— Pourquoi ça ?

— Si tu mourais cette nuit, je n'aurais pas un sou de toi.

— Qu'est-ce qui te fait croire que je te laisserai quoi que ce soit dans mon testament ?

— Je suis ton aide à domicile.

— Ça signifie que tu t'occupes de moi.

— Ça signifie que je peux te torturer.

— Je te dénoncerais, j'appellerais au secours.

— Impossible si t'avais une chaussette dans la bouche et les mains ligotées.

Et Dina d'y réfléchir. Nul doute qu'elle était entièrement à la merci de Philo, aussi vulnérable qu'un nouveau-né. Vu qu'elle ne se rappelait pas cette époque, qu'elle n'avait aucun souvenir de lit d'enfant ni de berceau, elle n'avait aucun élément de comparaison. Elle n'arrivait à retrouver qu'un sentiment, celui de solitude – l'horreur d'être allongée toute seule sur ce même lit en se demandant où se trouvaient les membres de sa famille et s'ils se sentaient aussi seuls. Autant de pensées qui tournaient à vide puisqu'elle ne pouvait les partager avec personne.

— C'est merveilleux de parler, Philo.

— Tu n'as pas besoin de me passer de la pommade.

— Je sais que tu ne me bâillonnerais pas avec une chaussette.

— T'as pas tort, je prendrais plutôt du scotch.

Philo était fermement décidée à empêcher Dina de basculer dans le misérabilisme et à l'y entraîner. Si elle se laissait happer par une spirale défaitiste, elle ne parviendrait peut-être pas à en sortir. Il lui fallait se concentrer sur la recherche d'une solution à ses problèmes.

— T'entends la radio ? demanda-t-elle tout à coup à Dina.

Elles tendirent l'oreille de conserve. Il pleuvait dehors. Malgré les gouttes qui tombaient lourdement sur les tuiles du toit, on entendait une voix chanter. Philo se tourna vers Dina :

— Tu l'as laissée allumée ?

— C'est pas une radio, c'est une voix d'être humain, répondit la vieille dame.

Sans doute s'agissait-il d'un pauvre hère dans Dowdall's Lane, qui rentrait chez lui en s'égosillant contre les éléments. Il y avait comme une supplique dans sa voix, une requête pour qu'on l'écoute. Soudain, Dina se rendit compte qu'on s'adressait à elle ; l'instant d'après, elle identifia le chanteur.

C'était triste d'être arrivé à soixante et onze ans sans s'y être jamais risqué. Certaines choses coulaient de source dans la vie : enfourcher un vélo, se signer, boire une pinte au sortir de l'adolescence. Cap les avait expérimentées. Mettre son pénis dans un vagin, au minimum une fois au cours de son existence, était un droit que tout mâle avait à sa naissance, du moins dans la ville de Dublin. Les hommes avec qui Cap avait travaillé aux docks discutaient ouvertement des qualités de vagins, comparant élasticité, humidité, forme, toison et vigueur musculaire. S'il avait glané certaines informations, ce n'était pas pareil que de le faire. Il était possible de décrire la façon de grimper sur une bicyclette, mais rien ne vous préparait à poser le pied sur les pédales, à y appuyer de toutes ses forces et à se débattre pour empêcher la masse métallique tremblante de tomber par terre. C'était normal de se retrouver sur son cul à dix ans, pas à soixante et onze.

Cap se doutait que la grossière mécanique qu'il avait entendu décrire sur les docks de Dublin était en deçà de la chose. C'était les préliminaires qui le turlupinaient, trouver la bonne position – bref, la mise en train. Il s'était posé des questions à ce sujet toute sa vie sans avoir le courage de les formuler. Une fois, il avait embrassé une fille de Avenues, Kathleen Burke, sous la passerelle du chemin de fer à Seville Place. Dans un état de grande excitation, il avait mis la main sur son sein, mais elle l'avait repoussée d'une tape comme s'il s'agissait d'un crime passible de poursuites. Malgré le désir qui l'embrasait, on lui avait catégoriquement refusé l'autorisation de le concrétiser. Et cela s'était mal terminé. Alors qu'ils dansaient dans la salle de bal du Four Provinces, Kathleen Burke lui avait demandé s'il trimballait une bouteille de bière dans la poche de son pantalon. Cap avait mis un moment avant de comprendre qu'elle avait senti son pénis sur sa cuisse. Affreusement gêné, il avait fait l'innocent.

— Hé, c'est quoi ce truc ? Écarte-le de moi, avait-elle assené.

De quoi l'humilier et lui donner le sentiment d'être rejeté. On avait tourné sa virilité en dérision. Peut-être n'avait-il tout bonnement rien de séduisant aux yeux de l'autre sexe. Peut-être dégageait-il une odeur que les femmes trouvaient répugnante. Peut-être son pénis était-il trop gros ou, pire encore, trop petit. Les femmes exigeaient quelque chose de lui qu'il était incapable de donner, telle était la raison essentielle. Depuis, Cap avait été trop terrorisé, trop inhibé pour tenter à nouveau sa chance.

Il avait appris à vivre avec cette paralysie. Une masturbation de temps à autre l'avait aidé au fil des années à la supporter, mais cela aussi avait tourné court. Ne sachant plus trop si son équipement était toujours en état de marche, il se doutait néanmoins qu'il fonctionnerait si les circonstances étaient favorables. La question essentielle, c'était ce que les femmes attendaient de lui ; il ne voulait à aucun prix se ridiculiser de nouveau à cet égard. Un jour, il avait entendu parler dans un pub d'une vidéo porno qui avait tout d'un manuel d'éducation sexuelle, où les gens étaient réels, absolument pas des acteurs, où par conséquent rien n'était truqué – des rapports sexuels en vrai. Cap se dit que ça lui serait utile mais il n'avait pas de magnétoscope, un appareil cher pour ne regarder qu'une seule cassette. Et s'il découvrait que celle-ci n'existait pas après l'avoir acheté, ou qu'on ne la trouvait pas en Irlande ? Il se sentit encore plus mal que lors de l'histoire de la bouteille de bière dans sa poche.

Il décida qu'il serait plus sûr de se procurer un manuel. Entrant dans la librairie Eason située sur O'Connell Street, il commença par longer le mur de droite, puis fit le tour. Si tous les livres irlandais et auteurs connus s'y trouvaient, il n'y avait pas l'ombre d'un ouvrage sur la sexualité. Il passa par les rayons consacrés à la fiction, aux biographies et à la poésie et atterrit au milieu de cartes d'Europe et du monde. Puis ce furent les ouvrages d'art, où figuraient quelques nus intéressants, au demeurant sans instructions. Quant aux livres de psychologie et de philosophie, ils promettaient de révéler le sens de la vie, mais ne montraient aucun couple en train de copuler. La section santé venait ensuite, et Cap allait la contourner lorsqu'il remarqua un livre sur la façon d'améliorer la fertilité. Comme il le parcourait, il aperçut, deux étagères plus bas, les *Secrets du Kama Sutra.*

Cap n'avait jamais vu pareille collection de pénis ressemblant à des crayons. On aurait dit que les femmes, qui n'avaient pas de seins, les exhibaient. Le diamètre des verges fascina Cap, le rassurant sur la sienne, énorme en comparaison. Il repensa à la soirée au Four Provinces : au moins Kathleen Burke ne l'avait-elle pas accusé d'avoir un crayon dans sa poche. Dans les pages du *Kama Sutra,* aucun pénis n'avait la taille d'une bouteille de bière et, pour la première fois depuis des lustres, Cap fut fier du sien.

Les Joies du sexe, tel était le titre de l'ouvrage suivant. Sur la couverture, on le présentait comme un guide de gourmet initiant à l'amour sexuel. L'intérieur était truffé d'illustrations et de commentaires.

Le livre commençait par les entrées, continuait avec les plats de résistance, les sauces, les condiments et s'achevait sur les problèmes. Cap passa directement au dernier chapitre et fut réconforté d'y découvrir que l'âge ne privait ni les hommes ni les femmes de leur fonction sexuelle. Voilà qui correspondait exactement à ce qu'il voulait savoir.

Une voix féminine demandant s'il avait besoin d'aide parvint à ses oreilles. Il fit volte-face : une vendeuse à l'air revêche le regardait comme s'il s'était déshabillé. Refusant son aide, Cap alla directement à une caisse, où la préposée ne put prendre le livre parce qu'il n'était pas enveloppé de cellophane ; elle le brandit en criant pour que quelqu'un apporte un exemplaire qui ne soit pas ouvert.

— Quel titre ? rugit une voix.

— *Les Joies du sexe*, claironna la caissière.

Cap resta planté là, l'argent à la main, tandis que tous les clients du magasin le dévisageaient d'un air à la fois méprisant et admiratif.

Le livre était écrit sous forme d'alphabet sexuel. Cap passa les jours suivants à l'apprendre par cœur, s'inspirant de la manière dont on s'y prenait à l'école. Une fois qu'un texte était gravé dans la mémoire, il y restait à jamais. Les illustrations furent la seule chose qui le découragea : l'homme barbu, aux cheveux longs, ressemblait à un jésuite et la femme, qui avait l'air infiniment plus sympathique, portait des vêtements très élégants. Les nouvelles connaissances de Cap, de l'analité au voyeurisme, des fesses au regard humide, le rassurèrent énormément. Il eut l'impression que plus rien ne le prendrait par surprise, qu'on ne le tournerait plus jamais en ridicule.

Les préliminaires étaient la clé. Les femmes voulaient que les choses aillent lentement. Elles aimaient qu'on les courtise. Les hommes étaient trop anxieux et impatients. Les femmes s'intéressaient vraiment à leur partenaire, les hommes beaucoup moins. L'amour physique n'obsédait pas Cap – quel que fût son désir d'y goûter avant sa mort, ce n'était pas tout pour lui. Dina le touchait en tant que personne. Il lui avait fait la guerre parce que c'était préférable à la neutralité. Il espérait qu'elle le trouvait séduisant. Même s'il ne pouvait s'attendre à concrétiser ce qu'il avait lu dans *Les Joies du sexe*, il avait étudié et était paré à toute éventualité.

Un soir qu'il était assis au pub avec Mucky en train de discuter des grands footballeurs des années passées, Cap prit conscience qu'il ne ferait pas avancer les choses avec Dina en restant sur un tabouret de bar. Il se fustigea tout en pensant à l'opéra. Tous ses héros étaient des hommes entreprenants, des hommes d'action, des hommes de décision. Ils révélaient leurs émotions en chantant – amour, tristesse, haine, vengeance, patriotisme – les portant à un niveau qu'aucune autre forme d'expression n'égalait. Cap avait plus souvent pleuré au Gaiety Theatre qu'au cimetière de Glasnevin.

Après avoir souhaité une bonne nuit à Mucky, il sortit sous la pluie diluvienne. Ravi d'être protégé par son chapeau, il songea à Ulysse poursuivant Hélène de Troie sur la Méditerranée démontée. Il décida de ne pas rentrer chez lui. Le vent qui soufflait dans son dos le poussa dans Dowdall's Lane. Sans se laisser décourager par l'obscurité où était plongée la maison de Dina, Cap commença à chanter : *Oh, What a Beautiful Mornin',* résolu à aller jusqu'au bout, que Dina l'entendît ou pas. La chanson célébrait le soleil, la terre, le bétail et le maïs, exprimant l'infinie bonté de Dieu, de l'Irlande à l'Amérique, et il ajouta sa voix à la louange malgré sa légère ivresse – son indéniable ivresse. Les notes qui venaient des profondeurs de sa gorge se frayaient un chemin, en dominant le bruit des gouttes de pluie, jusqu'à la fenêtre.

Au milieu du deuxième couplet, on alluma une lampe. La fenêtre ne tarda pas à s'ouvrir et Philo à s'y pencher.

— Je ne sais pas si c'est une belle matinée, mais c'est une putain de nuit merdique, Cap !

La seule réaction du vieil homme fut de lever les bras et de continuer à chanter. Rien ne le détournerait de son but. Dina écoutait de son lit, certaine que cela lui était destiné. Bien qu'elle ait eu une flopée de petits amis au fil des années, aucun ne lui avait chanté une sérénade sous des trombes d'eau.

— Roméo est en bas, il te cherche, annonça Philo. Je le renvoie chez lui ?

Dina avait plaisir à l'écouter. La musique mêlée à la pluie formait quelque chose de parfait, lui donnant la sensation d'être sexy pour la première fois depuis des années. Elle croyait l'avoir perdue, mais cela couvait, prêt à s'embraser.

Lorsque la chanson fut terminée, Dina applaudit spontanément puis s'interrompit presque aussitôt.

— Tu vas lui battre froid ou aller lui parler ? demanda Philo.

— C'est difficile de lui parler d'ici.

Philo s'approcha du lit et, la mettant à califourchon sur son dos, traversa la chambre. Une fois devant la fenêtre, elle posa doucement Dina par terre. Celle-ci regarda la silhouette ruisselante plantée dans la rue.

— Tu vas choper une double pneumonie à rester dehors par ce temps, lança-t-elle.

— Ça m'est égal, je suis libre, répondit Cap.

— Je ne savais pas que tu étais sous les verrous.

— Oh que si, depuis des années.
— Tu m'as l'air saoul.
— Absolument, je fête quelque chose.
— Quoi exactement ?
— Le plaisir de te voir.
— Tu n'es pas bourré, tu es cinglé.
— J'en remercie Dieu.

La pluie dégoulinait dans ses manches jusqu'aux aisselles et, de là, le long de son corps, sur ses jambes, avant de ressortir par le bas de son pantalon. Cap était un tuyau d'écoulement à forme humaine. Tant que sa tête – l'unique partie de son anatomie à être sèche – ne serait pas mouillée, il se sentirait invincible.

— Tu ressembles à Gene Kelly, constata Dina.

— Qu'est-ce que tu veux dire par là ? Je *suis* Gene Kelly.

Sur ces mots, Cap se mit à danser dans les flaques tandis que les paroles de *Singing in the Rain* sortaient de sa bouche tout naturellement. Dina l'accompagna mais ne dépassa pas le refrain. Cela n'avait aucune importance. Cap fredonnait, pataugeait et absorbait la moitié de la pluie tombant dans Dowdall's Lane.

— Tu comptes chanter et danser ici toute la nuit ? hurla Philo.

— Uniquement si vous en avez envie.

Philo se tourna vers Dina.

— Il vaudrait mieux que tu lui dises quelque chose, il ne m'écoute pas.

— Ce n'est pas à moi de lui dire quoi faire.

— Ma foi, ce n'est pas parce qu'il a le béguin pour moi qu'il s'est pointé, insista Philo.

— Ça le regarde, je ne suis pas responsable de lui.

Dina se délectait d'être l'objet d'une telle attention, et Philo dut reconnaître que c'était préférable que de les voir s'arracher les yeux. La première fois qu'elle avait organisé le jeu des rendez-vous, elle était loin de se douter que cela se terminerait de la sorte. Comme de juste, le temps irlandais gâchait tout : on aurait dit Cap sur le point de se noyer. Satisfaite de son rôle d'aide à domicile, Philo n'avait aucune envie de jouer les croque-morts. Étant donné que Dina, sous le charme, ne remarquait rien, Philo comprit qu'il fallait faire entrer Cap.

Elle lui lança les clés, qu'il ne réussit malheureusement pas à attraper. Il mit au moins cinq minutes à les trouver. Quand il finit par entrer et monter l'escalier, il était tellement trempé qu'il ne lui restait plus qu'à s'ébrouer comme un chien. Attrapant une serviette, Philo l'envoya s'essuyer dans la salle de bains.

Cap posa tous ses vêtements sur le bord de la baignoire, hormis son chapeau qu'il garda. Debout sur le nouveau tapis de bain – un cadeau de bienvenue des copines de Dina –, il commença par se sécher la figure, puis tout le corps. Il frotta énergiquement son pénis, complètement flasque, pour le ramener à la vie ; cela lui rappela le *Kama Sutra* et le fit rire. Si nerveux qu'il fût de se trouver tout nu dans un endroit inconnu, il était ravi de s'essuyer avec une des serviettes de Dina parce qu'il avait conscience qu'elle s'en était servie. S'en enveloppant, il ferma les yeux. Un épisode du lointain passé lui vint à l'esprit : Dina devant la grille de l'église, les seins dressés et offerts tandis qu'il s'approchait d'elle pour l'inviter à sortir.

Cap ouvrit les yeux et regarda dans le miroir pour ne rien perdre du moment. Son chapeau était grotesque et l'eau dégoulinait sur le tapis. Il l'enleva et le posa sur une étagère, où il aperçut le talc. Il s'en saupoudra, se massant pour qu'il pénètre dans sa peau. Après une soirée passée à chanter et à danser sous la pluie, non seulement il était à nouveau sec, mais il sentait bon. Il était prêt à rejoindre les autres. Le seul problème, c'était qu'il n'avait rien à se mettre – pas une paire de chaussettes, pas de caleçon ni de veste. Il s'emmitoufla dans la serviette et sortit. Lorsqu'il expliqua sa situation délicate, Dina la trouva tordante.

— Je ne peux pas rentrer chez moi dans le plus simple appareil.

— Il va falloir que tu dormes dans la baignoire, lança Dina.

— Tu n'as pas de vêtements secs, n'est-ce pas ?

— Sauf si tu veux mettre une culotte, une jupe et un corsage, intervint Philo.

Cap ne refusa pas sur-le-champ. Dans son manuel, il avait appris que des tas d'hommes mettaient des vêtements de femme. Il y avait F pour fétichisme et T pour travesti. Cela excitait certains mecs de porter une culotte, des bas, des porte-jarretelles, des gaines et des déshabillés. Cap, qui n'en avait jamais eu l'occasion, ne tenait pas à passer pour un pudibond, surtout devant Dina.

— Qu'est-ce que tu préfères, une de mes culottes en dentelle ou une simple en coton ? demanda Philo.

Cap réfléchit à sa réponse, conscient du regard brûlant que Dina posait sur lui.

— Je suis très timide, commença-t-il, mais si vous m'obligez...

— On ne va pas t'obliger, sûrement pas ! assena Philo.

— Si vous me mettez un pistolet sur la tempe, je choisirai...

— Celle à dentelle, l'interrompit Dina.

— Oui, celle à dentelle, répéta Cap.

Stupéfaites, les deux femmes se regardèrent.

— Parfait, reprit Philo. Sauf qu'il en faudrait dix comme toi pour remplir une des miennes.

— Quant aux miennes, tu n'arriverais pas à les enfiler.

— Dans ce cas, je vais devoir dormir dans la salle de bains, conclut Cap.

Philo décida de faire frire quelque chose. Non qu'elle ait vraiment faim, mais elle voulait laisser ces deux-là seuls un moment. Avant de se rendre à la cuisine, elle recommanda à Dina de montrer à Cap comment elle se déplaçait avec son déambulateur.

— Il n'en est pas question, riposta celle-ci du tac au tac.

— Cet homme t'a offert des fleurs superbes, lui rappela Philo en s'en allant.

Sans Philo comme entremetteuse, l'atmosphère devint lourde. Cap prit conscience des pieds bandés de Dina et celle-ci sentit des effluves de talc. Comme aucun ne voulait faire le premier pas, ils restèrent assis en silence. Puis ils parlèrent en même temps.

— Les lis sont magnifiques, lança Dina.

— Je suis désolé pour tes orteils, dit Cap.

— Ce n'est rien.

— Si, c'est grave. C'est quelque chose, je t'assure.

— Ce n'est rien, je t'assure.

Entre eux, la gêne le disputait au désir. C'était comme une très ancienne saveur ayant survécu au passé qui cherchait à revenir à la lumière.

Cap avait beau paraître détendu, il n'en menait pas large. Entre apprendre un manuel par cœur et se retrouver sans vêtements dans une chambre en face d'une femme réelle et bien vivante, la différence était de taille. Il se sentait tellement vulnérable qu'il mourait d'envie d'aller se coucher dans la salle de bains. Le cœur serré, il ne savait que faire ni que dire. Dieu sait pourtant s'il avait attendu ce moment, s'il s'y était préparé. Sans doute était-ce sa dernière chance, il devait entreprendre quelque chose et vivre avec les conséquences de son acte. Quoi qu'il advienne.

Le courage que lui avait insufflé l'alcool était retombé. Il se recommanda d'être positif en se rappelant le *Kama Sutra*. Il avait beaucoup d'atouts, il s'agissait de le croire. Il était temps de prendre une initiative, son heure de vérité avait sonné.

Cap se leva ; la serviette tomba ; Dina détourna les yeux.

— Pour l'amour du ciel, couvre-toi, lui lança-t-elle.

Le regard de Cap passa de Dina à la serviette. Il n'était pas pressé. Voilà qui il était, et tant pis si ça ne lui plaisait pas. Il n'était pas exhibitionniste, mais il n'avait pas honte non plus – cette fois, on ne l'humilierait pas.

— Regarde-moi, dit-il. Voilà qui je suis.

Il tendit la main pour accentuer son propos.

— C'est mon corps et je n'en ai pas d'autre.

Dina baissait les yeux. Cap resta dans sa position tout en réitérant sa requête.

— Regarde-moi.

Elle tendit le cou et accepta son étrange proposition. Cela faisait des lustres qu'elle n'avait pas vu cette partie d'un corps d'homme, elle avait oublié le nombre de choses qui le constituaient. Ce fut agréable de se rappeler comment elles s'agençaient. Quoi qu'il en soit, elle trouva cela très impressionnant.

— Est-ce que tu aimes ce que tu vois ? demanda-t-il.

— Beaucoup, répondit-elle.

Cap se pencha pour ramasser la serviette, toujours tremblant mais ravi d'avoir tenu bon.

— Montre-moi comment tu marches sans déambulateur, ordonna-t-il.

Dina ne lui connaissait pas cette expression autoritaire.

— Et je n'accepte aucun refus, insista-t-il.

— On devient arrogant avec l'âge, pas vrai ? fit-elle observer, ravie de la métamorphose.

Elle souhaitait qu'il soit énergique et fort.

— Tu as envie que je laisse retomber la serviette ? lança-t-il avec un sourire malicieux.

Dina se leva, tendant les bras comme si elle acceptait un invitation à danser. Il l'empoigna vigoureusement et ils commencèrent à se mouvoir dans la pièce. Dans la cuisine, Philo se mit à chanter *Delilah* tandis que les pas de Cap enveloppé dans sa serviette et ceux de Dina vêtue de sa robe de chambre devenaient une danse. Le grésillement des saucisses en train de frire se mêlait aux *my and my* et aux un deux trois, les corps des danseurs oscillaient de gauche à droite, se rapprochant de plus en plus, si bien qu'à la fin de l'air ils s'étreignaient presque. Avec sa main, Cap releva le menton de Dina et l'embrassa doucement. Sous la pression, leurs lèvres cédèrent et leurs langues se touchèrent, se poussant et s'écartant comme des bateaux qui se mettent à quai puis s'en éloignent, avant que Dina ne glisse la sienne sous la lèvre supérieure de Cap, un mouvement inattendu dont la description ne figurait pas dans le manuel.

Philo retourna les saucisses, puis alla jeter un coup d'œil. C'était beau, elle croisa les doigts pour leur porter bonheur : la guerre des légumes semblait réellement toucher à sa fin. Quelle tristesse que Cap et Dina n'aient pas réglé leurs différends lorsque le quartier de North Wall était encore animé ! Enfin mieux valait tard que jamais pour reprendre le vieux cliché. Ils incarnaient une variante de Roméo et Juliette, qui ne se terminait pas par un échec, du moins pas encore.

Cela donna de l'espoir à Philo. Tout était possible, à condition qu'on ait de l'espoir. Peut-être que sa situation n'était pas irrémédiable. L'optimisme venait de Dieu, le pessimisme du diable. D'ordinaire, Philo ne se permettait pas de réfléchir longtemps aux issues favorables en raison de ses déceptions passées. Elle préférait de loin ne pas penser. La vue du couple en train de s'embrasser réveilla une émotion qui n'avait pas complètement disparu : les choses pouvaient s'arranger à la fin, comme cela se passait apparemment pour Dina et Cap.

À peine eurent-ils terminé de s'embrasser que Cap demanda à Dina de monter sur ses pieds. C'était un jeu de son enfance, un siècle auparavant. Dina regarda les pieds nus du vieil homme avant d'y poser l'un des siens, bandé, puis l'autre. Cap l'enlaça fermement en mettant les mains sur ses hanches. Il fit un pas exagéré, un autre, après quoi ils traversèrent la pièce à la manière de gigantesques marionnettes jusqu'à la cuisine, où Philo les trouva plus drôles que les Keystone Cops, le groupe rock. De là, ils allèrent au salon puis dans la chambre où ils tombèrent, par hasard ou exprès, sur le lit. Assis côte à côte, ils rirent comme des fous comme s'ils étaient d'insouciants gamins de seize ans. Cap se trouvait enfin où il rêvait d'être depuis toujours : dans un lit avec Dina.

Lorsque Philo arriva avec son plat de friture, la porte de la chambre était fermée ; il en provenait des bruits difficiles à décrire qu'elle ne trouva à comparer qu'à ceux entendus dans un documentaire sur la nature de la télé. À cause de la stridence des cris qu'y poussaient les femelles singes, il était toujours difficile de savoir si on les massacrait ou si elles vivaient un moment extraordinaire. Quelles que soient les initiatives de Cap, cela rendit Philo jalouse. Elle avait beau avoir fait l'amour des dizaines de fois, elle n'avait jamais crié de la sorte. À l'évidence, le vieil homme avait une grande expérience...

Les bruits venant de la chambre s'atténuèrent, les cris se muèrent en succions. Quelle partie de l'anatomie en était la récipiendaire ? Philo l'ignorait puisqu'on ne l'avait jamais léchée. La seule chose qu'elle eût jamais reçue d'une langue, c'étaient des injures. Philo s'allongea sur le canapé, ferma les yeux et essaya d'imaginer ce qu'une langue pouvait faire de merveilleux.

14.

Lorsqu'elle alla voir le psychiatre en chef, Matthew Kelly, Philo portait un chemisier à manches longues. Elle adorait ses tatouages, mais elle en avait plus qu'assez d'être privée de ses enfants. Tous les après-midi, elle se rendait d'un pas lourd à Goldenbridge pour passer un moment avec eux, et, quand elle les quittait, elle réussissait très bien à feindre de ne pas en souffrir. Les enfants étaient conscients qu'elle n'était pas une mère banale. La plupart des parents qui venaient étaient calmes ; à en juger par leurs attitudes, on aurait dit qu'ils avaient honte. Philo, elle, était un grizzly qui rugissait comme pour attirer l'attention. Elle affichait tout – son cœur, son âme, ses réactions instinctives, ses tatouages – de sorte qu'elle semblait indomptable. Si formidable que ce fût pour les jeux et excursions, cela l'était beaucoup moins lorsqu'il s'agissait de remplir des formulaires et trouver la porte de sortie d'institutions.

Chaque jour, le petit Tommo demandait quand ils allaient rentrer à la maison. Il se fichait de rater un match de foot de temps à autre, mais c'était difficile de manquer la kyrielle de championnats qui se gagnaient ou se perdaient sans qu'il y assiste. Josie et Philomena avaient envie de retrouver leur ancienne école et leurs vieux lits. Quant à Eileen, même si c'était un ange de patience, elle commençait aussi à être découragée. Après la journée au circuit et à Donabate, elle s'était rendu compte à quel point sa grand-mère et son frère lui manquaient – Jack avait beau n'être que son demi-frère, elle le considérait comme un frère à part entière. Rien de cela n'échappait à Philo qui n'en était que plus résolue à trouver une solution une fois pour toutes.

Les manches longues n'allaient pas avec son tempérament, elle s'opposait instinctivement à l'autorité, quelle que soit sa forme. Au reste, elle se bagarrait avec son père depuis qu'elle avait dix ans. Jusqu'à cet âge-là, il était Dieu à ses yeux, aussi se conduisait-elle comme un de ses anges, faisant de bonne grâce et en souriant tout ce qu'on lui demandait. Puis il l'avait envoyée voir le diable, et tout avait changé.

Tous les jeudis, après le goûter, Jack lui faisait traverser le pont avec les pronostics sur les matchs de football de Vernon et l'argent de ce loto sportif dans une enveloppe cachetée. Elle l'apportait dans une maison située dans Portland Row près de North Strand. Il fallait grimper une côte pour y arriver et, même si elle n'était pas raide, Philo avait l'impression de parcourir un kilomètre à chaque pas. Au sommet se dressait une maison de repos en brique rouge qui projetait sur tout ce qu'elle surplombait une ombre gigantesque. La demeure la plus proche du grand mur, le numéro 2, était celle où Philo se rendait. Elle appartenait au diable, un homme qu'elle appelait oncle Sam Harris, bien qu'il ne fût lié à sa famille par aucun lien de parenté. À cause des buissons qui poussaient dans tous les sens autour de la porte d'entrée, on aurait dit une maison à l'abandon.

Ce dont Philo se souvenait surtout, c'étaient de ses mains couvertes de poils jusqu'aux jointures qui lui grattaient la peau quand il enfonçait le doigt dans ses fesses. Il les écartait pour qu'elle devienne une vraie femme et, le moment venu, elle aurait ses enfants sans avoir mal. Pendant qu'il faisait ça, il lui donnait toujours une sucette, une de ces sucettes chères qu'on achetait en ville, chacune enveloppée d'un papier multicolore qui faisait un effet kaléidoscopique quand on l'enlevait. Si petite qu'elle fût, Philo savait qu'elle aurait dû refuser la sucette mais elle en était incapable. Tous les mercredis soir, elle faisait une prière avant de se coucher pour y arriver et tous les jeudis elle allait à Portland Row avec l'intention de refuser la sucette. Mais il suffisait qu'il fasse tournoyer l'arc-en-ciel devant ses yeux pour qu'elle capitule ; une fois la sucette dans la bouche, il n'y avait plus moyen de reculer, et il ne lui restait qu'à se concentrer sur le bonbon dur, à en extraire les saveurs avec sa langue, afin d'oublier la main velue de l'homme et ses poèmes dégoûtants.

Mary avait un agneau
Dont la toison était noire comme le charbon
Et chaque fois que Mary se penchait
L'agneau regardait son trou du cul.

Philo allait avoir treize ans quand elle décida de se défendre. Venant d'avoir ses premières règles, elle était persuadée que les mains velues de l'homme avaient quelque chose à voir avec le sang. Pour mettre un terme à l'horreur, il fallait ne plus avoir la tentation de la sucette, donc ne plus aller chez lui. Cela signifiait s'opposer à son père, et elle s'y décida. Le mercredi soir, elle pria pour que les mots justes sortent de sa bouche le lendemain.

— Je n'irai plus à Portland Row, annonça-t-elle.

Quand son père lui en demanda la raison, elle ne

lui en fournit aucune, se contentant de répéter son mantra. Au bout de cinq minutes, son père se mit en colère et lui flanqua une gifle. Lui fourrant l'enveloppe dans les mains, il la poussa dehors. Philo alla jusqu'à North Strand, leva les yeux vers Portland Row et entra. Une fois dans la maison, elle jeta l'enveloppe sur la table et rassembla son courage à la perspective des taloches à venir. Au lieu de quoi, il lui sonna les cloches – ce qui était pire. Son père la traita de grosse flemmarde, comme sa mère. C'était la première fois qu'elle lui désobéissait, la première fois qu'un membre de la famille lui tenait tête.

De coursière particulière de son père, elle devint l'ennemi public numéro un. Il sautait sur la moindre occasion de la dénigrer, de l'injurier, accueillant avec un ricanement et une remarque désagréable chaque gramme qu'elle prenait, chaque centimètre supplémentaire à son tour de taille. Contrairement à Sylvia, Philo ne baissa pas pavillon, préférant affronter la violence que d'être une victime expiatoire. Il n'était pas question de se prosterner devant une figure d'autorité : Dieu, son père, le conseil municipal de Dublin, les services sociaux ; elle ne ferait acte d'allégeance à aucun, parce qu'aucun ne le méritait.

Matthew Kelly, le psychiatre en chef, serait toutefois une exception. Philo ne lui fournirait pas la moindre raison de mettre une croix noire à côté de son nom. Lors de la venue du pape en Irlande en 1979, la foule avait chanté qu'il tenait le monde entier dans sa main, pas celui de Philo au demeurant. Ce privilège revenait au psychiatre en chef. Par les réponses qu'elle lui donnerait, il déciderait si elle était suffisamment équilibrée pour être à nouveau la mère de ses enfants. Philo savait que sa grande gueule était son talon d'Achille, il fallait qu'elle s'en protège.

Quoi qu'il lui passe par la tête, elle devait dire le contraire. En attendant l'entretien, elle s'exerça à se poser des questions en se mordant la langue et en comptant lentement jusqu'à dix. Pour finir, elle eut la bouche très irritée.

Matthew Kelly arborait une barbe frisottée, noire au milieu et grise sur les côtés. Il portait une veste en velours côtelé marron, une chemise en tissu moucheté, une cravate rouge. Il avait l'air aussi intelligent que les présentateurs des cours de l'université ouverte diffusés tard dans la nuit à la télé. Philo eut le sentiment qu'il était socialiste, mais elle trouva paradoxal que la barbe cache presque toute la cravate rouge. Pourquoi la mettre si c'était pour la dissimuler ? Elle compta jusqu'à dix afin de refouler son envie de le lui faire remarquer.

— Comment vous entendiez-vous avec votre père ? demanda-t-il.

Ce n'était pas une question que Philo avait prévue ni préparée.

— Petite, j'étais son ange. Puis, il s'est retourné contre moi, répondit-elle.

— Pour quelle raison ?

— Je ne comprends pas ce que vous voulez dire.

Au contraire, elle comprenait parfaitement. La conversation ne tarderait pas à s'acheminer vers Portland Row, ce qui lui déplaisait fortement. Elle n'avait pas mis les pieds dans cette rue depuis l'âge de treize ans, l'évitant par tous les moyens. Ce n'était pas toujours facile, car l'artère reliait North Strand à Ballybough et le reste du quartier nord. La question réveilla aussitôt des souvenirs de sucettes sucées tandis qu'on écartait ses fesses.

— Qu'est-ce qui a provoqué le changement de votre père à votre égard ? insista Matthew Kelly.

Elle aurait presque été prête à révéler son secret pour récupérer ses enfants. Personne ne connaissait la souillure de son enfance, pas même sa meilleure amie Josie Cullen, pas même sa mère. Alors pourquoi le confierait-elle à un inconnu ? À ce barbu qui risquait de ne pas la croire, cet étranger qui s'imaginerait peut-être qu'elle lui racontait des bobards ? C'était sûrement quelque chose de dépravé en elle qui avait précipité ce qui était arrivé. Elle devait garder ce côté de sa personne profondément enfoui afin qu'il ne relève jamais sa trogne hideuse. Il n'était pas question de rompre le silence qui la protégeait depuis tant d'années.

— J'étais l'aînée et je crois qu'il aurait préféré un garçon, un fils, un héritier à qui transmettre son nom, si précieux.

— Est-ce que vous lui ressembliez quand vous étiez petite ?

— Non, Dieu merci. Je ressemble à ma mère.

— Vous en êtes contente ?

— Bien sûr, j'aime ma mère.

— Davantage que votre père ?

— Je le déteste, je vous l'ai déjà dit.

— Votre père, c'était lui qui commandait ?

— Oui.

— Vous lui teniez tête ?

— Oui, je lui désobéissais.

— Votre mère ne pouvait pas lui résister ?

— Non.

— Il est trop fort pour elle, c'est ça ?

— Il a une langue de vipère.

— Pourquoi tenez-vous à ressembler à votre mère ?

— J'aime tout en elle.

— C'est une faible qui ne sait pas se défendre.

— C'est quelqu'un de merveilleux à l'intérieur, une dame, une vraie dame.

— Pourquoi détestez-vous votre père ?

— À cause de ses mauvais traitements.

— De quelle façon vous maltraitait-il ?

Tout psychiatre en chef qu'il fût, Matthew Kelly vous prenait incontestablement la tête. Philo n'avait pas eu la possibilité de compter jusqu'à deux, jusqu'à dix ce n'était même pas la peine d'y songer. C'était sa façon de reculer et d'avancer qui l'obligeait à répondre. Malgré sa gentillesse, la douceur de sa voix, il n'en était pas moins une lame de rasoir. Ses questions l'éventraient, elle était sûre qu'il voyait l'intérieur de son cerveau là où se formaient ses pensées. Si c'était le cas, il savait tout sur elle ainsi que sur oncle Sam Harris, comme s'il avait regardé par la fenêtre au moment où on lui écartait les fesses, comme s'il avait été là quand elle avait essayé de révéler à son père ce qui se passait.

— Il me regarde bizarrement, lui avait-elle dit.

— Qu'est-ce que ça peut faire, il a des cornes ou quoi ? lui avait rétorqué son père.

— Il m'apprend à dire des gros mots comme trou du cul ou con.

— Eh bien, ne les répète pas dans cette maison.

— Je ne veux pas y retourner.

— Tu le dois.

— Il a des mains sales, poilues.

— Je refuse d'entendre ça, tu dois y retourner.

Philo avait fini par découvrir que l'argent du « loto sportif » était le remboursement d'un prêt. Loin d'être un oncle, Sam Harris était prêteur sur gages. Son père, qui devait soupçonner ce qui se passait, avait pourtant continué de l'envoyer chez cet homme, semaine après semaine, mois après mois. Au lieu de la protéger comme il était censé le faire, il l'avait poussée dans l'antre du lion, simplement pour apaiser ce vampire de prêteur sur gages. Philo avait remboursé le prêt avec son corps ; les sucettes, si innombrables qu'elles aient été, ne pouvaient compenser ça. Et aucune question intelligente ne viendrait à bout de sa décision de ne pas le confier. Matthew Keller était assez malin pour l'avoir ramenée à Portland Row. Elle avait beau lui avoir fait faire une visite guidée de la rue, son secret n'en resterait pas moins fermement enfoui dans l'ombre à laquelle il appartenait.

Philo se rendait compte que sa façon de se défiler la faisait passer pour une indécise. L'entretien avait pour but de prouver son équilibre mental, de démontrer qu'elle était capable d'être mère alors qu'elle avait l'impression d'être une femme en train de se noyer, cherchant désespérément une bouée de sauvetage. Malgré ses efforts, elle n'arrivait pas à se hisser sur la terre ferme ; elle se retrouvait toujours, par une route savonneuse ou une autre, dans le bourbier de son passé familial.

— Quand avez-vous dit pour la dernière fois à votre père que vous le détestiez ? demanda Matthew Kelly.

— Oh, je ne cesse de le lui rappeler au cas où il oublierait.

— Quand lui avez-vous dit pour la dernière fois que vous l'aimiez ?

Philo eut la sensation d'avoir reçu un uppercut de Mohammed Ali. Au lieu de la faire tomber sur ses fesses, cela la rendit hystérique. Des événements de son passé défilèrent comme un film dans sa tête. Debout sur le parapet de la jetée de Howth, elle brandissait un poisson. À côté d'elle, son père tenait une canne dans une main et avait l'autre posée sur son épaule. Elle était petite et maigre, exactement comme le maquereau. Son père était tellement fier qu'elle ait attrapé le poisson qu'il ne l'avait pas rejeté à la mer, le rapportant à la maison pour le montrer à Sylvia. Philo se souvenait parfaitement de ce jour-là.

— C'était à l'époque où j'étais une petite maigrichonne, je devais avoir dix ans.

Matthew Kelly regarda ses notes, vérifiant quelque chose.

— Il y a plus de vingt ans, constata-t-il.

Et il écrivit quelques mots, comme si c'était important. Peut-être avait-il du mal à croire qu'elle ait jamais été maigre. À voir ce qu'elle était devenue, personne n'aurait pu imaginer qu'elle n'avait que la peau sur les os jadis. Bon, s'il la trouvait grosse, que penserait-il de Sylvia ? Elle avait une photo du Noël de l'an passé dans son sac – de sa mère et d'elle près de l'arbre. On aurait dit deux baleines échouées. Elle en avait une autre de sa confirmation : un petit corps sur des jambes grêles. Le seul rêve impossible qui l'habitait, c'était bien de redevenir comme ça. Avant que Sam Harris n'enfonce le doigt en elle et ne la tripote, elle avait un corps parfait. Il lui avait donné des sucettes et elle avait pris goût aux sucreries, devenant insatiable. Quelle que fût la quantité dont elle se bourrait, ce n'était jamais assez.

Sylvia avait-elle subi des sévices sexuels ? Jusqu'à présent, l'idée n'avait jamais traversé l'esprit de Philo. C'était la première fois qu'elle faisait le lien, leurs histoires étaient les mêmes. Alors, que penser de l'hyperthyroïdie, la théorie selon laquelle les problèmes de poids de Sylvia venaient d'une tare génétique ? Peut-être s'agissait-il d'une histoire commode parce que la vérité était indicible ? Si horrible que cela ait été qu'on ait fourragé dans son derrière, l'idée d'une main indésirable pénétrant Sylvia était insoutenable.

— Est-ce que votre père se moque de votre poids ? demanda Matthew Kelly.

— Oui.

— C'est pour ça que vous le détestez ?

— Oui.

Elle avait grossi pour protéger son secret ; Sylvia avait fait pareil. Peut-être était-il temps de l'exposer au grand jour. Il fallait penser à ses trois filles : Eileen, Josie et Philomena, que Philo aimait aussi intensément qu'elle aimait sa mère. Une envie dévorante de les avoir près d'elle s'empara de Philo, même si elle ne s'autorisait pas cette émotion tant elle était forte. Elle n'avait pas le droit de paraître accablée, il fallait qu'elle reste calme. Ne sachant qu'ajouter, elle ouvrit la bouche et laissa les mots prendre leur envol.

— Vous croyez que je suis cinglée ? lança-t-elle.

— Non, pas du tout.

Voilà qui la soulagea. Le psychiatre ne la trouvait pas folle, même si elle avait des doutes à ce sujet.

— Je crois que vous fuyez vos problèmes au lieu de les affronter.

Si elle avait eu la mélodie, elle aurait chanté : Paroles de Philo Darcy sur une musique de Matthew Kelly.

— Vous pensez que je suis une mauvaise mère ? reprit-elle.

— Non.

— Pourquoi ai-je abandonné mes enfants ?

C'était la première fois que Philo utilisait le mot commençant par A pour décrire ce qu'elle avait fait. Cela la rendait vulnérable et elle ne se rappelait pas quand elle s'était conduite ainsi devant un homme, si ce n'est que cela remontait aux calendes grecques.

— J'ai tout foutu en l'air, je m'en rends compte. Elle se mettait à nu parce qu'elle ne savait que faire d'autre.

Son honnêteté toucha Matthew Kelly. Il n'avait aucune raison de douter de sa sincérité. Eût-elle joué un rôle qu'il l'aurait détecté sur-le-champ ; il occupait ce fauteuil depuis trop longtemps pour tomber dans ce genre de piège. Il était sûr qu'il y avait des problèmes sous-jacents, provenant de sa famille d'origine, datant de bien avant son mariage et la naissance de ses enfants. Mais n'étant pas Dieu, il ne pouvait forcer Philo à parler, même s'il pensait que cela l'aiderait beaucoup.

— Je ne vais pas récupérer mes gosses, n'est-ce pas ?

— Pourquoi dites-vous ça ?

— Je suis une mère inapte.

Il baissa à nouveau les yeux sur ses papiers, comme si la réponse y figurait et qu'il avait oublié sa décision. Philo distingua un carré rouge en bas de la page. À l'envers, elle réussit à lire le mot : RECOMMANDATIONS. Il y avait aussi des choses écrites à la main qu'elle ne parvint pas à déchiffrer.

Matthew Kelly feuilleta plusieurs pages avant de trouver ce qu'il cherchait. Il mit le doigt sous les mots et le laissa courir sur la feuille.

— On précise ici que vous rendez visite à vos enfants tous les jours, c'est vrai ?

— Oui.

— Comment y allez-vous ?

— Je prends un bus sur les quais, le 21A.

— Ce n'est pas un comportement de mère inapte.

Pour la première fois depuis le début du rendez-vous, Philo se permit un sourire. Non un sourire normal, mais un énorme et affreux rictus. Elle sentit les larmes lui monter aux yeux. Elle tendit le bras pour prendre un Kleenex dans la boîte posée sur la table. Elle se moucha tout en refoulant les pleurs là où ils devaient être.

— On va vous proposer une maison à Kilbarrack, déclara le psychiatre.

Croyant avoir mal entendu, Philo lui demanda de répéter.

— Une maison avec trois chambres à Kilbarrack, précisa-t-il.

— Toute ma famille habite dans le quartier de North Wall.

— Eh bien peut-être que ce sera salutaire de vous en éloigner.

Philo n'avait jamais songé à déménager du centre-ville, d'autant que, outre sa réticence, il faudrait se bagarrer avec les enfants. De nouvelles rues, de nouvelles écoles, de nouveaux amis... ils n'accepteraient pas ça de gaieté de cœur.

Matthew Kelly expliqua sa décision. Il était prêt à faciliter la réunion de la famille. À l'essai. Majella Kiernan, l'assistante sociale, rendrait visite aux enfants deux fois par semaine pour voir comment les choses se passaient. Philo rendrait compte à Matthew Kelly de son évolution et de son état d'esprit. Il faudrait que la situation soit soumise à évaluations. Malgré son envie de tenter le coup, Philo ne savait pas si elle serait capable de quitter le quartier qu'elle aimait depuis toujours.

La fréquentation du Centre d'accueil monta en flèche. La façon dont des handicapés trouvèrent la volonté de faire le trajet y menant était incroyable. Des quatre coins de la paroisse et au-delà, seuls ou en groupe, veufs et veuves, ils venaient. Certains prenaient leurs béquilles pour s'y rendre à pied. Ils se déplaçaient non pour la nourriture, mais par envie d'apercevoir les amants rescapés de la guerre des légumes, Dina et Cap.

Il y avait aussi l'attrait du loto. Nulle part à Dublin on ne pouvait se vanter d'avoir organisé un jeu semblable à celui de sœur Rosaleen. Il n'y avait pas de droit d'entrée et, vu la multiplicité des prix, les chances de gagner ne manquaient pas. Philo fit courir le bruit dans le quartier, si bien que tout ce qui tombait d'un camion devint un prix. Une fois, un chargement de semeuses électriques fut abandonné devant le portail et le chauffeur – Paddy-whack, le frère de Josie Cullen – fut arrêté dans le parc du couvent alors qu'il essayait de s'échapper. Après quoi, on précisa qu'il fallait des prix moins volumineux. Des régimes de bananes, des boîtes de cornedbeef, différentes sortes de céréales pour le petit déjeuner et des tranches de saumon suivirent. Il n'y avait pas jeu plus sain dans la ville de Dublin, voire dans le monde.

Ce ne fut pas à cause des amants que Sylvia, elle aussi, se décida à y aller. Après la sortie au circuit de voitures de course, elle avait pris conscience de son isolement dans la maison de East Wall. Elle adorait le loto. Elle avait beau détester les foules parce qu'on la regardait trop, c'était le prix à payer. Afin d'arriver à temps, elle prévoyait une heure pour traverser le pont, s'arrêtant à plusieurs reprises pour reprendre son souffle. Une fois à l'église, elle se faufilait par la porte latérale et restait au fond pour réciter quelques prières. Elle craignait toujours de ne pas réussir à se relever si elle s'agenouillait.

On aurait dit que Dina et Cap étaient le premier couple de plus de soixante-dix ans à découvrir qu'ils avaient des organes sexuels en état de marche. Un perpétuel sourire aux lèvres, Cap était le plaisir sur le tard incarné : l'amour sexuel qu'il attendait depuis cinquante ans l'avait métamorphosé.

Quant à Dina, c'était une version ambulante du sourire satisfait à cent pour cent de Mona Lisa. N'ayant jamais demandé à Cap où il avait perfectionné sa technique, elle en avait déduit qu'il l'avait pratiquée des années durant avec ses clientes féminines. Jusqu'à la fameuse nuit, elle pensait que ses oreilles servaient à écouter, ses lèvres à prier. Lorsque Cap lui annonça qu'il allait trouver son clitoris, elle s'imagina qu'il cherchait l'élastique de sa culotte. À peine l'eut-il déniché qu'elle crut que son âme quittait son corps et s'en retournait au paradis. Malgré ses trois enfants, elle n'avait jamais eu d'orgasme. Quand il vint, elle eut la sensation que Dieu en personne lui avait touché l'épaule.

Tout le monde n'était pas sous le charme. Les copines de Dina avaient prononcé les vœux de dire pis que pendre de Cap. Elles avaient passé d'innombrables soirées dans le local du rez-de-chaussée à alimenter le feu de l'amertume et à attiser la guerre des légumes. À présent, sous prétexte d'un moment d'égarement orgiaque, on leur demandait d'oublier le passé. Elles s'imaginaient que Dina avait tellement souffert après les amputations que le plaisir l'avait dévoyée. Se gardant d'exprimer quoi que ce soit, elles espérèrent que Cap serait vite liquidé et disparaîtrait. Peine perdue, il ne tarda pas à faire partie du mobilier tandis que les copines avaient de plus en plus de mal à attirer Dina, à la faire descendre de son dôme de plaisir niché en haut de l'escalier.

À la moindre occasion, elles étaient odieuses avec Cap.

— Tu ne te trouves pas un peu trop vieux pour elle ? lâcha une fois Chrissie Mongon.

— C'est un gigolo qu'il lui faut, pas un retraité, renchérit Ita Mullen.

— Combien de femmes vois-tu en douce ? ajouta Mouse O'Hara.

— Une femme qui te donne des enfants, voilà ce qu'il te faut, reprit Chrissie Mongon.

Cap opina à toutes leurs idées et suggestions avant de monter l'escalier pour s'occuper de sa bien-aimée.

— Dina ne t'a-t-elle pas dit que nous allions adopter ? lança-t-il.

En un rien de temps, le bruit se répandit que Cap et Dina cherchaient un orphelin roumain. Quand on demanda des précisions à Cap, il répondit que ce n'était qu'à moitié vrai parce qu'ils avaient, en fait, l'intention d'adopter un bébé d'origine chinoise.

Un jour qu'il achetait les cigarettes de Dina au pub Noctor's une voix s'éleva dans son dos.

— Espèce de sale homme-grenouille !

Cap n'avait plus entendu personne traité de la sorte depuis des années et le passage du temps n'empêchait pas que ce fût blessant.

— Je parle de toi, Coyle. T'es un homme-grenouille et le fils d'un homme-grenouille.

C'était Peter Mongon, le frère de Chrissie, un vieux docker. Cap paya ses cigarettes, effleura son chapeau et sortit. Quand il arriva à la boutique, les copines, fidèles au poste, reprirent le fil de leurs vacheries.

— Tu vas avoir des ennuis avec Gerry Sugrue, le prévint Mouse O'Hara.

— Gerry Sugrue est toujours son mari, enchaîna Chrissie Mongon.

Vu qu'il n'avait justement rien à craindre de son

vieux pote, Cap arbora l'expression d'un homme sur le point d'être pendu haut et court.

— Tu ne penses tout de même pas qu'il va m'agresser ?

— Il n'y a aucun doute là-dessus, c'est évident, assena Chrissie.

— Tu essaies de me flanquer la frousse, dit Cap.

— Tu connais le caractère de Gerry Sugrue, t'aurais intérêt à faire gaffe, intervint Ita Mullen.

— À quoi ? demanda Cap.

— Ma foi, à un couteau, j'imagine, ou à une bouteille derrière ta tête, précisa Mouse O'Hara.

Les commères s'empressèrent de tirer parti de ce qu'elles percevaient comme une faiblesse et en parlèrent à Dina. Sans y croire vraiment, celle-ci ne s'en inquiéta pas moins à cause de leur fébrilité. Quand elle aborda le sujet avec Cap, il lui raconta son équipée à Ringsend. Elle n'en revint pas qu'il fût allé voir Gerry Sugrue tant cela semblait désuet : le chevalier partant affronter son adversaire. Cela lui donna l'impression d'être une princesse, ce qu'elle adora.

— Est-ce que tu m'aimes ? lui demanda-t-elle.

— Je t'aime de la racine des cheveux à la pointe des pieds, répondit-il.

— Tu m'aimes vraiment, vraiment ?

— J'aime le sol que tu foules.

Ils éclatèrent de rire parce que Dina ne marchait plus beaucoup. Dans la maison, Philo la hissait sur son dos en cas de besoin. Quand ils se rendaient de Dowdall's Lane au couvent, Philo et Cap la portaient chacun d'un côté. Puis Cap acheta une paire de patins à roulettes qu'il adapta aux pieds bandés de Dina. Du coup, ils purent la pousser et elle s'arrêter en chemin pour bavarder avec voisins et amis.

La nouvelle répartition des rôles contrariait les

copines, qui se sentaient détrônées depuis que Cap et Dina étaient le centre de l'attention. Les gens étaient fascinés par la nonchalance avec laquelle il enlaçait les épaules de Dina, caressait son lobe d'oreille, tandis qu'elle ployait la nuque comme un cygne. Il y avait entre eux tant de gestes de tendresse, d'une simplicité provocante. Cap prenait une jambe de Dina, la mettait sur ses genoux, lui massait les chevilles jusqu'à ce que ses mains brûlent de désir de monter plus haut. Et il y avait le loto. Cap avait le chic, lorsqu'il était sur le point de gagner, de pousser sa carte vers Dina et de lui attribuer la victoire. Celle-ci réagissait en lui serrant la cuisse. Philo ne manquait pas de le remarquer alors qu'elle contrôlait les numéros avec sœur Rosaleen. De même que tout le monde dans la salle. Et cela faisait pleurer Ninna Delargy, parce qu'elle avait raté sa chance. Elle aurait volontiers renoncé à ses orteils pour qu'on lui caresse les jambes et l'oreille, et toutes les femmes du Centre auraient été prêtes à faire ce sacrifice. Même les copines commençaient à se faire à cette idée : la guerre des légumes les avait galvanisées, mais l'amour est plus contagieux que la haine.

Plusieurs pensionnaires qui avaient déménagé revinrent jeter un œil au nid d'amour, dont Skinny Sullivan, parti du quartier depuis dix ans. Philo l'avait rencontré à Kilbarrack, où elle était allée se balader un matin, faisant des allers et retours entre la rue où on lui proposait une maison et le centre commercial. Elle n'avait guère été impressionnée, trouvant au mieux que c'était plus satisfaisant qu'un orphelinat. Comme elle retournait la situation dans sa tête, elle avait aperçu Skinny planté devant le mur de la boutique du bookmaker.

— Comment va, Skinny ? demanda-t-elle. Ça te plaît ici ?

— C'est génial, ma fille. Voilà tout, sacrément génial.

Skinny, qui n'avait pas la mémoire des noms, appelait toutes les femmes « ma fille » et tous les hommes « Tommy ».

— Qu'est-ce que ça a de génial ? Moi, je trouve ça merdique, dit Philo.

— Ne te laisse pas piéger par l'apparence, ma fille. Il y a tout à Kilbarrack.

— Il n'y a pas la Liffey, ni O'Connell Street ni le pub Noctor's.

— Non, mais tout est électrique ici, même le gaz.

— Comment le gaz peut-il être électrique ?

Skinny se borna à lui adresser un clin d'œil comme s'il s'agissait d'un secret trop important pour être divulgué. Lorsque Philo lui annonça qu'elle risquait d'être bientôt sa voisine, il lui recommanda de ne jamais partir du centre-ville à moins qu'on ne l'en expulse.

— Je croyais qu'il y avait tout dans ce quartier, lui rappela Philo.

— Il n'est pas romantique, répondit-il avec un clin d'œil.

La nouvelle de Cap et Dina était parvenue jusqu'à Kilbarrack.

Philo invita Skinny à déjeuner au couvent. Il commença par refuser, puis accepta en souvenir du bon vieux temps. Ils prirent le bus ensemble pour s'y rendre. Tout le monde fut ravi de le voir jusqu'à ce qu'il amasse trente-trois points et gagne au jeu des boules de neige. Le prix était un aller retour pour deux à Holyhead et six bouteilles de vin, cadeau des B & F Ferries. Skinny harcela toutes les femmes du

Centre pour en trouver une qui l'accompagne. Sans succès. Alors, il tenta sa chance auprès de Sylvia qui l'envoya promener. En fin de compte, il admit qu'il lui faudrait emmener une connaissance de Kilbarrack.

Deux jours plus tard, Philo rencontra le compagnon de voyage de Skinny. Comme d'habitude, elle arriva au Centre avec Dina et Cap. La première personne qu'elle aperçut fut Sylvia, en grande conversation avec deux hommes dont l'un était Skinny. L'autre lui parut familier. Philo fixa son profil, sûre de le connaître, incapable de faire un mouvement dans sa direction. Les yeux rivés sur les lèvres que l'homme remuait beaucoup, elle entendit sa mère rire. Il avait une bouche affreuse qu'il était difficile de ne pas regarder. Il devait raconter une blague. Philo n'entendait pas ce qu'il disait mais était contrariée que sa mère soit obligée de l'écouter. Sylvia n'aimait ni les gros mots ni les termes orduriers tels que « trou du cul » ou « fesses », ni quoi que ce soit de ce genre. C'était une dame qui ne tolérait pas ce genre de choses.

Il était plus vieux, mais c'était incontestablement lui. Bien qu'il n'ait pas besoin de se retourner, il le fit et voilà qu'il la regardait droit dans les yeux avec un grand sourire, dont Philo se serait volontiers passée. Elle aurait presque réussi à l'ignorer, mais il riait à cause de quelque chose... de ses petits vers, de ses concours de jurons, de ses grosses paluches velues.

— Tu sais qui c'est ? demanda Sylvia.

Un silence tomba tandis qu'ils attendaient la réponse de Philo.

— Oncle Harris, ajouta Sylvia.

— Ce n'est pas mon oncle, objecta Philo.

— Comment vas-tu Philomena ? dit-il.

Incapable de réagir, Philo se contenta de le dévisager. Ses jambes tremblaient et elle ne voulait surtout pas qu'il se rende compte de sa peur.

— Sam vient avec moi sur le ferry jusqu'à Holyhead, déclara Skinny.

La première pensée qu'eut Philo fut qu'il pourrait sombrer. Cela faisait des lustres qu'aucun ferry n'avait coulé dans la mer d'Irlande ; il y avait un gros retard en matière de naufrage.

— Nous sommes voisins, là-bas à Kilbarrack, ajouta Skinny. Il habite à côté de chez moi.

Vingt ans s'étaient écoulés depuis l'époque où il écartait les fesses de Philo dans sa maison de Portland Row. Si vieux qu'il soit devenu, il avait les mêmes lèvres. Il la lorgnait, convaincu que leur secret était bien gardé.

— Combien d'enfants as-tu, Philomena ? demanda-t-il.

— C'est pas tes oignons.

Cette simple question était aussi une violation de sa vie privée.

Avec quelle facilité on dérobait l'innocence d'un enfant sans être pris !

— Si tu ne lui réponds pas, je le ferai, insista Sylvia.

— Je te l'interdis.

— Qu'est-ce qui t'arrive, Philo ?

— Rien du tout.

— Parle-lui de Jack et d'Eileen...

— Non.

C'était sur le bout de sa langue, Philo faillit tout raconter. Et si son aveu lui faisait perdre tout contrôle ? Que penseraient d'elle ses amis du Centre ? Et si elle ne parvenait pas à effacer le rictus du visage de Sam ? Et s'il niait et qu'on le croyait ? Mieux valait espérer le naufrage du ferry ou qu'il passe par-dessus bord et se perde en mer. C'était un choix qui ne présentait pas de risque, infiniment plus sûr que de remuer le passé et exposer d'anciennes blessures.

Sylvia la prit à part, voulant savoir ce qui n'allait pas.

— C'est Sam Harris qui t'embête ?

— Non, mentit Philo.

— Il t'a fait quelque chose ?

— Ce n'est pas lui, Ma.

— Qui d'autre, moi ?

— Comment pourrait-ce être toi, Ma ?

— Alors, qu'est-ce que c'est ? Quand tu es contrariée, je le sens.

Sylvia attrapa la main de Philo et la caressa, ramenant celle-ci à l'état d'enfant qui se serait écorché le genou. Sylvia n'allait pas tarder à sortir de son sac la teinture d'iode magique, qui ferait virer sa peau blanche au violet.

— Ce n'est pas en gardant tout pour toi que ça ira mieux, fit observer Sylvia. Qu'est-ce qui te tracasse ?

— Mon poids, Ma. J'en ai marre d'être grosse, voilà tout.

Une dérobade idéale. Les kilos qu'elles avaient en trop l'emportaient systématiquement sur tous les autres sujets. Pendant une demi-heure, elles se lamentèrent dans leurs girons respectifs, jurant d'entreprendre quelque chose pour maigrir. Elles discutèrent d'un nouveau régime. Sylvia promit de renoncer aux pommes de terre si Philo l'imitait. De tels serments, elles en avaient fait un nombre incalculable de fois.

Tandis que les plateaux commençaient à arriver de la cuisine, l'odeur de bacon et de choux emplit la salle à manger. Philo alla donner un coup de main aux cuisinières. À l'évidence, la graisse blanche du bacon qui nageait seule dans une marmite allait terminer dans la poubelle. Quel dommage ! Philo détestait le gâchis, ne supportant pas l'idée qu'on jette de la nourriture alors que tant de gens mouraient de faim. Elle prit une cuillère et lui fit un sort ; en revanche, soucieuse de respecter sa promesse, elle ne toucha pas aux pommes de terre qui lui tendaient les bras. Étant donné les circonstances, c'était le minimum.

Il était hors de question de déménager à Kilbarrack. De même que Philo avait passé la moitié de sa vie à éviter Portland Row, elle ne remettrait jamais les pieds à Kilbarrack. C'était au-dessus de ses forces d'avoir à passer devant le logement de Sam Harris, sans compter que les enfants y seraient aussi obligés. Il lui était possible de vivre avec son secret, mais pas avec ça.

L'alternative, c'était de rentrer chez elle. Sylvia l'encourageait à faire une dernière tentative. Philo avait beaucoup de mal à accepter l'idée parce que le but de toutes ses pérégrinations avait été de s'éloigner de Tommo ; comment retourner auprès de lui alors que rien n'avait changé ? Sauf qu'il avait arrêté de boire, un élément qu'elle ne pouvait ni ne voulait ignorer.

En fin de compte, le complot ourdi par Dieu, Padre Pio et Sylvia vint à bout de sa résistance. Philo ne se sentait pas capable de regarder ses enfants et de leur assurer qu'elle n'avait pas de solution.

C'était le moment de jouer à pile ou face. Dans le premier cas, elle resterait chez Dina, dans le deuxième elle retournerait auprès de Tommo. Face. Elle recommença deux fois – la revanche et la belle –, le résultat fut le même. Au moins était-il sobre, se consola-t-elle. Vu que la plupart de leurs disputes éclataient quand il était saoul, cela ne lui coûtait rien de lui parler.

C'était le premier pas : mettre tout sur la table et voir sa réaction.

Cela lui fit un drôle d'effet de se diriger à nouveau vers Liberty House, l'immeuble où elle avait été retenue en otage tant d'années. Une fois dans Amiens Street, elle traversa la rue dans la circulation. Au moment précis où elle arrivait de l'autre côté, un motocycliste s'arrêta devant Philo qui le remercia. Il enleva son casque : c'était Tommo.

— Où vas-tu ? lui demanda-t-il.

— À l'appartement, pour te parler, répondit-elle.

— Fous-moi le camp.

— Très bien, je m'en vais.

— Non, je n'ai pas voulu dire ça.

— Où as-tu trouvé la moto ?

— Je l'ai achetée.

— Fous-moi le camp.

— Très bien, je m'en vais.

— Ce n'est pas ce que je voulais dire, reviens.

— Tu montes ?

Après avoir regardé la moto, une Honda 50, puis Tommo, Philo lança :

— Je préfère marcher.

— Je t'emmène.

— Je n'ai pas de casque.

— Je te prête le mien.

— Merci, mais non merci.

Le conducteur d'une voiture qui passait près d'eux baissa sa vitre et leur cria :

— Ne restez pas sur la chaussée si vous voulez discuter !

— Va te faire foutre, enfoiré ! répondirent-ils en chœur.

C'était la première fois depuis des années qu'ils parlaient à l'unisson. Leur vie n'avait été qu'un désaccord chronique sans aucun terrain d'entente. Conçus lors des pauses entre les querelles, les enfants payaient pour les péchés de leurs parents. Philo se demanda si elle avait le droit de risquer ce gigantesque pari sur leur avenir.

Tommo était en route vers le magasin de fish & chips quand il s'était arrêté. Philo accepta de le retrouver à l'appartement. Il commanda une double portion. Lorsqu'il arriva, Philo avait dressé la table : deux assiettes chaudes, les couverts, le ketchup, le sel, le poivre et le vinaigre l'attendaient.

— Tu veux ton thé maintenant ou après ? lui demanda-t-elle quand il franchit la porte.

— Vu qu'on fait ça comme il faut, je vais le prendre maintenant, répondit-il.

Philo le lui versa. Après quoi, ils s'attaquèrent à leur cabillaud fumé et à leur grosse portion de frites sans échanger une impolitesse. Lorsqu'ils eurent terminé leur assiette, Philo exposa sa situation : elle récupérait les enfants, à l'essai, et on lui proposait un logement à Kilbarrack.

— Il y a tout dans la maison, tous les équipements modernes – l'électricité, le gaz, la télé câblée, absolument tout.

Elle voulait donner à Tommo l'impression d'avoir le choix. Il tomba dans le panneau et en fut contrarié.

— Putain de bordel, j'ai pigé ! lança-t-il.

Philo lui assura qu'elle préférait garder les enfants à la maison, au centre-ville, mais que ce serait impossible si Tommo y restait. Il faudrait qu'il s'en aille.

— Je te l'ai proposé, dit-il.

— Ouais, je sais, reconnut Philo.

Bien entendu, les raisons de sa venue l'intriguaient.

— Dans combien de temps veux-tu que je débarrasse le plancher ? demanda-t-il.

— Aucune idée, c'est à voir.

Pour Tommo, ce n'était pas un si grand sacrifice de renoncer à son lit pendant quelque temps dans la mesure où cela lui permettrait de revenir auprès de Philo et des gosses. C'était une épreuve pénible de vivre seul sans personne à qui parler ; d'autant que la solitude était permanente à présent qu'il était exclu d'aller au pub. Les réunions des Alcooliques Anonymes l'aidaient, évidemment, mais il n'avait pas le droit de ramener des participants chez lui. Grâce à l'abstinence, Tommo voyait les choses sous un autre angle et il était décidé à ce que la famille soit réunie le plus tôt possible.

Il sortit une cigarette de sa poche et l'alluma.

— C'est chez toi ici, là où les gosses et toi devriez habiter, dit-il.

Il inspira profondément la fumée tandis que son visage se plissait.

— Je peux partir, ajouta-t-il.

Il exhala puis tira aussitôt sur sa cigarette comme si sa vie en dépendait. Après quoi, il la tendit à Philo.

— Une bouffée, ça te dit ?

À l'époque où l'on avait l'impression que les drogues étaient inoffensives, avant l'arrivée de l'héroïne qui avait décimé tant de vies, Philo aurait accepté avec plaisir car elle aimait la marijuana et ses effets. Puis il y avait eu toutes ces morts. Comme elle n'était jamais parvenue à distinguer les drogues dures des drogues douces, ne le voulant pas à la vérité, elle avait mis un terme à sa consommation. C'était plus facile. Tommo, lui, avait continué, et elle l'avait laissé faire tant qu'il s'abstenait devant ses enfants. En réalité, elle le préférait défoncé qu'ivre parce qu'il ne la maltraitait que lorsqu'il était ivre. Dans le premier cas, il était plein de tendresse et avait envie de faire l'amour. Elle aimait mieux être un gros nounours voluptueux qu'une grosse conne imbécile.

— Tu n'es pas censé fumer ça dans la maison.

— Les gosses ne sont pas là, se justifia-t-il en souriant comme un élève pris en faute.

Même si c'était vrai, Philo ne voulait pas que l'appartement soit imprégné de l'odeur s'ils venaient. C'était un nouveau départ, elle refusait l'intrusion des problèmes du passé, il fallait qu'y règne un air pur, qu'ils y mènent une vie saine, sans querelles. Tommo ne picolait plus – c'était une bonne chose. Peut-être finirait-il par renoncer au hasch. Mais Philo n'avait pas envie d'aborder le sujet en ce moment précis : tout allait tellement bien, Tommo était méconnaissable et il y avait tant d'espoir pour l'avenir.

Tommo prit une autre bouffée avant d'offrir à nouveau le joint à Philo.

— C'est une proposition de paix, expliqua-t-il.

Il était étrange ce meilleur des mondes où Tommo Nolan parlait de paix ! Non tant à cause des paroles que du ton, dont la tendresse et la douceur évoquaient celui d'un prêtre au visage juvénile. *Donnons-nous la paix :* l'invocation qui terminait les messes, le moment où les fidèles se serraient la main ; avec le joint, Tommo replaçait le rituel piqué aux Indiens d'Amérique du Nord dans son contexte.

— Tu ne peux pas refuser le calumet de la paix, insista-t-il.

De crainte d'attirer la malchance si elle s'obstinait, Philo le prit. C'était important de manifester sa reconnaissance d'une façon ou d'une autre à Tommo, qui avait accédé à toutes ses requêtes sans rechigner. Portant le filtre à ses lèvres, elle tira une bouffée – ça lui monta aussitôt au cerveau et lui fit tourner la tête.

— Tu as besoin de quelque chose pour te calmer. Comme tout le monde, assura Tommo.

Elle avait oublié à quel point c'était puissant. Dès la première inspiration, il n'était plus question de revenir en arrière ni de ralentir comme c'était possible avec l'alcool. On succombait, point barre. La sensation d'être embarquée loin de son univers enchanta Philo qui regarda Tommo. Il lui sourit. Elle se sentit en sécurité et tira sur le joint, contente de profiter de sa force. Comme la fumée s'engouffrait dans ses poumons, elle eut l'impression que ses problèmes s'évaporaient. Les choses commençaient à prendre une tournure qui lui convenait, un changement plus qu'appréciable. Après une dernière bouffée, elle rendit le joint à Tommo qui le refusa avec un sourire.

— Il est à toi, lança-t-il en riant.

Philo avait attendu l'amour d'un homme bien sa vie durant. Au début, avant qu'il ne change, Tommo l'avait réconciliée avec son obésité. Il était agréable de se souvenir de l'époque où il lui faisait des compliments, cela réveillait sa tendresse envers lui. Elle ne savait si c'était parce qu'il ne buvait plus ou parce qu'elle était défoncée, mais quelle qu'en fût la raison, elle l'emportait haut la main sur l'état de guerre. *Donnons-nous la paix*. Si Cap et Dina avaient réussi à mettre un terme à leurs hostilités, pourquoi pas Tommo et elle ? Des ennemis pouvaient s'aimer, d'autant que Tommo n'était pas son ennemi, mais son mari. Elle l'avait aimé, autrefois ; le conte de fée n'était pas encore terminé.

— Je suis désolée pour le tatouage, dit-elle.

Philo regrettait maintenant qu'il soit impossible d'y remettre le nom de Tommo. L'amour lui donnait le vertige tandis que l'envie de tout réparer dans sa vie la tenaillait. Le haschich avait un tel pouvoir !

Elle avait oublié non seulement à quel point c'était grisant et sexy, mais surtout à quel point il remettait tout en perspective puisqu'elle planait. Cette nouvelle perspective était si merveilleuse que Philo voulait la partager avec Tommo, sauf que ses lèvres étaient tellement desséchées que ses mots ne les franchissaient pas.

Tommo se pencha et embrassa le bras de Philo. Bien qu'elle fût consciente qu'elle aurait dû lui résister, elle n'en eut pas l'énergie ; seules comptaient les choses positives. Ses enfants allaient revenir à la maison, leur père était en train de redevenir celui qu'il était dans le passé. Philo planta un baiser sur les lèvres de Tommo qui, de la salive de sa langue, lui humecta la bouche. Il commença à rouler un second joint, l'invitant à le partager. Philo accepta parce qu'elle voulait à tout prix que le conte de fée continue d'être réel.

15.

Lorsque Philo lui annonça la nouvelle du retour des enfants, Dina fut enchantée. Les orphelinats avaient beau être utiles, les enfants étaient mieux avec leurs parents. C'était bien qu'ils retrouvent un environnement familier, où Philo serait là pour s'occuper d'eux, leur préparer leurs repas et laver leurs vêtements.

— Est-ce que Tommo passera la nuit avec eux ? demanda Dina.

— Non, pas si j'ai mon mot à dire.

— Alors qui s'occupera d'eux quand tu seras avec moi ?

— Qu'est-ce que tu veux dire ?

— Tu ne peux pas les laisser seuls, Philo. Il faut que quelqu'un reste avec eux.

Dina ne parvint pas à dissimuler sa déception quand elle comprit qu'elle perdait Philo, sans qui elle ne pouvait imaginer vivre.

— T'es mieux qu'une bouillotte, tu sais ? déclara-t-elle.

— Nom de Dieu, je suis contente que tu l'aies précisé.

— Si tu n'es plus là, je vais sans doute attraper une pneumonie.

— Et ce sera de ma faute, c'est ça ?

— Je n'ai pas dit ça.

— Achète-toi une couverture électrique.

— Je n'y crois pas.

— La foi n'a rien à voir là-dedans, c'est pas une religion. Il suffit de la brancher.

— J'aurais peur de prendre feu. Je me fiche de la façon dont je vais mourir, mais pas dans les flammes.

C'était le trou que cela ferait dans son porte-monnaie qui tracassait Dina. Une couverture électrique coûtait cher en électricité. Philo, qui avait triplé le chiffre d'affaires du magasin, quadruplé les bénéfices, n'avait toujours pas reçu le moindre penny dans son escarcelle. Non qu'elle veuille cet argent, au contraire, mais cela ne lui avait pas échappé. Dina était une grippe-sou incapable de donner du fric si elle n'y était pas contrainte – un trait de caractère pour lequel il y avait un nom, que Philo n'arrivait pas à retrouver. Ce n'était pas kleptomanie, bien que Dina l'ait pratiquée aussi. Radinerie s'en approchait mais ce n'était pas le mot juste. Alors qu'elle réfléchissait à la pingrerie de la vieille femme, Philo se rappela quelque chose :

— Tu payes pas tes factures d'électricité. C'est gratuit pour toi.

— J'y ai droit vu que je suis une vieille retraitée.

— Alors, une couverture électrique ne te coûtera pas un radis.

— Il faudra tout de même que je l'achète.

— Tu as sans doute le droit d'en avoir pour rien.

— C'est pas pareil.

— Qu'est-ce que tu veux dire ?

— Ce n'est pas la même chose que de t'avoir dans mon lit. Tu es un être humain. Tu ne me tiens pas seulement chaud, tu me parles, tu te donnes du mal pour moi, tu es mon aide ménagère.

Philo s'empressa de faire observer que de passer la nuit chez Dina n'était pas stipulé dans son contrat de travail. Elle était restée dormir parce que ça l'arrangeait, à présent cela se retournait contre elle.

— Je continuerai à venir te voir tous les matins, assura-t-elle.

— Je n'ai pas peur le matin, j'ai peur la nuit.

Première nouvelle pour Philo, qui n'avait jamais vu Dina effrayée :

— Qu'est-ce que tu faisais avant de m'avoir ? Tu dors seule depuis des années.

— Je n'étais pas toute seule.

Abasourdie, Philo essaya de se représenter le compagnon secret de Dina. En vain.

— Qui était-ce ? Est-ce que je le connais ?

— Ce n'était pas un homme.

— Une femme alors ?

— Non : mes amies qui me protégeaient, mais tu les as englouties avec l'aspirateur.

— Ah, ces putains d'araignées ! bafouilla Philo.

Dina avait une passion pour ces insectes. Grandes, petites, velues ou microscopiques, c'étaient ses amies depuis une éternité. Sa mère lui avait recommandé de ne pas faire du mal à une araignée faute de quoi elle n'aurait jamais la moindre chance. En revanche, sa maison serait toujours à l'abri de tout danger si elle accueillait ces créatures de Dieu. Et Dina jurait n'avoir jamais été cambriolée depuis ce jour-là. Les araignées devaient s'être passé le mot parce qu'elles avaient établi leur quartier chez elle comme des réfugiées sûres d'y trouver asile. Le soir, elles sortaient de leur cachette pour tisser leur toile. Dina, qui adorait les observer, était devenue experte quant à leurs méthodes pour tendre des pièges – un sport sanguinaire, lui procurant un plaisir qu'elle ne niait pas, surtout lorsqu'une mouche était attrapée et que l'araignée trépignait avant de lui assener le coup de grâce.

Dina s'imaginait dans la peau de l'araignée et les mouches étaient ses ennemies. Elle inventait des noms pour ses copines à huit pattes, contre lesquelles elle ne levait jamais la main pour les chasser. Enfin, ceci se passait avant que l'holocauste les ait exterminées, ne lui laissant rien d'autre qu'un plafond blanc, nu, dépourvu d'araignées. Plus personne ne lui tenait compagnie, plus personne ne veillait sur elle, plus personne ne la protégeait des esprits malfaisants.

— Tu pourrais demander à Cap de rester, suggéra Philo.

Le visage de Dina s'illumina lorsqu'elle entendit ce nom.

— On n'a pas envie de créer un scandale, dit-elle.

Scandale ? Un mot bien périmé. Autrefois, on le martelait en chaire ; à présent, c'était par l'église que venait le scandale et on avait cessé de battre ce tambour.

— Un scandale ? répéta Philo. Comment est-ce que le fait que Cap passe la nuit chez toi en créerait un ?

— J'ai une famille. Cap a des amis. Les gens jasent.

— Et alors ?

— Il faut être prudent.

— Ma parole, Dina, tout le monde le sait qu'il te baise !

Ce n'était pas comme ça avec Cap, c'était différent. Dina ne pouvait l'expliquer parce que la culpabilité d'avoir du plaisir en faisant l'amour la taraudait. Non tant les rapports sexuels mais ce qui les précédait, que Cap qualifiait de préliminaires et elle de Noël. Comment confier à Philo que Cap passait des heures à écarter les poils de sa chatte afin d'examiner son clitoris ? Maintenant qu'il l'avait découvert, c'était difficile de l'en empêcher. Elle n'en revenait pas du bonheur d'être contemplée par un homme, de voir son visage émerveillé – ça la déifiait. Elle s'était toujours imaginé que ses seins étaient ce qu'elle avait de plus beau et que là, en bas, c'était quelque chose d'affreux, quelque chose qui saignait, quelque chose à cacher. L'attention qu'y prêtait Cap avait tout changé. Elle avait le sentiment d'être adorée, l'impression que son vagin lui appartenait, qu'elle en était propriétaire. Elle laissait courir son doigt tout autour, puis l'y enfonçait à la manière d'un enfant découvrant un nouveau jouet. Elle l'écartait et l'exhibait. Un jour, elle l'avait même entouré de rouge à lèvres pour faire une surprise à Cap, qui l'avait léché avec le même plaisir qu'un écolier dégustant un cornet de glace. Dina n'avait jamais éprouvé pareilles sensations.

— Tu ne vas pas nier qu'il te baise, hein ? insista Philo.

Dina n'avait pas l'intention de nier ou de confirmer quoi que ce soit. Sa situation était délicate. Même si elle regrettait que Philo déserte son lit, elle ne comptait pas la remplacer par une couverture électrique, encore moins par Cap. Il ne lui restait plus qu'à dormir la fenêtre ouverte dans l'espoir que les araignées reviendraient à la première occasion.

Pour Philo, le retour à la maison s'annonçait chargé d'émotions. C'était à la fois un nouveau départ et une dernière chance. Elle se sentait comme mise à l'épreuve, ne cessant de guetter une voix qui clamerait dans un haut-parleur : « Ne fais pas ça, ce n'est pas ce que font les mères dignes de ce nom. »

Sœur Rosaleen l'aida à préparer l'appartement. Elles lavèrent les draps, récurèrent les placards, cirèrent les chaussures... Un travail éreintant qui les mit en nage. Sœur Rosaleen eut tellement chaud qu'elle dut enlever son habit ainsi que son voile et mettre une salopette de Tommo que Philo avait dénichée.

— Tu as raté ta vocation, tu as vraiment raté ta vocation, constata Philo.

— Pourquoi dis-tu ça ?

— Tu ressembles à un mécanicien.

— Peut-être, mais je ne me sens pas une âme de mécanicien.

— Tu te sens une âme de quoi ?

Sœur Rosaleen garda le silence avant de répondre en gloussant :

— De celle qui annonce les numéros de loto.

— C'est une drôle de vocation pour une bonne sœur.

— Je sais, n'empêche que j'adore ça. C'est grâce à toi que je le fais, je n'oublierai jamais.

Philo attrapa le voile et le mit sur sa tête ; il était quatre fois trop petit pour elle.

— De quoi j'ai l'air ?

— D'une poupée.

— Je ne me sens pas une âme de poupée, je me sens une âme de religieuse. J'aurais fait une bonne religieuse, qu'en penses-tu ?

— Tu aurais été une remarquable religieuse.

Le compliment enchanta Philo. Elle avait toujours considéré que la vie religieuse était celle qui conférait le plus de respectabilité aux femmes.

Naturellement, on aurait dû exalter la maternité. Mais ce n'était pas le cas.

— Tu aurais pu aussi faire une excellente épouse, tu sais, reprit Philo.

— Voire un bon mari, riposta sœur Rosaleen en montrant la salopette.

— Où étais-tu quand je cherchais un mec, voilà ce que j'aimerais savoir.

Le ménage et les plaisanteries continuèrent jusqu'à l'heure du départ de Philo pour Goldenbridge.

Les enfants remarquèrent que Philo portait un chemisier, une jupe, des collants, des souliers alors qu'en temps normal elle serait restée en tee-shirt, pantalon de survêtement et tennis. Elle avait décidé que ressembler à une mère était primordial et qu'il fallait que son apparence envoie ce signal essentiel. L'époque de la souillon était révolue, elle tenait à montrer sa féminité, son côté maternel. Peu lui importait que ses orteils soient comprimés dans les chaussures et qu'elle transpire sous les collants : elle tenait à ce que les enfants, quand ils la regarderaient, voient une mère présentable.

— Pourquoi tu t'es mise sur ton trente et un ? lança aussitôt Josie.

— Tu vas à un enterrement ? enchaîna le petit Tommo.

— Tu ne portes plus de survêtement, Ma, ajouta Philomena.

Étonnée par leur esprit d'observation, Philo fut contente d'avoir fait cet effort.

— J'avais envie d'être jolie, un point c'est tout, répondit-elle.

— Tu l'es de toute façon, quels que soient tes vêtements, Ma, affirma Eileen.

Peu convaincus, ils la harcelèrent pour qu'elle leur donne une meilleure raison. Ce fut Eileen qui les calma et les obligea à écouter. Nul doute qu'elle avait protégé ses frère et sœurs à Goldenbridge. En l'espace de si peu de temps, elle avait grandi physiquement et mûri ; elle était devenue une adulte. Cela se dégageait d'elle comme la sève suintant d'un arbre.

— Je ne veux pas que tu grossisses comme moi, tu m'entends ? l'admonesta Philo.

L'injonction était exactement celle que Sylvia lui rabâchait toutes les semaines. Philo s'était juré de ne jamais la répéter à ses enfants, or les mots coulaient de ses lèvres.

— Quelle que soit la taille qui m'est destinée, c'est celle que j'aurai, maman, dit Eileen.

Elle avait treize ans, l'âge qu'avait Philo la première fois qu'elle avait tenu tête à son père et refusé d'aller à Portland Row. Pourvu que sa fille n'ait jamais le même genre de sombre secret à porter, c'était son vœu, ce qu'elle désirait le plus au monde.

Philo se leva, regarda ses enfants et leur demanda :

— Vous avez envie d'une surprise ?

— Oh oui, oh oui, oh oui ! claironna le chœur.

— Pour vous, quelle serait la plus belle surprise ?

— Des œufs de Pâques, dit le petit Tommo.

— De nouveaux habits, dit Josie.

— Un lapin, dit Philomena.

— Rien de tout ça, répliqua Philo.

— La plus belle surprise serait de sortir d'ici, ajouta Eileen.

Philo observa leurs visages remplis d'espoir. Maintenant que le moment de leur faire la surprise dont elle avait tellement rêvé était arrivé, les larmes lui montaient aux yeux, l'empêchant de parler.

— On s'en va ? s'enquit Eileen.

— On s'en va, Ma ? répéta le petit Tommo, et les autres firent chorus.

À peine Philo eut-elle hoché la tête qu'ils sautèrent tous sur leurs pieds et la mangèrent de baisers, la couvrirent de câlins comme jamais auparavant. Puis ils se précipitèrent dans leurs dortoirs où ils plièrent bagage en deux temps trois mouvements. Quelques minutes plus tard, ils étaient dans le bus 21A qui les ramenait vers leur vie au centre-ville. Josie, Philomena et le petit Tommo assis sur des sièges à l'avant de l'impériale, tandis que Philo et Eileen étaient restées en bas.

— On t'a bien traitée à Goldenbrigde ? demanda Philo à sa fille.

— Oui, les religieuses étaient adorables.

— Personne ne t'a maltraitée ?

— Tu as perdu la boule, Ma ?

— Je préfère ne pas répondre, sinon je me compromettrais.

— T'inquiète pas, tu n'es pas folle. Tu nous as appris à nous défendre, personne ne peut nous obliger à faire ce qu'on ne veut pas.

Philo aurait aimé pouvoir mettre les paroles d'Eileen en conserve. En dépit de tout, ses enfants semblaient s'acheminer convenablement vers l'âge adulte. Elle en éprouva une telle fierté qu'elle se sentit prête à exploser.

Sœur Rosaleen et Jack les attendaient à l'appartement. L'espace d'un abominable instant, les enfants réagirent comme s'ils étaient à Goldenbridge jusqu'à ce que Philo leur explique la situation.

— Elle a simplement l'air d'une religieuse, c'est une mécanicienne qui répare les voitures dans la vraie vie.

— Faux, protesta sœur Rosaleen. J'annonce les numéros de loto.

Sur ces mots, elle partit pour le couvent. Philo, elle, se tourna vers Jack.

— Ne va pas t'imaginer que tu es trop grand pour un câlin.

— Garde ça pour plus tard, riposta-t-il.

— Non, je le veux maintenant. Viens ici.

Comme il se résignait à l'inéluctable, ils entendirent un grincement de clé. Au bruit sourd du métal sur du métal succéda celui de la serrure qui s'ouvrait. On poussa la porte : Tommo apparut. Il tapa sur ses cuisses et tendit les bras. Josie, le petit Tommo, Philomena laissèrent aussitôt tomber ce qu'ils étaient en train de faire pour se précipiter vers lui. Eileen les suivit à distance, mais Jack ne bougea pas. Avec les plus jeunes de ses enfants accrochés à différents endroits de son corps, Tommo avança dans la pièce avec difficulté.

Philo fut incapable de feindre l'enthousiasme. Il s'imposait dans les retrouvailles sans avoir été convié. L'avoir à la maison leur premier soir ne faisait pas partie de son plan. Qu'est-ce que cela signifiait pour les enfants ? Que tout était comme avant et que rien n'avait changé ? Même si elle était ravie de leur joie de voir leur père, elle était furieuse qu'il se soit pointé sans permission. Elle avait l'impression qu'il s'était introduit par effraction et répandait un gaz nocif dans tout l'appartement.

Elle aurait dû lui demander de lui rendre sa clé. Puisqu'il l'avait en sa possession, il pouvait aller et venir comme bon lui semblait. Cela lui donnait un insupportable droit d'entrée.

— Pourquoi t'es pas venu nous voir ? fit le petit Tommo.

La vérité sort de la bouche des enfants, pensa Philo.

— J'ai pas arrêté de bosser, répondit Tommo.

— T'aurais dû venir en camion à Goldenbridge, renchérit Philomena.

— T'aurais pu fracasser le portail, ajouta Josie.

Tommo ne savait plus où se fourrer. Les enfants lui demandaient de se justifier et il n'avait pas de réponse. Il jeta un regard à Philo comme si elle pouvait lui en fournir une.

— De la limonade et des chips, ça vous dit ? finit-il par lancer.

Les « ouais » fusèrent tandis que les gosses bondissaient sur lui comme s'il était un château gonflable. Il dut appeler Eileen au secours pour éviter que les membres frénétiques ne le perforent.

— Ça ne pose pas de problème ? demanda-t-il à sa femme.

Malgré son envie de le transpercer à coups d'épingles, Philo donna son accord en souriant. Après son départ, le petit Tommo entonna une mélopée que les autres reprirent et transformèrent en un hymne braillard : *Li-mo-nade, li-mo-nade !*

— Est-ce que vous avez déballé vos affaires ? s'égosilla Philo à trois reprises avant d'être entendue.

Elle les expédia dans leurs chambres pour qu'ils s'y mettent. Sur ces entrefaites, Jack s'approcha d'elle, lui fit un câlin en lui annonçant qu'il devait s'en aller.

— Ne pars pas à cause de Tommo, objecta-t-elle.

— C'est pas ça, je dois me lever tôt demain matin.

— Ne me raconte pas de bobards, mon fils. Je sais pourquoi tu te tailles.

— Je n'aime pas la limonade et les chips, c'est tout.

— J'aimerais tellement que tu passes la nuit ici, tu ne peux pas faire ça pour moi ?

— Si je reste, je mouillerai le pieu, Ma, murmura-t-il.

C'était la première fois que Philo voyait Jack reconnaître sa fragilité. L'agressivité était sa réaction habituelle. Il l'avait appris de Tommo, naturellement.

— Frère Felix m'a affirmé que ça ne t'arrivait plus, dit-elle.

— Et je n'ai pas envie que ça change.

— Bien sûr, je comprends.

Tommo traitait Jack de tous les noms à cause de son incontinence. Dans la foulée, les autres ne se privaient pas de se moquer de lui. Philo, qui s'imaginait que c'était peut-être dû à une faiblesse rénale, comprenait à présent que c'était à cause de Tommo.

Dès que Jack fut parti, Philo se rendit dans la chambre des filles, où celles-ci, debout sur le grand lit, se donnaient des coups d'oreiller. Une impétuosité qui faisait plaisir à voir, mais elles s'arrêtèrent en se rendant compte de la présence de leur mère.

— Qu'est-ce que vous fabriquez ?

— Rien, Ma.

— Ce n'est pas vrai.

— C'est une bataille d'oreillers, répondit alors Eileen.

Philo tendit la main et Eileen lui donna l'oreiller. Philo en flanqua un coup sur la tête de chacune de ses filles. La minute d'après, la guerre faisait rage. Quand il entendit le vacarme depuis sa chambre, le petit Tommo accourut. En un éclair il se retrouva au milieu, mais il n'était pas de taille à lutter contre sa mère, qui l'écrasa ainsi que ses sœurs. À la fin des hostilités, une couche de plumes neigeuses tapissait le sol, les lits, la fenêtre et la commode. Par-dessus le marché, ils en avaient dans le nez, la bouche, les oreilles et sur leurs vêtements. Après un tel exercice, personne n'eut l'énergie de nettoyer. Affalés, ils crachaient et reniflaient à l'unisson, fatigués de la bagarre.

Revenu de sa course, Tommo entra :

— Bordel, qu'est-ce qui s'est passé ici ?

L'envie démangea Philo de lui dire que c'étaient pas ses putains d'oignons, mais cela dégénérerait en dispute si elle y cédait. Son seul but était de mettre un terme aux bagarres, aux cris, aux injures. Et elle marchait sur des œufs alors qu'elle n'avait même pas encore passé une nuit chez elle. Intuitivement, Philo savait qu'il ne fallait pas qu'une querelle éclate parce qu'il serait parti dans peu de temps et que cela marquerait le début de sa nouvelle vie. Elle pourrait changer la serrure pour l'empêcher de venir. Il lui suffisait d'attendre que la limonade soit bue, les chips avalées, et tout irait bien.

Philo alla chercher des gobelets qu'elle posa sur la table. Quant à Tommo, après y avoir jeté les chips, il sortit une petite bouteille de vodka de sa poche et la tendit à sa femme.

— Je l'ai prise pour toi, expliqua-t-il.

— Je ne veux pas d'alcool chez moi, merci quand même.

— Comme tu voudras, dit-il en la remettant dans sa poche.

— Où as-tu acheté la vodka ? demanda Philo.

— Au pub, avec la limonade et les chips.

— T'es allé au pub ?

Le regard de Tommo fut une réponse suffisante.

— T'as bu ? reprit-elle.

— Évidemment. Ça n'arrive pas tous les jours à un mec que sa femme et ses gosses rentrent à la maison.

Philo n'eut qu'une envie, celle de flanquer un coup de pied dans l'entrejambe de Tommo pour lui enfoncer sa bite dans le ventre, où elle aurait disparu. Elle voulait s'assurer que son sperme ne contribuerait plus jamais aux malheurs de l'espèce humaine.

— Vous êtes contents d'être à la maison, les gosses ? lança-t-il.

— Ouais, répondirent-ils sans cesser de croquer leurs chips et de boire leur limonade.

Philo balaya les plumes en tas pour éviter de s'appesantir sur la nouvelle que Tommo avait recommencé à boire. Elle n'avait plus le choix, il fallait qu'elle le tue. Si Padre Pio ne pouvait l'aider, personne n'y réussirait. Elle décida de l'assassiner au lit. Avec un peu de chance, il lui demanderait de rester dormir ; elle accepterait en le suppliant de faire l'amour. Lorsqu'elle écarterait les jambes et qu'il serait en elle, elle s'emparerait du couteau le mieux aiguisé et le plongerait dans son torse.

Filant dans la cuisine, elle ouvrit le tiroir des couverts. Ne trouvant aucun couteau propre à lui assurer le succès dans l'assortiment dérisoire, elle changea d'avis : elle l'étoufferait. Il suffisait d'un bon oreiller, mais il n'en restait aucun. Elle chercha de la mort-aux-rats dans le placard et finit par en dénicher. On aurait dit des grains de blé. Comment lui faire avaler ça ? En la mettant dans la vodka, c'était la seule possibilité. Oui, mais comment lui prendre la bouteille sans se trahir ?

Alors que Philo se creusait les méninges, Eileen entra en apportant les gobelets sales et les sachets de chips vides.

— Ma, je vais me coucher, je suis épuisée.

Philo en profita pour les expédier tous au lit. Le petit Tommo fut le seul à renâcler, elle finit néanmoins par le convaincre à force de cajoleries.

— Il vaut mieux que je m'en aille, déclara Tommo quand ils furent à nouveau seuls.

— Reste aussi longtemps que tu voudras, je ne te flanque pas à la porte.

Il fut abasourdi par le ton de Philo.

— Mickser doit m'attendre, faut que je parte.

Mickser était le meilleur ami de Tommo, chez qui il logerait jusqu'à ce que les problèmes avec Philo soient résolus. Bien que Tommo ait l'air soucieux de ne pas inquiéter son copain, Philo attribuait sa hâte à son envie de retourner au pub.

— À ce que je vois, t'as recommencé à picoler.

— C'était simplement pour fêter les retrouvailles. Dès demain, j'arrête.

Déçue de ne pas avoir l'occasion de le tuer, Philo le laissa partir. Elle n'aurait jamais dû fumer ce joint avec lui. C'était impossible de prendre du plaisir avec Tommo. D'une manière ou d'une autre, cela correspondait pour lui à une permission de la maltraiter. Dès qu'elle baissait la garde avec les hommes, elle avait des emmerdements. Qu'elle arrache le pantalon de PJ Proby : la catastrophe ; qu'elle suce des sucettes à Portland Row : l'humiliation. Dorénavant, elle ne laisserait plus jamais tomber ses défenses devant un homme, elle devait les tenir à distance : toutes les femmes grosses attiraient les demi-portions. Il lui fallait se barricader, fermer les écluses, changer la serrure. Devenir une île.

16.

Ils s'étaient tous mis d'accord pour se retrouver au boulet de démolition. Le chef de chantier voulait commencer à raser les immeubles à sept heures du matin, mais on avait réussi à le convaincre de retarder jusqu'à onze heures afin que les vieux puissent y assister.

Il fallait démolir les immeubles qui se trouvaient là depuis quarante ans parce que le terrain où ils étaient construits avait trop de valeur pour les gens qui y vivaient. Ils seraient remplacés par des constructions reflétant le nouvel essor économique de la ville, du pays que les gens qualifiaient de « Tigre celtique ». Quoi qu'il en soit, cela ne facilitait pas les choses pour les pensionnaires du Centre d'accueil, dont beaucoup y avaient élevé leur famille. Ils se rappelaient la construction des immeubles – promesse d'avenir à l'époque, nouvelles tours d'habitation dotées de vide-ordures dont personne n'avait auparavant connu l'équivalent. Les vieux n'allaient pas tarder à voir cette promesse réduite en poussière et ils avaient l'impression de se rendre à l'enterrement d'un enfant. Ils ne pouvaient cependant que venir, n'ayant pas passé quarante ans de leur vie dans cet endroit pour lui tourner le dos maintenant.

Philo obtint assez facilement l'autorisation qu'on laisse sortir les gosses de l'école ce matin-là. Son premier arrêt fut Dowdall's Lane, pour prendre Dina. Bien que beaucoup d'autres eussent été capables de la pousser, y compris les trois cloches – ainsi que Philo les avait surnommées – Dina insistait pour avoir Philo sous la main chaque fois qu'elle se déplaçait.

— Je suis ton aide à domicile, pas ton moyen de transport, bordel ! s'était plus d'une fois insurgée celle-ci.

Le magasin était fermé quand Philo y arriva. Dès qu'elle y fut entrée, elle sut, en raison du silence lugubre, qu'il n'y avait personne. Un rapide tour d'inspection au premier étage lui confirma ce qu'elle avait deviné : Dina était partie.

Philo se rendit alors au coin de Sheriff Street et de Guild Street où une grande foule s'était déjà attroupée. Comme elle abordait sœur Rosaleen, Chrissie Mongon l'interrompit, annonçant la nouvelle qu'on avait transporté Dina à l'hôpital dans la nuit. Cap avait appelé l'ambulance et, cette fois, il l'avait accompagnée.

À onze heures, le chef du chantier se mit à hurler des instructions au grutier. Celui-ci poussa et tira sur des manettes, ce qui fit lentement monter le boulet. Il n'y avait aucun décorum, c'était aussi primitif qu'un combat de boxe à mains nues. D'abord le métal eut un mouvement de balancier, évaluant la cible, ensuite il glissa près d'un vieux pigeonnier qu'il n'essaya même pas de détruire. Un galop d'essai, une *danse macabre*[1], une démonstration de force avant d'entrer dans le vif du sujet.

Le rythme s'accéléra. Le boulet dessina un immense arc devant les yeux vides des immeubles, puis il changea brusquement de direction et fonça dans la cage

1. En français dans le texte. *(N.d.T.)*

d'escalier. Briques et ferronneries tinrent bon l'espace d'un instant, oscillèrent et s'écroulèrent. Le boulet recula avant d'assener un autre coup et ne cessa plus ses bombardements jusqu'à l'éventrement total de la cage d'escalier et tout ce qui l'entourait.

Il était impossible de ne pas être bouleversé par le torpillage du bâtiment sans défense. Les vieux regardaient en silence. Beaucoup se détournèrent et partirent, incapables de supporter le spectacle de leur passé réduit en poussière. Mieux valait en garder le souvenir bien vivant plutôt que d'en voir les décombres.

Ils retournèrent au sanctuaire du couvent, où ils prirent un déjeuner ponctué par les bruits mats du boulet de démolition continuant son œuvre à l'extérieur. Sœur Rosaleen eut beau dresser sa table de loto, elle ne souleva aucun enthousiasme. Aucune trace de Sylvia. Philo était tiraillée entre l'envie d'aller à l'hôpital et celle de se précipiter chez sa mère. En fin de compte, elle se mit en route vers East Wall parce qu'elle s'était rappelée que Cap tenait compagnie à Dina.

Elle frappa à la porte tout en criant à travers la fente de la boîte aux lettres.

— Ouvre, Sylvia !

Regardant par la fenêtre de la chambre donnant sur la rue, elle distingua la silhouette de sa mère sur le lit. Malgré ses nombreux petits coups sur la vitre, il n'y eut pas un mouvement.

L'inquiétude s'empara de Philo.

— Allez, Sylvia. Le loto va commencer sans toi.

Elle ne savait que faire. Quelque chose de très grave était arrivé. Elle continua de tambouriner sur le carreau, qui finit par se fêler.

— Je vais casser la vitre si tu ne me réponds pas, Sylvia !

Philo retourna à la porte, attrapa la poignée et le heurtoir, qu'elle secoua comme s'il s'agissait d'une personne capable de la comprendre.

— Ouvre, espèce de salope, ouvre !

M. Matthew, le voisin, sortit pour voir ce qui se passait. Philo glapit des paroles incompréhensibles, dont il saisit suffisamment le sens pour aller à l'arrière, escalader la haie, entrer par la porte de service, emprunter le couloir et ouvrir la porte principale.

— J'appelle une ambulance ? demanda-t-il.

— Oui, répondit Philo sans le regarder.

Elle s'avança dans la chambre. Sylvia paraissait aussi sereine que si elle dormait profondément. Philo voulait qu'elle revienne, ce n'était pas bien qu'elle s'esquive sans qu'elles aient eu une conversation.

— Ne t'en va pas maintenant, je t'en prie reviens – je ne veux pas que tu t'en ailles, tu m'entends – je ne veux pas que t'en ailles, Sylvia... Sylvia... Sylvia...

Elle répéta le nom un nombre incalculable de fois.

— C'est Philo, Ma... Philo... Philo... Tu m'entends ?

C'était désespéré, et elle était désespérante, de rester les yeux rivés sur sa mère qui pourrait se réveiller si elle se remuait au lieu de la regarder s'éloigner de plus en plus. Il fallait que Philo fasse quelque chose, qu'elle bouge son cul. Elle s'agenouilla sur le lit, posa les mains sur la poitrine de sa mère et commença à pousser, sans savoir comment s'y prendre – elle n'avait vu ça qu'à la télé – mais cela faisait rebattre les cœurs, elle en était sûre.

Elle continua quelques minutes, sans susciter de réaction. Il était temps d'essayer autre chose. Elle se courba et mit ses lèvres sur celles de Sylvia, glacées comparées aux siennes. Fallait-il s'obstiner ? Elle ne le savait pas. Il n'y avait pas d'alternative. Encore trois tentatives, puis elle recommencerait l'autre méthode. Sauf que cette fois, elle donna un coup de poing sur le buste de sa mère. Peut-être arriverait-elle à berner le cœur pour qu'il se remette en marche si elle lui donnait une secousse assez puissante, rien qu'une. Avec le plus de force possible, elle joignit les mains et frappa. Le corps de Sylvia bougea sous le choc. Philo attendit.

— Bats, connard !

Rien, rien d'autre que le remords d'avoir fait mal à sa mère. Philo s'allongea sur celle-ci et éclata en sanglots.

— Ne t'en va pas, maman, reviens s'il te plaît, reviens s'il te plaît, s'il te plaît, s'il te plaît...

Philo resta à pleurer toutes les larmes de son corps. Au loin, le bruit sourd du boulet de démolition attelé à son œuvre de destruction continua de résonner jusqu'à ce que le hurlement strident de la sirène d'ambulance franchissant le pont vers East Wall le domine.

Toutes les décisions concernant les obsèques étaient matière à litige. La première dispute éclata à propos du lieu où Sylvia devait être enterrée. Jack voulait la mettre dans le caveau familial, au cimetière de Balgriffin. Philo insistait pour qu'elle soit incinérée.

— Je refuse de faire des cendres de ta mère. Ce n'est pas une façon de s'en aller pour une dame, et ta mère était une dame, une vraie.

— Elle l'est devenue depuis qu'elle est morte.

— Elle l'a toujours été.

— Alors pourquoi la traitais-tu de grosse vache et lui meuglais-tu dessus quand elle était vivante ?

— On ne parle pas de ça, on parle des dispositions

à prendre pour l'enterrement. Je veux qu'elle ait une pierre tombale avec son nom écrit dessus.

Philo réfléchit à l'hypocrisie de l'inscription qu'il y ferait graver.

Son mari aimant la regrette profondément. Une mère et une épouse dévouée, dont l'absence causera une tristesse éternelle. Les pierres tombales étaient un puits d'abominables mensonges – le canon de l'hypocrite.

— Comment as-tu traité ta femme ? demande le Seigneur.

— Je lui ai offert une magnifique pierre tombale, répond le mari menteur.

Comme ce serait mieux de proclamer la vérité ! *Une femme fatiguée, maltraitée et ignorée pendant de nombreuses années. Tristement oubliée par celui qui n'a jamais exprimé un seul compliment à son sujet.*

Ce n'était pas tant l'idée du cercueil de sa mère en terre qui perturbait Philo que celle du cercueil de Jack qui le recouvrirait un jour. Il était hors de question qu'il soit au-dessus d'elle pour l'éternité. Même si Philo était obligée de faire de la maison un bûcher funéraire, eh bien il en serait ainsi, amen. Les vœux de Sylvia seraient respectés envers et contre tout.

Jack comprit qu'il avait perdu la partie, mais il refusa d'avoir l'air de céder.

— Sans toi, elle serait toujours vivante, lança-t-il.

De quoi tournebouler Philo.

— Je l'ai tuée, c'est ce que tu es en train de me dire ?

— Elle n'était pas capable d'aller à pied à ce jeu de loto tous les jours, elle ne le faisait que pour toi.

Pour une fois, Philo n'eut pas de réponse. Il l'avait blessée et bouleversée, des émotions qu'elle ne s'autorisait pas à éprouver en temps normal. Si ce n'est que ceci n'avait rien de normal. La personne qui comptait le plus dans sa vie venait de mourir et on l'accusait du meurtre – une assertion non dépourvue de fondement, ce qui était le problème essentiel pour Philo. On ne connaîtrait pas les conclusions de l'autopsie avant six semaines, mais tout le monde pensait que Sylvia était morte d'une attaque provoquée par l'effort de ses allers et retours quotidiens sur le pont. Comme toujours face à son père, Philo devait paraître forte et ne pas lui laisser voir qu'elle était dans tous ses états. Il lui fallait rester concentrée afin de l'empêcher de piétiner les souhaits de Sylvia comme il l'avait fait du vivant de celle-ci.

La veillée mortuaire de Sylvia, belle dans le chemisier blanc et la veste bleue dont on l'avait revêtue, eut lieu dans la maison. Cela faisait des années que tous les membres de la famille ne s'étaient pas retrouvés sous le même toit. Les frères jumeaux de Philo, Andrew et Bren, qu'elle n'avait pas vus depuis Noël, six mois auparavant, étaient là avec leurs femmes, Lilly et Marie ainsi que leurs enfants, deux par couple, John Paul, Sorcha, Sinéad et Laurence. Il y avait la petite sœur de Philo, Sally, plus petite du tout car elle était née le même jour que Jack – l'un et l'autre auraient bientôt seize ans. Ces petites choses, ces détails unissant les familles prennent de l'importance à l'occasion des enterrements. Enfin, Philo était heureuse que ses enfants ne soient plus à Goldenbridge, ils éprouvaient un tel chagrin pour la mort de leur grand-mère que cela les consolait d'être associés au travail de deuil.

Sylvia était allongée dans un cercueil en chêne, dans la pièce donnant sur la rue. Philo était allée aider les entrepreneurs de pompes funèbres à préparer le corps ; elle ne voulait pas qu'on se moque de sa mère morte et n'avait aucun mal à imaginer les regards étonnés que ces étrangers risquaient de poser sur les plis adipeux. Pour Philo, c'était une façon de témoigner de l'humanité de Sylvia, de défendre sa dignité.

Le choix du cercueil avait été une autre source de conflit entre Philo et son père. Sylvia était trop grosse pour un cercueil de taille standard. En fabriquer un sur mesure ne posait pas de problème, à ceci près qu'elle était aussi large que haute et qu'il serait carré. Pour que cela ait une forme de cercueil, il faudrait exagérer la taille de la défunte. Les croque-morts suggérèrent une longueur de deux mètres dix ; ça ne plut pas à Jack qui protesta au motif que cela lui donnerait une taille de géante. Philo soutint que cela valait mieux que de la mettre dans un cercueil carré. Pour finir, ils s'entendirent sur deux mètres.

Tout le monde admira l'expression sereine de Sylvia. Une formule de rigueur, pour une fois honnête, car on ne voyait aucune trace de conflit sur son visage.

— Elle était prête à rencontrer son Dieu, dit Ninna Delargy.

— C'est une sainte maintenant, enchaîna Granny Carmody.

— Elle fait un beau cadavre, conclut Nan Cassidy.

Davantage de religieuses qu'on en aurait trouvé dans un couvent vinrent lui rendre un dernier hommage.

— À présent, elle est avec les anges, au paradis, déclara sœur Monica.

— Il suffit de la regarder pour savoir qu'elle est avec Dieu et les anges, affirma sœur Davina.

— Elle est avec les bienheureux et les anges, renchérit sœur Xavier.

Trop bouleversée pour dire quoi que ce soit, sœur Rosaleen, qui les suivait, prit la main de Philo et la serra dans la sienne. Philo se pencha pour lui murmurer à l'oreille :

— La prochaine bonne sœur qui sort qu'elle est avec les anges, je lui explose le ciboulot !

Sœur Rosaleen tenta de refouler son rire, mais il se mua en larmes qui ruisselèrent sur ses joues. Philo la serra dans ses bras. L'instant d'après elle remarqua Cap en train de présenter ses condoléances à Jack, au fond de la pièce. Elle le rejoignit pour avoir des nouvelles de Dina.

— J'ai beaucoup de peine pour toi, Philo, dit-il.

— Et moi pour toi. Comment va-t-elle ?

Cap haussa les épaules et détourna les yeux.

— Pas bien, Philo. Pas bien.

— À quel point ?

La mort frappait toujours par trois. Peut-être s'apprêtait-elle à faucher Dina. Ce serait affreux pour les vieux si l'ange de la mort devait prendre deux des leurs, les laissant se demander : à qui le tour ?

— Est-ce qu'elle va mourir, Cap ? demanda Philo.

Cap avait posé la même horrible question au médecin. À dix heures du matin, après qu'ils se furent tenu la main toute la nuit au service des urgences, on avait admis Dina en toute hâte. Tout était calme, puis son cas était subitement devenu urgent. Dina était avec lui, l'instant d'après elle avait disparu. Il avait fait les cent pas dans la salle d'attente, dans l'escalier en béton dehors, attendant des nouvelles. À trois heures, le docteur était venu le chercher et l'avait emmené dans son bureau.

— Les choses se présentent mal, très mal.

— Est-ce qu'elle va mourir ? demanda Cap d'une voix tremblante.

La situation était grave. Le médecin expliqua que

Dina avait une gangrène, c'était la cause de la noirceur de ses pieds.

— Nous pouvons l'amputer et lui sauver sans doute la vie ou ne rien faire et elle risque d'en mourir.

— Vous parlez de ses jambes ?

— Oui, à partir des genoux. Les deux jambes.

Cap essaya d'imaginer l'effet que cela aurait sur Dina. Cela lui paraissait aller trop loin. Se réveiller sans jambes risquait de tuer Dina.

— J'ai besoin de votre autorisation pour l'opérer, déclara le docteur.

Ce n'était pas à lui de la donner. Il s'agissait d'une question de vie et de mort et la décision n'était pas de son ressort. Gerry Sugrue était toujours son mari, mais Cap était plus proche d'elle que ce dernier. Quels que soient les bouts empoisonnés qu'il fallait couper, il voulait qu'elle reste en vie. Il ne pouvait jouer au Ponce Pilate, se laver les mains et s'en aller alors qu'il ne désirait que tenir celles de Dina.

— Je suis son amant, docteur, dit-il.

Jusque-là, il n'avait jamais utilisé le mot. C'était une description honnête. Il était son amant.

— Je veux la garder en vie à n'importe quel prix.

Cap avait pris la seule décision dont il était capable, celle qu'il prenait chaque fois : il choisirait toujours de l'avoir près de lui, de la garder en vie envers et contre tout.

Philo le regarda, attendant une réponse.

— Elle ne va pas mourir, n'est-ce pas ? répéta-t-elle.

— Non, elle va s'en sortir, assura Cap.

Ce n'était pas le moment d'annoncer les amputations à Philo, qui devait faire face à la perte de sa mère. Il serait injuste de l'accabler avec d'autres mauvaises nouvelles ; Cap savait qu'il perdrait son sang-froid s'il commencait à en parler. Dina n'avait plus ses jambes, mais elle vivait et respirait toujours, tandis que Philo ne reverrait jamais sa mère. Il n'était permis que de pleurer Sylvia, on verserait des larmes pour Dina plus tard. Cap savait que Philo tenait à être au courant et qu'elle y avait droit. Il savait aussi qu'il était incapable de le lui dire.

Ces pensées lui occupaient l'esprit lorsqu'il se tourna vers le cercueil et effleura le cadavre d'un baiser. Puis il s'excusa et partit à la recherche d'un messager susceptible d'annoncer la nouvelle à Philo : sœur Rosaleen fut la première personne sur laquelle il posa les yeux.

La journée des obsèques débuta horriblement mal et les choses allèrent en empirant jusqu'à son terme. Philo et la famille proche s'installèrent sur les premiers bancs de l'église Saint Laurence O'Toole. La messe avait commencé quand Tommo avait remonté l'allée d'un pas décidé et s'était faufilé dans la rangée, à côté d'elle. Ça lui plaisait de jouer à la famille unie devant l'assemblée des fidèles. Encadrée par son père à droite, son mari à gauche, Philo avait droit à leurs haleines puant l'alcool en stéréo.

Elle communia et pria pour que Sylvia soit heureuse. Bien sûr, elle savait que sa mère était au paradis. Puis elle réfléchit à l'âme censée ne rien peser, ce qui était inimaginable pour elle. On la comparait à un astronaute dans l'espace, mais cela n'avait rien d'attirant de devoir passer l'éternité emprisonné dans une de ces combinaisons. Le concept d'anges était infiniment plus plaisant sauf qu'il était difficile de se représenter des ailes assez vigoureuses pour porter Sylvia dans les airs.

Le corps de celle-ci serait incinéré à la fin de la

journée ; ensuite, Philo disperserait ses cendres au sommet de Howth Head. Si elle avait triomphé de son père, il avait été beaucoup plus difficile de convaincre les enfants. Ils avaient beau savoir que leur grand-mère était morte, ils n'en croyaient pas moins qu'elle souffrirait à cause des flammes. Eileen et Jack, qui avaient fait mine de comprendre parce qu'ils pensaient que c'était une attitude de grande personne, jouaient en fait la comédie – au fond de leur cœur, ils auraient préféré un enterrement normal. Philo avait essayé de leur expliquer à quel point son poids était pénible à porter pour Sylvia et qu'elle ne voulait pas aller au paradis ni se présenter à Dieu dans cet état. Ils avaient fini par comprendre pourquoi leur grand-mère ne souhaiterait pas réintégrer son vieux corps si elle pouvait en avoir un nouveau. Il n'empêche que ce qu'elle devait endurer pour y parvenir était abominable.

— Est-ce que ça veut dire que tu veux qu'on te fasse incinérer, Ma ? demanda Eileen, toujours la première à aborder les sujets pénibles.

— Moi, je refuserai, s'empressa de déclarer Josie.

— Moi aussi, dit Philomena.

— Aucun de nous n'acceptera, ajouta le petit Tommo.

— Si c'est ce que Ma veut, on doit le faire, intervint Jack. On doit respecter ses souhaits.

— Ma, qu'est-ce qui t'oblige à être grosse ? reprit Josie.

— Pourquoi ne pas maigrir avant ta mort ? lança le petit Tommo.

Cette fois, il fallait que Philo perde du poids : pour ses enfants à défaut de s'y atteler pour elle. Comme elle marchait derrière le cercueil que l'on sortait de l'église, elle supplia Sylvia de l'aider.

Empêche-moi de devenir un éléphant, Ma.

L'église était bondée, beaucoup des amis de Philo étaient présents – certains qu'elle n'avait pas vus depuis l'école, d'autres avec qui elle avait travaillé à Pownall's – mais, sachant qu'elle fondrait en larmes si elle croisait leur regard, elle fixa le cercueil tout en prenant la décision que le sien aurait une taille normale quand son heure serait venue.

Empêche-moi de devenir un éléphant, Ma.

Dehors, sur le parvis de l'église, une foule se pressait pour lui serrer la main. Jack n'en croyait pas ses yeux que sa femme ait eu autant d'amis. Que tant de gens aient pris le temps de présenter leurs condoléances était une source de réconfort. Debout près de sa femme, Tommo tendait aussi la main pour être consolé. À un moment, il passa le bras autour des épaules de Philo, mais elle lui lança un regard tellement chargé de mépris qu'il s'empressa de le retirer.

Le boulet de démolition avait interrompu son pilonnage le temps de la messe d'enterrement, un hommage simple et digne rendu par les ouvriers. Levant un instant les yeux, Philo vit le grutier enlever son casque et se signer. Elle n'oublierait jamais ce geste.

Et elle n'oublierait pas davantage ce qui se passa ensuite. En face d'elle, sur sa droite, à côté du corbillard, elle distingua Sam Harris en train de serrer la main de sa fille, Eileen. Il lui parlait puisqu'elle hochait la tête. Séance tenante, Philo rejoignit Eileen, la prit par le bras et, sans un mot, l'entraîna à l'écart. Puis elle rassembla ses autres enfants et monta dans le véhicule.

Empêche-moi de devenir un éléphant, Ma.

Philo avait envie d'en finir. Plus vite ils seraient au crématorium et auraient terminé les formalités, plus elle serait contente. Par la fenêtre, elle cria à son père de les rejoindre. Ils s'éloignèrent de l'église et franchirent le pont en direction d'East Wall. Ils s'arrêtèrent devant la maison, observant une minute de silence avant de continuer vers le cimetière Glasnevin. Au loin, le boulet de démolition recommença à saccager le cœur, le foie et les lumières de Sheriff Street.

La chapelle du petit crématorium de Glasnevin était noire de monde. Il fallut six employés des pompes funèbres pour soulever le cercueil et le poser sur le tapis roulant. Le prêtre lut la prière des morts avant de l'asperger d'eau bénite. L'heure du départ était arrivée. Philo éclata en sanglots. Elle s'était retenue jusque-là pour les enfants, mais elle n'avait plus l'énergie de lutter contre ses larmes. C'était sa maman qui reposait dans le cercueil et elle ne pourrait jamais plus s'allonger à côté d'elle ni sentir sa chaleur. En ce moment précis, l'adieu qu'elle devait lui faire en cette vie lui paraissait au-dessus de ses forces.

Le prêtre appuya sur un bouton fixé sur le côté du lutrin. Tout le monde fixa le cercueil qui commença à bouger, puis s'arrêta. Il repartit pour s'immobiliser à nouveau l'instant d'après. Et le phénomène se reproduisit une demi-douzaine de fois. Il tressautait avant de rester bloqué, comme s'il renonçait à l'effort. Une odeur de caoutchouc brûlé succéda au crissement du tapis roulant, on eût dit Sheriff Street un samedi soir où les choses se gâtent. Le prêtre ne savait absolument pas quoi faire.

Au moment où Philo se pencha pour souffler à son fils Jack d'aller éteindre le tapis roulant, Tommo eut l'audace de se rendre jusqu'à l'autel. Il poussa le cercueil vers l'ouverture derrière les rideaux. Philo se rendit soudain compte que ce dernier, trop large pour passer, se rapprochait, prêt à basculer dans les bras de la catastrophe, sous les yeux ébahis de Tommo, l'idiot qui en était l'artisan.

Alors Jack s'avança jusqu'à l'autel, mais il n'eut pas le temps d'appuyer sur le bouton pour arrêter le tapis roulant : le cercueil heurta un iceberg de granit. Le panneau latéral se fendit en deux, et Philo hurla lorsqu'elle vit apparaître un bras de Sylvia. Aussitôt, le prêtre recouvrit le trou avec sa soutane noire. Au fond de l'église, un employé des pompes funèbres saisi de panique brisa la vitre qui déclenchait l'alarme d'incendie. Les gens se ruèrent vers les portes, l'évacuation prit moins de quatre-vingt-dix secondes.

Sous le choc, les membres du cortège funèbre se rassemblèrent dehors.

— C'est de ta faute, j'espère que tu es contente, lança Jack à Philo.

— Je suis désolée, Da. Vraiment.

C'était la première fois qu'elle lui présentait des excuses depuis l'âge de douze ans. Que l'incinération vire à une séance de cirque était un cauchemar !

— Pourquoi ne m'as-tu pas laissé la mettre en terre comme une chrétienne ?

Aux yeux de Philo, le désastre était une mauvaise plaisanterie de la part de Dieu. Pour ajouter l'insulte à l'outrage, il se mit à pleuvoir.

— Je suis désolée pour tout, Da.

Elle s'effondrait sous la pression. Pourquoi Sylvia lui infligeait-elle cela ? La crémation, contre laquelle tout se liguait à présent, c'était pour exaucer ses vœux. Que signifiait ce message envoyé du ciel ?

Les six employés des pompes funèbres, aidés par deux ouvriers, sortirent le cercueil par la porte latérale de l'église. La soutane du prêtre le recouvrait toujours. Comme la pluie rebondissait sur le bois vernis,

Philo se rappela un dicton de sa mère : *Heureux le cadavre sur lequel tombe la pluie*. Pourvu que ce soit vrai, pensa-t-elle, car tous ceux qui avaient assisté à l'enterrement ne pouvaient être que traumatisés. Les hommes étaient passés par ce qui semblait être une porte de service. C'était une sortie bien triste, sans la moindre dignité. La plus triste qui soit.

On servit la collation à l'hôtel North Star en haut de Sheriff Street, composée comme à l'ordinaire de soupes, de sandwiches, de thé, de bière et de whisky. Sœur Rosaleen prit Philo à part pour lui annoncer la double amputation de Dina. Si Philo fut d'abord furieuse que Cap la lui ait cachée, elle ne tarda pas à réaliser qu'il l'avait fait pour son bien.

La jeune femme commençait à assimiler la nouvelle lorsque Tommo se dressa devant elle, galvanisé par l'alcool gratuit. Il ne lui laissa pas le temps de l'attaquer, ayant préparé sa défense.

— J'ai essayé de faire de mon mieux, lança-t-il. Tu ne peux pas demander plus.

— J'espère que tu mourras dans la souffrance, et le plus tôt possible, fulmina-t-elle.

— Je n'en ai pas l'intention, pas d'ici un bon bout de temps, mais je crois que, lorsque ça arrivera, je choisirai d'être enterré.

— Ça n'aurait pas dû arriver à quelqu'un d'aussi gentil, dit Philo tout en s'éloignant de son mari.

Il la suivit et lui demanda si elle voulait qu'il la ramène à la maison.

— Tu n'es pas en état de conduire, fit observer Philo.

— C'est quand je suis détendu que je conduis le mieux.

— Il n'est pas question que j'aille avec toi dans cet état.

— Comme tu voudras.

Tommo partit, longeant les quais pour retourner chez Mickser. Il avait cessé de pleuvoir et la chaussée était sèche. Il n'y avait pas un souffle de vent, c'était une soirée idéale pour rouler. À peine arrivé sur les quais du nord, près du pub Campion's, il tomba de sa moto et se fracassa le crâne sur le pont en acier. Aucun autre véhicule n'était impliqué dans l'accident. Lorsqu'on le trouva, un simple filet de sang coulait de sa bouche. Il était entré dans la poutrelle centrale du pont et était mort sur le coup.

17.

Aux obsèques de Tommo, Philo pleura. Pour les enfants. Si odieux qu'il ait été avec elle, c'était leur père et ils l'avaient perdu. Ils étaient anéantis. On n'avait qu'un seul père dans la vie : Tommo était le leur. Elle essaya de les consoler avec l'idée qu'il était au paradis avec les anges, reprenant mot pour mot la phrase des religieuses qui lui avait donné envie de leur faire exploser la tête. C'était affreux de voir les enfants souffrir sans leur dire quoi que ce soit.

— Est-ce que ça veut dire qu'il est avec grand-mère ? demanda Philomena.

Philo en doutait, mais que répondre ?

— Il est vraiment au ciel avec grand-mère ? insista Josie.

— Où d'autre pourrait-il être ? lança Philo.

— Au purgatoire, répliqua Josie.

— Mon papa, il est pas au purgatoire, affirma le petit Tommo.

— S'il est quelque part, c'est au paradis, ajouta Eileen.

— Enfin, si le paradis existe, intervint Jack.

C'était davantage une constatation qu'une question. En l'espace d'une semaine, c'était la deuxième fois qu'ils étaient confrontés à l'effroyable perspective qu'il n'y ait rien après la mort.

— Comment c'est possible qu'il y ait pas de paradis ? demanda le petit Tommo.

— Ben, c'est la même chose que pour le père Noël qui n'existe pas, répondit Jack.

D'une logique imparable, formulé avec l'assurance de la jeunesse, l'argument de Jack sous-entendait qu'aucun d'eux ne reverrait jamais Tommo. Philomena éclata en sanglots sans parvenir à s'arrêter malgré les efforts déployés par sa mère et Eileen. Dès qu'elle paraissait sur le point d'endiguer le flot, un autre jaillissait et la submergeait.

— Ne fais pas attention à lui. Le paradis existe, certifia Philo.

— J'espère que tu es content de l'avoir chamboulée, lança Eileen à son demi-frère.

La mort de son beau-père ne faisait pas de peine à Jack, même s'il se donnait du mal pour en éprouver. Tommo n'avait cessé de le rabaisser en le traitant en permanence de vilain petit canard de la couvée – de demi-frère, de beau-fils, de bâtard, de bon à rien, d'incontinent et de voleur de voitures. Le dernier qualificatif lui convenait parce que les bagnoles et lui faisaient bon ménage : il avait prouvé ce dont il était capable avec son record à Santry. Son séjour au foyer San Francisco l'avait sauvé. Là-bas, personne ne lui répétait de fermer sa gueule. Il pouvait exprimer son avis sans courir aucun risque.

Au bout d'une semaine loin de Tommo, Jack avait décidé que Dieu n'existait pas. Il y avait la naissance et la mort, et c'était fini, point barre, rideau. La religion n'était qu'une invention de plus pour qu'il se tienne à carreau. Dieu ou le paradis, c'était de la foutaise. Comment pouvait-il y avoir un endroit où l'on récompensait des salopards du genre de Tommo ?

N'empêche que ce n'était pas le moment de se disputer à ce sujet avec sa demi-sœur de neuf ans. Se penchant vers Philomena, il lui prit le menton et affirma :

— Bien sûr que le paradis existe.

— Je me fiche du paradis, dit-elle.

— Au contraire, c'est important pour nous tous. Il y a tout là-haut.

— Même des terrains de foot ? voulut savoir le petit Tommo.

— Des tas, répondit Jack.

— Ça veut dire qu'il y a aussi des piscines ? demanda Josie.

— Il y a tous les sports qu'on pratique sous le soleil, s'interposa Philo.

— T'as dit que le père Noël n'existait pas, reprit Philomena.

Dans l'espace de ce millième de seconde, tous comprirent que le problème de la petite fille n'avait rien à voir avec l'existence du paradis.

— J'ai dit ça, moi ? lança Jack.

— Oui, parfaitement, rétorqua Philomena, catégorique.

— Alors je suis idiot, hein ?

— Non, tu l'es pas.

Jack chercha à gagner du temps.

— Tous ceux qui ne croient pas au père Noël sont des imbéciles.

— Jack a raison, approuva Eileen. Il n'y a pas de père Noël au ciel, il y en a un ici-bas, là où on est.

— C'est vrai, Ma ?

Philo dévisagea Eileen avec émerveillement et respect. D'où tenait-elle son intelligence ? Pas d'elle en tout cas. Encore moins de Tommo. Eileen était tellement raisonnable. Au même âge, Philo ne pensait qu'à fuir son père et faire les quatre cents coups. Elle s'était si bien débrouillée qu'elle s'était retrouvée avec un autre type de menottes. Philo regarda Eileen, regrettant de ne pas être comme elle. La seule personne à qui elle avait eu envie de ressembler jusqu'à présent, c'était Sylvia.

Elle avait perdu sa mère et trouvé sa fille. Depuis sa petite enfance, depuis l'irruption du monde qui l'avait dépravée, elle n'avait jamais éprouvé de sentiment aussi pur. À l'époque, elle croyait au père Noël avec un espoir, une confiance, un enchantement qu'elle ressentait à nouveau en ce moment. Et elle le devait à Eileen, qui la rendait fière d'être sa mère ainsi que son amie. Philo embrassa du regard ses enfants, aux anges qu'ils soient tous réunis et forment de nouveau une famille.

— C'est vrai ? répéta Philomena.

— C'est la vérité, toute la vérité et rien que la vérité, assura Philo.

Devant la tombe, les enfants pleurèrent à chaudes larmes. Philo aussi, mais en pensant à Sylvia. C'était étrange de regarder descendre en terre le cercueil de Tommo, si peu de temps après l'incident de la crémation. L'histoire avait fait le tour de Dublin, et des gens qui s'étaient trouvés partout sauf à Glasnevin prétendaient avoir été présents lorsque le cercueil s'était fendu sur le côté. D'après l'un des récits, les rideaux rouges auraient pris feu et calciné la chapelle entière. Quelqu'un n'allait pas tarder à répandre le bruit que Sylvia était toujours vivante lors du dénouement. Catastrophe ou pas, Philo n'était pas loin d'y voir la main de sa mère qui aurait tout orchestré en guise de réponse à sa prière.

Empêche-moi de devenir un éléphant, Ma.

Sylvia, dont le plus grand désir était de voir Philo

maigrir, s'était servie de la crémation pour la pousser à l'action en la plongeant dans l'embarras. Et elle passait aussi par les enfants. Josie fut la première à vendre la mèche lorsqu'elle annonça qu'ils avaient tous l'intention de renoncer aux chocolats, bonbons, petits gâteaux et glaces. À quoi rimait un tel sacrifice si peu de temps après leur sortie de Goldenbridge ? Voilà qui intrigua Philo.

— Et pourquoi ? demanda-t-elle.

— On l'a décidé, répliqua Josie.

— Vous y renoncez sans raison, hein ?

— On n'aime plus ça.

— Pendant combien de temps allez-vous vous en priver ?

— Très, très, très longtemps.

— On dirait que c'est pour toujours.

Comme Josie essayait de se représenter la chose, Philo remarqua la déception qui s'affichait sur son visage.

— Peut-être qu'on recommencera à en manger quand tu seras mince, finit-elle par préciser.

Philo s'attela immédiatement à la tâche. Elle n'avait plus d'excuses. Ses enfants remangeraient du chocolat et des glaces ; il n'était pas question qu'ils souffrent à cause de son obésité. Elle allait fondre, point barre. Fini les matières grasses, les excès compensateurs, et elle mettait sur-le-champ un terme aux orgies nocturnes de bacon et de saucisses. Peu importait qu'elle ne dorme plus jamais : son poids prenait le pas sur son sommeil. Peu importait qu'elle risque de mourir dans cette entreprise pour peu qu'elle réussisse à maigrir. On ne serait pas obligé de prévoir un cercueil trop grand pour elle. On pourrait la brûler sans qu'il y ait une catastrophe de dernière minute. Peut-être même qu'elle accepterait d'être enterrée.

Que graverait-on sur sa pierre tombale ? *Ici repose une femme gracile, infiniment regrettée par ses enfants, qui se bourrent de glaces, de chocolats et de petits gâteaux.*

Le jour des obsèques de Tommo, Philo, faisant d'une pierre deux coups, alla chercher les cendres de sa mère. L'homme qui la reçut dans le bureau prit un grand cahier sur une étagère, qu'il ouvrit pour vérifier le nom. *Sylvia Darcy, 102793.* Il disparut et revint avec un carton blanc pourvu de deux poignées, qui paraissait contenir une bouteille d'un champagne de prix. Pourtant, c'était Sylvia qui s'y trouvait.

Philo le saisit et le coinça au creux de son bras. Ne s'étant pas préparée à ça, elle n'avait pas réfléchi à ce qu'elle ressentirait. Ça lui tombait dessus sans qu'elle sache que faire. Sylvia était dans ses bras, c'était la chose la plus grotesque du monde. Nul n'était censé aller chercher sa mère et la ramener à la maison dans un carton. Il aurait au moins dû y avoir de la musique, des hommes en noir, une petite cérémonie.

— C'est ma maman, lança-t-elle à l'employé derrière le comptoir.

Le préposé aux urnes avait tout vu, à commencer par les parents hystériques pour terminer par ceux qui s'en fichaient. Philo lui parut sur le point de fondre en larmes, ce qui l'étonna étant donné sa corpulence qui lui donnait l'air d'être une femme forte. Il tourna le grand cahier et le poussa vers elle :

— Voulez-vous signer pour elle ?

À l'entendre, on aurait cru que Sylvia sortait de prison.

— Je ne peux pas la laisser partir si vous ne signez pas pour elle.

Comment aurait-il pu l'en empêcher ? Sylvia était délivrée de sa dépouille mortelle. Elle était cendres. Elle était poussière. Dans peu de temps, elle s'envolerait dans les airs ainsi qu'elle l'avait demandé. Pourquoi cet homme s'imaginait-il être son geôlier ?

— C'est ma maman, répéta Philo.

— Vos initiales suffiront.

— P.D., précisa-t-elle, avant de filer.

La voiture l'attendait devant la porte. Dès qu'elle fut montée à l'avant, le chauffeur lui recommanda de mettre sa ceinture de sécurité. Elle tira sur la sangle, la passa sur Sylvia, l'attachant avec elle.

— Ce sont les cendres de grand-mère ? demanda Eileen installée derrière.

Philo acquiesça avant d'ouvrir la boîte en carton. Une urne en métal marron apparut, dont le couvercle était fixé sur les côtés par deux boulons. Elle les dévissa. L'urne contenait les cendres blanches qui avaient constitué Sylvia. Quelle tristesse qu'un être humain puisse être réduit à un si petit tas !

Philo secoua l'urne. Horrifiée, elle distingua des bouts noirs parmi les cendres. L'instant d'après, elle pensa : ce sont les restes de la soutane du prêtre. On avait oublié de les enlever et ils s'étaient mélangés à sa mère.

— On peut y jeter un œil ? demanda Jack.

La tristesse de Philo vira à la colère. Elle ne les montrerait à personne avant d'avoir réglé ce problème.

— Demi-tour, ordonna-t-elle. Je retourne à Glasnevin.

L'employé crut qu'elle était revenue parapher le grand livre. Philo porta plainte séance tenante, montrant les particules incriminées. Et l'homme d'expliquer que, loin de venir de la soutane du prêtre, les bouts noirs étaient ce qui subsistait des dents de Sylvia.

Philo eut la sensation que son visage allait s'embraser. Quelle crétine ! Il n'empêche qu'elle ne regrettait pas de s'être renseignée.

— Les gens posent toujours des questions sur les bouts calcinés, reprit le préposé. C'est la première sur la liste.

— Qu'est-ce que c'est le truc blanc, sa graisse ? demanda Philo.

— Non, ses os.

— Où est sa graisse ?

— Évaporée. Disparue. Les os et les dents, c'est tout ce qui nous reste.

Reconnaissante qu'il lui ait fourni l'information, Philo signa son nom en entier, à l'endroit du grand livre prévu à cet effet.

Ils allèrent directement de Glasnevin au pub Noctor's dans Sheriff Street, où avait lieu la beuverie en l'honneur de Tommo. Il avait peut-être été un salaud envers Philo, mais cela ne signifiait pas qu'il n'était pas populaire. On aurait dit que tous les joueurs de fléchettes de Dublin se trouvaient là, sans compter les chauffeurs de camion, les dockers et les colombophiles. Pour les enfants, c'était formidable de voir qu'on se rappelait leur père avec tant de zèle et d'ardeur. Quant à Philo, elle se fit la plus discrète possible, s'accrochant de toutes ses forces aux cendres de Sylvia.

À la fin de la soirée, Mickser Cummins s'approcha d'elle et lui mit une liasse de billets dans la main.

— Fais-lui une chouette « pierre de tombe », dit-il.

« Pierre de tombe » était une vieille expression employée par les cow-boys. Tommo s'en serait très bien sorti au Far West, pensa Philo. Cela aurait convenu à sa nature.

— Écris quelque chose de gentil dessus, poursuivit Mickser. À toi de choisir.

On avait passé un chapeau à la ronde et réuni 2 300 livres.

— Je ne peux pas accepter, c'est trop, Mickser, dit-elle.

Il leva un doigt.

— C'est bien d'être gentil, insista-t-il. C'est bien d'être gentil.

Mickser faisait partie de ces poivrots qui radotent quand ils sont beurrés et n'ouvrent pas la bouche lorsqu'ils sont sobres.

— Je ne sais pas quoi dire, Mickser.

Le doigt qui l'exhortait se leva à nouveau.

— J'aimais ton mari, j'aimais cet homme, tu m'entends ? Bordel, je l'aimais Tommo. Pourquoi crois-tu que je l'ai accueilli chez moi ?

Il y avait suffisamment d'agressivité dans sa voix pour que Philo perçoive qu'il était temps de partir. Sinon, elle ne couperait pas à l'histoire de Tommo flanqué à la porte de chez lui. Fourrant l'argent dans sa poche, elle le salua.

— Une chouette pierre de tombe, une chouette pierre de tombe.

Peut-être. Pour l'heure, Philo ne pensait qu'à Sylvia. Elle prévint la famille que les cendres seraient dispersées à Howth Head, dimanche prochain à quinze heures. C'était l'endroit idéal, situé sur les hauteurs, dominant la ville qui s'étendait en dessous tandis que les pittoresques monts Wicklow se dressaient à l'horizon.

Ce dimanche-là, Philo se mit en route avec sa progéniture, ne sachant trop qui viendrait. Les plus jeunes,

Philomena, Josie et le petit Tommo voulaient prendre le train de Dart, mais la gare se trouvait dans le village, au pied de Howth Hill. Alors ils sautèrent dans un bus qui les déposa tout près du sommet ; la dernière partie de la montée n'en fut pas moins épuisante. Philo fut enchantée de voir que son père était là, avec Sally. Après les innombrables disputes à propos des obsèques, elle devait admettre que cela lui avait sûrement demandé du courage d'enterrer la hache de guerre.

Ils étaient debout au sommet en train d'admirer la vue quand Andrew et Bren vinrent compléter le cercle familial. Ils s'approchèrent tous d'une saillie. Puis, sans l'avoir vraiment décidé, ils se mirent en rang, les yeux rivés sur la mer. Philo proposa l'urne à son père, qui la refusa en insistant pour qu'elle soit la première.

Après avoir versé une poignée de cendres dans sa paume, elle serra le poing. Elle tendit la main, dépliant les doigts comme si elle relâchait un oiseau. Le vent souffla dans sa direction et emporta les cendres au-dessus des rochers, où elles parurent prendre la forme d'une aile qui s'élançait dans les airs, vers la mer d'Irlande, au-delà du phare de Baily, oscillait et tournait devant les monts Wicklow avant de disparaître. Personne n'en croyait ses yeux. Mais ils y crurent tout de même parce qu'ils avaient tous assisté à la même scène : l'envol de Sylvia.

Chacun vint la délivrer à tour de rôle – le vieux Jack, Andrew, Bren, Sally, puis le jeune Jack, Eileen, le petit Tommo, Josie et Philomena. Ils la laissèrent retourner aux éléments, à la mer, au vent. Ils la laissèrent prendre son envol comme elle l'avait toujours souhaité, dans un abandon absolu.

Quand Dina sortit de l'hôpital, Philo était une veuve à part entière ainsi que le prouvaient les subsides versés par l'État. Son nouveau statut l'enchantait, aucune autre étiquette ne lui avait convenu – femme battue, rescapée de sévices sexuels, boulimique, elle les détestait toutes. En revanche, veuve lui plaisait tant par la sensation que par le son et l'odeur. L'idée qu'elle était payée parce que Tommo bouffait les pissenlits par la racine l'enthousiasmait au-delà des mots. Si elle l'avait compris plus tôt, elle aurait fait un emprunt et recruté un homme de main. Elle remerciait Dieu d'être une jeune femme avec des années de veuvage devant elle. Si les enfants n'avaient pas de père, ils étaient réunis et ils formaient tous une famille, habitant un appartement que, comble de l'ironie, Tommo leur avait légué.

Étant donné que sa pension n'était pas soumise à l'impôt, Philo avait dû, comme pour la plupart des choses au cours de son existence, remplir un formulaire attestant qu'elle descendait d'Adam et Ève. Sous la rubrique : « Autres revenus, fonciers ou locatifs », elle fit sa déclaration habituelle : « Une livre par an provenant de la location de ma jardinière. » Plus bas, elle remarqua une autre rubrique : « Autres revenus, par exemple : allocations de travailleur social, dividendes d'actions et parts, autres pensions. » Pour la première fois de sa vie, elle se trouvait face au dilemme de savoir si elle écrirait un vrai mensonge sur un formulaire.

Philo alla voir Cap, suggérant qu'il lui succède en tant qu'aide à domicile de Dina. Même si le changement était cohérent, il savait que la proposition serait accueillie avec horreur. Sous la contrainte, il posa la question à Dina, qui faillit se transformer en chauve-souris et s'envoler du lit pour le mordre au cou.

— Je n'ai qu'une aide à domicile : Philo, fulmina-t-elle.

Dina n'était pas rentrée chez elle depuis un jour qu'une querelle éclata à propos de ses moignons. Philo était dans son appartement à Liberty House lorsque Cap débarqua pour l'informer que le torchon brûlait à Dowdall's Lane. Dina s'était farouchement opposée à l'infirmière venue changer les pansements, clamant que c'était le boulot de Philo. On l'aurait dite retombée en enfance depuis son retour. Philo avait beau éprouver de la compassion pour la souffrance de la vieille femme privée de ses jambes, elle ne pouvait pas être à sa botte vingt-quatre heures sur vingt-quatre. Elle avait quatre enfants dont elle devait s'occuper, d'autant plus que leur père était mort.

Dès son arrivée à Dowdall's Lane, Philo comprit, à l'expression de Dina, que quelque chose clochait. L'infirmière était partie mettre de l'eau à bouillir dans la cuisine.

— Trop tard, souffla Dina. J'ai fait dans ma culotte.

— Pourquoi n'as-tu pas prévenu l'infirmière ?

— Alors là, pas question que je lui dise quoi que ce soit.

Philo souleva la vieille dame et la mit sous son bras. Elle n'était pas plus lourde qu'un bébé de six mois.

— T'es confortable ? demanda-t-elle.

— Je suis parfaitement bien, assura Dina en levant les yeux vers elle.

— Dis-moi si je te serre trop.

— D'accord.

Philo porta Dina au cabinet ainsi. Cette technique, mise au point à l'époque où ses petits avaient des couches, avait l'avantage de lui laisser une main libre et de lui permettre d'ouvrir portes ou robinets si nécessaire. Philo fit couler de l'eau dans le lavabo, enleva la culotte de Dina et la nettoya. De temps à autre, elle apercevait le visage pitoyable de la vieille dame qui la regardait.

— Je suis une emmerdeuse, je le sais, lança-t-elle.

Philo avait en tête une dizaine d'expressions plus appropriées, qui commençaient toutes par « moi, moi, moi » et « je veux, je veux, je veux ».

— Tu vas finir par me détester, je le sais, reprit Dina.

Après avoir saupoudré de talc le postérieur de celle-ci, Philo l'étala, décidée à ne pas se laisser enrôler dans le concert de lamentations où la vieille dame cherchait à l'entraîner.

— J'ai d'autres projets pour toi, déclara-t-elle.

— Qu'est-ce que tu comptes faire de moi ?

— Tu tiens vraiment à le savoir ?

— Oui.

— À Noël, je t'offrirai des pantoufles.

Dina réfléchit un moment avant de réaliser ce que cela signifiait.

— Dieu te pardonne, c'est horrible de me dire ça.

— C'est vrai.

— Comment pourrais-je en mettre ?

— Eh bien, je les attacherai à tes moignons.

— J'aurais l'air d'une imbécile.

— Ça changerait.

— De quoi ?

— Du fait que pour l'instant, c'est moi l'imbécile qui suis ta bonniche. D'ailleurs, je ne suis pas la seule, Cap aussi. Et la moitié de Sheriff Street. Sans oublier les docteurs et les infirmières. Des tas de gens s'occupent de toi.

— Personne ne s'occupe de moi comme toi.

Malgré son ineptie, la flatterie fit échouer le plan

de Philo. Quand elle était présente, Dina se sentait vivante et en sécurité. Dina était persuadée qu'elle ne mourrait pas tant que Philo était là, et que, dans le cas contraire, elle mourrait au moins en riant.

— Où ranges-tu tes culottes ? demanda Philo.

— Dans le premier tiroir.

Philo l'ouvrit et regarda à l'intérieur. La première chose qu'elle vit fut un string en dentelle rouge, qu'elle prit délicatement.

— Où achètes-tu tes sous-vêtements ?

— C'est Cap qui me l'a offert.

— Ce n'est pas un choix très malin si tu es incontinente.

Philo le remit en place et sortit une véritable culotte en coton blanc, qu'elle fit glisser sur les moignons et tira jusqu'en haut. L'élastique, blanc et souple, emprisonnait la cuisse blanche de Dina.

— Voilà ce qu'il te faut si t'es dans la merde, déclara Philo.

— Tu crois que je pourrais être incontinente ?

— Non, t'as la chiasse tout simplement.

— Comment en es-tu si sûre ?

Philo ne l'était pas, mais elle ne tenait pas à imaginer Dina perdant le contrôle de ses entrailles.

— Je t'ai déjà dit que tu vivrais jusqu'à l'âge de cent huit ans. Tu chieras longtemps après que j'aurai passé l'arme à gauche.

À cette blague, un sourire se dessina sur les lèvres de Dina. Elles allèrent au salon, où Philo installa la vieille dame dans le fauteuil en skaï. L'infirmière Collins, qui faisait infuser le thé, se présenta. Elle avait eu le temps de réussir à convaincre Cap qu'une infirmière professionnelle du centre médico-social du quartier, en l'occurrence elle-même, changerait les pansements de moignons une fois par semaine.

— Nous devons veiller à ce que les plaies restent propres, n'est-ce pas, monsieur Coyle ?

— Absolument.

Que cela contrarie Dina, l'infirmière n'en avait cure tant elle était décidée à gagner la partie de bras de fer qui se livrait entre elles deux. En tout cas, elle déplaisait à Philo parce qu'elle ne cessait de s'adresser à « monsieur Coyle », tout en ignorant complètement Dina. Quand elle parlait, elle ne croisait les yeux de personne, jetant des regards de tous côtés comme un oiseau curieux. Le pire toutefois, c'était ses perpétuelles allusions au centre médico-social comme si c'était la panacée des malheurs du monde.

— Le centre médico-social n'emploie que les meilleurs, croyez-moi. Nos soins post-opération sont sans égal. On envoie des équipes de Bruxelles pour voir la façon dont nous nous y prenons. Nous sommes les infirmières les plus qualifiées d'Europe. Vous n'avez pas besoin d'une aide à domicile, vous pouvez compter sur moi. Je suis qualifiée.

Philo en eut marre. Quelle que soit sa répugnance à changer les pansements des moignons, elle ne laisserait personne la discréditer.

— Je découperai les vieux et on laissera l'infirmière mettre les nouveaux, dit-elle.

— Ça me paraît bien, acquiesça Cap.

— Non, je veux que tu appliques la crème, Philo, objecta Dina.

— Elle n'a pas les qualifications requises, intervint l'infirmière.

— Elle vaut mieux que n'importe quelle infirmière, insista Dina. Dis-le-lui, Cap.

— Elle vaut mieux que n'importe quelle infirmière, répéta Cap.

Il était systématiquement d'accord avec Dina. Une loyauté aveugle et indéfectible. Après avoir donné son consentement à l'opération, Cap s'était juré, dans l'escalier de l'hôpital Mater, de ne plus jamais contrarier Dina si elle survivait. Promesse qu'il respectait chaque minute, chaque jour.

— Je croyais que vous étiez de mon côté, s'offusqua l'infirmière.

Cap secoua la tête avec une obstination exaspérante.

— Là, je suis avec Dina.

— Merci, mon chéri, minauda la vieille dame, un sourire d'enfant gâtée aux lèvres.

On tambourina à la porte. Philo s'approcha de la fenêtre et se pencha. Il y avait un homme dans la rue, debout à côté d'une fourgonnette.

— Une livraison pour Sugrue.

— D'où ? demanda Philo.

— Du centre médico-social.

Philo retourna dans la pièce.

— Ton fauteuil roulant est arrivé, Dina.

— Grands dieux, c'est rapide ! s'exclama Cap.

Le centre médico-social s'était à nouveau distingué. Sans proférer une parole, l'infirmière savoura le triomphe que cette action d'éclat faisait rejaillir sur elle. Cap et Philo descendirent chercher le colis. Une fois dans la rue, ils aperçurent une grande boîte en carton.

— Je suis désolé pour le retard, déclara le livreur.

Cap et Philo ne comprirent pas de quoi il parlait.

— Le bordereau aurait dû se trouver en haut de la pile mais quelqu'un l'a mis en dessous, vous voyez ce que je veux dire ?

À en juger par la boîte, le fauteuil avait une forme bizarre. Philo pensa qu'elle n'en avait jamais vu de semblable. Il devait avoir été conçu pour une personne de très grande taille. Bon, il fallait sans doute le monter soi-même et tous les éléments seraient réglables.

— Voulez-vous l'essayer, monsieur ? proposa le livreur.

— Oh non, ce n'est pas pour moi, c'est pour ma copine.

Le livreur crut avoir entendu « copine », puis il décida que Cap avait dit « cousine ».

— Quel âge a votre cousine ? demanda-t-il.

Cap le dévisagea. Il n'eut pas le temps de lui répondre car Philo s'interposa, exigeant que le livreur ouvre la boîte. Celui-ci sortit un cutter de sa poche, fendit les deux côtés et découpa le couvercle, enlevant un rectangle. Enfin, il en révéla le contenu : un déambulateur flambant neuf.

Les yeux rivés dessus, Philo et Cap restèrent longtemps cloués sur place par ce simple support à la locomotion. Cap finit par préciser au livreur qu'il s'était trompé d'adresse.

Ce dernier sortit le bordereau de sa poche et vérifia :

— Dowdall's Lane, au-dessus du magasin des quatre-saisons, lut-il à haute voix.

— Ce n'est pas pour ici, affirma Cap.

— Qu'est-ce qu'elle va faire votre cousine ?

Cap n'en avait pas : pourquoi cet homme se préoccupait-il tant d'un être qui n'existait pas ?

— Montez-le là-haut, ordonna Philo.

Sa requête pour un déambulateur remontait à dix semaines. Au cours de ce laps de temps, elle avait enterré son mari, fait incinérer sa mère et sorti ses enfants d'un orphelinat. Si Dina était encore de ce monde, c'était un coup de bol – et, grâce au dévouement de Cap. Philo en avait marre de la merveilleuse efficacité du centre médico-social. Il était plus que temps d'engager des poursuites judiciaires puisqu'il faisait livrer un déambulateur à une cul-de-jatte.

Philo grimpa l'escalier, suivie par le livreur portant le déambulateur. Lorsqu'il le posa au milieu du salon, il reconnut l'infirmière Collins. Ils se saluèrent.

— Vous vous connaissez, remarqua Philo. Comme c'est bizarre !

— Pourquoi ça, on travaille tous les deux au centre, expliqua le livreur.

— Bien entendu. C'est un modèle pour l'Europe, à ce que je comprends.

— Première nouvelle, lança le livreur.

— Vous ne lui avez pas dit, madame Collins ?

Philo fixa l'infirmière, attendant sa réponse. Sa vie durant, elle avait été rabaissée par les détenteurs d'une parcelle de pouvoir – les anonymes qui lisent les formulaires et décident du sort des gens, les imbéciles qui égarent des dossiers et cherchent à le dissimuler, les ramollis du cerveau qui inventent les questions ineptes, les curieux qui veulent savoir ce qu'on a pris au petit déjeuner, les mercenaires qui interrogent ceux qui n'ont pas de toit, qui crèvent de faim, sur le cours de leurs actions. Autant de cloportes que le génie du centre médico-social planté devant elle incarnait.

Ce fut Dina qui rompit le silence :

— C'est pour qui le déambulateur ?

— Pour toi, répondit Philo.

— Non, pour sa cousine, intervint le livreur.

— Je n'ai pas de cousine ! lança Cap d'un ton brusque.

— C'est ce que vous avez dit.

— J'ai dit que c'était pour ma copine, qui est devant vous.

— Voilà ce qu'on pourrait faire, proposa Philo. On pourrait t'y accrocher, Dina, comme un singe dans un zoo. Tu pourrais t'y suspendre par les bras et on te ferait tourner. Des délégations de Bruxelles viendraient te regarder. Qu'en pensez-vous, madame Collins ? Est-ce que le centre médico-social apprécierait ?

L'humiliation avait réduit l'infirmière à la soumission. Sa défaite était si totale qu'elle n'essaierait plus de supplanter Philo ni de débiner la façon dont elle s'occupait de Dina. Plus jamais.

18.

Cap demanda à Dina de venir s'installer chez lui. Cela n'avait pas de sens qu'elle continue à vivre au premier étage de Dowdall's Lane alors qu'il avait un pavillon à trois cents mètres de là, à Coburg Place. Ce n'était pas une partie de plaisir de porter dans l'escalier le fauteuil roulant, que le centre médico-social avait enfin livré, chaque fois qu'elle avait envie de sortir, ce qui lui arrivait souvent. Il avait des arguments solides pour qu'elle déménage, parmi lesquelles sa sécurité.

Il s'était déjà produit une grosse alerte. Un jour où Philo était en retard, Cap avait décidé de porter Dina tout seul. En premier lieu, il descendit le fauteuil qu'il assembla. Il remonta à toute vitesse et mit Dina sur son dos. Comme elle avait besoin d'aller aux toilettes, il l'y déposa, attendit le temps qu'elle urine, la remit sur son dos, se dirigea vers l'escalier. Là, il s'aperçut qu'il avait oublié les cigarettes de Dina au salon ; il alla les y chercher avant de descendre. Mais lorsqu'il posa le pied sur la première marche, il fut saisi de vertige et eut l'impression qu'il allait dégringoler. S'agrippant à la rampe, il s'assit.

— Ça va ? demanda Dina.

Cap ne répondit pas. Il resta immobile, épouvanté d'avoir frôlé l'accident.

— Tu imagines si je t'avais laissé tomber, dit-il.

Dina ne savait trop comment réagir. Philo ne cessait de la menacer de ce genre de choses. Enfin, avec elle, c'était différent.

— Je vais te faire tomber, espèce d'emmerdeuse, tu me casses les pieds, lui répétait-elle.

Nulle part au monde, Dina n'éprouvait la même sensation de sécurité que sous le bras de Philo. C'était étrange d'entendre Cap dire qu'il allait la laisser tomber car il ne plaisantait jamais avec ce genre de choses. Cela ne lui ressemblait pas.

— Tu imagines si je t'avais laissé tomber, répéta-t-il.

— Je n'ai pas beaucoup d'imagination, Cap.

— Tu pourrais te casser un bras ou une jambe. Tu t'imagines avec un bras cassé ?

— Je serais affreuse, hein ?

Cap se représenta Dina, les bras cassés et amputés. Dina n'étant plus qu'un torse. Dina, dans le lit, n'ayant plus qu'un cœur, rien d'autre.

— Je ne veux pas perdre quoi que ce soit d'autre de toi, déclara-t-il.

— Ne t'inquiète pas, je vais vivre jusqu'à l'âge de cent huit ans.

— Comment le sais-tu ?

— Quelqu'un me l'a dit, c'est tout. Ne me pose pas de questions.

Cap ne parvint pas à se débarrasser de la sensation qu'une catastrophe imminente allait arriver. Deux jours après ce qui avait failli être un accident, il proposa officiellement à Dina d'emménager chez lui.

— Je veux que tu viennes t'installer dans mon pavillon.

— Il n'en est pas question, répliqua-t-elle sans l'ombre d'une hésitation.

Cap lui adressa un sourire, croyant que cela l'aiderait à la convaincre.

— À Coburg Place, tu serais mieux, il n'y a pas d'escalier, ajouta-t-il.

— Je suis bien où je suis.

Il avait le sentiment qu'ils étaient dans une impasse, sans comprendre pourquoi. Non tant à cause du refus que de la façon dont elle l'avait formulé, comme si elle n'attendait que ça. Il était puni, mais il ne savait pas pour quelle raison. C'était impossible que ce soit parce qu'il était un mauvais amant, elle ne se lassait pas de le complimenter sur ses prouesses.

Cap ne put s'empêcher de penser que c'était lié au passé. Peut-être lui tenait-elle encore rigueur du rôle qu'il avait joué dans la bagarre des hommes-grenouilles. Malgré leur liaison, ils n'en avaient jamais parlé. Il ne lui avait jamais donné l'occasion d'exhaler sa rancœur pour peu qu'elle en éprouvât le besoin.

— Est-ce que tu es toujours furieuse contre moi à cause de ce qui s'est passé aux docks ? lança-t-il.

— Non.

— Tu m'en veux encore, c'est ça ?

— Non.

— Alors pourquoi ne viens-tu pas vivre avec moi ?

— Si tu me le demandes, c'est que tu ne me connais pas.

Cap avait beau s'être promis de ne jamais la mettre en colère, une énorme dispute allait éclater qu'il n'avait pas le pouvoir d'empêcher. Il se dit qu'il trouverait peut-être la solution en étudiant la psychologie, vu qu'il ne comprenait pas comment fonctionnait Dina. Sauf qu'il y avait des milliers d'ouvrages de psychologie et qu'il ne savait par où commencer. Puis il pensa à Philo. Peut-être avait-elle la réponse.

L'espace d'un instant, il fut saisi d'un espoir qui se dissipa rapidement. Pourquoi dépendait-il tellement des gens ? Handicapé depuis son enfance, il continuait à rechercher la protection et l'approbation d'autrui – Dieu sait pourtant si cela lui avait coûté cher tout au long de sa vie. Il avait laissé Dina lui glisser entre les doigts une fois, et cela risquait de se reproduire.

Cap alla demander secours à Dieu. Dans une église. Il s'assit sur un banc au fond de Saint Laurence O'Toole et regarda droit devant lui. C'était bizarre de se retrouver là, les yeux fixés sur l'autel où tout était allé de travers. Dina s'unissant à Gerry Sugrue pour le meilleur et pour le pire. Le drame de l'alliance que Cap avait égarée, que l'on avait fini par retrouver et qui avait été passée à l'annulaire de Dina. Que ne donnerait-il pour revivre cet instant ?

Quiconque a une raison valable d'empêcher l'union de ces deux jeunes gens, qu'il s'exprime maintenant ou se taise à jamais...

Il avait raté sa chance. Dina était mariée, on ne pouvait rien y changer. Les gens se remariaient, Cap le savait. Mais c'était les jeunes, la nouvelle génération. Il les enviait. En voilà qui n'avaient pas de problèmes à reconnaître leurs erreurs. Sa génération n'avait qu'une seule chance.

Telles étaient les pensées qui lui trottaient dans la tête lorsqu'une pierre heurta le vitrail situé derrière l'autel, avec un bruit strident d'une atroce intensité. Au moment où il pensait au poivrot qui l'avait lancée, un deuxième bruit résonna. Il se leva et se dirigea vers l'autel pour voir les dégâts lorsque quelque chose croisa son champ de vision. Un oiseau qui s'envola à sa gauche, se précipitant dans le vitrail. Puis il se laissa glisser le long du panneau jusqu'au sol où il se traîna, affolé. Il était blessé à la tête. Du sang coulait sur ses ailes, là où elles s'articulaient à son corps.

Les mains en coupe, Cap s'en approcha. Dès qu'il fut parvenu à sa hauteur, l'oiseau battit des ailes et réussit, avec beaucoup de difficulté, à voler jusqu'à un rebord de fenêtre. Cap siffla tandis qu'il tendait les mains vers l'oiseau, qui parut indécis. Si seulement il me faisait confiance, pensa le vieil homme. Si seulement il y parvenait, je le sauverais. Cap continua à siffler sans que l'oiseau ne bouge. À l'encourager. En vain. Au bout d'un très long moment, il dut s'avouer battu et s'en alla.

L'oiseau allait mourir, il en était certain. Les conséquences de son incapacité à risquer un infime acte de foi seraient d'une effroyable tristesse. Cap se sentait aussi piégé que l'oiseau. La réponse ne se trouvait pas dans des livres de psychologie : il lui fallait écouter son cœur, s'y fier. Dina avait attendu toute sa vie qu'il prenne une initiative. Il devait agir afin qu'elle se sente en sécurité. Il devait faire preuve d'audace. C'était aussi simple que cela.

Après avoir pris cinq cents livres dans ses économies, il déposa un acompte pour un magnifique diamant chez McDowell's – *la Maison de la bague porte-bonheur* – dans O'Connell Street. Il acheta la plus énorme gerbe de fleurs à un marchand de Moore Street et se dirigea vers Dowdall's Lane. En cours de route, dans Sheriff Street, Cap vit un ouvrier de la municipalité qui, debout dans une grue, réparait un lampadaire. C'était le comble de l'ironie qu'on s'occupe de ce genre de choses alors qu'on avait détruit les immeubles, songea-t-il. L'envie de proférer cette remarque lui brûla les lèvres, mais il s'abstint.

Comme il tournait dans Dowdall's Lane, une voix lui suggéra de rebrousser chemin et de demander le prix de la location de la grue pour une demi-heure.

Cinq minutes plus tard, Cap, debout dans la nacelle de la grue, était hissé dans les airs. Il frappa vigoureusement à la vitre de Dina. Quand Philo leva les yeux et l'aperçut, elle en perdit presque la parole pour la première fois de sa vie.

Aussitôt, elle installa Dina dans le fauteuil roulant et la poussa vers la fenêtre. L'expression du visage de la vieille dame était impayable. Cap lui tendit les fleurs. Elle le remercia. Cap mit le genou à terre, ouvrit l'écrin bleu et l'offrit à Dina, dont les yeux faillirent sortir de leurs orbites à la vue de la pierre étincelante.

— Dina Barrett, veux-tu m'épouser ? lui demanda-t-il.

— Jésus, je crois que tu perds la boule, répondit-elle.

— Je ne suis pas Jésus, je suis Cap Coyle. Bon, veux-tu m'épouser ?

Dina regarda l'homme suspendu en plein ciel, devant elle.

— Je croyais que tu ne me le proposerais jamais. Oui, naturellement.

Philo décida d'acheter une nouvelle tenue pour le mariage. Elle était ravie d'avoir un prétexte pour ne plus porter le deuil. Rien ne lui allait aussi mal que le noir, qui lui donnait l'aspect d'une tente lugubre. Les couleurs vives avaient beau la grossir, elle avait au moins des formes féminines quand elle en mettait. Elle avait envie de jaune, parce que c'était la couleur du soleil et celle du blé mûr. Philo se souvenait d'en avoir vu un champ ondulant sous le vent jadis, lors d'un séjour qu'elle avait fait petite fille dans la famille de sa mère, dans le comté de Carlow. Le jaune était sa couleur, s'imaginait-elle. Sinon, elle se rabattrait sur le rose. Mais elle ne voulait pas se rabattre sur quoi que ce soit comme cela arrivait si souvent quand il s'agissait de vêtements.

Le prix n'entrerait pas en ligne de compte. Une fois l'argent de la soirée d'adieu à Tommo dans son sac, elle partit en ville. Elle s'achèterait une belle robe et consacrerait le reste à la pierre tombale. La première boutique où elle s'arrêta, Evans dans Henry Street, avait toujours un bon choix de grandes tailles. Lorsqu'elle passa la barrière de sécurité, l'alarme se déclencha : les détectives du magasin accoururent.

— Tout va bien, les rassura Philo. Je n'ai pas encore dévalisé les lieux.

C'était de bon augure, se dit-elle. La sonnerie lui garantirait un service immédiat. À défaut d'autre chose.

Moins de deux minutes après son arrivée, Philo trouva ce qu'elle cherchait. Un tailleur jaune comme un lever de soleil, existant en taille cinquante-quatre, celle qui lui allait auparavant. Elle se précipita dans la cabine pour l'essayer.

La veste, qui tombait bien sur ses épaules, ne fermait pas devant. Avec un joli corsage assorti, ça irait. En revanche, impossible d'entrer dans la jupe : il manquait huit voire dix centimètres à la taille. Philo était affreusement déçue à cause de la si jolie coupe du tailleur – le genre de tenue qui la mettait sacrément en valeur. On pourrait toujours élargir la jupe, se dit-elle, mais pas de huit centimètres, encore moins de dix.

Il n'existait pas de plus grande taille. Philo et la vendeuse discutèrent sur la possibilité de coudre une pièce derrière la jupe. Peine perdue, elle devait perdre au minimum huit centimètres, le comble de la cruauté alors que la couleur et la coupe étaient parfaites ! Dans son désespoir, Philo se demanda si elle réussirait à perdre huit centimètres en faisant une grève de la faim. Un régime de famine, un corset, et le tour serait joué. Peut-être. La vendeuse trouva que cela ne valait pas la peine de laisser des arrhes parce que sa déception serait inévitable. Ne prêtant pas attention à cette remarque, Philo sortit cinquante livres pour qu'on lui garde le tailleur.

Ma, enlève dix centimètres à mon tour de taille.

Dans le bus qui l'emmenait aux établissements McGowan et Fils, entrepeneurs de monuments funéraires, elle répéta sa prière. On la fit entrer dans une salle d'attente. On lui donna un catalogue où figuraient toutes les pierres tombales imaginables. Croix celtiques, grandes et petites ; dalles de marbre noir gravées de lettres blanches, dalles de marbre blanc gravées de lettres noires ; pierres tombales polies ou non, grosses ou filiformes. Sous chaque photo, il y avait le mot *circa,* un terme que Philo n'avait jamais vu, à côté duquel un prix était inscrit.

M. McGowan vint lui demander si elle avait besoin de plus de temps. Elle répondit oui. À la vérité, elle ne savait absolument pas ce qu'elle voulait. S'inspirerait-elle de ce qu'elle ressentait qu'elle prendrait la plus laide, mais comme elle le faisait surtout pour les enfants, il fallait que ça leur plaise. Sous l'effet de la tension, elle commença à transpirer aux aisselles. De guerre lasse, elle décida de rapporter le catalogue à la maison pour que les enfants choisissent.

En face des établissements McGowan, de l'autre côté de la rue, il y avait un marchand de journaux où Philo entra acheter une bouteille d'eau fraîche et une pomme. Tandis qu'elle faisait la queue pour payer, elle aperçut une photo de mariage d'une célébrité qui s'étalait sur la couverture d'un numéro du magazine *Stargazer*. Dans le bus qu'elle prit pour rentrer en ville, elle le dévora. La ribambelle de maigrichons qu'elle découvrit au fil des pages la déprima complètement ; un grand sourire ou un rictus narquois aux lèvres, ils n'avaient pas le moindre kilo en trop.

Ma, enlève dix centimètres à mon tour de taille.

Sur l'avant-dernière page, Philo remarqua la photo d'une femme affligée d'un ventre comparable au sien, sous laquelle figurait la légende : *Perdez vos kilos indésirables*. La réclame promettait de rembourser ceux qui n'étaient pas satisfaits. Philo lut les petits caractères d'imprimerie. Il s'agissait d'un procédé intitulé liposuccion dont elle n'avait jamais entendu parler. Il se pratiquait à la clinique Whitestone. Philo la connaissait : les gens riches s'y faisaient soigner quand ils souhaitaient qu'on parle de leur maladie dans les médias. D'après l'adresse, elle conclut que l'établissement était situé aux environs de l'ambassade américaine.

Une demi-heure plus tard, armée de son numéro de *Stargazer,* Philo se retrouva en train de marcher dans l'allée menant au bâtiment chic. En y entrant, elle se demanda si elle se trouvait dans une jungle ou dans une piscine. Des plantes jaillissaient de pots gigantesques, pendaient des balcons, tapissaient les murs. Outre cette débauche de verdure, une cascade ruisselait le long d'une des parois et s'écoulait dans un déversoir en inox. Dans cet atrium avec un plafond en verre, il ne manquait plus que Tarzan se balançant à une corde.

La fille de la réception, Naomi, eut l'air absolument ravie de voir Philo. Le badge accroché à sa veste était aussi éclatant que son sourire. Une fois que Philo lui eut montré la réclame, elle lui précisa que le bureau de M. Cardrew était au quatrième étage. Comme Philo cherchait l'escalier du regard, l'hôtesse se leva et la conduisit aux ascenseurs, derrière la cascade. On pouvait s'habituer à ça, songea Philo. C'était à mille lieues des services sociaux, des centres médico-sociaux et des déambulateurs.

La réceptionniste du quatrième étage, qui s'appelait Helena, avait l'air d'être la sœur de Naomi. Elle posa les questions requises à Philo, s'exclamant à chaque réponse : « C'est formidable ! » Après avoir rempli le formulaire, elle lui demanda de quelle façon elle préférait payer.

— Qu'est-ce que vous dites ? s'étonna Philo.

— Comment allez-vous payer ?

— Je vais vous donner de l'argent. De quelle autre façon peut-on payer ?

— Par carte de crédit ou par chèque.

Philo sortit une liasse de billets et la montra à Helena, qui n'avait jamais vu autant d'argent.

— C'était destiné à une pierre tombale, mais la vie est pour les vivants, putain de merde ! Qu'est-ce que vous en pensez ?

Helena, qui trouvait Philo sympa dans le genre populo, n'en était pas moins intimidée par elle.

— C'était un enfoiré de première, vous voyez ce que je veux dire ?

Adressant un grand sourire à Philo, Helena s'empressa de la faire entrer dans le bureau de M. Cardrew.

Ma, enlève dix centimètres à mon tour de taille.

L'homme d'une quarantaine d'années, de grande taille, semblait beaucoup s'exposer au soleil. Outre son bronzage impeccable, il était très élégant – grâce aux petits soins d'une femme, pensa Philo – et s'exprimait avec l'accent du sud de Dublin. Il examina la silhouette de Philo avant de lui prendre le pouls et la tension. Ils discutèrent. M. Cardrew apprit beaucoup de choses sur Philo par ses réponses aux questions élémentaires qu'il lui posa sur son mode de vie.

— Combien de centimètres espérez-vous perdre ? demanda-t-il.

— J'ai deux mille livres, répondit-elle. Autant qu'il est possible pour cette somme.

M. Cardrew, qui n'avait jamais entendu personne formuler son désir de la sorte, éclata de rire.

— J'ai dit quelque chose d'absurde ?

— Non, non, non, non, non, protesta-t-il. C'est parfait, il n'y a absolument rien d'absurde, loin de là !

À la fin de la consultation, il était convaincu de pouvoir réduire son tour de taille de dix centimètres.

— Est-ce que cela vous convient ?

Philo fut très émue parce que c'était le chiffre qu'elle répétait dans ses prières. Comme si Sylvia l'avait écoutée, emmenée chez le marchand de journaux et poussée à regarder le magazine. Du haut de son perchoir au paradis, elle avait vu la clinique de Whitestone et mis Philo dans le bus pour qu'elle aille à ce rendez-vous. Philo, qui n'avait cessé de perdre les batailles livrées contre son poids au fil des années, était à l'aube de la victoire.

L'euphorie dura une journée. La mauvaise opinion qu'elle avait d'elle-même ne tarda pas à tambouriner de nouveau à sa porte. Son embonpoint lui servait de protection ; elle s'était forgé une personnalité qui allait avec : celle de Philo, le clown aux dépens duquel tout le monde riait. Maintenant qu'on allait aspirer sa graisse, elle n'aurait plus de bouclier et il lui faudrait changer. C'était effrayant, d'autant que cela ravivait des tas de choses liées aux sévices que lui avait infligés Sam Harris. Il était revenu dans sa vie sans qu'elle réussisse à bien le gérer. La colère qu'elle éprouvait contre lui était palpable, mais il n'en était pas moins toujours impuni. Philo continuait à souffrir tandis que rien n'entravait la liberté de Sam Harris.

Deux semaines jour pour jour après le diagnostic, Philo partit pour la clinique de Whitestone avec un petit sac d'affaires. Bien qu'elle ait demandé à ses enfants d'aller passer la nuit chez son père, Eileen avait insisté pour s'en occuper à la maison, promettant que tout irait bien.

À la clinique, Philo enfila sa chemise de nuit et s'assit près du lit. Elle tenta vainement de s'imaginer avec dix centimètres en moins : c'était trop beau pour être vrai. M. Cardrew vint la voir. Il lui montra où il ferait l'incision et un bout de tuyau en plastique qu'il voulut qu'elle touche.

— Je vais aspirer la graisse par ce truc, expliqua-t-il.

Philo ne parvenait pas à croire qu'elle était dans la réalité. Autrefois, quand Tommo et elle se parlaient normalement, ils fantasmaient sur un hold-up qu'ils feraient ensemble, prévoyant les moindres détails de l'opération. Le risque de se retrouver en prison était bien entendu dissuasif. Aurait-elle eu vent de liposuccion à l'époque qu'elle l'aurait sûrement pris, ce risque.

— Avez-vous des questions avant que nous commencions ?

— Qu'est-ce que vous faites de la graisse ?

— On l'aspire dans le tube.

— Non, après.

— On la jette.

— J'aimerais garder la mienne, si cela ne vous ennuie pas. Je voudrais la rapporter chez moi.

M. Cardrew lui sourit comme si c'était absolument normal, à ceci près que c'était la première fois qu'une de ses patientes le lui demandait.

— Cette graisse vous appartient, dit-il. Vous pouvez en disposer à votre guise.

Philo fit des rêves merveilleux. Elle mettait au monde six bébés en même temps. Ils sortaient d'elle en glissant et s'éloignaient en nageant comme des poissons. C'était extraordinaire d'avoir des bébés libres et indépendants. Dès son réveil, elle parcourut la pièce du regard à la recherche des bébés et mit un certain temps à comprendre qu'elle avait rêvé. Elle en fut consternée. Une infirmière entra, prit la main de Philo sous l'oreiller et la posa sur son ventre, qui lui parut moins volumineux. Voilà qui dissipa son envie de se rendormir. Elle tenait à être réveillée pour s'assurer que son ventre dégonflé n'était pas un rêve.

Le reste de la journée et au cours de la nuit, Philo n'arrêta pas de se pincer afin de rester dans la réalité. Elle alla en boitillant à la salle de bains, scruta son profil dans le miroir. Aucun doute, elle était plus mince. Même si son ventre était douloureux, son sourire ne faiblit pas : cela valait amplement deux mille livres. Elle n'avait pas éprouvé pareil bonheur depuis la fois où elle avait gagné six pence dans une pochette surprise, à l'âge de cinq ans.

Quand Philo sortit de la clinique, on lui remit deux récipients en plastique remplis de sa graisse : un liquide marron, sirupeux, ressemblant à du beurre fondu. Elle jura de ne jamais remanger de pop-corn. Son corps avait été une usine fabriquant du beurre fondu, il y avait de quoi nourrir l'Irlande dans ces récipients. Lourds, ils devaient peser environ quatre kilos chacun : l'équivalent de deux vigoureux bébés. Il n'était pas étonnant qu'elle ait fait des rêves aussi étranges.

À son retour à la maison, les enfants eurent la certitude qu'elle avait perdu des kilos.

— T'as vraiment l'air plus mince, Ma ! s'exclamèrent-ils.

Philo portait une gaine qui la maintenait à la manière d'un corset – fournie par la clinique – mais n'eut pas envie de l'avouer aux enfants. Leurs assertions lui faisaient extrêmement plaisir, il était cependant trop tôt pour se prononcer. Il lui faudrait attendre un moment avant de déclarer que l'opération était une réussite complète.

Trois semaines après, Philo retourna à Henry Street dans un état d'esprit très optimiste. Chez Evans, elle s'adressa à la vendeuse qui avait pris ses arrhes. Et elle se retrouva dans la cabine d'essayage, l'ensemble taille cinquante-quatre à la main. Elle passa d'abord la veste, qui tombait bien sur ses épaules comme la dernière fois. Puis ce fut le tour de la jupe, qu'elle remonta jusqu'à la taille : elle était trop large, d'au moins quatre centimètres. N'arrivant pas à y croire, Philo lâcha la jupe qui glissa sur ses jambes, comme une culotte trop grande. Elle la remit pour la laisser aussitôt retomber tant c'était inouï de regarder le vêtement s'affaler mollement sur le sol. Elle recommença dix-huit fois avec la même jubilation. En fin de compte, elle prit le tailleur et, l'apportant à la vendeuse, annonça :

— La jupe est trop large. Vous y croyez, vous ? Putain, elle est trop large !

La vendeuse fut horrifiée :

— Je suis vraiment désolée.

— De quoi ? demanda Philo.

— On va devoir vous donner une plus petite taille.

— Une plus petite taille ! s'exclama Philo. C'est la meilleure nouvelle que j'apprends depuis des lustres ! Non, la meilleure depuis toujours !

Sans Philo, le mariage n'aurait sans doute jamais eu lieu. Après que Dina eut accepté la proposition de Cap, ils se rendirent compte qu'il leur était impossible de se marier. Du moins légalement. Dina et Gerry Sugrue étaient toujours mari et femme. Elle aurait pu demander le divorce à ce dernier, mais elle n'y tenait pas. Qu'un homme ait risqué sa vie en grimpant dans une grue lui suffisait. Elle avait la bague, il s'était enfin décidé à la demander en mariage, elle n'avait besoin de rien d'autre et se réjouissait d'aller s'installer dans le pavillon.

En revanche, Cap était furieux. Il avait été brutalisé toute sa vie. Il avait appris à filer doux dès son plus jeune âge et n'avait cessé de le faire. À présent qu'il voulait quelque chose de toutes ses forces, il n'était pas question d'y renoncer. Il voulait une cérémonie avant de franchir, sa nouvelle épouse dans les bras, le seuil du pavillon appartenant à sa famille depuis un siècle.

Dans son désespoir, il se tourna vers Philo. Elle fut atterrée. Il était hors de question d'annuler les noces après tout le mal qu'elle s'était donné pour entrer dans le tailleur.

— Ce n'est pas la peine que ce soit dans une église, il suffit d'un endroit où convoler.

— La bénédiction du pape, ça te dirait ? lança Philo.

Abasourdi, il la dévisagea.

— Autant commencer par le sommet pour arriver à trouver une solution en bas de l'échelle.

Philo se mit aussitôt à l'œuvre. Elle réserva le gymnase de Sheriff Street, un bâtiment moderne ayant échappé à la démolition, situé en face de l'église. Elle alla voir frère Felix pour lui demander de célébrer le mariage. Il se montra d'abord très réticent, mais Philo lui fit tant de charme qu'elle le convainquit :

— T'es l'auteur de miracles, tu le sais ?

— Je ne suis qu'un vulgaire homme de la rue, un point c'est tout.

— Putain, t'es meilleur que saint François.

— Tais-toi maintenant ! C'est un véritable saint.

— Il n'a jamais guéri l'incontinence comme toi.

Au bout d'une heure passée avec Philo, frère Felix rendit visite à Dina et à Cap, apportant son vieil habit de moine pour leur montrer de quoi il aurait l'air. Ils n'en crurent pas leurs yeux.

— Y en a pas beaucoup qui peuvent se vanter d'avoir été mariés par un moine, assura Philo.

Enchantés de la proposition de Felix, Cap et Dina n'avaient nullement l'impression de s'embarquer dans une aventure frisant la parodie. Dina choisit ses trois copines comme demoiselles d'honneur et Philo suggéra que sa fille, Eileen, précède le cortège en portant des fleurs. Les futurs époux acceptèrent sur-le-champ.

— Qui vas-tu prendre comme témoin ? demanda Dina à Cap.

Il y avait réfléchi.

— Je pensais à Gerry Sugrue.

— Il faudra d'abord que tu me passes sur le corps.

Malgré son envie, Cap se douta que c'était pousser le bouchon un peu trop loin pour Dina. Les blessures du passé étaient nombreuses. Si l'on avait parfois la chance d'en guérir certaines, il fallait en laisser d'autres derrière soi et aller de l'avant. Il n'entrait pas dans les prérogatives de Cap de ramener Gerry Sugrue dans la vie de Dina. Aussi choisit-il Mucky Mannion pour éviter tout conflit.

En revanche, il ferma définitivement son échoppe. Le quartier n'avait pas besoin de deux magasins des quatre-saisons – en fait, il n'en avait jamais eu besoin. Désormais, il n'existerait plus que celui de Dowdall's Lane. Grâce à cette décision, le rideau fut baissé une fois pour toutes sur la guerre des légumes.

19.

Philo avait beau ne pas trouver le sommeil, l'idée de nourriture ne lui trottait pas dans la tête. L'avant-veille du mariage, les détails de dernière minute auraient pourtant dû la tracasser. Or ce n'était pas le cas parce qu'elle pensait au sien, qu'elle avait toujours considéré comme un échec. Elle n'en était plus aussi persuadée. Tommo était mort et elle était à nouveau libre. C'était formidable, bien entendu, mais elle savait que la sensation disparaîtrait si elle ne réglait pas les problèmes du passé.

Un plan d'action prit forme dans son esprit. À sept heures, elle alla prendre une douche. Puis elle appela les enfants, leur fit prendre un petit déjeuner et les envoya à l'école.

Et elle se prépara pour la journée qui l'attendait. Après avoir fouillé dans un certain nombre de tiroirs, elle trouva l'emballage à bulles. Elle repéra deux sacs solides parmi ceux qu'elle gardait sous l'évier. Voulant être le plus jolie possible et se sentir le mieux possible, elle prit un peu plus de temps qu'à l'ordinaire pour se maquiller. Enfin, elle vérifia qu'elle avait assez d'argent dans son porte-monnaie.

Philo sauta dans un taxi pour aller à Kilbarrack. Une fois arrivée devant les pavillons, elle sortit de la voiture, un sac dans chaque main, et demanda au chauffeur de l'attendre. Elle s'avança dans l'allée en ciment, posa les sacs par terre avant de frapper de toutes ses forces. La porte s'ouvrit immédiatement et Sam Harris apparut, découvrant la silhouette amincie de Philo qui se tenait au seuil de sa maison.

— Puis-je entrer ? demanda-t-elle.

Il hésita.

— J'allais sortir, répondit-il.

— Cela ne prendra pas beaucoup de temps, j'ai quelque chose pour toi.

Ramassant les sacs, Philo entra dans le pavillon. Sam remarqua le taxi dont le moteur tournait.

— Veux-tu une tasse de thé ? proposa-t-il avec l'espoir qu'elle refuse.

— Assieds-toi et détends-toi, susurra Philo. Je ne suis pas venue prendre le thé.

Persuadé qu'il allait se passer quelque chose – il avait un instinct pour ça – il fut incapable de se détendre. Elle avait envahi son territoire sans la moindre déférence à son égard. Il se laissa tomber dans un fauteuil et essaya de voir clair dans son jeu ; impossible, elle fuyait son regard.

Philo prit un sac, qu'elle posa sur ses genoux. Avant qu'il n'ait le temps de réagir, elle fit pareil avec le deuxième.

— Pour toi, dit-elle.

— Qu'est-ce que c'est ?

— Un cadeau.

Sam jeta un œil dans l'un des sacs, mais l'emballage à bulles l'empêcha de deviner le contenu du récipient en plastique. C'était liquide, à l'évidence, à part ça il était dans le noir. Le silence régnant entre eux ajoutait à la tension. Il sortit l'un des récipients, dont il déchira l'emballage. Lequel émit un bruit semblable à une détonation. À la vue du liquide, Sam sut qu'il ne s'agissait pas d'une substance banale.

Malgré son aspect de beurre fondu, il flaira une certaine acidité.

— Qu'est-ce que c'est ? demanda-t-il.

— Ma graisse. Grâce à toi, ça fait vingt ans que je me la coltine.

Il lança un regard à Philo. Elle lui sourit. Était-il concevable qu'elle ait mis sa graisse dans des bocaux et qu'elle la lui ait apportée ? Non, pensa-t-il, c'était sûrement une plaisanterie. Mais elle n'avait rien de drôle et il ne voulait pas qu'elle se moque de lui.

— Que veux-tu que j'en fasse ?

— Que tu la trimballes, répliqua-t-elle.

— Tu es folle, tu le sais ?

— Moi, j'ai eu ma part. À ton tour.

— Ma parole, mais t'es complètement cinglée !

— Bien sûr, c'est grâce à ça que j'ai survécu.

— Qu'est-ce que tu veux que je fasse ?

— Je veux que tu la portes pendant vingt ans, comme moi, et on verra comment tu t'en tires.

Philo le fixa d'une manière qui le cloua à son fauteuil. Il ne savait que faire de ses mains. Elles n'étaient pas dans leur élément et il était paumé. Après une vaine tentative pour se lever, il s'affola.

— Aide-moi, s'il te plaît, bégaya-t-il. S'il te plaît, aide-moi.

Philo s'approcha de lui et se pencha.

— Tu te rappelles les moments où j'avais besoin d'aide quand j'étais une petite fille ? Tu te rappelles ?

— Non.

— Je te suppliais d'arrêter mais tu continuais, tu ne te rappelles pas ?

— Je me souviens de rien.

Alors Philo plongea la main dans les sacs, enleva les couvercles des deux récipients avant de les retourner. Sa graisse coula et se déversa sur les genoux de

Sam, qui hurla. C'était un cri de désespoir, le cri de quelqu'un qui se noie dans sa vomissure. Déjà devant la porte, Philo regarda par-dessus son épaule : sa graisse ruisselait le long de la jambe de son tortionnaire, puis sur le sol où elle se répandit comme une inondation, engloutissant toute la pièce.

Philo observa la silhouette en pleurs dans le fauteuil. Sam Harris ne lui infligerait plus jamais de sévices sexuels. Elle l'avait dépouillé de son pouvoir. Elle avait rompu le silence. Il ne le lui imposerait plus jamais. Elle ne traverserait plus jamais la rue pour l'éviter. Elle avait purgé sa peine de prison, il commençait la sienne.

Une fois dans la rue, elle prit une profonde inspiration. D'une fraîcheur et d'une douceur exquises, l'air vibrait. En proie au sentiment d'avoir fait peau neuve, elle s'avança vers le taxi, y monta et rentra chez elle.

Vêtue de son ensemble rose, coiffée de son chapeau assorti, Dina était radieuse. Philo la poussa avec beaucoup de fierté dans Sheriff Street. Les deux femmes évoquaient deux aspects du soleil, l'incandescent de l'après-midi et le patiné du crépuscule. D'ailleurs, chacune avait l'impression d'être un soleil.

Sœur Rosaleen avait pour mission d'ouvrir les portes de la salle du gymnase. Quand Philo et Dina entrèrent, la foule applaudit spontanément la mariée, en retard de dix minutes. Philo la poussa dans l'allée de fortune vers Cap, qui l'attendait avec une grande nervosité. Frère Felix, l'air d'un moine jusqu'au bout des ongles, se tenait à côté de lui. À eux deux, ils avaient mis au point une merveilleuse cérémonie, comprenant une ancienne bénédiction irlandaise, une prière Navajo, un sonnet de Shakespeare, la chanson de Whitney Houston : *I will always love you*, celle de

Patrick Kavanagh : *Raglan Road*, et, naturellement l'*Ave Maria*, chanté par le chœur des religieuses du couvent.

Le mariage de Cap et de Dina mit un terme à cinquante années d'hostilités. Qui aurait cru que le conflit se terminerait ainsi ? Ceci étant, personne n'avait non plus prévu qu'il ne resterait que des décombres des HLM. Il est plus facile de détruire que de construire. Sheriff Street avait beau être saccagée, son esprit n'était pas mort. La poussière des gravats qui avait volé jusque dans le gymnase ne pouvait étouffer la vie à l'intérieur. La communauté était plus forte que le boulet de démolition.

Le cœur de Philo se gonfla d'espoir. Dans quelle mesure était-il dû à Cap et à Dina, dans quelle mesure à son amincissement, elle n'en savait rien. Regardant frère Felix vêtu de son habit, elle se demanda s'il l'inviterait à danser plus tard. À moins que ce ne soit elle qui l'invite. Le soleil danserait avec le moine. Il ne fallait pas oublier sœur Rosaleen. Elle avait apporté son jeu de loto, mais préférerait peut-être danser. Il y avait tant de possibilités qu'elles grisèrent Philo, qui n'avait pourtant pas bu le moindre verre. Ses enfants l'entouraient. Ils formaient à nouveau une famille. Elle voulait profiter de ce bonheur. Tout simplement.

Du même auteur :

L'ENFANT DE DUBLIN, Lattès, 1999

Composition réalisée par PCA

Achevé d'imprimer en avril 2008 en France par
MAURY Imprimeur
45330 Malesherbes
Dépôt légal 1re publication : avril 2008
LIBRAIRIE GÉNÉRALE FRANÇAISE – 31, rue de Fleurus – 75278 Paris Cedex 06

31/2205/8